FOLIO BIOGRAPHIES

collection dirigée par

GÉRARD DE CORTANZE

Geronimo

par

Olivier Delavault

Gallimard

Crédits photographiques

1, 2, 5 : Library of Congress / C. S. Fly. 3, 4, 6, 7, 11 : Library of Congress / A. F. Randall. 8 : Corbis / C. S. Fly. 9 : Library of Congress. 10 : Corbis / J. McDonald. 12 : Library of Congress / H. H. Clarke. 13 : Library of Congress / H. W. Wyman. 14 : Ch. D. Arnold. 15 : Bridgeman Giraudon. 16 : Library of Congress / W. Mack Oliver. 17 : Library of Congress / A. F. Muhr. 18 : Corbis / Bettmann. 19, 20 : Pierre et Marie Cayol.

Après avoir travaillé vingt ans à la télévision, Olivier Delavault ouvre en 1988 une librairie spécialisée dans la littérature consacrée aux Indiens de toutes les Amériques. En 1989, il lance les Éditions du Nuage Rouge, devenues en 1991 une collection éponyme aux Éditions du Rocher. En 2003 il crée chez le même éditeur la collection « Terres étrangères » consacrée aux littératures « indigènes » des autres continents. Spécialiste du monde indien, il lui a consacré de nombreuses conférences et a rédigé des présentations d'ouvrages tels que : *Histoire de l'Amérique septentrionale* de Le Roy Bacqueville de la Potherie, *Voyage au pays des Apaches* de Samuel W. Cozzens ou encore *Les Premiers peuples des Plaines* de George E. Hyde. La collection « Nuage Rouge » a publié deux grands écrivains indiens : le Kiowa N. Scott Momaday et l'Ojibway Gerald Vizenor.

Kaskiyeh

Les hommes étaient allés à la ville faire du troc, à Kaskiyeh. Les Mexicains l'appelaient Janos. C'était le but du voyage. Seuls quelques guerriers restés au campement veillaient. Les femmes s'affairaient pour le repas à venir. Des enfants jouaient, babillaient et riaient. Les vieillards bavardaient entre eux, ils vivaient. Les Apaches chiricahuas venus échanger des marchandises dans cette partie de l'État mexicain du Chihuahua n'avaient aucune raison de s'inquiéter. Les Apaches et les habitants de Janos entretenaient de bons rapports. Les relations avec les gens de la région étaient bonnes. On se connaissait bien. Les échanges étaient fructueux. On causait, on plaisantait, et les Apaches aimaient le troc. Il y avait là des Chiricahuas de plusieurs bandes. Des Bedonkohes — bande à laquelle appartenaient Goyathley et sa femme Alope —, des Chihennes, des Chokonens et quelques Nedhnis. Mangas Coloradas, le grand chef, et Goyathley étaient à Janos.

La terreur avance. Sournoise, imprévisible, son

infâme reptation a la sinistre allure des *rurales* du Sonora du colonel José Maria Carrasco. Les armes rutilantes, les uniformes crasseux — l'horreur, presque en silence, fait irruption dans le petit campement. Soudain, les cris de la fureur se mélangent aux hurlements de frayeur. Quand la mort s'annonce affreuse, quelquefois elle y met du sien et force le trait. Femmes, enfants et vieillards vont bientôt mourir sous les coups d'une démence rare. Le visage en sang contre le sol, la belle Alope, meurtrie par le fer, violée, est morte deux fois : moralement et psychiquement. Sa seule survivance physique, dont elle aurait souhaité qu'elle fût très vite interrompue, lui fait vivre l'insurmontable douleur voir, dans le ciel aveuglant, sa petite fille tourbillonner dans les airs, projetée plusieurs fois avant de retomber sur la pointe d'une lance mexicaine qui la transperce de part en part. Alope entend les ricanements fanatisés. L'attente de la mort physique tant espérée devient un supplice. Meurtrie, tailladée, écorchée vive, encore violée, découpée, éventrée, elle voit maintenant son autre enfant, un fils, courir, les yeux exorbités plus par l'incompréhension que par la peur. Alope ne peut même pas, même plus avoir mal. La douleur est ailleurs, dans l'indicible. Elle voit encore son petit qui court derrière sa deuxième sœur. Alope ne peut même plus leur crier « Courez ! courez ! ». Le garçonnet court derrière sa sœur qui s'empêtre, s'emmêle, se demandant d'où viennent la gêne et l'étrange douleur qui l'envahit. Elle ne voit pas ses intestins qui pendent de son ventre, s'emmêlant le long de ses jambes, traînant à terre et l'empêchant d'avancer. Alope voit toujours. Elle vit encore. Elle voit sa petite hébétée comme si elle comprenait qu'elle n'aura bientôt plus personne au monde. Au milieu des cris qui s'éteignent au fur et à mesure des vies auxquelles ils mettent savamment fin, les courageux soldats du Sonora se doivent d'obéir aux ordres et de finir le travail commencé. La petite fille voit sa mère à terre et devine qu'elle essaie de lui tendre les bras. Courant vers Alope, elle lui tend à son tour les siens. Mais elle a du mal à avancer, ses intestins s'agrippent aux pierres, elle trébuche. Alope n'avait pas entendu le sifflement du sabre qui coupait le vent léger. La vie eut la cruauté de lui laisser encore voir, comme pour la lance, en une fraction de seconde, l'éclat blanc de la lame ruisselante de sang se refléter et briller dans le violent contraste du bleu du ciel, au moment où le bras criminel se leva. Son garçon, courageux, avait l'air de retenir ses larmes. Il voulait, comme son père, devenir un guerrier. Avant de quitter ce monde, elle put voir son petit corps courir, désarticulé et ridicule. Simultanément, avec le sifflement de la lame, sa tête venait de tomber.

Le sexe du soldat lourd qui achevait de la déchirer, de l'éventrer, ne la faisait pas souffrir. Après qu'elle eut dû vivre la mort de ses trois enfants, la vie était en train de quitter la femme de Goyathley.

C'est lorsque meurt l'esprit de Goyathley que naît l'esprit de Geronimo. À Janos, en ce 5 mars 1851. Goyathley, Geronimo ; le même homme, mais une autre âme : torturée, anéantie.

Goyathley, un jeune homme simple, qui aime la vie, les farces, les jeux, la guerre, oui, la guerre, mais pas la démence guerrière, la violence gratuite et sadique, va mourir. À la mort de ce jeune père aimant et affectueux surgit un guerrier froid, sec, qui à lui seul sera pire que la guerre : il *sera* la guerre, sanguinaire, impitoyable, fanatique : c'est la naissance de Geronimo, que l'Amérique surnommera le « tigre humain ».

L'aube du 6 juin 1944

Le nom se perdait dans l'espace noir. Il sortait, hurlé avec rage et détermination, des gorges serrées, des ventres noués de ceux qui, de leur avion, faisaient le grand saut. *Geronimo !* Les hommes qui se jetaient dans le vide de la nuit expulsaient avec hargne, de leurs poitrines angoissées, le patronyme du seul Indien d'Amérique qui a fait le tour du monde. À l'aube du 6 juin 1944, ces soldats d'élite, parachutistes de l'armée américaine, criaient, pour se donner du cœur au ventre, le nom de l'Apache Geronimo. Exorciser la peur, s'encourager : Geronimo, donc. Pourtant, il est avéré que ce nom, cinquante-huit années auparavant, dans le sud-ouest des États-Unis et le nord du Mexique, quand il devenait soudainement un cri de frayeur, était souvent prononcé juste avant de mourir. Comme un pied de nez au monde, une dérision teintée d'ironie, la silhouette trapue du guerrier apache, entre l'hommage posthume et l'incongruité, s'invite bien malgré elle au grand concert de l'Histoire.

Rencontrer le dénommé Geronimo en période

de paix comme en période de conflit n'était pas spécialement agréable ou rassurant. Le mode de vie apache, nation indienne à laquelle appartenait ledit Geronimo, étant principalement la guerre, l'Essence du combat vécu comme un temps sacré, un acte religieux. Aussi rencontrait-on, si tant est qu'on puisse appeler cela une « rencontre », cet Apache chiricahua de la bande des Bedonkohes, généralement les armes à la main. Dans la plupart des cas, l'adversaire ou l'ennemi naturel de Geronimo, qui devait appréhender ce pénible moment, faisait amèrement connaissance avec une inhabituelle sensation de frayeur et, surprise aidant, ressentait une peur panique incontrôlable ; celle qui tétanise, enserre comme un poison violent même si l'on vient de prendre conscience de la façon dont on voit la mort arriver. Rencontrer Geronimo ou l'affronter, ça n'est pas simplement avoir affaire à un guerrier exceptionnel et devoir en mesurer tous les risques. Le rencontrer c'est aussi appréhender l'affrontement peu ordinaire de particularismes mystiques et psychologiques qui, dans le mystère et l'aura de leur nébuleuse, ont placé l'individu à part dans la société chiricahua.

Des décennies plus tard, les petits-fils des soldats de la cavalerie américaine du XIXe siècle qui sautaient dans ciel de Normandie se voulaient invincibles et courageux. Alors on pensa à faire pousser le nom de Geronimo comme un cri de guerre, un cri de rage. Et pas seulement pour galvaniser les troupes. C'était aussi pour réveiller le souvenir, encore récent dans la mémoire collective américaine, d'une profonde rancœur étrangement doublée d'une forme d'admiration. Geronimo, incarnation du *Sauvage* de l'Ouest, cristallisa sur sa seule personne toutes les haines, les peurs, et les rancœurs, tout comme il suscita une sorte de fascination pas très éloignée de l'idolâtrie où toutes les démesures et les comportements aveugles furent de mise. Et pas que chez les Américains. À l'époque, le guerrier bedonkohe réalisa l'exploit de s'attirer ces sentiments de nature très différente au sein même des bandes chiricahuas. Chez les Indiens d'Amérique du Nord, en tout cas chez les Apaches, très peu d'individus sont parvenus, comme lui et à ce niveau d'intensité, à faire converger sur eux-mêmes aussi bien la méfiance aiguë pouvant se transformer en rejet violent, qu'une forme d'idolâtrie et de dévouement qui rend fidèle jusqu'à la mort. Leader influent, Geronimo aurait pu se targuer d'avoir provoqué dans son entourage des attitudes et des sentiments extrêmes et donc opposés. Les caractéristiques de cette personnalité à la fois tranchée, diffuse et insaisissable, eurent tout l'air de se refléter dans le corps tribal dès les années 1874. Autant de fascination et de discrédit mélangés, tel est l'apanage de Geronimo. Pouvoir s'attirer la vindicte générale chez l'adversaire relève de la normalité, mais se payer le luxe de faire l'unanimité parmi les siens tant dans le registre du rejet que de l'alliance quasi mystique n'est pas donné à tout le monde. Concernant les sentiments de nature très négative à son égard, ils relèvent d'une certaine injustice compte tenu du violent traumatisme qui anéantit l'homme en 1851 lors du massacre de sa première famille par les soldats mexicains, mais cela peut se comprendre, du moins du côté apache, quand on voit vers quelle catastrophe humaine son jusqu'au-boutisme a entraîné les Chiricahuas.

L'Amérique s'est donc emparée, sans vergogne ni retenue, pour envoyer ses jeunes hommes à la mort, du patronyme désignant le seul et dernier résistant indien. Le seul et le dernier ? C'est du moins ce que l'on croit ou veut faire croire — aujourd'hui encore — alors que la réalité fut tout autre. Tel un cri de guerre, un mantra, à l'instar des guerriers de jadis, pourquoi hurla-t-on ce nom ? Par consigne des états-majors, des politiques, par instinct, parce qu'une idée soudaine venait de traverser l'esprit des troupes ? Sans doute un peu à cause des trois. Ces parachutistes savaient-ils pourquoi ils criaient le nom du guerrier qui s'évanouissait dans le ciel normand ? À Sainte-Mère-Église, le cri libérateur de Geronimo, symbole d'une liberté durement défendue et âprement voulue mais non gagnée, retombait et s'évanouissait dans le néant.

Combien, parmi ces jeunes soldats venus libérer la France, avaient des arrière-grands-parents ayant dû, au siècle précédent, combattre les Indiens comme militaires ou les affronter comme simples colons ? Et même, puisque le nombre de soldats engagés lors des guerres apaches de 1861 à 1886 fut un des plus importants des guerres indiennes au XIXe siècle, combien de ces libérateurs de la vieille Europe avaient eu des parents ayant malheureusement pour eux eu affaire aux Apaches ? Ainsi, l'idée de mort, de guerre, de risque et de courage était, dans l'esprit de ces soldats américains, associée au nom de Geronimo, le pire Indien, disait la presse de l'époque, que la terre ait porté. Ce nom, tant haï et redouté, à un point qui demeure inimaginable, devait donc galvaniser l'élite de l'armée des États-Unis en ce moment décisif de la Seconde Guerre mondiale !

En septembre 1886, le leader apache déporté de son Arizona natal en Floride par la jeune Amérique voit les petits-fils de ses ennemis prendre son nom, s'en emparer pour conjurer la peur au combat. Quel hommage posthume, quelle reconnaissance implicite ! Geronimo a représenté à son époque un mythe vivant. Il fut qualifié de monstre sanguinaire de la pire espèce qui semait par haine, ruse et cruauté une terreur jamais égalée dans l'histoire de l'Amérique du Nord. Le vieux continent avait, il y a bien longtemps, connu Attila, celui derrière qui l'herbe ne repoussait pas. Avec Geronimo, la mort s'annonçait par surprise, laissait l'adversaire groggy, les yeux écarquillés. Derrière lui, les régions ayant subi ses raids étaient ramenées à l'état premier de désolation. Des contrées entières presque sauvages revenaient à cet état premier de désolation comme à l'aube de la Création avec en plus le poids du silence de la mort rampante, celui qui consterne, qui effraie toute personne arrivant ensuite sur les lieux une fois les Apaches évanouis dans la nature. Geronimo était-il l'Attila des Apaches ou Attila en son temps était-il le Geronimo des Huns ? L'un était un grand chef, un homme d'État doublé d'un guerrier pillard sans égal. L'autre, l'Apache, pour tous les Apaches de tous les temps n'était rien, juste un bon guerrier devenu avec peine et dans des circonstances psychologiques épouvantables un simple chef de bande toujours prêt au coup de main. Des deux hommes, c'est celui qui dans son propre monde ne représentait que lui-même qui a finalement vu son nom le plus fortement passer à la postérité.

Le 28 septembre 1886, quelques jours après l'envoi en déportation, à destination de la Floride, des Apaches chiricahuas, derniers Indiens libres d'Amérique avec à leur tête Geronimo, la jeune démocratie américaine s'enorgueillissait de tout autre chose : l'assemblage des pièces qui, une fois réunies, allaient former la statue de la Liberté arrivait à son terme. Geronimo et la statue de la Liberté, deux célébrités qui à leur manière ont « célébré » la « liberté ». Pour le premier et ses partisans, avoir voulu défendre jusqu'au bout leur pays, leur terre, leur peuple, leur âme, leurs traditions, leur mode de vie ancestral, leur langue et leur spiritualité, autrement dit *leur Liberté*, leur valut d'être punis par cette jeune démocratie dont l'emblème reste la statue de Bartholdi. Ceux qui avaient soif de cette liberté, qui leur fut dans un premier temps apportée par la France, avaient le cœur en joie en voyant arriver par bateau une partie du monument qui l'incarne dans le monde entier. Le beau visage de la statue venait... de France ! Il a été offert à cette Amérique qui, cinquante-huit ans plus tard, ira, toujours pour cette liberté-là, libérer cette même France avec à l'esprit et dans la voix le nom de son adversaire le plus redouté, l'ennemi contre lequel politiciens, fonctionnaires de tout poil, civils de toutes conditions, agents indiens et bien sûr soldats de tout grade s'acharnèrent. Ce pauvre ennemi qui, à sa façon et avec les moyens dont il disposait, se battit lui aussi comme personne pour sa liberté : Geronimo.

En septembre 1886, la soldatesque américaine et mexicaine totalisant neuf mille hommes, malgré la volonté d'un général américain orgueilleux et finalement peu avisé, Nelson A. Miles, ne put atteindre son objectif : battre Geronimo au combat après l'avoir fait sortir de ses repaires inaccessibles de la Sierra Madre. Quelle victoire spectaculaire ! L'Histoire le répète avec férocité et ironie : neuf mille hommes nourris, surarmés, équipés, protégés, vainquirent trente-huit personnes (dont dix-sept guerriers) dépenaillées, affamées, désespérées, anéanties par l'effondrement de leur monde, et effrayées par la perte de leur terre ! En réalité, Geronimo ne fut pas battu. Geronimo ne se rendit pas, ne donna pas sa reddition au sens propre du terme comme l'écrivent les livres d'histoire. Geronimo fut « surpris » et « capturé » par... des Apaches chiricahuas ! Des anciens frères et compagnons d'armes devenus éclaireurs de l'armée des États-Unis qui voulaient juste en finir avec le rebelle pour que leurs familles, restées dans les réserves, ne souffrent plus du calvaire qui leur était déjà infligé. Déstabilisé par l'envahissement de ses derniers sanctuaires de la Sierra Madre, dû uniquement au zèle dont firent montre les Chiricahuas, Geronimo offre alors sa « reddition » après avoir écouté et cru les fausses promesses de Miles. Geronimo fut trahi par les siens parce qu'il avait poussé trop loin leurs capacités physiques et morales de résistance. Il avait tant éprouvé ses compagnons qu'ils renoncèrent à tomber dans l'abîme de la fin de la piste. On sait à présent que si des éclaireurs apaches n'avaient pas été recrutés par le général George Crook, jamais Geronimo et les siens n'auraient été capturés. Lorsque l'on considère les forces en présence, la configuration du terrain, la connaissance qu'en ont les Apaches, leur supériorité militaire toujours avérée en combat régulier et en nombre équivalent, en tenant compte de la poussée démographique hispano-américaine, les villes, l'urbanisation généralisée, la destruction de la nature dont l'état premier idéal permettait aux Indiens de vivre, les hélicoptères, les avions, les satellites, il n'est pas exagéré de dire que la reddition du dernier Apache aurait été « retardée » d'une bonne cinquantaine d'années... Quand on sait que des exactions chiricahuas ont eu lieu jusqu'au milieu des années trente, on peut facilement en déduire que tous les fondements historiques, environnementaux et militaires rendent totalement crédible cette hypothèse uchronique.

L'Amérique libératrice a voulu anéantir le chamane de guerre des Bedonkohes. Les Apaches, hostiles comme éclaireurs et « modérés », ont été en conséquence déportés en Floride. D'une région sèche et désertique à une région humide et quasi tropicale, le résultat ne s'est pas fait attendre. Rapidement, on compte des morts par dizaines. Le pays ne pouvait accepter le retour des Chiricahuas dans leurs montagnes natales du Sud-Ouest, au Nouveau-Mexique, mais surtout en Arizona. Ce que Geronimo et les siens incarnaient, la liberté absolue au prix de combats féroces qui dans les deux dernières années n'avaient pas fait dans le détail, aucun Américain, du président au simple fermier, ne pouvait l'accepter. Vingt-sept ans loin des montagnes natales, des campements nichés dans des clairières secrètes, c'est plus que ne pouvaient en endurer des Chiricahuas déracinés sans ménagement. Une main sombre surgissant du néant, du pire des cauchemars, s'est abattue sur eux. D'un geste de colère, et avec préméditation, elle est venue, sournoise, les arracher au ventre de la Terre Mère. Une trahison totalement inattendue. Lors de cette déportation humiliante, meurtrière pour le corps et l'esprit apaches, les guerriers de la liberté, avec femmes et enfants, tous accablés par le désespoir que ne venaient même pas calmer les chants de mort, ont vu dépérir nombre des leurs. Il était hors de question pour le gouvernement américain et l'opinion publique de voir le « tigre humain » Geronimo revenir sur ses terres. Tous les Apaches payèrent alors pour lui. En 1905, année où il dicta ses *Mémoires* et où il défila dans les rues de Washington pour l'investiture du président Theodore Roosevelt, Geronimo est reçu à la Maison-Blanche par le nouveau président. Si l'accueil est affable, on lui fait comprendre, à regret, qu'il doit absolument écarter de son esprit toute idée de retour en Arizona.

Paradoxe de l'Histoire, les enfants de ceux qui voulurent anéantir les Indiens, en l'occurrence Geronimo et les siens plus que tout autre, sont là, maintenant dans la nuit, à crier le nom de l'ennemi emblématique du pays que leurs pères ont conquis, pour se poser en vainqueurs et en libérateurs. Utiliser ce nom dans de telles circonstances en dit long. C'est en tout cas un des indicateurs qui nous fait prendre la mesure de la renommée inouïe du personnage — de ce qu'il symbolise à lui tout seul. L'événement nous permet de saisir à quel point l'onde de choc des guerres apaches dominées par cette personnalité était encore puissante en 1944. Nous voyons bien d'ailleurs comment elle continue aujourd'hui de le demeurer. Trente-cinq années après sa mort en 1909, Geronimo inspire le courage, la bravoure — celle qui est souvent voisine de l'inconscience comme le disait Cochise. L'écho de son nom retombait sur les rives de l'océan Atlantique. Ce même océan, Geronimo le vit en 1886, de l'autre côté de la Grande Eau, comme disent les Indiens. C'était au tout début de la déportation des Chiricahuas en Floride. Les Apaches ne connaissaient pas la mer. Comme beaucoup d'autres Indiens de l'intérieur des terres, ils ignoraient totalement qu'une telle étendue d'eau puisse exister. Dans leur monde, ce concept, cette réalité géographique, en tout cas sur le plan terrestre et matériel, n'a pas de place. Pourtant, sans le savoir, certains d'entre eux, dont Geronimo lui-même, avaient vu l'océan. Dans la succession infernale des raids qu'il conduisit des années durant sur le Mexique juste après la revanche apache à Arispe qui vengeait le massacre de sa famille à Janos, c'est lors du septième de ces raids, qui apparemment eut lieu au cours de l'été 1855 ou 1856, que Geronimo et les quatre autres guerriers qu'il avait emmenés avec lui virent une immense étendue d'eau. Ils s'étaient rendus dans le Sonora ; le voyage fut très long, si bien qu'en poussant très loin, au sud et à l'ouest, au-delà de l'embouchure de la Yaqui River, le petit groupe tomba sur une immensité liquide qui s'étendait à perte de vue. Geronimo rapporte qu'il n'avait jamais vu autant d'eau s'étendre aussi loin : plus loin que l'horizon. D'après sa description du voyage, on comprend qu'avec ses quatre compagnons ils étaient parvenus sur les bords du golfe de Californie et qu'ils contemplaient, intrigués, sans le savoir et donc le *nommer*, l'océan Pacifique. En 1886, en tant que prisonniers de guerre, l'esprit incarcéré, l'âme violée et le cœur déchiré, Geronimo et ses compagnons d'exil virent l'océan Atlantique. Mais ils ne le contemplaient pas. Leurs yeux étaient vides.

Un loup sauvage

Quand Geronimo a vu cette Grande Eau pour la seconde fois de sa vie, du côté de la rive d'où venaient les premiers envahisseurs de l'*Apachería*, c'en était vraiment fini de son mode de vie. Les fils de ses ennemis d'hier ont vogué, survolé cet océan Atlantique, dans le sens contraire de leurs ancêtres, pour redonner l'espoir à d'autres peuples. Si Geronimo avait pu se douter, l'esprit perdu dans les ténèbres, comment les enfants de ses geôliers captureraient un jour l'esprit de son nom pour vaincre, pour mener leurs troupes au combat, nul doute qu'il en aurait été surpris, sans doute fier ou ulcéré. Il aurait peut-être songé secrètement, dans sa pensée vagabonde laissant inscrire sur son visage un sourire amer, que son adversaire s'amendait et le réhabilitait en reconnaissant implicitement son génie militaire mais aussi la justification de son combat acharné. Après la guerre, les trahisons, la spoliation et l'humiliation, toutes ces forfaitures endurées par les Apaches frappés au cœur, Geronimo aurait-il éprouvé un dégoût quant à l'ironie surréaliste de cette étrange résurrection ? Il devait avoir conscience de l'anéantissement des autres « mondes indiens » du continent. Ce continent que toutes les autres tribus, bien au-delà à l'est et au nord de son pays, appelaient et appellent encore, dans leur langage à elles, l'« Île de la Tortue ».

Les Apaches n'étaient pas les seuls Indiens perdus dans les ténèbres de la mort lente. Mais ils ont sans doute connu la plus douloureuse. Or, cette nuit-là, ce n'est pas le nom d'autres « célébrités » indiennes que les soldats américains hurlaient à gorge déployée. Les esprits du ciel, les oiseaux et autres habitants de la nuit n'entendirent point d'autres noms, même pas celui du grand Cochise qui tout jeune impressionnait le futur meneur de bandes et suscitait son admiration avant de lui inspirer, non pas vraiment du mépris, dès qu'il commença à parler de paix, mais une forme de rejet qui prit la forme de l'indifférence. Rien pour Cochise, cet homme sage au front haut, aux yeux larges et mystérieux. Un examen même pas approfondi de l'histoire des guerres indiennes, et apaches en particulier, nous apprend très vite que Cochise et d'autres auraient très bien pu connaître une postérité différente. Il y avait parmi eux, nous le savons, de très grands chefs. Dans sa tribu, Geronimo avait essayé de les surpasser. En vain. Certains chefs des tribus des Plaines du Nord s'étaient rendus plusieurs fois à Washington pour tenter de convaincre les politiciens de bien vouloir prêter une oreille attentive et favorable à leur cause. Souvent ils y parvinrent. Mais, et c'est un de ses paradoxes les plus intrigants, l'Histoire a choisi de retenir le nom du chamane de guerre des Bedonkohes. Ce fut lui, l'Apache pestiféré, qui fut choisi, au hasard… Malgré sa réputation, ce fut lui qui fut invité, il y rechigna et se fit désirer, par les autorités à la foire de Saint Louis en 1904. Lui aussi qui fut convié en 1905 à l'investiture de Theodore Roosevelt à Washington, un des Pères-de-Tous, un des noms que donnaient les Indiens au président des États-Unis, lui le prisonnier de guerre à vie, et qui le restera jusqu'à sa mort. Lui le paria de l'Amérique dont on réclamait la pendaison, l'écume aux lèvres. Les militaires qui emmenèrent Geronimo après sa « capture » s'en souvinrent longtemps. Ceux-ci avaient dû, à plusieurs reprises, protéger leur illustre prisonnier d'une attaque des troupes mexicaines puis du lynchage de la foule enragée. Même les Américains qui habitaient loin des monts chiricahuas et de la Sierra Madre, ceux de l'Est, du Nord et d'ailleurs, tous hurlaient « À mort Geronimo ». Maintenant, en cette nuit du 6 juin 1944, la puissance qui a voulu l'anéantir avec ses derniers partisans emprunte son nom, sa sonorité, on dira presque sa perfection laissée à l'Histoire, pour vaincre l'ennemi. Dans l'Histoire, il y a toujours le dernier événement en date, le dernier homme qui finalement passe à la postérité sans toujours emporter l'adhésion. Geronimo réussit les deux. Pourtant, il n'était pas le dernier. Si la fin des guerres apaches date de septembre 1886, l'assassinat de Sitting Bull, chef des Sioux hunkpapas, juste après le massacre des Sioux miniconjous à Wounded Knee, eut lieu en décembre 1890. En dehors de ce cas, tous les autres grands chefs avaient disparu : Mangas Coloradas, Apache chihenne-mimbreno capturé par traîtrise en 1863, tué par balle dans son demi-sommeil puis décapité ; Cochise, mort de maladie en 1874 ; Crazy Horse, chef de guerre des Oglalas, assassiné en 1877 par un soldat d'un coup de baïonnette dans le dos avec l'aide d'un… autre Lakota ; Victorio, mort au combat en 1880 ; Spotted Tail, Sioux sicangu (brûlé) assassiné en 1881 par Crow Dog, un membre de sa tribu ; Juh, Apache nedhni mort accidentellement en 1883 ; Joseph, chef des Nez-Percés de l'Oregon, mort de chagrin en 1904 ; seul Red Cloud, le leader oglala, demeura « sagement » dans la réserve de Pine Ridge où il mourut la même année que Geronimo. Le guerrier bedonkohe n'avait rien de comparable avec ces autres leaders. Tous étaient des chefs idolâtrés, craints et bien sûr reconnus et respectés par les deux camps ; tous sauf Geronimo. Par contraste, et c'est paradoxal, c'est le nom de ce guerrier maudit et ultime qui suscita, plus que tout autre, attention, interrogation, inquiétude, passion et compassion, curiosité. La résistance et le personnage peu amène de Geronimo parlent fortement à la multitude. Le pourquoi et le comment de ce patronyme qui s'impose si puissamment n'ont franchement pas d'explication rationnelle surtout lorsqu'on considère la vie d'un Cochise.

La connaissance, la renommée peu communes de Geronimo se sont instillées, petit à petit, dans les esprits jusqu'à ce que, parvenues entièrement à la porte de nos consciences, nous percevions l'homme comme l'Indien d'Amérique le plus remarquable, le plus remarqué — d'une façon ou d'une autre, et parce qu'il le voulait, il s'est toujours fait remarquer — autrement dit, le plus représentatif de toute l'*indianité* nord-américaine dans l'inconscient collectif. Autant le dire tout de suite, l'Apache de la tribu chiricahua appartenant à la bande des Bedonkohes, répondant d'abord au nom de Goyathley dès sa naissance aux alentours de 1823, puis à celui de Geronimo dès 1851, n'a jamais été un chef indien. Pourtant, à tort ou à raison, le plus connu de tous les Indiens d'Amérique, c'est lui.

Contrairement à de grands chefs comme Mangas Coloradas, Cochise, Victorio et même Naiche, Geronimo n'était pas aimable. Son physique ramassé, son visage renfrogné donnaient de lui une image dure, exprimaient une indicible férocité. L'homme mesurait environ un mètre soixante-quinze. Le torse large, une silhouette trapue et costaude, des bras et des jambes tout en muscles, des petits yeux noirs qui vous fixaient avec une étrange et intense hostilité naturelle dans le regard, une bouche qui avait plus l'air d'une estafilade faite au couteau concouraient à laisser entrevoir la nature de l'homme. Geronimo donnait la plupart du temps à ceux qui le rencontraient une impression de gêne, première sensation face à un esprit torturé. Un signe de mode de vie ? Geronimo à dire vrai n'a, au sein de la société chiricahua, que son courage. D'aspect peu engageant, il n'était guère le type d'homme avec lequel on avait spontanément envie d'aller causer, pour rien ou pour le plaisir. Lorsque par une absolue nécessité, surtout dès 1851 après le massacre de sa première famille, il fallait prendre langue avec lui, si un autre moyen de communication ou de règlement se présentait, l'évitement l'emportait. Son approche éveillait l'inquiétude et l'angoisse. L'ombre d'un indéfinissable sentiment de malaise planait sur les protagonistes, alourdissait le climat. L'abus d'alcool, la plupart du temps frelaté par les trafiquants et escrocs de tout poil de la Frontière, n'arrangeait rien. Son côté agressif et violent prenait alors le dessus. Pourtant, ce n'était pas son principal trait de caractère. Sa sensibilité à fleur de peau fut en réalité décuplée par un traumatisme profond, émanation directe du massacre de sa famille, qui allait définitivement le transformer, bien malgré lui, en bête féroce. Et quand un fauve est blessé, sa réaction est telle que personne n'est en mesure de comprendre que ce que laisse transparaître son être n'est sans doute pas la nature réelle de l'individu. De plus, si l'on considère qu'il ne fut connu qu'au sortir du tourbillon de la fin des guerres menées par Cochise, il n'avait aucune chance d'être perçu autrement que comme une brute épaisse doublée d'un meurtrier en perpétuel état de rébellion. Geronimo devint un loup sauvage que seule la mort ou la déportation, celle qui tue l'âme, pouvait anéantir.

Les Apaches à Charonne

Dès le milieu du XIXe siècle, et cela s'accentuera jusqu'aux années trente, la littérature dite populaire, romans d'aventures, récits de voyage et autres « livraisons » d'histoires en feuilletons, puisèrent abondamment dans le thème des Indiens d'Amérique du Nord. Plus tard, la bande dessinée prit le relais. Le sujet intéressait, voire passionnait. Les publications de toutes sortes avec force couvertures alléchantes de « peaux-rougeries », dont quelques-unes avec des « Geronimo le Peau-Rouge », faisaient florès. En France dès les années 1880, le nom d'Apache désignait la pègre parisienne et particulièrement celle des faubourgs est et nord-est de la capitale. Très vite, le moindre voyou, le mauvais garçon, celui qui tournait mal, par malchance ou non, était affublé du nom d'Apache… une insulte pour certains, un honneur pour d'autres, c'était selon. Le mot fit rapidement tache d'huile et se répandit en banlieue, proche puis lointaine, et en province pour désigner les voyous de tout acabit du pays.

Après les étendues sauvages — entendons ici,

vierges, belles, naturelles, *normales* — du Sud-Ouest américain, l'Apache, à tout le moins ce qui pouvait chez l'homme le personnifier, rôdait sur le pavé parisien toujours en quête de coups pendables. En ce début de XXe siècle, dire de quelqu'un que c'était un Apache, ou encore qu'il en avait l'allure, relevait de l'injure et du mépris compte tenu de la terreur et du dégoût associés au vocable. Tout délinquant et déviant était taxé d'Apache. Mal vus, rejetés, déportés, les vrais Apaches voient leur nom sali en Europe. L'individu sale ou repoussant aux mauvaises manières est aux yeux de la société une espèce d'Apache, il est donc dangereux. Incomparable aux autres Indiens, « parfois bien traités », tant par les historiens que par les romanciers de toute nature, l'Apache demeure à jamais le rebut infâme : c'est ce qui s'est dit et s'est écrit, dans les livres comme dans les journaux. On relèvera cette phrase assassine et démentielle du journal *Arizona Citizen* du mois de mars 1876 qui a fait beaucoup pour la réputation des Apaches. La paix avait été signée avec Cochise mais, deux ans après sa mort en juin 1874, les deux frères chokonens, Skinyea et Pionesenay, anciens lieutenants du grand chef, disputaient à Taza sa position de chef héréditaire et rallumaient la guerre sous l'œil goguenard de Geronimo :

> La guerre contre les Apaches chiricahuas doit être une guerre impitoyable, inexorable et systématique. Il faut massacrer les hommes, les femmes et les enfants jusqu'à ce qu'émane de chaque vallée et de chaque montagne l'encens

délicieux, l'odeur bénie des corps des Chiricahuas en train de pourrir[1*].

À sa manière, Geronimo renforcera ce genre de conviction jusqu'à la fin de sa vie et même au-delà. Quand cet article a été publié, Cochise était mort depuis deux ans. En 1876, Geronimo ne s'était pas encore vraiment fait connaître des Américains, civils comme militaires. Seuls quelques colons et autres aventuriers téméraires le connaissaient ou avaient appris l'existence d'un guerrier un peu particulier reconnu par les Chiricahuas comme chamane de guerre et qui exerçait ses talents peu communs à la tête de petits groupes qui ne dépassaient pas cinq hommes. Certains, par hasard, le rencontrèrent à l'occasion d'intermèdes « pacifiques » quand cela arrangeait les Apaches de faire du troc dans les localités mexicaines, ou alors l'approchèrent au combat lorsqu'il commandait ses partisans ou était sous le commandement des chefs. Cette répulsion d'alors qui donna lieu à de tels écrits était due aux exploits de chefs comme le Chihenne Victorio et le Nedhni Juh, mais que le Chokonen Cochise, en qualité de chef suprême de toutes les bandes chiricahuas et de ses alliés, avait cristallisée sur sa seule personne. Pendant dix ans celui-ci défia avec succès, mais non sans mal ni pertes importantes, les troupes coalisées de deux puissants pays, le Mexique et les États-Unis. Toutes les bandes chiricahuas combattirent régulièrement sous son autorité, y compris Geronimo et ses petits groupes que ce chamane de guerre, radical

* Les notes bibliographiques sont regroupées en fin de volume, p. 442.

et mystique, savait fanatiser. Une fois connus et évalués les exploits de ce dernier, les vindictes jaillirent à profusion de tous milieux et tous horizons à l'endroit des Apaches. Dès lors elles émailleront de façon récurrente un langage de haine qui va étriller durablement les tribus dans leur ensemble. La sauvagerie de l'indomptable guerrier bedonkohe déteindra sur elles, et les retombées ultérieures n'épargneront personne, en tout cas chez les Chiricahuas. Ainsi, même les éclaireurs, qu'ils soient chihennes, nedhnis ou chokonens, et qui s'étaient mis au service de l'armée pour protéger leurs familles, sans compter ceux des bandes qui avaient abdiqué et accepté la vie sur la réserve, subiront le sort de Geronimo et des irréductibles qui le suivirent. Ses coups de main et autres guérillas dispersées n'ont pas eu, dans l'histoire des guerres apaches, l'impact et l'importance de celles menées par les troupes de guerre commandées par Mangas Coloradas, Cuchillo Negro, Pisago Cabezon, Miguel Narbona et Cochise. Nous sommes toujours tentés de nous poser la question quant au fait que ce sont les actes du rebelle bedonkohe qui vont symboliser toute l'histoire des Chiricahuas, même si nous savons bien que, dans les derniers temps, le nombre des membres de cette tribu était tellement réduit que le combat n'engageait jamais plus d'une vingtaine de guerriers à peine auxquels Geronimo insufflait l'énergie du désespoir. L'Apache sera donc pour longtemps un individu peu recommandable, un malfaiteur dangereux. Comme l'étaient les gens de Geronimo ? Oui. Oui parce que l'Apache n'a jamais trouvé grâce aux yeux de quiconque et cela depuis sa première rencontre avec le monde occidental — espagnol — en 1520. Oui, parce qu'à partir de l'avènement de Geronimo sur la scène de l'Histoire entre 1874 et 1876, ce dernier confirma, tout en en renforçant le trait et aggravant son cas, avec application, comme personne ne put le faire à son époque, la sinistre et effrayante réputation de ces Indiens. Cette mauvaise réputation acquise par les bandes chiricahuas, dans un espace et un temps limités, à savoir du sud de l'Utah jusqu'au sud des provinces nord du Mexique, de l'ouest de l'Arizona à l'extrême est du Nouveau-Mexique, durant le seul XIXe siècle, engagea tant d'argent et de personnes de tous horizons, lors de situations diverses et extrêmes, que l'onde de choc de ces guerres traversa l'Atlantique pour renaître étrangement à Paris… La folle guérilla que Geronimo personnifia à lui tout seul — ce qui est un comble pour ne pas dire une usurpation — avait produit ses derniers effets sur les bords de la Seine ; outre les voyous et autres délinquants, elle finit par déteindre dans toutes les formes de littérature. C'est ce que l'on observe dans les romans populaires comme dans les récits de voyage et d'aventures du moment, un « moment apache » qui dura longtemps tant les mythes ont la vie dure.

La silhouette floue du cavalier demeure enfouie dans les mémoires. Parfois elle se détache, passe sur un écran. Elle interroge, interpelle ; le duo Ford-Wayne est à son apogée. D'autres fois, elle se glisse furtivement dans un livre, une revue, une bande dessinée. Pour l'écrit et les dessins, cela dure depuis plus de cent dix ans. Pour l'image animée, depuis bientôt soixante-dix. L'homme et son nom résonnent dans les mémoires. Ils titillent les curiosités, éveillent des sensations dont on n'a plus le souvenir des origines, du pourquoi et du comment, si tant est, selon le cas, qu'ils animèrent déjà le sujet. Geronimo, patronyme élégant et mystérieux, fouille au tréfonds des souvenirs et des jardins secrets de chacun. La magie fait le reste. Les grands espaces de l'Arizona répondent en écho au rêve et à la méditation : l'*Apachería* se déploie. Toutes les teintes, toutes les tessitures de la profusion minérale s'offrent à l'entendement. La grandeur désertique est à la fois envoûtante et effrayante. L'Apache s'entend bien avec cette austérité où se meut une vie invisible aux yeux et au cœur de l'intrus. *Apachería* redoutable et hostile qui protège ses « êtres alliés » au point de les faire passer aux yeux des incrédules et de leurs adversaires pour des créatures démoniaques. Elles sont dominatrices ou réfugiées au sommet des forteresses, recluses dans les profondeurs des ténèbres des canyons qui s'enfouissent dans les entrailles de la terre comme s'ils descendaient aux enfers, pour échapper à l'ennemi ou pour mieux le surprendre et le détruire. Plusieurs couleurs, plusieurs tonalités teintent les cathédrales de roches sculptées par un architecte tantôt ordonné, tantôt anarchique. Elles deviennent à certaines heures, avec les jeux de lumière, d'inquiétants fantômes, réceptacles d'un monde où demeurent tapis et silencieux les esprits de la Montagne, les *Gans* personnifiés par des danseurs masqués, et les formes mythologiques géantes de la cosmogonie chiricahua. Toute la beauté du monde minéral entre en action. Les couleurs contrastées et pastel s'harmonisent contre les falaises et les pics, s'infiltrent dans les forêts, effleurent le chaparral. Le désert, les montagnes escarpées, les vallées traversées par rivières et torrents, parsemées de forêts de pins et de chênes recevaient cette lumière aveuglante, bienfaisante à l'aube, mystérieuse avant le crépuscule, le temps arrêté entre deux mondes. En un mot : l'harmonie.

C'est ce monde-là que Geronimo défendit. Il s'y voua à un tel point que, même les extrémités où ses actes le menèrent sont depuis longtemps oubliées ou plutôt, comprises, pardonnées, sauf dans certaines contrées du sud-ouest des États-Unis où le sang n'est pas encore sec dans les mémoires. Sa conduite le mena à fréquenter des terrains glissants où ses compagnons d'armes, courageux, fanatiques et inconscients mirent inutilement le peuple en péril. Cependant, pour être clair à ce sujet, ce visionnaire surprenant, et souvent dans le feu de l'action, avait un instinct qui sauva de nombreuses fois ses fidèles combattants. Geronimo, c'est une école mystique de la guerre. Sa violence féroce lui fit commettre de graves erreurs de jugement et de comportement. Il côtoyait régulièrement le mensonge et les fautes qui en ont résulté furent à l'origine de troubles et de traumatismes conséquents tant avec les Apaches qu'avec ses ennemis mexicains et américains. Le chamane de guerre présentait deux personnalités très contrastées qui chacune à sa façon ne pouvait laisser indifférent. L'une laissait entrevoir un être peu recommandable, difficile à vivre. Nino Cochise, le fils de Taza, lui-même fils du grand chef, et neveu de Geronimo par sa mère, ne dit pas autre chose :

Goyathley [Geronimo] n'était pas un homme aussi admirable qu'on l'a décrit, même selon les critères des tribus apaches. Les lendemains de beuveries, ou lorsqu'il était ivre, ce qui était fréquent, c'était un parfait abruti, ou une bête féroce[2].

L'autre facette par le même Nino :

Sobre, c'était un orateur plein d'éloquence. C'était un rêveur, mais il savait, si on lui en laissait le temps, préparer avec ruse et astuce une bataille ou un raid. La masse des guerriers le suivaient, beaucoup même l'idolâtraient, mais s'il fallait prendre sur-le-champ, au cours d'une bataille, des décisions urgentes, le héros était toujours mon oncle Naiche[*3].

Pourtant, son nom, qui ne devrait rappeler que le sang et la mort, n'évoque que la liberté, la résistance légitime de l'opprimé face à un agresseur puissant et irrespectueux.

Ce nom de Geronimo remonte du fond de l'Histoire comme de nos mémoires. Nous n'en avons retenu que le côté épique et héroïque au service d'une noble cause perdue d'avance. Il chante, sonne à nos oreilles, installe l'imaginaire aux aguets. Dès la fin du XIXe siècle, alors que Geronimo et les siens sont prisonniers de guerre à Fort Sill en Oklahoma, les rets du cortège de violence et de mort des guerres contre les Chiricahuas sont une idée bien entretenue par la presse américaine pour vendre du sensationnel. La frénésie de plus d'un siècle de

* Le fils cadet de Cochise et donc le jeune frère de Taza.

combats incessants n'était pas retombée, même une fois le « tigre » en cage, et avait depuis quelque temps traversé l'Atlantique pour arriver à produire ses derniers effets sur les bords de la Seine.

En 1826, la publication du livre de François-René de Chateaubriand *Les Natchez* puis de son *Voyage en Amérique* l'année suivante coïncide avec le séjour à Paris de 1826 à 1833 de James Fenimore Cooper. Ces événements suscitèrent une période indienne parisienne très particulière. On pourrait supposer que l'engouement pour les Indiens et les mystères du Nouveau Monde avaient englobé toutes les tribus : ce serait une erreur ! Les Apaches, très tôt, ont été perçus comme des êtres à part. Avec eux, point de Bon Sauvage cher à Rousseau — ce qui est de toute façon un non-sens et l'un des premiers avatars de l'humanisme des temps modernes issus de l'illusion des Lumières. Dans la littérature, les nobles figures indiennes et les grands espaces font le bonheur de milliers de lecteurs européens. Les auteurs de l'Ancien Monde, de Balzac à Eugène Sue, ont bien l'air de s'inspirer des décors et des personnages du Nouveau. Des *Chouans* aux *Mystères de Paris*, diverses facettes du monde indien se trouvent transposées en Europe. Quant à la vaste *wilderness* américaine et à ses habitants *naturels* qui commencent déjà à être reproduits sur les toiles sous les mouvements d'agiles pinceaux des « peintres-voyageurs » comme Karl Bodmer, Jacob Miller ou George Catlin, elle se retrouve dans la tradition littéraire médiévale issue de nos collines, de nos forêts et autres bocages — traditions transplantées dans les profondes forêts et la Prairie du Nouveau Monde à laquelle s'attachent toujours les esprits avisés de l'époque. On retrouve dans ces textes, qu'il y ait ou non des Indiens dans l'histoire, l'idée de droiture et de comportement chevaleresque du héros principal. Des noms de héros et de tribus enchanteront des milliers d'esprits rêveurs dont beaucoup songent alors au voyage aux Amériques. Les récits haletants, palpitants plongent les têtes lisantes dans l'évasion. Les Indiens, les grands espaces les projettent dans un « Nouveau Monde » méconnu. Ces récits aventureux vont devenir légion. Après les « Grands », Cooper va inspirer les auteurs mythiques du roman populaire européen qui souvent mirent les Indiens en scène avec plus ou moins de bonheur et de talent mais, contrairement aux idées reçues, pas toujours de façon négative. Qu'ils soient comanches, sioux, cheyennes, iroquois ou delawares, les Indiens auront donc, non pas forcément le beau rôle, mais ne seront pas en tout cas floués gratuitement, traînés dans la boue et abusivement redoutés. De Gustave Aimard à l'Irlandais Thomas Mayne Reid en passant par Xavier Eyma, Émile-Henri Chevalier, Gabriel Ferry, Paul Duplessis, Bénédict-Henry Révoil, Lucien Biart, Louis Boussenard, Albert Bonneau, les Allemands Balduin Möllhausen, Friedrich Gerstäcker, Fritz Steuben, point d'excès, de mépris et de haine, sauf pour une seule tribu : les Apaches.

Pour tous ces auteurs et bien d'autres — exception faite de Karl May avec son *Winnetou le Mescalero*, un chef apache qui n'est qu'une pâle et dérisoire copie d'un Cochise ayant toutes les vertus, comme pour faire oublier le discrédit —, l'Apache ne trouve grâce aux yeux de personne et ce, bien avant les exploits de Geronimo. Le guerrier bedonkohe ne fera que confirmer l'épouvantable réputation qui, de par le monde, accable les Chiricahuas. Stigmatisés déjà comme « Diables rouges » dès les années 1800, les Apaches, à la fin des guerres indiennes, sont considérés comme des rebuts irrécupérables pour le monde civilisé et qui doivent absolument disparaître de la vue de tout honnête citoyen. Comme celui qui les symbolise aujourd'hui et dont il est question ici, ils sont associés culturellement, sociologiquement et disons *fantasmatiquement*, à l'idée de frayeur par mort violente et/ou lente, ce qui n'est pas antinomique. À ce titre, pratiquement aucun de ces romans dits populaires ou d'aventures ne les épargne. Il faudra attendre 1947 et le fameux roman d'Elliott Arnold, *Blood Brothers* (*Frères de sang*), qui remet en selle les Apaches à travers la figure de Cochise. L'ouvrage porté à l'écran en 1951 par Delmer Daves sous le titre de *Broken Arrow* (*La flèche brisée*) donnera un des premiers films « pro-indiens ». Ce qui est paradoxal, c'est que ce soient les Apaches détestés et universellement décriés qui servent de prisme à la *dédiabolisation* de l'Indien d'Amérique en général. L'Apache et son image sortent des enfers, deviennent humains. Dans le même temps, toutes les autres tribus, qui en avaient moins besoin qu'eux, tirent, si l'on peut dire, leur épingle du jeu. Dans l'œuvre d'Arnold le personnage de Cochise sert de catalyseur au rétablissement de l'image de l'Indien et surtout de l'Apache. Les qualités du chef des Chokonens trouvent grâce aux yeux des Américains et donc de l'Occident. Geronimo, quant à lui, conserve et confirme son rôle plus que négatif de fauteur de trouble inconsidéré et de renégat. Il conforte son image d'éternel rebelle va-t-en-guerre. Une quasi-nécessité pour lui mais une position difficile à tenir face au « noble » Cochise, grand chef devant l'Éternel, paré de toutes les qualités morales et chevaleresques de l'homme par excellence fidèle à la parole donnée ; à tel point qu'il se disait en son temps que la parole de Cochise valait toutes les signatures du monde. Historiens, chercheurs, passionnés et autres « amateurs » sont nombreux à reconnaître que si ces images constituent des clichés qui caricaturent à l'excès les personnages, elles sont malgré tout très proches dans les grandes lignes de la réalité non seulement occidentale, mais aussi apache. La notoriété quasi mondiale de Geronimo vient aussi en partie du fait que la personnalité qu'il laisse entrevoir demeure très éloignée, voire hostile aux non-Indiens en général. Geronimo et sa résistance ultime qui procédait plus du désespoir pathologique que d'un héroïsme lucide attirent davantage l'inconscient, la curiosité des foules dont la pensée a envie de se tourner vers l'intrigant, de vagabonder à l'aventure et parfois même, de se faire peur.

En leur temps les chefs indiens, pour se limiter aux principales figures du XIXe siècle tels Mangas Coloradas, Cochise mais aussi les Sioux Spotted Tail, Red Cloud, Crazy Horse et Sitting Bull, surpassaient, et de loin, Geronimo. Par leurs qualités respectives de responsables tribaux et de stratèges militaires, ces chefs avaient quasiment, de par la nature sociale et culturelle de leur rôle, acquis, aux yeux des leurs comme aux yeux des Blancs, un statut équivalant à celui d'un homme d'État. Nombre d'entre eux furent de fins politiques et de grands visionnaires — ainsi de Cochise et du Sioux Spotted Tail. Leur suprématie sur leur peuple et souvent au-delà — l'Oglala Red Cloud avait rallié à sa cause des bandes cheyennes lors de la guerre dite guerre de Red Cloud des années 1866-1868 dans le Montana — les rendit bien plus célèbres que l'obscur guerrier bedonkohe. Cependant, on en conviendra, les actions de guérilla menées sur plus de quarante années par ce dernier, sa façon de commander au combat, d'être dans la vie de tous les jours avec les siens et les non-Apaches, le distinguèrent très fortement de ses pairs.

Il n'existe pas beaucoup de personnages dans les siècles passés qui ont pris une telle dimension de leur vivant comme dans les décennies qui ont suivi leur disparition. Dans le monde, l'évocation du nom de Geronimo fascine, intrigue. Dès les années 1876-1877, elle inspirait soit le dégoût, soit la terreur même si parfois on était apache chiricahua. À plus de mille kilomètres à la ronde, les braves gens s'enfermaient à double tour, se calfeutraient et allaient voir comment le petit dormait dans la chambre. Geronimo, sorte de croquemitaine de l'Ouest américain, a été à l'origine de traumatismes profonds tant parmi les Américains et les Mexicains qui habitaient les vastes contrées où ses partis de guerre sévissaient, que parmi beaucoup d'Indiens, apaches ou non, qui désapprouvaient ses façons d'agir et sa brutalité. La sonorité du nom éveille des images fortes où les grands espaces se déploient pour l'avènement de personnages épiques hors du commun. L'homme et son milieu ont créé mutuellement leur mythe. Geronimo fascine et même si cela est irrationnel, compte tenu des exploits et des qualités des chefs héréditaires, les faits sont là : il y a Geronimo et les autres.

Les foules aiment les cas désespérés, les pathologies qui frisent plus la folie meurtrière qu'une résistance avisée, intelligente jusqu'à paraître légitime aux yeux des adversaires les plus déterminés, comme l'a merveilleusement montré Cochise. Cependant, d'aucuns seront obligés de reconnaître que l'homme eut raison de ne pas faire confiance à l'ennemi lors de la plupart des armistices et traités de toutes sortes conclus par les chefs préoccupés du devenir de leur peuple. Malgré cela, de cet Indien d'Amérique on ne retient finalement que le vernis de la légende qui l'enrobe. En grattant un peu, on découvre vite un grand vide que viennent saturer le bruit et la fureur de combats décidés sous le coup de l'impulsion et de la colère. Les combats sans issue, mal préparés, les vociférations gratuites trouvant trop fréquemment leur seule origine dans l'abus d'alcool, étaient le lot du quotidien de Geronimo. De sa prime enfance au massacre de sa famille en 1851, le jeune Goyathley est, nous le verrons, un Apache anonyme, respectueux et calme. Dès ses jeunes années, il présente d'excellentes dispositions pour la chasse et la guerre, deux atouts majeurs chez les Apaches. Après la date fatidique de 1851 et jusqu'à sa mort, sa personnalité échappe à toute analyse définitive, tant de facettes multiples ont influé sur ses imprévisibles comportements. Cette personnalité complexe, courageuse, a côtoyé des attitudes extrêmes de violence et de sérénité. L'homme est doux avec ses parents, et avec les femmes et les enfants auprès de qui il se montre toujours très attentionné. C'est d'un côté l'homme simple et aimable de la vie de tous les jours, le séducteur exigeant, le guerrier qui se bat pour la cause, mais de l'autre le pillard enclin aux beuveries, le meurtrier aveugle et le menteur invétéré. Avec Geronimo, on est bien loin des qualités qu'est censé posséder le grand chef indien « type » paré des « vertus cardinales » — selon l'expression de Sweeney — qui le font entrer dans la légende.

Ce faisant, le grand chef type qui possède ces vertus de base qui ont manqué sérieusement à Geronimo et que sont la sagesse, une vision politique sur le long terme quant au devenir du peuple, la fidélité à la parole donnée, la générosité et la détermination, est sans conteste le chef des « Vrais Chiricahuas », le Chokonen Chies-Cochise. Au XIXe siècle, ce dernier n'eut qu'un seul homologue qui se présenta sous les traits du chef sioux sicangu Spotted Tail. Moins connu que Red Cloud et Sitting Bull, Spotted Tail, intelligent, intègre, diplomate et courageux, réunit sur sa seule personne toutes les qualités humaines et intellectuelles qui font d'un chef indien un véritable homme d'État. Le Lakota, grâce à son éloquence et à ses capacités d'appréhender clairement et rapidement une situation compliquée, put ainsi tenir tête aux agents de réserve envoyés par le gouvernement et aux autres politiciens qui de leur bureau de la Maison-Blanche tiraient les ficelles. Un autre chef, dit Chef Joseph, leader des Nez-Percés de l'Oregon contemporain de Geronimo et qui se rendit en 1877 au général Howard, le même qui signa le fameux traité de paix avec Cochise en 1872, faisait montre lui aussi de ces vertus et qualités. Dans le livre que ce général rédigera plus tard, il est attesté que les chefs les plus impressionnants qu'il eut l'occasion de rencontrer et avec qui il parla longuement étaient sans conteste Joseph et Cochise. Ni de la part de Howard ni d'ailleurs de quiconque, Geronimo n'inspira de louanges. L'impulsion incessante de la guerre, l'état d'hostilité permanent sont les moteurs qui animent l'homme toujours prêt au coup de main irréfléchi sans se préoccuper des conséquences à moyen terme. Cet état de fait l'éloigne de toute compassion, de tout compliment, de toute excuse. Geronimo est un loup. Sauvage, imprévisible, fréquemment en proie à la fureur. Ses alliances ne se scelleront que dans d'implacables rapports de force. À vrai dire, son comportement, nous le savons déjà, trouve sa source dans le déchirement de la perte d'êtres chers ; à tel point que, lors de l'expédition punitive qui suivit la tuerie de Janos où il perdit sa mère, sa première femme et ses enfants, et bien qu'il ne soit pas chef, Mangas Coloradas, Juh et Cochise donnèrent à celui qui s'appelait encore Goyathley le droit et l'honneur de diriger le combat qui devait laver l'outrage, venger le peuple. Car chez les Apaches, seul le sang peut venger le sang ; cette façon de voir les choses fut d'ailleurs souvent à l'origine de graves malentendus avec les Américains, même lorsqu'un officier plutôt bien disposé à leur égard comme le Dr Michael Steck se retrouvait au milieu du conflit.

À Arispe, Goyathley gagne son nom espagnol, *Jeronimo*, « Jérôme » dans notre langue. Le jeune Geronimo entre dès lors dans un cycle de violence infernal. Il était enferré dans l'insondable douleur de ce manque et du pressentiment de la fin d'un monde. Comme Cochise le formulait si bien, Geronimo au fond de lui savait aussi que « le soleil se couchait pour les Apaches ». Tout est dit avec cette phrase qui reflète véritablement la conscience des chefs et de leur peuple. La seule différence, c'est qu'avec Geronimo la réaction fut tout autre. Le Bedonkohe a transformé son désarroi plus que compréhensible en une haine implacable et féroce qui, alimentée par un fanatisme hors du commun, a desservi sa juste cause. Celle-ci effrayait même dans ses rangs les guerriers les plus déterminés. Il a réagi dans le registre de la démence et installé autour de lui un tourbillon incessant de terreur qui allait venir à bout de l'équilibre et de la patience de ses plus fidèles compagnons d'armes. Sa résistance se transforma en violence gratuite de façon radicalement différente, indépendante. Émanation certaine d'une hallucination admirative, fascinée, les foules depuis lors portent au zénith d'un soleil noir le nom de ce loup que fut Geronimo. Dans cette perspective, il n'est donc guère étonnant que ce soit lui qui symbolise aux yeux de tous, et plus que tout autre leader, la « résistance indienne ».

La carrière chaotique du guerrier bedonkohe est sans doute un des principaux facteurs de son incroyable renommée. Durant toute sa vie d'Apache libre, et même lors des intermèdes à la réserve des Chiricahuas, puis à celles de San Carlos ou de Fort Apache, l'homme s'est toujours montré rétif à toute autorité, n'ayant de cesse de la défier plus parce que c'était sa nature profonde que par provocation ; quant à ce dernier point, quand il se rendait compte qu'il provoquait courroux, inquiétude ou circonspection, ça n'était pas bien entendu pour lui déplaire. Si d'aventure il avait l'air de donner le change, c'est qu'il faisait semblant. Grand comédien, il savait finasser ou jouer les chiens battus. Apaches comme Blancs y perdaient souvent leur latin. Libre ou prisonnier, il a toujours entraîné à sa suite des éléments désœuvrés d'un peu toutes les bandes qu'il recrutait au hasard et au gré des intérêts de chacun et du moment pour mener des raids au Mexique et aux États-Unis. Cette attitude, ces comportements personnifièrent Geronimo, fabriquèrent son image et concoururent finalement à en faire la funeste coqueluche et le *monstre sanguinaire*, selon l'expression hystérique mais consacrée, de la quasi-totalité de la presse américaine du moment, et de toute l'Amérique indienne. Ce ne fut pas une bonne nouvelle pour les centaines d'autres tribus et leurs chefs responsables, à la fois guides et protecteurs, dont l'histoire et le mérite furent plus moins éclipsés par cette usurpation involontaire.

Le « Vieux Coyote »

La renommée de Geronimo épouse ses contours flous, sa réputation controversée. Son identité n'est pas vraiment claire dans l'esprit du commun des mortels. Tout le monde a entendu parler de lui mais quasiment personne ne saurait précisément dire qui il est. Son ascension au sein de la société chiricahua s'est effectuée en deux temps. En premier lieu, les étapes couronnées de succès de son noviciat d'apprenti guerrier à l'âge adulte vers 1840 le mènent rapidement à une reconnaissance unanime de guerrier émérite au sein des groupes locaux qu'il fréquente. Ensuite, jusqu'en 1876, le processus est très lent. Les grands chefs tiennent véritablement leurs bandes, leurs foyers et leurs troupes de guerre. Dès cette date, le processus s'accélère. Du fait de diverses tensions entre factions apaches toujours en désaccord entre politique de paix ou de guerre, un meneur comme Geronimo trouve là un terrain favorable pour servir ses desseins d'insatiable vengeance. Sous la pression démographique, les nombreux partis de guerre chiricahuas dirigés par Cochise diminuent en nombre. À l'heure de présenter une unité chiricahua pour une sérieuse politique de paix afin d'éviter le pire, Geronimo et, dans une certaine mesure, Juh n'auront de cesse de s'opposer à Cochise et même à Victorio et à Loco comme en 1871 à Canada Alamosa, au sud-est d'Ojo Caliente, Nouveau-Mexique, tout près du pays originel des Chiricahuas. Dès lors, après le traité de paix signé entre le chef Cochise et le général Howard en 1872, le Bedonkohe et le Nedhni-janero s'ingénieront toujours à entraver la politique réaliste du Chokonen. De leur côté, à ce moment-là, les Chihennes de Victorio et de Loco savent rester attentifs à ce traité. Quant au « vieux » Nana, grand-père tendre et affectueux, ce grand leader warm springs aura toujours tendance à rejoindre les rebelles mais saura s'arrêter juste à temps.

Ce faisant, les événements prennent rapidement des dimensions catastrophiques pour les Apaches, surtout après la mort de Cochise en juin 1874. Les coulisses qui vont mener Geronimo en pleine lumière s'ouvrent à lui, la scène n'est plus très loin. L'homme va pouvoir commencer à se donner en spectacle, se faire remarquer. Volontairement ou non, il y aura des deux jusqu'à la fin. L'apothéose de la tragédie apache approche et Geronimo, s'il n'en est pas toujours responsable, en sera souvent un des principaux vecteurs. Il lui en faut peu pour être contrarié, d'autant que l'incompétence mais aussi la corruption étaient de mise dans les réserves. Certains agents indiens du gouvernement, commerçants et officiers la pratiquaient à grande échelle. Par ailleurs, la persistance maladive de l'éternel conflit qui empoisonnait les relations entre le ministère de la Guerre et celui de l'Intérieur, et qui naturellement retombait toujours sur les Apaches, n'arrangeait rien. Beaucoup soufflaient sur les braises et bénéficiaient de prébendes au détriment de la paix et donc des Indiens. Les exemples ne manquaient pas, notamment du côté des marchands en cheville justement avec quelques-uns de ces agents et de ces officiers qui voyaient dans la continuation de la guerre le moyen de perpétuer un commerce florissant grâce à la présence des troupes dans une région somme toute encore isolée comparativement au reste du pays. Commerce alimentaire, armes, débits de boissons, ustensiles divers, la guerre contre l'Apache enrichissait son monde. Toutes ces mafias du Sud-Ouest bénissaient chaque jour Geronimo et ses partisans. La corruption organisée avait déniché son client idéal. Il fallait le garder. Après le traité de paix Cochise-Howard, les affaires menaçaient sérieusement de baisser. La mortalité parmi les civils et les soldats qui déclinait parce que le chef chokonen tenait sa parole n'intéressait aucunement les bénéficiaires de la corruption et la quasi-totalité des commerçants de Tucson, de Douglas et d'ailleurs.

Mais les nouvelles devinrent rapidement bonnes. Cochise mort, les Apaches n'avaient plus personne pour les tenir. Taza, son fils aîné désigné comme chef héréditaire, venait de mourir aussi. Restait son frère Naiche : un jeune guerrier, doué, mais dépourvu de tout pouvoir et de toute autorité. Il allait servir à Geronimo les bandes chiricahuas sur un plateau et transférer, du fait de sa propre incurie à diriger son peuple, ses prérogatives de chef au chamane de guerre bedonkohe. Le pouvoir change de main et les problèmes s'amplifient. Et ce ne sont pas des chefs comme Victorio, Nana et encore moins Loco, pour les Chihennes, Chihuahua et Ulzana pour les Chokonens puis Nolge et Juh pour les Nedhnis, même s'ils étaient très proches de ce dernier par des liens familiaux et des affinités guerrières tournant à la violence mystique, qui vont empêcher Geronimo de s'accaparer ce pouvoir. Geronimo sait par où le prendre et comment s'y prendre. Naiche, fragilisé par la mort de son frère, humilié par les fins de non-recevoir de Clum alors qu'il attendait de légitimes éclaircissements sur ce qui s'était réellement passé dans la capitale, est persuadé que son frère a été victime d'un complot. Geronimo le sait. Il n'a qu'à se baisser pour s'assurer l'alliance du nouveau chef héréditaire. Pour le chamane de guerre des Bedonkohes, guère besoin de se forcer pour convaincre le jeune Naiche qu'il n'y a rien à attendre des Américains et de la vie dans une réserve. Geronimo flatte alors le Chokonen quant à ses qualités de guerrier, tresse d'avance à sa personne des lauriers en lui faisant miroiter la liberté retrouvée dans les montagnes, la gloire des combats à venir dont lui, Naiche, sera bien sûr le héros vengeur du peuple mais aussi de son père et de son frère morts et trahis. Ainsi, l'alliance que Geronimo a su habilement sceller avec le second fils de Cochise lui conférera un prestige qu'il n'aurait jamais été en droit d'espérer sans lui. Mais cela prendra du temps. Naiche ne viendra pas tout de suite. On le vit même en 1877 avec la police indienne et John Clum aller chercher Geronimo réfugié à Hot Springs au Nouveau-Mexique chez les Chihennes de Victorio. Mais le guerrier flagorneur parviendra à ses fins. Il se hissera au sommet d'un monde qui périclite. À partir de là, on peut considérer que l'homme a prospéré sur le terreau de la déliquescence de son propre monde.

Geronimo commandera donc par défaut. Naiche, jeune guerrier sans « Pouvoir », dandy quelque peu oisif, passe la main sans même s'en rendre compte. La déficience du véritable dépositaire de l'autorité chiricahua va entraîner le peuple dans le malheur. Un malheur que Geronimo, animé, c'est indéniable, de bonnes intentions de fond quant à une légitime et compréhensible volonté de résistance armée gratuitement brutale mais dans laquelle il se révélera un excellent stratège, attirera dès lors sur les siens. Les événements qu'il va provoquer pèseront très lourd sur la destinée des Apaches dans leur ensemble. S'il ne doit qu'à lui-même une partie de sa renommée dans le monde, l'autre partie lui échappe. Geronimo déclenche des événements qu'il ne peut plus contrôler. Plus personne ne peut arrêter la machine infernale de la guerre jusqu'au-boutiste. Tout ceci concourra à forger petit à petit la légende du dernier irréductible. C'est donc un phénomène de convergences et de hasard, qui comprend d'un côté l'usurpation et de l'autre de sévères carences, qui explique pour une bonne part la montée par défaut de Geronimo dans l'échelle sociale apache.

Ce fanfaron de Geronimo s'avère être de l'essence du *Trickster*. Ce personnage mythologique, souvent assimilé au Coyote, est toujours prêt à semer la perturbation et la confusion dans les esprits en faisant des farces douteuses, des tromperies spirituelles et morales susceptibles d'introduire la mort dans le monde. Geronimo ne faisait pas autre chose. Le monde apache, réceptacle de l'univers matériel mais aussi non ordinaire de Geronimo, répercute sur lui ses préceptes. Ce n'est pas pour rien que celui-ci a souvent été taxé de « Vieux Coyote ». Le terme renvoie aux désordres que l'esprit de l'animal est capable d'engendrer. C'est exactement la vision qu'avaient beaucoup d'Apaches contemporains de Geronimo, et que beaucoup ont encore aujourd'hui même si, en surface, il reste, à leurs yeux, un héros.

Geronimo savait se trouver toujours là où il fallait pour être au cœur de l'événement, dans l'ombre des chefs. Il savait se faire valoir, se rendre indispensable. Furetant partout, recrutant des guerriers dans les groupes locaux selon les opportunités, il était, sans aucune légitimité, à la tête de petits groupes venant de plusieurs bandes au gré du hasard et des besoins, pour des expéditions de pillages qui ne répondaient, la plupart du temps, à aucune stratégie militaire et encore moins à une politique de paix décidée par la hiérarchie. Geronimo prenait des commandements improvisés en fonction des occasions qui se présentaient mais c'est surtout son culot qui petit à petit l'a installé en avant de l'Histoire puis en pleine lumière. Devenu leader soit par défaut, soit par vacance provisoire du pouvoir : chacun, selon son appréciation des événements et sa sensibilité, penchera pour l'une ou l'autre hypothèse. Geronimo, il faut lui reconnaître cet indéniable talent, a toujours su galvaniser les troupes. Il avait aussi le don de *voir* pour, sans dire un mot, repérer les réfractaires à la paix et les rebelles en herbe. Parce que l'essence même du mode de vie chiricahua tant sur le plan économique que dans les domaines religieux et culturel demeure essentiellement la guerre, le pillage, les raids sur les ranchs, les villages, toutes les communautés mexicaines, les voyageurs isolés et, quand cela s'avérait possible, les détachements militaires des deux pays prenant en étau le monde apache dans sa totalité, Geronimo, en Chiricahua exemplaire, devait asseoir encore plus son pouvoir pour affirmer la guerre en tant qu'acte mystique et religieux. Les guerriers du désespoir le suivirent.

L'homme savait convaincre les crédules qu'il était habité par une Puissance qui lui parlait et venait toujours l'avertir lorsqu'un danger menaçait. C'est ce qui se produisit dans la nuit du 14 au 15 mai 1883 lorsque, à plus de deux cents kilomètres, Geronimo soudainement *vit* l'ennemi alors qu'il se coupait tranquillement un bout de viande au milieu des siens en plein bivouac. Des éclaireurs apaches et quelques soldats américains étaient en train d'investir le camp du guerrier Chato, une des dernières *rancherías* libres de la Sierra Madre. Les yeux attentifs de Jason Betzinez avaient réellement bien observé et analysé la scène. Jason était un neveu de Geronimo et ses témoignages ont toujours été pris au sérieux tant par les Apaches eux-mêmes que par les historiens. D'autres membres du petit groupe qui à ce moment-là prenait du repos avaient été également témoins de cette manifestation du Pouvoir de Geronimo. Malgré tout, avec un peu de réflexion, on sait très bien que ce dernier ne prit pas trop de risque dans l'affirmation d'un pressentiment tant les probabilités de violation des sanctuaires à cette date étaient élevées. Pour un guerrier de cette trempe, qui connaissait bien la psychologie de l'adversaire, pressentir, deviner puis voir le danger arriver, même à une grande distance, semblait appartenir à l'ordre du possible. Le chamane de guerre bedonkohe ne faisait douter personne de sa Puissance et du Pouvoir qui l'avaient élu.

Deux ans auparavant, durant l'été 1881, Geronimo avait été à moitié séduit par Noch-ay-del-klinne, un Apache cibicue, une bande des Western Apaches apparentée aux White Mountains par qui étaient survenus la révolte et le massacre de Cibicue Creek. Cette bande vivait sur la réserve de Fort Apache, entre les Apaches tontos à l'ouest et la White River à l'est. L'homme que les Apaches percevaient comme une sorte de prophète était, semble-t-il, « doué de pouvoirs ». Comme Geronimo ? Non. Dans un genre différent et un but opposé. Geronimo était sceptique même s'il avait reconnu être troublé par les comportements et l'apparent Pouvoir du Cibicue. Celui-ci utilisa son Pouvoir sur un plan collectif. Pour Geronimo, l'exercice du don s'inscrivait sur un plan plus individuel, plus personnel même si cela devait ensuite servir au bien de tous. En effet, Geronimo était habité par une Puissance qui non seulement ne s'adressa qu'à lui, mais ne le fit que pour lui. La manifestation spirituelle intervint pour la première fois à son entendement après le massacre de sa famille à Janos en 1851. Noch-ay-del-klinne, quant à lui, fit la démonstration d'une évidente influence magico-religieuse assez forte pour entraîner des centaines d'Apaches dans une transe collective qui eut des conséquences épouvantables pour ces tribus regroupées dans cette partie nord-ouest de la réserve de Fort Apache. Les Indiens s'adonnèrent à des séries ininterrompues de danses censées rendre invincibles ceux qui y participaient. Tout comme la danse des Fantômes (*Ghost Dance*) ou danse des Esprits impulsée neuf ans plus tard sur la réserve sioux hunkpapa de Standing Rock dans le Dakota du Nord par le prophète paiute Wovoka, la transe collective de Cibicue devait, outre procurer l'invincibilité, faire revenir les grands disparus et protéger à jamais les Apaches contre l'ordre nouveau du monde des Blancs. Non seulement personne, chez les Sioux comme chez les Apaches, n'est revenu mais bien au contraire, pour les premiers, l'histoire se termina par le meurtre de Sitting Bull et le massacre de Wounded Knee, et pour les seconds par une révolte sur la réserve suivie d'une réaction violente de l'armée, de la fuite précipitée de Geronimo avec ses partisans de la réserve et de la pendaison de quatre scouts apaches.

En 1881, Geronimo vivait donc sur la réserve de Fort Apache au nord-ouest des White Mountains. Lorsqu'il entendit parler du phénomène cibicue, piqué au vif et curieux il se rendit sur place avec le vieux Nana, leader des Warm Springs qui revenait, incognito, de son fameux raid, pour examiner de plus près le phénomène. Beaucoup plus tard en captivité en Floride puis en Oklahoma, Geronimo reconnaissait ouvertement qu'il demeurait toujours très sceptique quant à l'efficacité de la danse-transe collective de Cibicue. Il avouait avec force raisonnements qu'il n'était pas crédule et que jamais il n'avait pris le phénomène au sérieux. Pourtant, celui-ci procède du chamanisme et d'une démarche spirituelle fréquente dans toute société animiste tribale, qui fonde une bonne partie de son système social et religieux de croyance sur la transe chamanique susceptible d'apporter des visions prémonitoires, des moyens holistiques de méditation, de guérison et d'élévation de l'esprit. Or, comment concilier un Geronimo qui, sans s'en vanter ouvertement, induit dans les esprits qu'il est doté d'un Pouvoir spécial qui le rend invincible parce qu'il *voit*, avec son incrédulité à l'endroit du « Rêveur » issu comme lui d'une société tribale fonctionnant, pour ce qui concerne le domaine religieux et l'onirisme, sur le fait chamanique. Geronimo, mettant en doute Noch-ay-del-klinne et la transe collective qu'il entraîna, était bien là à son affaire : ce devait être lui le chamane de guerre visionnaire des Bedonkohes et, le cas échéant, des autres Apaches. Un membre des Cibicues, considérés par les Chiricahuas comme de piètres combattants, une tribu sans notoriété et rayonnement ne pouvait, et ne devait pas, le surpasser, lui Geronimo devenu « grand chef » par carence. Bien que faisant partie d'un monde ultrasensible aux phénomènes naturels — donc *sur*-naturels, Geronimo doutait toujours de ceux-ci lorsqu'il s'agissait de personnes éloignées. On comprend peut-être mieux sa difficile mais opportune conversion au christianisme alors qu'il était prisonnier de guerre en 1903 à Fort Sill. Geronimo se disait « dans le noir ». Il était en fait en proie à des crises d'angoisse et des phases de beuverie destructrices. Ses propos d'alors faisaient allusion à Noch-ay-del-klinne et illustrent cet étrange mélange de scepticisme et de compassion un peu condescendante qui avait d'ailleurs le don d'agacer ses interlocuteurs :

> De nombreux Apaches croyaient vraiment en ce chamane. Je sais que je ne peux pas affirmer que ce qu'il disait n'était pas vrai. J'aimerais pouvoir le croire. Mais sans doute vaut-il mieux que rien ne soit sûr. Depuis le début de ma vie de prisonnier, j'ai écouté les enseignements de la religion de l'homme blanc. Je la crois bien supérieure, à beaucoup d'égards à la religion de mes pères. Pourtant, j'ai souvent prié et je crois que le Tout-Puissant m'a toujours protégé[1].

Et de justifier une timide adhésion à la religion chrétienne ; en juillet de cette année 1903, ce changement lui parut salutaire. Il put se rapprocher du récent très chrétien Naiche et créer, comme pour celle de la guerre, une nouvelle complicité avec le fils de Cochise répondant désormais au nom de Christian Naiche. Naiche rayonnait de bonheur de voir son mentor l'imiter. Geronimo, évoquant le flou de sa nouvelle vie de chrétien, raconte dans ses *Mémoires* :

Pensant qu'il était bon et sage de se rendre à l'église, que la fréquentation des chrétiens améliorerait mon caractère, j'ai adopté la religion chrétienne. Je crois que l'Église m'aura beaucoup aidé pendant la courte période où j'en ai été membre. [...] J'ai conseillé à tous ceux des miens qui ne sont pas chrétiens d'étudier cette religion. Elle me semble la meilleure parce qu'elle permet de vivre de façon juste[2].

Geronimo n'abandonne pas ici ses croyances. Il s'enrichit de celles des autres et parvient à jeter un pont spirituel entre les deux mondes. Son intelligence aiguë lui permet d'aller voir ailleurs sans renier ce qu'il est, même s'il formule le contraire. C'est une illusion qu'il envoie à la face de l'adversaire, comme à la guerre. Là encore, il trompe l'ennemi car ça ne l'empêchera pas d'organiser l'année suivante une importante cérémonie traditionnelle de la puberté des jeunes filles, un *Na-hi-es*, pour sa propre fille, Eva.

Le scepticisme de Geronimo sur les questions de sa religion et du pouvoir le rendait parfois cynique ou, selon le cas, naïf. Par la manifestation pas toujours cachée de sa Puissance, il enchaîna à son destin ses partisans dans une épreuve sans issue — ce qu'avait compris très tôt Cochise — en usant d'un Pouvoir auquel lui-même parfois ne croyait guère. Vindicatif, Geronimo n'a jamais pensé qu'à guerroyer, piller et tuer ; cependant, d'aucuns doivent reconnaître que l'hostilité permanente n'est survenue — nous l'avons déjà évoqué dans notre chapitre intitulé « Kaskiyeh » — qu'à la suite du massacre de sa première famille. Sur des périodes différentes, et pour des raisons diverses et variées, des centaines d'Apaches l'ont suivi et l'Histoire l'a reconnu comme un meneur doué de pouvoirs exceptionnels, ceux qui rendent invincible. Pourtant, pour se faire obéir, alors qu'il n'a aucune légitimité, Geronimo doit aboyer. Le recours à la menace de représailles voire au meurtre pour convaincre les réfractaires de l'écouter et de lui obéir est fréquent. C'est la méthode qu'il utilise à l'aube du 19 avril 1882 lorsque, avec quelques guerriers, revenant exprès du repaire de Juh dans la Sierra Madre, il fait irruption dans la réserve de San Carlos pour exiger de Loco, chef de la faction pacifique des Chihennes-ojo caliente (Warm Springs), de s'évader avec son groupe afin de renforcer les rangs des rebelles. Devant les réticences de Loco et des membres de sa bande qui en ont assez des combats inutiles et sans lendemain et dans lesquels les premières victimes sont les femmes et les enfants, Geronimo menace de tuer et d'enlever par la force les gens de Loco déboussolés, assommés d'avoir à affronter un être aussi violent même si ce dernier leur fait miroiter le bonheur de retourner vivre à la manière apache, comme avant, dans les montagnes, libres. Oui, mais libres aussi de se faire massacrer par des soldats excédés ! Pour Cochise, il suffisait d'un regard pour être obéi par le plus véhément des récalcitrants. Un regard calme mais puissant qui transperçait l'individu. Un Apache, rapporte son biographe Edwin R. Sweeney, évitait de regarder le *wickiup* du grand Cochise par crainte d'être sévèrement puni car cela signifiait un manque de respect ; et le même Sweeney d'écrire qu'un « soldat de deuxième classe désobéirait plus facilement au président des États-Unis qu'un Apache à Cochise[3] ». Il n'est jamais arrivé la même chose à Geronimo... Le Mimbreno Mangas Coloradas et le chef chokonen puis, dans une moindre mesure, le Warm Springs Victorio, fédéraient leur peuple ; Geronimo, lui, pratique l'antagonisme, découpe en tranches, sans appel. C'est toute la différence : le guerrier bedonkohe doit vociférer et menacer, s'agiter, gesticuler pour rameuter à lui quelques hommes et familles désorientés, alors que Cochise est obéi dans la seconde par un simple regard ou un geste de la tête. En 1871, lorsque des groupes chiricahuas se réunissent à l'agence de Canada Alamosa pour entamer timidement des préliminaires de négociations qui n'aboutiront d'ailleurs pas, le chef chokonen, agacé par une rixe entre guerriers, lance un cri aigu en direction des Chihennes de Victorio et de Nana pour qu'ils calment et ramènent leurs hommes dans le périmètre de leurs *wickiups*. Ces Ojo Caliente, qui ne sont pourtant pas de sa bande, obtempèrent immédiatement.

Le commandement de Cochise fut bref et cela suffit pour que les choses rentrent dans l'ordre. Cochise commanda pendant plus de dix ans les bandes chiricahuas ainsi que les tribus apaches non associées à ces dernières comme ses alliés occasionnels des White Mountains, des Mescaleros mais aussi la tribu plus éloignée des Navajos. En revanche, Geronimo savait de façon très habile prendre à son compte des situations dramatiques tant individuelles que tribales afin de ramener à lui des partisans égarés et sans but réel. Le guerrier bedonkohe leur offrait une guérilla épuisante mais néanmoins attractive qui rapportait vite des butins. C'est toute la différence entre un chef héréditaire, quasi royal, loyal et sans détour, et un « usurpateur » grimaçant ne connaissant les réponses aux problèmes que par la menace, la force et, s'il le faut, le meurtre. Geronimo a attiré à lui des gens que son type de résistance séduisait. Désespérés et incrédules le ralliaient comme on rallie un dieu. Beaucoup d'Apaches voyaient en ce personnage un dernier recours, un ultime phare dans le cauchemar vivant qui les assaillait. Par les brutales exactions auxquelles le chamane de guerre leur permit de se livrer en leur impulsant son énergie, les guerriers courageux en quête de repères et d'un guide trouvèrent leur compte. Par cette violence, cette attirance aveugle vers d'obscurs desseins envisagés mais aussi exécutés, l'Histoire donna à Geronimo un statut qui n'était pas le sien, et un rôle qu'il n'a guère brillamment joué. Notre point de vue n'est bien sûr en aucun cas celui des Apaches. Ce n'est pas dénigrer Geronimo et ses partisans de dire qu'on l'a mal interprété. Dans la réalité indienne, l'homme n'est pas à l'image de l'idée que nous nous en sommes faite. Il y a la structure apache et ce que nous en avons vu. Ce que nous en faisons. Mais pour ce qui concerne Geronimo, nous ne nous sommes pas trompés : le mythe a fourvoyé le monde.

Geronimo s'est, comme on dit, fait tout seul. Loin d'avoir le charisme légendaire d'un Cochise ou même d'un Victorio, il a grimpé les échelons de la société chiricahua et fait face aux reproches dont était accablé tout guerrier impétueux qui, après de nombreux échecs essuyés dans des aventures irréfléchies et sans lendemain, persistait dans une attitude de nature à mettre la tribu en danger. Il a fait fi de la caste des chefs et de leur hérédité. Dans les mois qui suivirent le massacre de sa famille à Janos, le jeune homme endeuillé pour toujours au tréfonds de son être fut envoyé comme émissaire chez Juh, chez Cochise et dans bien d'autres *rancherías*. Il s'adressa aux Chiricahuas des quatre bandes. Les chefs, ayant reconnu que c'était lui qui avait perdu le plus de membres de sa famille au cours du drame, autorisèrent celui qui était encore Goyathley à préparer puis organiser la vengeance. On le vit des mois durant recruter les guerriers, sachant les convaincre tout en leur faisant crier vengeance avec lui. Un seul mot d'ordre régna alors en *Apachería* : « La guerre, la guerre, la guerre ! » À l'issue du combat dont les Apaches sortirent victorieux, Goyathley reçut son nom des Mexicains hurlant de terreur : *Cuidado, Cuidado, Jeronimo !* Il venait d'en tuer en grand nombre le jour, semble-t-il, de... la Saint-Jérôme qui là-bas avait lieu le 30 septembre ! C'est du moins ce qui se dit. Pour ce qui concerne l'année, du côté des historiens tout comme dans les récits des Apaches, dont Geronimo lui-même dans ses *Mémoires*, l'erreur a persisté longtemps de dater le massacre de Janos et la vengeance apache de 1858-1859. Il s'avère que ces événements eurent lieu entre mars 1851 et septembre de la même année ou peut-être même en janvier 1852. En tout cas, les Mexicains hurlèrent de terreur ce nom ; les compagnons de Goyathley l'entendirent et le reprirent en chœur dans la fièvre de la victoire.

C'était un signe, une désignation. Goyathley devait devenir Geronimo.

Par la suite, le statut de chef ne lui fut jamais acquis : Cochise eut le peuple, Geronimo n'eut que des partisans. Ce qui n'est pas la même chose. Le désir noir de vengeance inassouvie, qui a rongé toute sa vie le leader bedonkohe, a pris chez lui une ampleur hors de proportion, quasi maladive. Cependant, et à la décharge de Geronimo, en admettant qu'il n'ait pas eu à subir le traumatisme du massacre de sa famille, il apparaît qu'au vu des trahisons, des turpitudes sans nom et du cynisme du gouvernement américain à l'égard des Apaches, sa volonté de combattre l'ennemi aurait eu sans nul doute la même ampleur eu égard à sa personnalité et à son état d'esprit. Chez Geronimo, la stimulation éprouvée au combat, comme chez tout grand guerrier apache digne de ce nom, est le moteur puissant qui l'a mené aux portes de l'Histoire puis à celles de l'enfer de la déportation. Sa célébrité procède dans tous les cas de deux aspects de l'irrationnel ; l'historique — compte tenu des actions et des personnalités de ses pairs comme Mangas Coloradas, Victorio, Juh et Cochise ; le psychologique eu égard à ses comportements, ses postures et ses décisions. Nous l'avons dit, l'homme fait brutalement irruption sur la scène de l'Histoire dès 1876. Cette même année voit en plus le décès prématuré de Taza, le fils aîné du chef chokonen et chef héréditaire de tous les Chiricahuas. Lors de la visite officielle à Washington d'une délégation apache conduite par l'agent indien John P. Clum, le jeune Taza succombe à une pneumonie. L'émotion dévore les Apaches. Lorsque ceux-ci voient revenir la délégation sans leur chef, ils sont étreints par la peine et la colère à tel point qu'ils plongent pour la plupart dans un état second : ils sont pratiquement tous persuadés que Taza a été assassiné. Naiche, son jeune frère, restera trois jours et trois nuits à frapper à la porte de Clum pour demander des explications. La porte restera close. Naiche était anéanti. Naiche ne comprenait pas pourquoi l'homme blanc avait emporté son frère. Il ne comprenait pas, le cœur alourdi par le chagrin, que la porte du « si bon agent Clum » ne s'ouvre pas. Naiche et son frère avaient tenu la parole de paix de leur père. Et là, le jeune agent impétueux lui fermait sa porte. C'est le chef arivaipa Eskiminzin qui viendra sortir le jeune Chokonen de sa torpeur et de sa peine. Mais il est trop tard. Le mal est fait et la renonciation à la parole du père était déjà en train de germer. Naiche savait qu'il se laisserait aller à la dissidence si un jour Geronimo, Juh, Nana ou Victorio venaient le chercher. Ce sera Geronimo. Naiche scellera alors à jamais son destin à celui du chamane de guerre bedonkohe, pour le pire.

Comprendre les mécanismes qui ont fait un mythe de cet Indien, c'est devoir plonger au cœur du monde apache puis des sociétés américaine et mexicaine de l'époque. Pourquoi est-ce aujourd'hui ce personnage qui revient à l'esprit de tout un chacun lorsqu'on évoque les Indiens d'Amérique ? La résonance que trouve dans les esprits, hier comme aujourd'hui, le nom de Geronimo demeure étrange et, comme lui, inquiétante et mystérieuse. Cependant, le patronyme est utilisé à toutes les sauces. Bien souvent, et même ceux qui ignorent soit de qui il s'agit, soit qui il est en tant qu'Indien et de quelle tribu, s'approprient ce que symbolise cette identité mal définie. On observera que ces appropriations d'ordre culturel, politique voire fantasmagorique ou fantaisiste s'abreuvent à la source d'une désinformation due à de nombreuses et solides lacunes, et à la confusion des genres qui devient aujourd'hui une règle. Aujourd'hui, la signification du nom de Geronimo n'est plus à l'évidence la même qu'il n'y a encore pas si longtemps. L'histoire réelle n'a plus d'importance. Il ne reste qu'une émotion et une image « floutées », et pourtant, le nom demeure. Celui de Geronimo, à l'image de celui du Che, qui depuis longtemps est un fourre-tout à frustrations diverses et variées, n'est plus voué qu'à être galvaudé par la multitude et à devenir un poster imprimé sur un tee-shirt. La confusion des genres a jeté le nom du guerrier chiricahua en pâture pour des causes situées aux antipodes du monde apache et dont les natures profondes sont presque toujours en opposition avec lui, dans sa philosophie, sa spiritualité, et donc avec les motifs essentiels ayant animé Geronimo dans sa volonté particulière de résister jusqu'à la fin. Geronimo n'est plus désormais qu'un nom vide de sens. La confusion abîme le monde indien qu'il représente, le récupérant pour d'autres desseins. Geronimo est-il en passe de devenir à ses dépens une escroquerie historique et culturelle à l'échelle planétaire ? Oui, sans aucun doute.

Celui-qui-bâille

La chaleur devait accabler l'homme qui marchait sur la piste. L'étau brûlant que dégageait le ciel semblait l'écraser. En espagnol, il y a un mot qui exprime l'écrasement : *apachuar*. Très tôt les conquistadors et les colons envoyés par Madrid, ou encore venus d'eux-mêmes aux Amériques, avaient employé ce terme à propos des membres de la tribu à laquelle appartenait celui qui avançait presque légèrement, comme s'il économisait ses forces. C'était le cas. Il foulait le sol avec l'aisance que lui prodiguait sa mémoire, celle d'une sagesse séculaire dont il avait la parfaite connaissance. Un profond et respectueux savoir que lui avait prodigué l'enseignement des anciens lui permettait de ne pas souffrir de l'effort en utilisant ce que certaines tribus appellent la *Marche Pouvoir*. C'était comme s'il flottait sur le sol. Tout entrait en jeu : les mouvements des bras et des jambes, en parfait accord avec la respiration qui rythmait l'ensemble, le mental concentré sur l'objectif qui lui épargnait de ressentir l'écrasement de cette chaleur. De longs cheveux noirs bleutés descendaient jusqu'en bas de son dos, s'écoulaient sur ses épaules. Ils ondoyaient sur la peau cuivrée à la surface de laquelle des muscles vifs ondulaient. Il avait au préalable pris soin de placer dans les replis de son bandeau de flanelle qui entourait l'abondante chevelure des herbes et de l'armoise, la sauge du désert. Les essences épaississaient le tissu et formaient un écran efficace entre la tête et l'ample soleil. Cette technique garantissait une fraîcheur minimum qui rendait supportable une exposition prolongée en plein jour. Ces plantes ainsi utilisées, remède efficace contre l'insolation, avaient par ailleurs des propriétés médicinales bénéfiques pour l'équilibre intérieur du crâne, donc pour le maintien de la tête et du corps. La marche est alors plus assurée et l'homme moins exposé aux nombreux dangers. Les Apaches savaient cela. Dès sa plus tendre enfance, celui qui marchait avait reçu cet enseignement traditionnel. Ce savoir lui permettait d'affronter toutes les situations face au monde physique qui l'entourait.

Ses ennemis ne possédaient pas ce savoir. Ils ne le pouvaient pas car la perception des choses visibles comme de celles relevant du monde non ordinaire était l'émanation naturelle, et donc spirituelle, d'une connaissance étroitement liée à la cosmogonie de son peuple. Le marcheur qui appartenait à cet univers mythologique s'était, des années durant, entendu raconter, par des personnes initiées, les récits de la Création. Ce savoir lui permettait d'appliquer certains principes d'ordre pratique et matériel mais également philosophique et religieux. Mais, en accord avec l'Essence des Règnes qui l'entourent et animent son monde, toute déconvenue de son fait serait la conséquence d'une grave faute, d'un manquement aux règles fondamentales, voire d'une transgression.

Seul un Indien de ces régions aurait pu déceler la piste. Elle n'était visible que de lui seul. Elle serpentait. L'homme qui commençait à relever la tête en appréhendant un soleil qui semblait vouloir venir à bout de sa résistance était craint par beaucoup, amis comme ennemis. Mais les siens avaient très peu d'amis, même chez les Indiens. Il peinait. Mais il n'avait pas le choix, il lui fallait continuer son chemin sans attendre une tardive et improbable fraîcheur. Le vent ne se décidait ni à venir ni à chanter. Ses pas bruissaient sur la piste. Le marcheur accélérait l'allure, tout en jetant des petits cailloux à intervalles réguliers, devant, comme sur les côtés, et à mi-distance de ses foulées souples comme celles du couguar. C'était le bon moyen, un des seuls connus en ces lieux, pour éviter toute mauvaise surprise, comme celle de tomber nez à nez avec le tueur rampant de ces contrées : le serpent à sonnette, sa majesté le *rattle snake*. Les cailloux, le bruit, les chocs parvenaient aux antennes sensibles du monstre qui avait toutes les chances d'être là, tapi dans la broussaille ou entre deux pierres. La peur éprouvée par le serpent à l'approche de l'homme peut déclencher une attaque soudaine et meurtrière. Le faire fuir à l'avance avec des petits cailloux est une assurance contre une mort sûre et rapide. Mais un homme qui marche n'est pas pour le monstre un homme comme les autres : il est invincible, imprévisible et plus dangereux que lui car il connaît sa Loi. Il peut donc s'en prémunir. L'homme et l'animal se neutralisent. Cela remonte à la nuit des temps. Dans les histoires contées, récitées par les anciens, Serpent revient sans cesse et l'homme connaît son esprit. Mais le peuple dont fait partie celui qui marche est comparativement plus intelligent, plus sauvage et donc plus redoutable que le tueur à écailles et à sonnette.

Nous sommes dans ce paradis merveilleux que couvrent les territoires du sud-ouest de l'Amérique du Nord et du nord du Mexique. Le serpent évitait l'homme ; et l'homme qui marchait, c'était un Apache. Serpent faisait la différence entre les Apaches et les autres peuples. L'homme répondait au nom de Taklishim, et Taklishim allait bientôt être père. Le moment arrivait. Ce serait un garçon. Les plus grands guerriers apaches et ceux des autres tribus du continent, tous *rattle snake* et autres scorpions, tarentules ou lions des Montagnes que porte la terre indienne, vont accueillir plus dangereux, plus dur, plus impitoyable et plus fort qu'eux. Parce qu'il aura l'esprit visité par le Pouvoir. Il sera admiré autant que haï. Beaucoup, Indiens comme Blancs, en pâtiront. Parce qu'il aura l'esprit visité par le Pouvoir. C'est pourquoi, plus tard, tous, un jour ou l'autre, se dirigeront vers l'enfant, qui deviendra bientôt *Bi-da-a-naka enda*, autrement dit : Celui-qui-se-dresse-devant-l'ennemi.

L'enfant sera appelé Goyathley, ce qui veut dire Celui-qui-bâille. Le nom évoque bien curieusement calme et nonchalance. Cela peut paraître étrange pour ne pas dire cocasse, c'est peu de le dire, eu égard aux traits de caractère dont plus tard le garçon fera montre, et qui scelleront à jamais sa renommée. Rappelons ici que le futur Sitting Bull recevra lui à sa naissance le nom de *Slow*, autrement dit Celui-qui-ne-se-dépêche-pas-trop, qui prend les choses avec détachement et même nonchalance, disait-on alors ! Les Apaches ont de l'humour mais savent se méfier de l'eau qui dort. Recevoir ce nom qui suggère le calme, la méditation et la sérénité fut la première facétie involontaire d'un Geronimo qui n'en sera jamais à un paradoxe près. Derrière le jeune garçon, tout le monde pressentait le guerrier particulier qui sommeillait. Parmi les Apaches, il y avait toujours des gens, chamane ou homme-médecine, parfois des personnes âgées qui tout simplement, avec l'expérience et la sagesse acquises, pouvaient *voir*.

Dans moins d'une vingtaine d'années, en quelques minutes de terreur, le nom de Goyathley ne sera plus. En quelques instants naîtra un autre être ou, plutôt, se réveillera ce guerrier qui sommeillait. L'homme recevra un nouveau nom pour une nouvelle vie. L'esprit du *rattle snake* s'aplatira à sa simple énonciation : Geronimo.

Taklishim se hâtait sur le sentier escarpé. Son cœur battait, non d'essoufflement, mais de joie. Il allait devenir le père de celui qui incarnerait un jour à lui seul le symbole de la « résistance apache » à l'envahisseur. Il s'approchait de la *ranchería* des Apaches bedonkohes. Il s'apprêtait à courir. Quand il arriva au campement, il savait que Juana allait bientôt donner naissance à son enfant. Heureux et impatient, c'était aujourd'hui un bon jour pour venir dans ce monde, comme il y en a pour le quitter. L'homme qui côtoie et comprend le Grand Mystère avait bien conseillé les gens et, depuis quelque temps, les Bedonkohes vivaient en toute sécurité, éloignés des conflits qui se produisaient plus à l'est au pays des Apaches chihennes et plus au sud-ouest chez les Nedhnis qui vivaient aux sources de la Yaqui River. Près d'eux, plus au sud-ouest, où régnaient les Apaches chokonens dans leurs repaires des Dragoon Mountains, rien non plus ne venait troubler la quiétude des *rancherías*.

Juste avant que Taklishim ne se précipite près de son *wickiup*, une vieille femme le stoppa dans son élan. C'était une femme-médecine. Elle devait veiller Juana. Juana était juste revenue de mettre au monde son enfant, seule dans les sous-bois. Taklishim devait se calmer et attendre. Dans le monde où allait grandir Goyathley, la vie s'écoulait tranquillement. Le site était, et est toujours, magnifique, appelant au calme et à la sérénité. Il y avait derrière le camp des petits carrés où les femmes aidées des enfants récoltaient la courge, le haricot et même parfois des tomates après qu'ils l'eurent sans doute appris des Espagnols. Les Apaches pratiquaient une agriculture d'appoint qui leur permettait d'avoir une alimentation de base. La région montagneuse regorgeait de gibier, daims, cerfs à queue noire, lapins, mais aussi de dindons sauvages que les enfants s'amusaient à aller chasser en gambadant avec leurs petits arcs. L'écaille des poissons reluisait à fleur de l'eau des rivières.

Les Apaches n'en mangeaient jamais. Le poisson ressemblait au serpent, au lézard et à son incarnation démoniaque le *Gila Monster*, un gros lézard venimeux. Le cochon et l'aigle se nourrissaient des poissons. Dans la mémoire du mythe de Création, les Apaches se souvenaient que l'Aigle n'avait pas, dans leur histoire, toujours été du bon côté, celui des Hommes. Dans quelques mois, à l'automne, on irait sur le flanc des collines s'éparpiller joyeusement sur les surfaces où le cactus géant, l'agave, donnerait le mescal ; on ferait provision de pignons, de glands, de graines de prosopis, de noix et de fruits du yucca. Les cheveux du peuple seraient beaux car le jus de la racine de yucca, une fois exprimé et macéré, faisait un excellent shampooing. En attendant, les gens se réjouissaient. Les festivités étaient en préparation. Il y aurait des chants et des danses. Le *tulapaï* ou *tiswin*, sorte de « bière apache » fermentée à partir du maïs germé, serait bu à profusion. On se régalerait de la venaison qu'aurait fournie la chasse des jeunes garçons et des hommes, du maïs, de la courge et des baies sauvages cueillies par les femmes et les enfants. La nuit résonnerait des mélopées rythmées par les tambours à eau, les *esadadnes*, pour remercier Usen, le Donneur-de-Vie.

Le fils de Taklishim était dans le *wickiup* avec sa mère et tous deux se portaient bien. Tout était bon ici pour les Bedonkohes qui vivaient, si paradoxal et même étrange que cela puisse paraître, un intermède pacifique, une sorte de période de paix à laquelle ils n'étaient guère habitués. Le désert, les montagnes escarpées, les vallées traversées par rivières et torrents, les forêts de pins et de chênes recevaient cette lumière aveuglante, bienfaisante à l'aube, mystérieuse avant le crépuscule. Le temps arrêté entre deux mondes. Mais nous étions vraisemblablement en 1824, et avec le nouveau-né, la guerre était en train de revenir.

Pour l'enfant qui vient de naître, la paix et le calme sont dans son esprit comme le premier état du monde, un état de fait normal donc permanent, ayant toujours préexisté. Il apprendra très tôt, dans la douleur et l'effarement que cette béatitude n'est que provisoire, pour ne pas dire une illusion. Mais les adultes enseigneront et raconteront bientôt au jeune garçon l'Histoire et les histoires de la tribu. Ils lui diront qu'il sera toujours seul dans ce monde qui l'entoure, que toujours il ne devra compter que sur lui-même. L'enfant est averti.

L'Apache chiricahua Taklishim était le fils d'un grand chef des Nedhnis janeros, Mahko. Cependant, comme il est d'usage chez les Apaches, il avait suivi la coutume et, en épousant Juana, une Apache bedonkohe, était tenu de rejoindre la famille de sa femme vers les terres bedonkohes plus au nord-est, ce qui lui fit perdre son statut de futur chef héréditaire. Mais l'histoire nous rapporte qu'il y eut des exceptions. Taklishim vivait entre deux mondes, celui des Chokonens plus au sud-ouest, en Arizona, et celui des Chihennes plus à l'est au Nouveau-Mexique. Ce fut toujours le lot des Bedonkohes, la plus petite bande des Chiricahuas, toujours entre deux mondes. C'est ce que plus tard ressentira sans nul doute Geronimo, leur illustre ressortissant. Il se partagera entre tous, établira des liens de mariage, d'amitié et de complicité guerrière très puissants. Tel un apatride, surtout après le massacre des siens et le meurtre de Mangas Coloradas, Geronimo ne sera plus jamais chez lui quelque part, c'est-à-dire au foyer originel.

Au sein de son groupe local des Bedonkohes, le père de Geronimo devait certainement être un leader. Lorsque naquit Goyathley, et que comme lui il n'était pas appelé à devenir un chef issu d'une lignée, il espérait à tout le moins mener le garçon à des destinées qui l'élèveraient dans la hiérarchie du groupe et, si possible, la hiérarchie tribale, autrement dit, celle qui dépasse le strict cadre du groupe local et qui peut amener un guerrier à prendre de l'ascendant sur les siens, comme être amené à conduire au combat des guerriers provenant de différents groupes locaux appartenant à la même bande, en attendant peut-être de pouvoir étendre son commandement à plusieurs bandes.

Comme tous les parents et les proches, nombreux sont ceux qui espéraient voir un jour le jeune Goyathley jouer un rôle important. Pour tout dire, ils s'en doutaient. Certaines dispositions chez les jeunes gens ne trompent pas et, chez le garçon, les signes avant-coureurs se précisaient. Le jeune homme deviendra, non pas un chef au sens où nous l'entendons communément mais, dans des circonstances dramatiques, un chamane de guerre réputé non par désignation, mais par révélation. Et cela, il ne le dut qu'à lui-même, à ses qualités exceptionnelles d'aptitudes physiques, de courage, de témérité et de ténacité. Ses extraordinaires facultés d'intuition et de rapidité de décision le menèrent au sommet d'une hiérarchie tribale auquel, de par sa condition, il n'était pas en droit de prétendre. Même si la règle interdisait qu'il hérite du statut de chef, l'origine familiale du garçon, notamment par son grand-père, lui réservera une place prééminente à l'âge adulte.

Goyathley était loin de se douter qu'il sera obligé — même s'il présentait déjà en ce domaine d'évidentes dispositions — de se battre, seul contre tous, afin d'acquérir un nécessaire prestige qui lui donnerait l'incontestable ascendant qu'il finirait par avoir sur des groupes de guerriers issus de plusieurs bandes. Si, après le massacre des siens en 1851 par les Mexicains, les premiers raids qu'il mena avec deux ou trois compagnons se soldèrent par de cuisants échecs qui provoquèrent railleries et reproches dans son groupe local chihenne comme bedonkohe, il saura ensuite provoquer le destin. Cela se produira, on dira presque hélas, par la force des choses et la tournure dramatique d'événements embusqués dans l'un des recoins obscurs de sa vie. Un individu pouvait donc gagner un certain rang grâce à ses entreprises et à ses succès. La guerre, en tant que quête mystique et acte sacré qui anime l'esprit de ces combattants-nés, fait d'un homme un chef si l'affaire est bien menée. Parmi les chefs et autres leaders chiricahuas — constante que l'on retrouve d'ailleurs dans les tribus nomades et guerrières comme, pour citer ici les plus réputées : Comanches, Kiowas, Cheyennes et Sioux —, un « pacifiste » ou un individu manquant d'enthousiasme au combat, se montrant réticent à prendre des risques, ou faisant preuve de maladresse dans des moments délicats lors de combats ou dans la vie courante, aura beaucoup de mal à devenir dirigeant, ou tout simplement à exister socialement dans le groupe et à y prendre femme. Il doit également faire montre de savoir-faire et d'initiative en prenant part activement à la résolution des problèmes qui se posent quotidiennement aux membres d'une tribu nomade et guerrière.

Le futur Geronimo, après la mort de son père, sut prendre en charge sa mère en reconstruisant son foyer ; ainsi que sa vie psychique et affective. Très attentionné envers les membres de son groupe et même au-delà, il eut souvent l'occasion de montrer sans fausse pudeur qui il était et ce, sans être appelé à devenir un chef. La prise de parole lui était aisée. La plupart du temps, il l'utilisait pour haranguer les guerriers lorsqu'il allait recruter dans plusieurs bandes pour mener à bien ses projets de raids au Mexique. Son discours pouvait être autoritaire. Le ton, pour être sûr d'emporter l'adhésion de chefs ou de guerriers hésitants, s'élevait très vite, avec gestes à l'appui. On le vit se montrer brutal. Dans le même temps, il pouvait laisser entrevoir une autre facette de sa personnalité ; ainsi, rien ne l'empêcha, à de nombreuses reprises, de se montrer généreux notamment avec les malchanceux de la tribu, d'être sensible à la détresse et au malheur qui pouvait accabler un être. Les propositions que Geronimo faisait, et notamment celles formulées sur un ton calme, serein, étaient souvent acceptées après avoir été longuement examinées. Sans être encore un leader reconnu, il était écouté car il était craint. Il inquiétait déjà. D'autres Apaches et des voyageurs avaient ressenti, bien avant la période des grandes guerres contre les Américains, cette étrange inquiétude en apercevant au loin à plusieurs reprises sa silhouette trapue et agitée à l'allure peu engageante. Lors des conseils, il savait faire preuve de discrétion et de sagesse. Quand il le fallait, il avait assez de tact pour s'effacer devant les chefs. Geronimo était malin. Il attendait son heure, patient comme un champ de haricots en plein hiver, pour bondir au sommet de la hiérarchie chiricahua, quitte à chahuter un peu certaines convenances et à en choquer plus d'un. Mais dans son cas, même si d'aucuns remirent en cause ou contestèrent, comme ce fut souvent le cas, ses façons d'être et d'agir, nécessité faisait loi. Quand un individu était, de par sa filiation, destiné à devenir chef mais qu'il finissait par ne pas présenter les qualités requises, il était déposé.

À sa naissance, celui qui s'appelle Goyathley n'est pas destiné à devenir chef. Il s'y prendra autrement. Il sera chamane de guerre. Un homme craint et écouté.

Enfance

Geronimo évoquait 1829 comme l'année de sa naissance. Or, d'après des recoupements prenant en compte les dires de sa propre sœur, l'influent guerrier bedonkohe a été décrit plus tard comme un homme d'environ cinquante ans à peine lorsque les Américains l'identifièrent. Il est donc probable que le futur chamane de guerre des Apaches bedonkohes a vu le jour en 1823 ou 1824 et, d'après Geronimo lui-même, à une saison qui correspondrait au mois de juin. Sa cousine, *Nah-thle-tla*, future mère de Jason Betzinez et dont le père, Nonithian, serait l'un des fils du chef apache chihenne-warm springs Delgadito, raconte que l'année où elle est née correspondait au passage de la comète de Halley. Nous savons que la comète de Halley est passée dans le ciel en mai 1821 et en janvier 1823. C'est d'ailleurs de cette façon que les historiens se repérèrent pour dater au mieux la naissance du chef sioux oglala Red Cloud qui reçut ce nom lorsque le ciel fut rougi par le passage de la comète. Les Indiens disaient que « c'est la nuit où les étoiles étaient tombées » — même si d'aucuns aujourd'hui contredisent cette thèse —, ce qui correspond encore mieux au vrai nom du chef lakota, *Ma-Piya-Luta* qui signifie en réalité « Nuée rouge » et non « Nuage rouge ». Nous savons aussi que le jeune Goyathley et sa sœur ont passé leur enfance presque toujours ensemble et qu'ils avaient à peu près le même âge. Il est donc probable que Geronimo est né aux alentours de 1823-1824, ce qui permet au passage d'éclaircir et de mieux interpréter certains faits de sa chronologie faussée dans la dictée de ses *Mémoires*. En ce qui concerne le lieu, plusieurs hypothèses au fil du temps ont été échafaudées. Le nouveau-né, qui symbolisera plus tard l'image de l'Apache dans le monde, voit le jour à Nodoyon Canyon entre les Fourches de la Gila River au nord du massif des Pinos Altos et des actuelles villes de Silver City et de Lordsburg. Geronimo prétend être né en Arizona, mais la thèse le faisant naître au Nouveau-Mexique est solide car la Gila River ne prend pas sa source à un endroit qui fera partie plus tard de l'Arizona. Un des deux bras d'eau qui font jonction près de Clifton pour former la Gila River coule au Nouveau-Mexique. D'ailleurs on évoque fortement les « Fourches de la Gila » qui apparaissent clairement comme l'emplacement le plus précis qui situerait l'endroit presque exact de sa naissance. Asa Daklugie, le fils de Juh et d'Ishton, la demi-sœur de Geronimo, situe l'endroit à proximité du Monument national de Cliff Dwellings, au sud-ouest du Nouveau-Mexique. Geronimo ne serait alors pas né sur une terre qui deviendra l'Arizona. Il demeure néanmoins étonnant qu'il se soit trompé sur son lieu de naissance quand on connaît l'importance que cette connaissance revêt pour les Indiens en général, et pour les Apaches en particulier. Quand, dans son enfance, Goyathley se trouvait non loin de l'endroit qui l'avait vu naître, ses parents s'en souvenaient toujours. Ils le faisaient alors rouler sur le sol dans les Quatre Directions. Plus tard, dans sa vie tumultueuse, dès qu'il était à proximité de ce lieu, que les Indiens *engramment* dans leurs gènes et dans leur âme, et quelles que soient d'ailleurs les circonstances, autrement dit même s'il était en danger et qu'il fallait aller vite, Geronimo prenait toujours le temps de s'arrêter. Comme tous les Apaches, il s'imprégnait de *sa* terre, s'y roulait, s'y lovait. En renouant ainsi avec la matrice sacrée, l'individu restait en contact avec la mémoire ancestrale fondatrice qui a façonné son monde physique et spirituel. Symboliquement, cette gestuelle de recueillement procédait d'un accomplissement qui, disait-on, régénérait le corps et l'esprit. Chaque fois qu'un Apache, au cours de sa vie, avait l'occasion d'y revenir, il ne pouvait manquer cette heureuse et salvatrice opportunité.

Mahko était un chef nedhni vénéré. Il eut deux épouses. On ignore le nom de la première. Celle-ci en tout cas lui donna six enfants dont Taklishim. Une des sœurs de Taklishim, dont le nom nous est également inconnu, enfantera une fille, *Nahthle-tla*. Cette dernière, qui est donc la cousine de Goyathley, deviendra l'épouse de l'un des fils du chef chihenne warm springs Delgadito et donnera le jour au petit-cousin de Geronimo, Jason Betzinez.

Betzinez, qui n'était pas vraiment un guerrier, sera en revanche l'un des grands témoins de la vie des Chiricahuas dans leur ensemble et ce, de l'époque de Cochise jusqu'à la vie en déportation et au-delà. Taklishim quant à lui épousera donc la jeune Bedonkohe répondant au nom espagnol de Juana. Pendant sa jeunesse, la future mère de Geronimo vécut en captivité comme esclave dans une famille mexicaine. Lorsqu'elle put revenir parmi les siens — l'Histoire abonde d'exemples de captives apaches qui parvinrent à tromper la vigilance de leur maître geôlier et à s'échapper —, elle reprit sa vie normale et rencontra le géniteur du futur chamane de guerre. Dans la même période, Taklishim et Juana donnèrent une sœur à Goyathley. Elle s'appelait Nah-dos-te et plus tard sera prise pour femme par celui qui deviendra, outre le beau-frère du guerrier bedonkohe, le redoutable Nana qui succédera à Victorio à la tête des Chihennes warm springs.

La seconde épouse de Mahko elle non plus ne nous a pas laissé de nom. On sait simplement qu'elle donnera naissance à la future mère d'une fille nommée Ishton, la demi-cousine de Goyathley. En épousant Juh qui deviendrait plus tard le chef de tous les Nedhnis, Ishton donnera le jour à Asa Daklugie, qui sera jusqu'à la fin des guerres, et au-delà, auprès de Geronimo. Daklugie, enfant de l'union entre Juh et Ishton, fut appelé de cette façon car ce nom signifie Celui-qui-se-fraie-son-chemin. En effet, à sa naissance Ishton eut beaucoup de difficultés pour accoucher. Cela faillit d'ailleurs se passer très mal à tel point que Geronimo, alors chamane de guerre et homme-médecine visionnaire reconnu, fut appelé de toute urgence par Juh au *wickiup* de sa demi-cousine. En possession de tous ses moyens surnaturels, habité par les forces de l'Esprit, Geronimo invoqua sa Puissance du haut d'une colline pour que la mère et l'enfant restent en vie. C'est ce qui arriva. Daklugie, sauvé à sa naissance par Geronimo, fera plus tard office d'intermédiaire lorsque le vieil homme dictera ses *Mémoires* en 1905 à Barrett. En effet le garçon, comme beaucoup d'autres enfants chiricahuas, avait été séparé de force de sa famille pour être envoyé à l'école indienne de Carlise en Virginie où il apprit à lire et à écrire. Mais, et ceci n'est pas anodin, surtout pour les Apaches, ce sera Asa Daklugie qu'on retrouvera assis au chevet du vieux guerrier alité et à l'agonie, le jour de sa mort en février 1909 à Fort Sill en Oklahoma. Geronimo poussera son dernier soupir avec la main du jeune Daklugie dans la sienne. Recevoir la vie, accompagner la mort.

Compte tenu de l'histoire mouvementée entre les Chiricahuas et un Mexique tout juste indépendant et un intermède pacifique qui se termine, la naissance de Goyathley survient dans un monde presque idéal et quasi paradisiaque. Dans ces années 1825-1830, la vie de Goyathley n'est qu'insouciance et joie de vivre. C'est un petit garçon comme tous les autres, qui passe ses journées à jouer avec ses camarades, à courir, à s'ébattre, à nager dans les rivières et les retenues d'eau qu'il s'amuse à dénicher au cœur des grands cirques rocheux. Avec son petit arc qu'il aura fabriqué ou selon le cas une javeline, à moins qu'il ne s'agisse d'une fronde, il chasse le petit gibier, les rongeurs, les oiseaux, les batraciens, les lézards… La vie s'écoule, comme les ruisseaux qu'il va seul contempler. Le garçon est entouré de l'affection des siens, la nature est belle et généreuse. Sa beauté et ses abondances offertes sont une pâle copie des Jardins d'Éden de la mythologie chiricahua, une fois que les esprits mauvais du monde des Bêtes furent anéantis par les Hommes, c'est-à-dire, Enfant-de-l'Eau, fils de l'Orage et de Femme-Peinte-en-Blanc, et son oncle Tueur-d'Ennemis.

Le monde chiricahua ayant engendré une société rituelle où chaque événement est susceptible de faire l'objet d'invocation ou de rite, il va sans dire que l'éducation d'un garçon comme Goyathley a donné lieu à l'observation de coutumes et de règles strictes que lui-même appliquera à la lettre plus tard en assurant la formation des apprentis guerriers. Jusque vers six ou sept ans, les filles et les garçons restaient à jouer ensemble, se fréquentaient, allaient à la cueillette avec leurs mères. Puis ils étaient séparés afin de les préparer au monde adulte qui les attendait. Cette séparation avait lieu de telle sorte que leur éducation s'effectue dans les meilleures conditions, notamment que filles et garçons aient une idée précise de leur identité et de la voie qu'ils auraient dorénavant à suivre : la Voie masculine ou la Voie féminine. C'est pourquoi cette « séparation » était importante. Ces voies ne sont pas qu'une simple identité sexuelle. L'identité profonde de chacun est intimement liée à l'être spirituel qui l'anime en adéquation avec la cosmogonie et les mythes de Création du monde chiricahua. Dans cette société tribale et animiste de chasseurs-cueilleurs, la conscience de sa propre identité, de son appartenance de genre régit les comportements et les modes de pensée par rapport à soi-même mais aussi au groupe et au monde. Ces règles et traditions qui s'imposent toutes seules, comme un organisme, une pensée qui viennent se poser d'eux-mêmes, font partie des exigences du difficile mode de vie d'un peuple de guerriers nomades. Par là même, il était donc enseigné aux filles comme aux garçons les voies spécifiques de leur identité chamanico-religieuse ; les particularités du fonctionnement des plans matériels et sociaux n'en étaient que l'émanation. Les garçons, même lors des années de pré-adolescence, étaient astreints aux très dures épreuves de l'apprenti guerrier pour devenir un *dikohe*, un novice. Précoce, Geronimo présenta des aptitudes hors du commun.

Quelques semaines après la naissance de Goyathley, sa mère, Juana, a certainement percé les lobes auriculaires de son enfant. En effectuant cette petite « opération », les Apaches savent que l'ouïe s'en trouve aiguisée, ce qui est capital pour un individu et notamment un garçon qui sera confronté à des situations dans lesquelles la qualité de son ouïe lui sera bien souvent d'un grand secours. Entendre, puis identifier le bruit correspondant à l'animal que l'on piste, pouvoir interpréter le sens d'un pépiement d'oiseau — est-il joyeux, effrayé, effarouché ? — permet de détecter l'approche ou la présence de l'ennemi. L'écoute attentive des pas de cet ennemi, du moindre de ses mouvements, si le guerrier sait les interpréter, lui donne son identité et lui indique la meilleure décision à prendre. On retrouve chez les Apaches des qualités visuelles analogues. Comme pour l'ouïe, celles-ci permettaient d'analyser une situation en fonction de la réaction d'un animal ou d'un oiseau. L'Apache pouvait comprendre et deviner beaucoup de choses en voyant un faucon des cimes fondre au fond des ténèbres d'un canyon ou en observant un daim s'arrêtant de brouter. Il y a l'arrêt naturel où l'animal prend son temps, déglutit, puis il y a l'arrêt soudain, celui où il relève la tête comme s'il était surpris et tout d'un coup craintif, sur ses gardes. Les Chiricahuas étaient entre autres de talentueux pisteurs qui savaient lire toutes les traces, humaines comme animales. Une fois identifiée l'origine de l'empreinte, les interprétations pouvaient être multiples mais toujours précises et efficaces. Elles permettaient de savoir qui était passé, quel nombre, quand et dans quelles conditions, s'il s'agissait de cavaliers et en fonction de l'enfoncement de la trace, s'ils étaient chargés ou non, ce qui signifiait beaucoup.

La discipline imposée aux enfants restait omniprésente dans toutes les formes de relations et dans tous les contextes. Goyathley, si l'on peut dire, sera élevé comme les autres, « à la dure ». Ses premiers mois, il les a certainement passés dans un berceau que sa mère avait placé sur son dos. Ce berceau, le *tsoch*, faisait au préalable l'objet d'une cérémonie. En bois de noisetier ou de frêne, voire de chêne, le berceau était recouvert d'une peau de bête. L'ensemble était fixé sur des montants faits de tige de yucca ou de *sotol*, ces tiges creuses à l'intérieur desquelles les abeilles laissent le pollen. Chez les Apaches, avoir une longue vie est signe d'une *santé* spirituelle forte et de l'assurance d'avoir pu acquérir une expérience plus ample des choses, rendant ainsi l'esprit plus fort. L'homme-médecine qui présidait à la cérémonie de la fabrication du berceau priait pour que l'enfant ait cette longue vie. Il attachait au berceau des amulettes représentant les esprits tutélaires correspondant à l'identité spirituelle de l'enfant, à la lignée traditionnelle de celle-ci, détectée par le chamane. Sachets de pollen, *hoddentin*, turquoises et porte-bonheur divers pouvant aller des pattes de rongeur jusqu'aux griffes d'oiseau-mouche — un oiseau minuscule mais un grand Oiseau-Médecine pour les Indiens du Sud-Ouest — étaient aussi attachés au berceau afin d'éloigner des entités négatives mais aussi de s'assurer de la présence d'esprits protecteurs et bienveillants auprès du nouveau-né, notamment pour éviter une mort précoce de quelque nature qu'elle soit. À l'issue de la cérémonie, le berceau était présenté par le chamane aux Quatre Directions et lorsque le rituel en était à la présentation à l'Est, le bébé était installé dans son *tsoch*. Dans ses *Mémoires* Geronimo raconte :

Je jouais par terre dans le *wickiup* de mon père, dormais dans le *tsoch* attaché sur le dos de ma mère ou suspendu à la branche d'un arbre[1].

Goyathley fut bercé, suspendu, au gré du vent. Les parents savaient que leurs enfants tiraient de cette position une profonde détente pour le dos, les vertèbres, le cou et la circulation du sang. Une discipline de fer peut-être, mais aussi le souci de rechercher toujours la sérénité et le bien-être. Un garçon en bonne santé sera un bon guerrier qui vivra vieux et pourra donc appliquer dans le monde matériel les lois supérieures que miment les personnages de la mythologie chiricahua. Les mois et les années passant, le garçon ou la fille était soumis, mais aussi participait activement, à toute une série de rituels qui devaient les convaincre de se conformer à une ligne de conduite mais aussi de suivre l'exemple, sur terre, des Héros de l'univers cosmogonique précité.

Un moment important dans la vie de l'enfant était la cérémonie des Mocassins, célébrée quand il était âgé de sept à huit ans. Ce rite était entièrement lié au jeu du Mocassin qui est un épisode capital de la grande histoire cosmogonique apache. Cette histoire, que rapporta Morris Edward Opler lorsqu'il parlait avec ses informateurs chiricahuas dans les années trente, raconte comment les Apaches reçurent et connurent la lumière du jour et l'alternance du jour et de la nuit et ce que signifie cette cérémonie des Mocassins. En ces temps lointains, tous les Oiseaux qui volaient en l'air et tous les Animaux qui marchaient à quatre pattes se scindèrent en deux groupes. D'un côté les Oiseaux, de l'autre les Animaux. Les Oiseaux proposèrent alors de faire un jeu. Ils dirent :

Il fait toujours nuit et nous n'aimons pas ça. Faisons un jeu pour le jour. Voyons si nous pouvons gagner la lumière du jour[2].

Tous approuvèrent cette idée. Il y avait donc d'un côté les Oiseaux et de l'autre les Animaux à quatre pattes. Tous se mirent d'accord pour jouer au jeu du Mocassin : « Nous jouons nos vies. » Ainsi, si les Oiseaux gagnaient, ils remporteraient la lumière du jour et commenceraient à tuer les perdants. Quand tous les Oiseaux furent d'un côté et tous les Animaux de l'autre, ils creusèrent quatre trous de chaque côté. Ils firent cela près d'une grande falaise qui se trouvait à l'Est. Ils jouaient au fond d'une dépression. Chacun des trous avait une valeur différente. Ils avaient de nombreuses baguettes, attachées en guise de fagots. Le camp qui gagnerait toutes les baguettes pourrait commencer à tuer les joueurs du camp des vaincus. À cette époque, il y avait un grand monstre, un Géant. Géant était du côté des Animaux. Ils commencèrent à jouer. Très vite les Oiseaux se mirent à perdre. Détail important de l'informateur d'Opler :

Vous savez qu'aujourd'hui le dindon a trois ou quatre tendons à chaque patte. Il ne les avait pas avant le jeu. Dès le début de celui-ci, Dindon avait glissé quelques baguettes dans son mocassin et était allé s'allonger, en disant aux Oiseaux de le réveiller s'ils perdaient[3].

Les Oiseaux perdirent toutes les baguettes et bientôt il ne leur en resta qu'une seule. Ils allèrent rapidement réveiller Dindon et étrangement, de par la façon dont ils l'interpellèrent, lui dirent : « Debout vieil homme ! lui crièrent-ils. Nous sommes en train de perdre, et ils sont impatients de nous tuer. » Les Oiseaux demandèrent alors à Dindon-vieil homme de bien vouloir leur donner des baguettes ou de venir se joindre à eux pour continuer le jeu. Dindon les rejoignit et commença très vite à gagner des baguettes sur le camp des Animaux. Sans s'arrêter, il continua jusqu'au moment où les Animaux à leur tour n'en eurent presque plus. Soudainement, Coyote fit irruption et, se plaçant au milieu, déclara : « Je reste ici, et je joue avec les vainqueurs. Je vais aider le camp gagnant. » Il ne restait plus alors que deux baguettes aux Animaux. Le jour allait pouvoir se lever. La lumière « fut ». L'histoire raconte alors que le petit troglodyte des rochers, un petit oiseau qui niche dans les falaises, vint au-devant des Animaux et chanta : « Le jour se lève, le jour se lève ! » Il est aussi dit que Géant fut si furieux qu'il saisit un brandon dans le feu et menaça l'oiseau : « Taistoi ! Il n'y aura pas de lumière du jour ! » Mais les Animaux finirent par perdre toutes leurs baguettes et les Oiseaux commencèrent à les tuer. Ils s'en prirent aussi à Géant en l'arrosant de flèches. Ne parvenant pas à le tuer, Lézard jusqu'alors du côté des Animaux rejoignit les Oiseaux et leur indiqua à quel endroit il fallait viser pour en finir. Les flèches partirent, Géant tomba. Ensuite, tous les

Animaux prirent la fuite. Les Oiseaux ne purent atteindre Serpent qui se réfugia dans le creux d'une falaise où aucune flèche ne put l'atteindre. Ensuite, ce fut le tour d'Ours.

Pour les Apaches, Ours est une entité redoutée. Déjà sur le plan physique, terrestre, le chef des Chihennes warm springs, Loco, en avait fait l'amère expérience en étant acculé à combattre l'animal au couteau. Loco vainquit le fauve en y perdant l'œil gauche. Cruel, fort, dévoreur d'humains, sa façon de se tenir debout rappelait aux Apaches celle de l'homme comme si Ours était la réincarnation d'un *mauvais* esprit humain. Dans sa fuite précipitée Ours chaussa si rapidement ses mocassins qu'il les mit à l'envers. Depuis ce jour, ses pieds prirent cette forme et aujourd'hui, ils sont toujours à l'envers. C'est pourquoi les Apaches peuvent facilement reconnaître ses traces. Les reconnaître avant d'être surpris et tué. On raconte aussi cette histoire où, comme Loco, Geronimo fut confronté à un ours. Il est rapporté que Geronimo était si puissant et si rapide qu'il fut l'un des rares à pouvoir défier cet animal sans trop de crainte. Pour vaincre l'ennemi lors d'un raid ou dans une embuscade, Geronimo connaissait le moment exact où il fallait frapper, l'instant fatal de faiblesse. Avec l'ours, le chamane de guerre chiricahua faisait de même. Fixant l'animal dans les yeux, il connaissait et maîtrisait le quart de seconde où il ne serait pas assez rapide. Où il serait comme paralysé. Geronimo savait lire dans le regard de l'ours et mettait à profit cet instant où le fauve serait vulnérable, là où il pourrait frapper comme l'éclair. À l'issue de la victoire des Oiseaux sur les Bêtes, l'émergence des principales divinités chiricahuas pourra survenir. Le futur monde apache commencera à sortir des ténèbres et de la peur. Cela déterminera la nature profonde qui insufflera aux Chiricahuas l'énergie et l'endurance hors du commun qu'ils sauront déployer lors des combats à venir : l'*Essence du But*.

Mythologies

L'univers mythologique des Apaches chiricahuas, aux prises avec des forces antagonistes, a façonné le monde de Geronimo. Ces forces, ces puissances représentent un Pouvoir surnaturel qui a donné la vie aux Chiricahuas. Leur cosmogonie laissait entendre que le temps et le pouvoir préexistaient avant la création de l'univers. Le Pouvoir, la Puissance surnaturelle reconnue et *nommée* Usen :

> Il fut un temps où seul le Pouvoir existait. Le Pouvoir sous toutes ses formes. Tout était pouvoir. Depuis toujours. Le Pouvoir et le néant. La fureur régnait[1].

Ces forces, ce Pouvoir, Geronimo a exprimé la très forte volonté d'entrer en osmose avec eux, en les *servant* à sa manière dans son monde matériel. Le monde du chamane de guerre des Bedonkohes est alors traversé de l'esprit des puissances préexistantes dans l'univers non ordinaire traversé de chocs titanesques et qui a été offert à sa conscience. À elle seule, la vie de Geronimo en a symbolisé les expressions, les représentations les plus extrêmes et donc les plus violentes. Le monde mythologique des Chiricahuas est tourmenté tout autant que le fut Geronimo dès qu'il entendit sa Puissance s'adresser à lui par quatre fois après le massacre de sa famille.

En recevant son Pouvoir, Geronimo recevait les forces vitales de l'univers. Ces forces surnaturelles ont forgé sa personnalité, façonné et structuré son mental, consolidé sa foi. Elles ont guidé ses comportements, nourri son attachement viscéral à sa terre, à *son peuple*, à ses traditions mais également ont porté sa violence fanatique à son paroxysme. Ce fut en partie ce dernier point qui, dès 1874-1876, le fit entrer sur la scène de l'Histoire et le rendit si célèbre, associant ainsi l'homme et son nom au « tigre humain assoiffé de sang » et au « pire Indien que l'Amérique ait connu ». Cosmogonie et Pouvoir sont indissociables. Un homme qui n'avait pas de Pouvoir ne pouvait s'élever vraiment dans la société chiricahua et le Pouvoir, c'était la force, la rapidité, la volonté, la capacité à *voir* et à ressentir hors des limites ordinaires. Cochise avait un tel Pouvoir que son fils cadet, Naiche, qui en était totalement dépourvu, fut malgré lui désigné comme chef héréditaire après le décès de Taza, son frère aîné. Cochise avait désigné celui-ci comme successeur. Cependant, en 1876, qu'il succomba d'une pneumonie à Washington, la logique avait nommé Naiche chef héréditaire des Chokonens et, comme son illustre père, de tous les Chiricahuas. Mais l'absence du vrai Pouvoir chez le jeune chef fit qu'automatiquement la lourde tâche du commandement et des responsabilités générales incomba à Victorio pour tous les Chihennes et à Juh pour tous les Nedhnis et une grande partie des Chokonens, Naiche faisant quasiment office de figurant devant l'ascendant que Geronimo était en train de prendre sur lui et sur beaucoup d'autres.

Une des preuves du grand Pouvoir de Geronimo était le nombre important des épouses qu'il eut jusqu'à la fin de sa vie. C'est à la mort accidentelle de Juh en 1883 que Geronimo put exercer, dans toute sa plénitude, son Pouvoir sur ce qui restait des bandes chiricahuas décimées par la maladie, le désespoir et la guerre. Les Apaches ne pouvaient vivre sans Pouvoir. C'était une condition indispensable qui leur permettait, dans leur monde de guerriers nomades, de dominer toutes les situations tant dans les succès que les échecs, les joies et les frustrations : le Pouvoir conférait une façon digne d'exister socialement et spirituellement. Il y avait bien sûr des degrés de Pouvoir et, cela va sans dire, la Puissance qui interpella Geronimo en 1851 le plaça en haut de l'échelle. Le Pouvoir chez les Apaches était l'émanation d'un domaine effrayant et l'on conçoit pourquoi ils s'assuraient la protection divine des *Gans*, les esprits de la Montagne, qui intervenaient dans les cérémonies les plus importantes sous la forme humaine de danseurs masqués dont la tête était couronnée d'une sorte de grand éventail en bois de peuplier décoré de motifs peints. D'après les informateurs d'Opler, le Pouvoir intervenait à tous moments dans la vie des Chiricahuas car il était à l'origine de la matière originelle de l'univers : la matière subtile comme la matière *matérielle*. Geronimo avait prouvé son grand Pouvoir à différentes reprises. Pour cela il dut faire montre de courage et de puissance tant à la guerre, dans les raids qu'à la chasse.

Secouée par les souffles des puissances divines, la scène cosmogonique de Geronimo est un univers en proie aux soubresauts des forces antagonistes qui le composent. Tout ce qui met en péril, qui menace de rompre un équilibre, émanation du Pouvoir, d'Usen, doit périr. Geronimo est un « soldat » de sa cosmogonie, du moins parmi les autres, celui qui apparaît comme le meilleur. Les représentations, les symboles de son univers, Geronimo les a portés en actes dans sa vie de chamane de guerre. Les combats de titans des entités, les fureurs de Léviathan ont imprégné son esprit. Il s'en nourrit spirituellement, il en vit matériellement. Geronimo a intégré toutes ces données au fond de son âme, dans les recoins les plus enfouis de son être secret en intimité avec le Pouvoir. Il s'est toujours régénéré à la source infinie de ces puissances.

Les combats seront titanesques, féroces. À voir évoluer le jeune Goyathley, d'aucuns seraient portés à croire qu'il a reçu les préceptes et les forces spéciales issus de cet univers mythologique sans concession. En tout cas, l'Histoire nous apprendra vite que l'homme s'est attaché au mieux à en reproduire les formes rigides et impitoyables. Elles ont donné vie et consistance au monde chiricahua, créé les structures religieuses, mentales et sociales des sociétés apaches. Enfant-de-l'Eau, *Too ba ghees chin en*, fils de Femme-Peinte-en-Blanc et de l'Orage et son oncle Tueur-d'Ennemis deviendront, à force de lutte et de courage, maîtres de cet univers. Ils sont la résultante cosmogonique de la victoire des Oiseaux sur les Bêtes à l'issue du jeu du Mocassin. Le monde terrestre chiricahua, se devra, avec l'enseignement puis l'application des traditions par les rituels et les actes cérémoniels qui y sont liés, de parvenir à protéger cet univers sacré. Geronimo, qui symbolise, qu'on le veuille ou non, par son aura légendaire la richesse de la culture et de la résistance apaches, devra mettre sur pied et déployer des moyens qui dépassent l'imagination pour installer cette résistance non seulement dans le temps matériel, mais à jamais dans l'histoire de l'humanité.

L'univers mythologique chiricahua met donc en présence des forces où seul le Pouvoir existe, où seule règne la fureur. Mais quel est donc ce fameux univers mythologique au sein duquel s'anime une cosmogonie qui est à elle seule un véritable Big-Bang dans l'âme des Chiricahuas ? Cette histoire remonte à une période lointaine. En ces temps reculés, il n'y avait pas d'humains sur la terre. Seules deux tribus y vivaient et se partageaient le monde. La tribu des Bêtes, la tribu des Oiseaux. La Genèse demeure mystérieuse. Cependant, les récits d'anciens apaches mettent en lumière certaines phases et perspectives du déroulement général entre le mythe *réel* et la réalité historique, sans compter le récit de sa vie par Geronimo lui-même, tout en prenant en compte, pour ce dernier, tous les manques, oublis, non-dits et confusions volontaires ou fortuits. Aller plus loin avec Geronimo, c'est nécessairement entrer dans le monde subtil chiricahua. Sans cela, nous ne pouvons saisir et comprendre sa guerre qui est sa vie, toute sa vie. Et toute sa vie, dès mars 1851, c'est sa haine incoercible, implacable contre les Mexicains. Cette haine farouche puise sa force dans les fondements mythologiques que sont les soubassements des fonctions vitales de la société chiricahua. Nous pouvons commencer à entrevoir par là une des raisons obscures, celle de l'ombre, qui fit de Geronimo ce guerrier célèbre sans qu'il soit chef.

La guerre apache, notamment pour le chamane bedonkohe, est une question d'accomplissement psychique tout en étant une question de survie physique. Celui qui conduisait les raids sous les ordres des grands chefs et parfois pour son propre compte exécutait chaque fois son pas de danse : le combat en tant qu'art total, nourricier de la chair et de l'âme. Au cours des combats, il y eut des moments miraculeux, emplis de pouvoir, qui lui ont permis d'échapper de peu à la mort. Les affrontements pouvaient prendre des allures bizarres, voire surréalistes. Certaines d'entre elles donnaient à penser que Geronimo pouvait s'envoler. Au cœur de sa terre, il pouvait devenir invisible. Au creux de chaque repli de chaque arroyo, de chaque canyon, au détour de chaque rocher Geronimo savait se soustraire à la vue de l'ennemi. Son ennemi à lui, celui de tous les Apaches mais aussi celui de sa terre, de sa Terre Mère nourricière. Nourricière de son corps physique mais aussi de son esprit. Pour les Chiricahuas, et bien d'autres tribus, la guerre, en tant qu'acte religieux profondément sacré, était menée dans un autre espace de pensée que la guerre d'agression ou de conquête conduite par l'envahisseur.

Pour vaincre ou échapper à une situation délicate, pour ne pas dire désespérée, il lui suffisait d'enchanter les choses, de chanter avec le vent, en harmonie avec son murmure, son intensité, sa faiblesse. Le chamane de guerre bedonkohe connaissait la magie ; comme dans le récit mythologique des origines de son univers, le monde chiricahua, il pouvait apprivoiser la foudre, la charmer et alors, comme Enfant-de-l'Eau, vaincre le Dragon. Là, dans la « réalité » de l'Histoire et de la guerre temporelle de sang et de poussière, il terrassait souvent les dragons, nom de certains régiments américains expédiés dans le Sud-Ouest. Geronimo, ce guerrier vigoureux, n'eut pas, curieusement, les qualités d'un vrai chef malgré sa forte et juste réputation de posséder une Puissance, un Pouvoir exceptionnel qui le rendait invincible à la guerre. C'est aussi pourquoi nombre de jeunes guerriers le suivaient aveuglément. Avec lui, ils auraient été jusqu'en enfer. C'est d'ailleurs ce qu'ils ont fait. C'étaient de petits groupes de partisans dévoués parmi lesquels on comptait un fils, un cousin issu de germain, un beau-frère, une sœur, des oncles ; les gens de Geronimo : une histoire de famille. Une coalition solide et meurtrière face à l'Américain et au Mexicain par les indéfectibles liens du sang et du mariage.

Il y avait nombre d'histoires dans le monde apache. Goyathley les écoutait passionnément, racontées par les Anciens. Les combats de titans que se livraient les entités mythologiques émerveillaient, tout en inspirant crainte et déférence, les jeunes Apaches et les têtes du peuple étaient pleines de rêves, d'affrontements fantastiques. L'histoire de la victoire finale d'Enfant-de-l'Eau, fils de l'Orage et de Femme-Peinte-en-Blanc, sur le Dragon était le point d'orgue du mythe de Création chez les Chiricahuas. L'histoire dit qu'une belle femme, pure, enfanta Enfant-de-l'Eau par une pluie d'orage. Son oncle, Tueur-d'Ennemis, allait à la chasse et arrivait toujours à échapper aux Monstres, à Géant et à Dragon. Comme s'ils s'en doutaient un peu, Géant ou Dragon venaient souvent voir si Femme-Peinte-en-Blanc ne cachait pas un enfant. Ils la questionnaient brutalement. Ils voulaient dévorer l'Enfant dont ils supputaient l'existence. Femme-Peinte-en-Blanc trouvait chaque fois un subterfuge et arrivait à se débarrasser des monstres. Enfin, le jour où Enfant-de-l'Eau arriva presque à l'âge où un *dikohe* peut entrer au rang des guerriers, il défia Dragon ou Géant (selon les versions). Après mille péripéties et épreuves pour Enfant-de-l'Eau, il fut décidé d'en finir et de tout régler par un duel au tir à l'arc. Chacun avait droit à quatre flèches. Géant ou Dragon se proposa de commencer. Son arc provenait du bois d'un arbre dont on ignore le nom et ses quatre flèches gigantesques étaient les troncs épointés de pins. Lorsque le monstre se prépara pour la première flèche, il se plaça à l'Est. Lorsque la flèche partit, Enfant-de-l'Eau poussa une exclamation légère et le tronc de pin se brisa comme si un éclair l'avait frappé. Enfant-de-l'Eau est fils de l'Orage. Ensuite, chaque fois que le monstre tirait une autre flèche, Enfant-de-l'Eau s'exclamait toujours en faisant un tour sur lui-même dans le sens des aiguilles d'une montre afin de se retrouver face à une autre des Quatre Directions. À chaque tir, la flèche gigantesque de Géant ou de Dragon se brisait. Comme pour les baguettes du jeu du Mocassin, le monstre du camp des Bêtes n'avait plus de flèches. Puis ce fut au tour d'Enfant-de-l'Eau. Dès son premier tir, il tourna de la même façon sur lui-même et poussa la même exclamation. Chaque flèche atteignait le corps du monstre qui était recouvert de quatre protections. Pour le dragon, il s'agissait de quatre couches d'écailles. Cependant, arrivé à la dernière flèche, autrement dit la quatrième, celle-ci atteignit véritablement son but et transperça le cœur de la Bête qui tomba au fond d'un précipice. L'œil de Dragon ou de Géant est, dit-on, coincé dans une falaise et on peut encore le voir aujourd'hui. Quant à ses restes, ils sont si grands qu'on peut marcher dessus et passer d'un bout à l'autre du précipice, et chevaucher entre les os pétrifiés.

L'âme du peuple baignait dans la Félicité. Les mythes forgeaient un monde qui ne parlait que de ces affrontements, de ces chocs violents, un enseignement de valeurs guerrières auprès desquelles les Spartiates eux-mêmes auraient fait grise mine. Le monde de Geronimo, c'était cela. Élevé à l'école de la violence mythologique, ferment d'une spiritualité forte, l'univers chiricahua se gravait au plus profond de son âme. Femme-Peinte-en-Blanc, Enfant-de-l'Eau, Tueur-d'Ennemis, l'Aigle et le Dragon lui étaient devenus familiers. Geronimo, tel *Too ba ghees chin en*, Enfant-de-l'Eau, ira face à l'ennemi. Et dans l'absolu, seul.

Le rite du Berceau, comme celui du Mocassin, revêt une grande importance du fait que les officiants, chamanes ou hommes-médecines, sont des intercesseurs, dûment initiés, auprès des Pouvoirs surnaturels. Geronimo, bien sûr, est passé par toutes ces phases cérémonielles. Il en a tiré, à l'évidence lorsqu'on examine de près sa « carrière », sa ligne de conduite, sa philosophie et son implacable volonté de combattre jusqu'au-boutiste. Ce terme n'est pas péjoratif mais, à l'examen des lignes de conduite des grands chefs, on peut comprendre facilement que le guerrier bedonkohe n'a pas spécialement eu de chance. On ajoutera même que la malchance, pour ne pas dire le malheur, s'est acharnée sur lui et que, présentant un terrain émotif fragile, il devint ce guerrier du désespoir à l'extrême du supportable pour ses derniers fidèles. Cela explique en partie le début de son accession au sommet des bandes dès juin 1874 à la mort de Cochise et surtout entre 1880 et 1883, années qui ont vu successivement les disparitions de Victorio et de Juh. Ces successions d'événements en rafale firent de ce combattant de l'ombre un guerrier projeté en pleine lumière. Dès ce moment, sa réputation va devenir ce qu'elle est aujourd'hui.

Le jeune Goyathley, qui avait été un enfant calme voire affable, apparaît à partir du massacre de sa famille en 1851 comme dépenaillé, mal coiffé et arbore une tenue des plus négligées. Or, ethnologues, témoins divers et observateurs de terrain ont tous rapporté que les Apaches attachaient un soin particulier à leur coiffure. Si les salons de beauté avaient existé à l'époque, d'aucuns auraient cru que des chefs comme Victorio, Cochise et son fils cadet Naiche y passaient une bonne partie de leur temps. Autant le chef chokonen faisait montre d'une élégance naturelle renforcée, pour ne pas dire couronnée, par un visage noble et intelligent, et qui, dès 1870, laissa transparaître une tristesse où l'on pouvait lire l'expression de la conscience qu'il avait de l'asservissement inévitable des Apaches, autant Geronimo se donnait du mal pour ne pas attirer son monde. Mais certains se souvenaient que, avant le fameux drame, le guerrier bedonkohe, sans avoir la coquetterie de Cochise, présentait un aspect plutôt soigné. Au premier printemps qui succède à la cérémonie du Mocassin, Goyathley a été « soumis » à la coutume qui veut que les cheveux soient coupés court, en laissant quelques mèches, et que soit appliqué sur la tête et le visage du pollen sacré afin de marquer le souvenir du rite du Berceau mais aussi de la bénédiction de l'enfant. En effet, ce pollen est aussi utilisé dans d'autres cérémonies et notamment lors du rite de la puberté des jeunes filles, le *Na-hi-es*.

Geronimo, dès le plus jeune âge, fut donc invité à assimiler la religion et les coutumes de la tribu. On lui enseignait le respect des parents et des Anciens. Les notions de partage et de secours aux plus nécessiteux lorsque, par exemple, une famille était à la fois endeuillée par la mort au combat du père et des fils, lui étaient inculquées. Les vertus de reconnaissance et de probité étaient de mise. Au fur et à mesure des années l'enfant apprenait les mots spéciaux, ou secrets — c'est-à-dire *sacrés* — à employer dans des circonstances ou des situations particulières. À la chasse comme à la guerre, certains mots devaient être prononcés tout bas, et certaines attitudes observées. Les Apaches n'exprimaient pas une chose ou un événement dans ces conditions délicates de la même façon que dans la vie courante. Un vocabulaire spécifique mais secret était enseigné et chacun était tenu de se conformer à cette initiation. Ce qui forgea aussi la personnalité de Geronimo, c'est l'écoute des mythes et des contes relatifs à la Création du monde chiricahua. Il y avait des contes amusants, des contes moraux. Ils structuraient et façonnaient la personnalité de l'enfant et de l'adolescent. Les plus délicats et sévères à entendre intervenaient un peu plus tard et concernaient la sexualité, la fidélité dans le couple et éventuellement les mesures à prendre en cas d'infidélité féminine. Il est dit qu'en cas avéré d'infidélité, les Apaches coupaient le nez de leur femme. On connaît la photographie d'une femme de Geronimo qui, s'étant rendue coupable d'adultère, subit cette terrible amputation. Défigurée, elle ne pouvait plus, dans le symbole, et bien sûr dans sa nouvelle réalité physique, séduire un homme. Par ailleurs, et ceci remonte à la nuit des temps, à des époques mythologiques lointaines, les Chiricahuas disposaient de tout un arsenal de punitions pour les femmes adultères. Généralement, les hommes, une fois qu'ils avaient découvert ce qu'ils considéraient comme une grave offense, avaient pour habitude de laisser faire afin de s'assurer du comportement de leur femme. Ensuite, ils peaufinaient l'intensité d'une punition mûrement réfléchie. Dans le corpus de mythes recueillis par Edward Morris Opler auprès des Chiricahuas d'Oklahoma, qui avaient donc connu une bonne partie de la période Cochise puis celle de Geronimo et enfin la captivité, il est rapporté nombre d'histoires au sujet des femmes qui trompent leur mari.

Celle qui suit est tout à fait révélatrice de l'importance qu'attachaient la société et le monde spirituel chiricahua à la conduite des femmes puisqu'elles étaient censées être les représentantes ou du moins les alliées de l'entité Femme-Peinte-en-Blanc, tout comme d'ailleurs certains guerriers, tel Geronimo, étaient censés être l'exemple, l'incarnation dans leur comportement d'Enfant-de-l'Eau ou de Tueur-d'Ennemis. Donc un jeune couple dont la femme était d'une grande beauté vivait heureux, sans enfant. Mais cela n'était qu'apparence. En l'absence de l'homme, la femme partait. Comme cela se répétait, des gens avaient fini par la voir aller vers une grande colline où elle disparaissait dans les buissons. Au bout de quelque temps, son mari commença à s'apercevoir que, lorsqu'il revenait à l'improviste, elle n'était jamais là. Voulant en avoir le cœur net, il décida, après avoir quitté le *wickiup*, de revenir sur ses pas. Et comme s'il s'en doutait mystérieusement, il constata qu'elle était déjà partie. Le lendemain il guetta son départ. Quand il la vit partir, il la suivit discrètement et se retrouva non loin de la colline où elle montait. À mi-pente, il la vit s'enfouir dans les fourrés comme pour se cacher et, de là où il se tenait, il put la voir comme si elle était assise sur quelque chose. À un moment donné, il s'aperçut qu'elle était prise de mouvements brusques comme des secousses et qu'elle remuait beaucoup de bas en haut. Il la vit s'arrêter de bouger, se relever, secouer sa robe et repartir. Peu après, le mari se rendit sur place et alla voir ce qu'il en était. Il vit alors, à l'endroit où sa femme avait beaucoup remué, deux petits cactus qui n'avaient plus aucune épine. Elles avaient été arrachées et les cactus avaient une longueur et un diamètre qui convenaient à la femme. Le mari eut alors l'idée de couper les deux cactus à ras du sol de façon qu'ils tiennent juste assez lors de la prochaine venue éventuelle de son épouse. En rentrant au *wickiup*, il la retrouva comme si de rien n'était. Le lendemain, dès qu'il quitta le foyer, sa femme repartit sur la montagne et se prépara à refaire la même chose que la veille. Mais au moment où elle enfonça en elle le cactus, celui-ci se rompit. Elle essaya de le faire sortir mais en vain. Chaque tentative l'enfonçait un peu plus. Elle fut contrainte de rentrer chez elle et de demander de l'aide. Racontant à son mari qu'elle était très souffrante sans lui révéler la vraie nature de son mal, ils firent venir un vieil homme afin de la soigner. Comprenant vite la situation, le vieil homme envoya dans le vagin des petites flèches dotées de pointes sur la tige qui allèrent se planter dans le cactus. En tirant doucement l'extrémité qui dépassait, le cactus qui suivait au bout sortit enfin. Il est dit que l'urine gicla sur le visage du vieil homme. Le mari déclara alors à sa femme qu'il avait bien pensé la tuer mais, jugeant qu'elle avait assez souffert comme cela, il la répudia et lui intima l'ordre de quitter le village.

Les histoires de Coyote, cet animal mythologique commun à toutes les tribus de l'Île-de-la-Tortue, c'est-à-dire de tout l'hémisphère nord-américain, étaient particulièrement appréciées des Apaches. Farceur invétéré pouvant être à la fois un allié précieux ou un ennemi caché qui ne révèle pas toujours sa véritable identité spirituelle, Coyote participe à de nombreux événements heureux ou malheureux, des phases qui reproduisent des fragments de la cosmogonie chiricahua. Il pouvait accomplir des actes héroïques ou bienfaiteurs, venir en aide à des désespérés mais aussi introduire la mort dans le monde, tromper les cœurs et les esprits, détruire des vies en rendant fou, en séparant des êtres attachés l'un à l'autre en favorisant des querelles qui deviennent fatales. Tout jeune, Geronimo avait été informé de toutes ces données traditionnelles et mythologiques. Comme les garçons de son âge, il était maintenant prêt à recevoir un autre enseignement. Les jeux d'enfants étaient terminés. Il allait avec enthousiasme s'adonner à la pratique d'exercices consistant à développer son agilité, sa résistance, sa force et sa rapidité. Course à pied, combat au corps à corps, exercices de tir à l'arc, de maniement de javeline, tout était mis en œuvre pour préparer le garçon à sa destinée de guerrier. On lui apprenait aussi à monter à cheval puis à se débrouiller seul. Les rudiments indispensables que doit savoir tout bon chasseur lui étaient aussi dispensés. Avec les tiges pointues du yucca, utilisées comme une lance, il s'exerçait à transpercer les énormes corps velus des tarentules. Avec ses petits arcs, il s'entraînait à tirer les oiseaux et les rongeurs ; en utilisant des javelines faites avec des tiges de *sotol* ou encore du yucca dont les pointes sont solides et redoutables, il visait les crapauds ou tout autre petit batracien ou rongeur. Cette pratique de la chasse habituait les jeunes garçons à être persévérants dans l'attente d'une proie. En effet, il leur fallait approcher silencieusement l'oiseau ou le petit animal. Le chasseur devait savoir se dissimuler derrière des buissons, avancer à plat ventre avec une peau de bête, dont la présence est normale sur le territoire, qui recouvrait la tête et le corps. Il était recommandé au chasseur en herbe de consommer tout cru le cœur de la proie qu'il venait d'abattre afin de s'assurer plus tard de chasses fructueuses mais aussi d'absorber ainsi l'énergie de l'animal tué, surtout si ce dernier lui avait donné du fil à retordre.

Dans les exercices imposés de lutte, il arrivait que les garçons se blessent à l'entraînement. Les vieux Apaches disaient encore au début du XXe siècle qu'ils se souvenaient que, dans leur phase d'apprentissage, il y avait eu des accidents mortels. Dès l'âge de sept ans, les enfants devaient apprendre beaucoup par eux-mêmes sans que les adultes interviennent. Souvent, leurs instructeurs demandaient aux jeunes novices de courir des heures entières sur des dizaines de kilomètres et de recracher devant eux la gorgée d'eau qu'on leur avait donnée au préalable. Cette résistance à la soif était dans ces régions un atout considérable. L'ennemi ne pouvait tenir longtemps. Il pouvait être amené à faire une erreur à cause de la soif. L'Apache, lui, devait apprendre à se priver, à résister afin de pouvoir survivre, à fuir ou attaquer quand il le veut ou à rester invisible. Geronimo, dans les campements rebelles des années 1880, quand il ne dormait pas ou ne buvait pas, quand il n'était pas en expédition, était un instructeur redouté ainsi que le raconta Charlie Smith, un jeune Mescalero enlevé lors d'un raid par un parti de guerre de Geronimo, que Charlie appelait « mon beau-père » parce que ce dernier s'en occupait comme un père :

> Mon beau-père était strict mais ma mère et moi n'avions aucun ressentiment et je suis sûr qu'il m'aimait bien. Il confia même à ma mère que je deviendrais un bon guerrier et un bon tireur. Il me fabriqua un arc avec des flèches émoussées en exigeant que je m'entraîne à le manier plusieurs heures par jour si je voulais qu'il me donne de vraies pointes. Et je fus ravi le soir où il me ramena un poney. Je me souviendrai toujours de cet hiver, quand Geronimo fit s'aligner les garçons devant la rive. Ils firent un feu puis plongèrent dans le torrent en brisant la glace. Je pensais l'épreuve terminée mais, une fois sortis de l'eau et réchauffés, nous dûmes replonger. Il m'arrivait de détester Geronimo quand il se tenait sur la rive en tenant un bâton. Je ne l'ai jamais vu s'en servir mais nous savions qu'il en était capable et nous ne l'aurions pas provoqué[2].

Chaque étape importante dans les diverses phases d'apprentissage donnait lieu à des cérémonies. Chants, danses et prières étaient alors exécutés et récités. Ainsi, dons et autres offrandes étaient apportés dans l'enceinte du cercle cérémoniel. Il s'agissait la plupart du temps d'objets sacrés, de parties d'animaux, pattes ou griffes, qui représentaient l'esprit tutélaire de l'animal correspondant à l'identité spirituelle du garçon, ainsi que certaines pierres et herbes médicinales.

À l'âge de quatorze ans, le jeune Goyathley avait acquis une puissance et une forme physique qui ne laissaient d'étonner. Discipliné mais indépendant, il partait souvent seul à la découverte de son pays. Chaque configuration de sa terre, chaque visage d'une colline, d'un canyon ou d'une forêt, d'un plateau herbeux ou de pins, d'une vallée coiffée d'arbustes pelés et de buissons d'armoise imprégnait ses yeux et son esprit comme s'il savait d'avance que plus tard cette terre avec tous ses recoins secrets et cachés lui serait d'un secours inestimable. Chaque repli du terrain lui était familier. Sans doute pensait-il intuitivement qu'un jour sa survie dépendrait directement de cette connaissance. Lors des dernières années des guerres apaches et tandis que les bandes étaient aux abois, Geronimo, prévoyant, avait stocké au fond de caches sombres et sèches à l'abri des intempéries, des yeux ennemis, de la chaleur et de l'humidité, des armes, des munitions, des vêtements, des couvertures mais aussi des aliments divers, graines, glands, pignons et de la viande séchée. Le pays des Apaches, comme le rapporte Sweeney, était :

> la version d'un supermarché moderne, proposant absolument tout, des noix, des baies et des fruits jusqu'à de la viande fraîche[3].

Avec Geronimo, les grottes, les anfractuosités inaccessibles au fond des canyons ou dissimulées derrière les buissons, et invisibles pour un non-Apache, avaient été transformées en de véritables réfrigérateurs !

Les Bedonkohes menaient leur existence dans des régions offrant des environnements très contrastés. Le territoire de Geronimo s'étendait sur les terres formant un immense triangle dont la pointe au nord allait aux Fourches de la Gila River en moyenne altitude. À l'ouest, ce territoire débordait dans les basses terres sur les rives de la San Simon ; son côté est, aussi en altitude, partageait avec des groupes locaux chihennes les massifs des Animas, des Burros et une partie des Pinos Altos jusqu'à la Mimbres River. Au sud, le triangle s'élargissait et incluait les régions désertiques et plates du nord du Chihuahua au sud-est du territoire et les zones très élevées des Guadaloupe et des Peloncillo Mountains vers le sud-ouest. Les niveaux de basses terres étaient occupés par le désert mystérieux avec toutes les sortes de cactus dont les Apaches savaient tirer la pulpe, les fruits et l'eau qu'emmagasinaient les sagueros, quelques vallées desséchées frisées d'herbe rare, et de sauge ; les petits ruissellements d'eau provenant des profonds canyons des niveaux inférieurs profitaient aux herbages. En altitude, dès mille sept cents mètres, les *rancherías* étaient habilement blotties près des canyons traversés de ruisseaux ; il y avait abondance de genièvres, de pins pignons et plus haut encore des bosquets de trembles, des forêts d'épicéas, de pins jaunes, des prairies d'herbes hautes. Ces paradis mettaient à disposition des Apaches une flore et une faune abondantes. Les lapins, les dindons, les cerfs à queue noire, les daims régalaient les Chiricahuas qui pouvaient trouver aussi leur équilibre alimentaire dans la cueillette des fruits de yucca, des figues de Barbarie, de toutes les variétés de baies, des glands et autres noix, mais aussi des oignons sauvages, des haricots du prosopis, de l'acacia dont les graines pouvaient devenir de la farine ; les tiges creuses du *sotol* gardaient le pollen, sans parler des graines de tournesol mais aussi d'une agriculture à petite échelle : haricot, courge, maïs et fève.

À flanc de colline, dès le milieu de l'été et jusqu'à une bonne partie de l'automne, les femmes allaient à la récolte rituelle de l'agave. Cet énorme cactus, massif, ramassé sur lui-même, est un personnage à lui tout seul. Sur les pentes des montagnes on pouvait le voir de loin grâce aux petits pédicules rouges qui ornaient à cette époque de l'année ses épaisses feuilles. Des pointes auprès desquelles le fer aurait eu peine à faire jeu égal avaient l'air de former une ligne de défense qui la rendait imprenable. Les Apaches en localisaient des étendues assez grandes et commençaient la récolte qui pouvait durer plusieurs jours. Une fois les feuilles détachées, le bulbe était déterré. Il fallait en récolter des quantités importantes pour assurer assez de mescal pour un groupe local ou encore plus pour une bande. Une fosse était creusée au fond de laquelle on plaçait des pierres qui seront chauffées par un feu. Une fois la température désirée atteinte, les bulbes étaient entassés dans la fosse qui était ensuite recouverte d'herbe et de compost. Les femmes laissaient cuire le mescal environ vingt-quatre heures. Au bout de ce temps, les gens arrivaient pour assister à l'« ouverture » de la fosse. Le mescal donnait alors un sirop que les Apaches appréciaient. Ce qu'il restait de mescal était séché, découpé et placé dans des linges ou des sachets. Le mescal ainsi conservé étant un aliment d'appoint nourrissant et énergétique comme le sont les fruits secs, ces sachets étaient emportés par les guerriers lors des raids et expéditions diverses. De cette façon, les guerriers pouvaient tenir assez longtemps si la situation l'exigeait. De la même manière, pour boire sans s'arrêter, et d'un point de vue purement pratique, ils avaient trouvé un bon moyen. Après l'avoir bien nettoyé, ils enroulaient autour de leur corps le gros intestin d'un cheval ou d'un daim puis versaient de l'eau à l'intérieur jusqu'à ce qu'il soit plein. Au cours d'une expédition et même lors de moments difficiles, ils pouvaient toujours étancher leur soif sans être obligés, au risque de mettre en péril l'expédition, de rechercher des points d'eau qui d'ailleurs étaient parfois à sec ou empoisonnés.

Pour ce dernier cas de figure, cet empoisonnement était souvent de leur fait. En effet, et bien malgré eux, les Apaches avaient pour habitude, lorsqu'ils étaient pourchassés et que les événements ne prenaient pas une bonne tournure, que la vie du parti de guerre ou d'une *ranchería* était en jeu, de placer dans ces points d'eau le cadavre d'un animal en putréfaction, de façon que leurs poursuivants ne puissent continuer. Dans le désert et les montagnes de l'Arizona ou du Nouveau-Mexique comme dans les basses vallées et les sierras mexicaines, il n'est pas toujours possible d'emporter avec soi des réserves d'eau importantes. Une fois les gourdes vides, le salut est le point d'eau. Les Apaches le savaient. De nombreuses fois Geronimo et ses hommes purent ainsi échapper aux troupes mexicaines et américaines lorsqu'elles étaient numériquement trop supérieures ou qu'eux-mêmes n'étaient plus en mesure d'affronter l'ennemi. Le plus souvent, c'était lorsqu'ils étaient accompagnés de leurs femmes et de leurs enfants — les militaires ou les mercenaires ne harcelaient pas que des troupes de guerre — ou qu'ils n'avaient plus de munitions.

Instinctive, la mémoire de tout guerrier chiricahua qui avait reçu sa formation dans les meilleures conditions était profonde, aiguë, acérée. Chaque partie de mémoire du corps et de l'esprit avait toujours été entraînée à travailler et à entretenir sa propre mémoire. Cet ensemble était développé au maximum tant sur le plan visuel, olfactif, sensoriel qu'auditif. Geronimo pouvait facilement se cacher, tromper l'adversaire, échapper à ses poursuivants. À de nombreuses reprises, guides et autres éclaireurs patentés qui ont aidé l'armée américaine en campagne se laissaient aller à dire qu'on pouvait toujours attraper Geronimo, s'il ne s'envolait pas. L'officier ou le sous-officier était généralement agacé par ces réflexions incongrues, affirmant qu'elles n'étaient ni crédibles ni à la hauteur de l'entendement rationnel acquis à l'académie militaire de West Point, la célèbre école des Custer, des Sheridan, des Crook, des Sherman et des Miles ! Il aura fallu des éclaireurs chiricahuas pour attraper Geronimo. Ce fut la grande idée novatrice de Crook : seul un Apache pouvait attraper un Apache. Et pour les Chiricahuas eux-mêmes : seul un Apache pouvait en trahir un autre. Ceux qui scellèrent dès 1874 leur destin à celui de Geronimo savaient avec lui qu'il leur fallait rester le peuple qu'ils étaient et pour cela qu'ils devaient lutter pour conserver leur terre, coûte que coûte. La terre n'était alors que beauté, harmonie et puissance. Elle était la vie, elle donnait la vie. En tant que chamane de guerre des Bedonkohes, Geronimo avait intégré cela plus que nul autre.

Les Apaches disent qu'il avait la puissance du Coyote, qu'il était plus malin que n'importe qui. Les soldats passaient à côté de lui et de ses guerriers sans même les voir ou se douter d'une quelconque présence. Ils disent qu'il était comme le coyote, et pouvait « être Coyote ». Il était insaisissable, silencieux, rusé et donnait l'impression de pouvoir être partout. On lui prêtait un don d'ubiquité hors du commun à tel point que même certains de ses détracteurs, Apaches comme Blancs, trouvaient cela stupide. On lui imputait des raids ou des « crimes » à tel endroit alors qu'il était avéré qu'au même moment il se trouvait à plusieurs centaines de kilomètres de là. On se rappelle que lorsqu'il fut emprisonné par l'agent John P. Clum en 1877 à San Carlos, des personnes dignes de foi l'avaient accusé de pillage alors qu'après vérification, au moment du raid, le guerrier était dans son cachot. Geronimo avait été tellement loin que le moindre fait de guerre lui était attribué. Mais on ne compte plus les fois où les soldats mexicains et la cavalerie américaine passaient le nez en l'air, les yeux partout sauf où il le fallait, juste à côté des Apaches qu'ils pourchassaient, à quelques mètres et quelquefois moins. Même en terrain découvert, les hommes du désert, alliés de tout leur être et de toute leur âme à la terre qu'ils défendaient, pouvaient devenir invisibles. Combien de pieds de genévriers, de prosopis ont eu près d'eux des petits monticules de sable à peine perceptibles. En regardant attentivement, un cavalier ou un marcheur informé aurait peut-être pu deviner une présence. Rien qu'en observant de plus près les deux petites boules noires situées à la base du monticule, ils auraient vu, compris. Mais il fallait savoir, et donc se pencher, s'arrêter, respirer… Tout cela échappait à l'esprit des non-Indiens, et surtout des non-Apaches. Soudain, il était trop tard. Des têtes sortaient brusquement de terre au moment où elles l'avaient décidé. Et si c'était le moment que les Apaches avaient choisi pour se battre, c'était le moment pour l'ennemi de mourir. Les guerriers chiricahuas, outre leur science de la ruse et leur bravoure unanimement reconnue, faisaient montre d'une stratégie militaire qui cloua le bec à plus d'un des officiers ayant été formés à l'école citée ci-dessus et qui pour beaucoup se vantèrent dès les années 1850 de régler en un tour de main le « problème apache ».

La valeur guerrière des Apaches était alors sous-estimée. En dehors des vétérans, les militaires, tous grades confondus, avaient la manie de prendre ces « Indiens-là », comme ils disaient, pour des pouilleux indolents et bons à rien, au contraire des guerriers des puissantes tribus des Plaines du Nord comme les Sioux, les Cheyennes et les Arapahoes. Les officiers n'avaient pas envisagé une seconde qu'il leur faudrait peut-être se donner un peu de mal avant, le cas échéant, de venir à bout de ces mendiants du désert, ainsi qu'ils les considéraient avec le dédain de l'arrogance et de l'ignorance. Il aura fallu les grands chocs dès la fin des années 1850 contre Mangas Coloradas et surtout au début des années 1860 contre Cochise, prolongement de la dramatique affaire Bascom, pour que d'aucuns réalisent leur erreur, pour ne pas dire la gravité de leur aveuglement. Lorsque des nouvelles recrues, officiers, sous-officiers ou simples soldats, pénétraient dans le pays et notamment sur les terres qui demeuraient le foyer des bandes chiricahuas, il arrivait fréquemment qu'ils se vantent d'avoir vu le long du chemin, au loin, au détour d'un défilé, en haut d'une colline ou d'un plateau, des Apaches. Ils ne comprenaient pas l'appréhension ni le regard plein d'ironie et de compassion des militaires et autres civils, aventuriers, chercheurs d'or ou éclaireurs déjà en place bien avant eux et à qui ils avaient conté, tout fiers comme si c'était un exploit, leur histoire. Les regards avaient l'air de leur dire : « Si vous saviez ce qui vous attend ! » Mais ils ne voyaient rien. Il leur était généralement répondu sur le ton sec de l'agacement ou neutre du blasé que, s'ils avaient vu des Indiens, c'est que ce n'étaient pas des Apaches. Les Apaches avaient trois spécialités dans l'art de la guerre : l'endurance, le camouflage, le silence. Leur stratégie pour organiser l'affrontement qui consistait à amener l'ennemi à se battre là, où et quand ils le voulaient ruina bien des réputations, des carrières d'ambitieux et détruisit de nombreuses vies. Sous les ordres des grands chefs au sein de puissantes troupes de guerre, comme de sa propre initiative en tant que leader de petites bandes de choc, Geronimo ruina et détruisit beaucoup.

Les déplacements des groupes locaux sur différents sites de résidence, changements de saison, conflits, projets de raid, impondérables, constituèrent autant d'opportunités pour le jeune homme d'étudier, d'admirer et d'apprécier la diversité de l'environnement. Des sierras mexicaines avec leurs canyons profonds, leurs gorges insoupçonnables comme celles des boucles du Bavispe, aux prairies d'altitude ou cachées dans les forêts de pins, les vallées accidentées, des corps des collines efflanquées jusqu'aux circonvolutions rocheuses étourdissantes de l'Arizona et du Nouveau-Mexique, la terre de Goyathley s'ouvrait à lui comme s'il savait qu'un jour l'adolescent aurait à la défendre ; et l'adolescent de son côté pressentait dans sa conscience qu'un jour il aurait besoin de la connaître non seulement physiquement mais aussi de l'éprouver dans son Essence pour perpétuer l'harmonie des temps mythologiques lointains.

Goyathley avait appris à prendre soin de lui. C'était aussi cela respecter sa terre et demeurer en harmonie avec elle. L'entretien scrupuleux de la forme physique, du souffle et de l'endurance était, dans son monde de guerriers-nés, une condition *sine qua non* de sa propre survie sociale, physique et spirituelle. Très jeune, comme pour tous les autres garçons, ses formateurs et autres conseillers lui auront dit :

Mon fils, il faut que tu saches que personne ne t'aidera dans ce monde. Tu dois te préparer pour tout. Apprendre à courir dans les montagnes. Seules tes jambes sont tes amies, personne ne peut te secourir, ni père, ni mère, ni frère. Ce sont tes mains, ton cerveau, tes yeux qui sont tes amis[4].

Le futur chamane de guerre fera siennes mieux que personne ces judicieuses remarques. Pour cela aussi, il fallait prendre soin de soi. Une fois acquises les qualités indispensables, le jeune garçon était appelé à des tâches de gardiennage des chevaux contre tout voleur ou contre toute échappée, ou des champs contre tout vandalisme ou vol de plants de légumes. Au contraire de celle d'un garçon destiné à devenir chef héréditaire, l'éducation de Goyathley fut des plus classiques. Les performances qu'il accomplit en plus, car ce fut le cas, il ne les dut qu'à lui-même. Celui qui représentera, à son corps défendant, la future incarnation de toute l'Amérique indienne ne fut donc pas conseillé, éduqué et instruit comme un garçon né dans une lignée de chefs traditionnels. Au départ, Goyathley n'avait rien pour lui. Seul le souvenir d'un grand-père qui fut un chef reconnu l'aida un peu aux yeux des siens et c'est en partie aussi ce qui porta Mangas Coloradas à considérer l'intrépide guerrier qu'il était en train de devenir. On peut penser que Goyathley avait franchi facilement toutes les étapes de sa formation. Maintenant, à l'aube de ses quatorze ans, il était prêt à commencer son entraînement de noviciat.

En devenant un novice, un *dikohe*, il est au préalable averti par ses formateurs et sa famille des dangers qui toujours guetteront le guerrier. Aux oreilles de Goyathley, ces avertissements et autres conseils étaient comme une douce musique. Il se porta donc très vite volontaire pour exercer au sein des partis de guerre. Dans cette perspective, l'apprentissage devenait alors plus dur. Le *dikohe* était soumis à des conditions éprouvantes d'entraînement. Il encourait beaucoup de risques sur le plan physique, comme celui de perdre un œil dans les combats à la fronde, voire la vie dans les exercices de tir à l'arc. Lorsqu'on lui permettait enfin d'accompagner un parti de guerre, tout changeait. Il devait montrer profil bas. Parler lui était interdit sauf si ceux qui étaient autorisés à lui adresser la parole lui posaient une question précise ou lui donnaient un ordre. Lors des engagements, il était tenu de rester en arrière, c'est-à-dire à sa place, à moins que cela ne soit impossible. En aucun cas il ne lui était permis de prendre une initiative ou d'émettre en toutes circonstances un avis. On lui confiait la garde des chevaux et il devait s'en occuper. C'était également sa mission d'assurer la préparation du repas des guerriers. Quant à lui, il devait se contenter de ce qu'on lui donnait à manger ; si ça ne lui plaisait pas, il se gardait bien d'en faire la remarque, cela aurait été considéré comme plus que déplacé et sanctionné par une punition immédiate. Le soir, le *dikohe* était chargé de préparer les couches des guerriers, ensuite il allait dans son coin dormir ou, comme Goyathley, « ronger son frein ». C'était la vie du novice quand les raids duraient plusieurs jours, plusieurs semaines, voire plus d'un mois. Le novice était alors soumis à un régime disciplinaire extrêmement sévère. Il était surveillé par les guerriers et par ceux qui étaient aussi chargés de constater l'évolution de sa formation.

Dès l'âge de dix-sept ans, après avoir participé en tant que *dikohe* aux quatre raids à l'issue desquels la période de noviciat se termine, Goyathley est admis dans le cercle des guerriers. Durant ces quatre raids, il avait fait montre d'exceptionnelles dispositions. Intrépide, dur avec lui-même, Goyathley commence à prendre de l'ascendant sur ses petits camarades. La joie de vivre et le bonheur continueront et redoubleront lorsqu'il rencontrera la belle Alope, une Bedonkohe. Personne ne sut comment il l'avait conquise mais ce qu'on l'on sait c'est que son père, Na-po-seh, s'était montré très exigeant envers le fougueux guerrier. En échange de sa fille, il lui demanda de nombreuses couvertures et des chevaux. Le premier raid qu'effectua de sa propre initiative le futur Geronimo fut certainement celui où il sollicita l'aide de deux ou trois complices pour aller voler des chevaux au Mexique. Quoi qu'il en soit, un beau jour Goyathley apparut fièrement devant le *wickiup* de Na-po-seh avec les chevaux et les couvertures. De ce jour, il commença sa vie de couple que d'aucuns considérèrent alors comme un couple idéal. Le lien amoureux très fort éclatait aux yeux de tous et bientôt trois enfants allaient naître de cette union.

Le monde tribal, s'il paraît quelque peu difficile à saisir pour notre entendement, obéit néanmoins à des lois précises régies par une connaissance exceptionnelle et approfondie de la nature sous toutes ses formes. Après la mort de Mangas Coloradas, et faute de chef héréditaire reconnu, les Bedonkohes se fondirent par connaissances personnelles ou liens familiaux par alliance dans d'autres bandes chiricahuas. Des familles rallièrent les Chokonens de Cochise, d'autres les Warm Springs de Victorio et d'autres enfin les Nedhnis. C'est ce qui arriva à Geronimo qui avait plus d'affinités avec Juh sur la façon de voir les choses en ce qui concerne la guerre. Des chefs comme Teboca et Mano Mocha avaient succédé à Mahko bien que ces derniers fussent déjà en position de commandement avant la mort du vieil homme. Comme Goyathley, Juh grandissait dans l'ombre des chefs. Outre le lien familial réalisé par son mariage avec Ishton, Juh et le jeune Bedonkohe avaient noué de solides liens d'amitié doublés d'une alliance guerrière aux connotations relevant du sacré. Entre Juh et le futur Geronimo, toutes les autres relations n'étaient que l'émanation de cette alliance. Les deux hommes s'en remettaient fréquemment l'un à l'autre. Le chef nedhni trouvait en écho chez Goyathley l'expression de sa propre radicalité, de sa propre violence. Dans le même temps, et c'est un trait de caractère type des Apaches quant à leur farouche volonté d'indépendance, les groupes d'une même bande, même s'ils ont tissé des relations solides et harmonieuses, de par leurs points communs tant culturels que linguistiques ou religieux, vivaient presque toujours très éloignés les uns des autres. Plusieurs mois, voire des saisons entières, pouvaient s'écouler sans que les gens aient toujours le plaisir de se revoir ; ensuite, une fois passée la joie des retrouvailles et de ce qu'on avait à faire ensemble, on se séparait à nouveau et chacun retournait chez soi. Le noyau des groupes locaux était véritablement et fondamentalement le *gota*.

Les « tigres humains »

Apachuar, quand les Espagnols employaient le mot en pensant aux bandes nomades, comme celle des Gilenos, vivant à l'ouest du Río Grande dans le quart sud-est de l'Arizona et la partie sud-ouest du Nouveau-Mexique, cela signifiait spécifiquement « Ceux qui écrasent les os » ; le terme peut être aussi traduit par le mot de « broyeur » eu égard à l'habitude des Apaches de broyer les os de leurs victimes. Ainsi étaient désignés les guerriers de ce peuple belliqueux. Lorsque les partis de guerre apaches étaient au comble de la colère, déchaînés, qu'il y avait des vies à venger, ils n'épargnaient pas l'adversaire qui avait le malheur de tomber vivant entre leurs mains. À l'aide de grosses pierres et de massues, ils écrasaient les os de leurs victimes encore vivantes. Souvent les organes génitaux étaient broyés et le tout, chair et os, réduit en bouillie. Depuis longtemps des histoires épouvantables se racontaient à propos de ce peuple. Celles qui revenaient le plus souvent rapportaient que plus d'un voyageur avait le sang qui se glaçait de terreur à la vue des débris d'ossements humains qui jonchaient les endroits où des affrontements avaient eu lieu contre les guerriers de cette tribu. Les visions d'horreur attestaient de la violence des combats et des supplices subis par ceux qui, perdant la bataille, avaient le malheur de tomber entre les mains de cet ennemi. Les écraseurs-broyeurs étaient très attachés à leur sinistre réputation qui n'évoquait que la guerre pour la guerre. Plus tard, les Américains, au cours des combats qu'ils leur livrèrent sans grand succès honorable de 1860 à 1886, leur donneront un nom qui résume tout : les « tigres humains ». Le général George Crook, qui avait pourtant combattu les Sioux de Crazy Horse à Rosebud et bien d'autres tribus, disait qu'ils étaient incorrigibles et qu'il n'y avait pas de pires Indiens sur le sol des États-Unis. En appréhendant les Chiricahuas, circonspect et inquiet, Crook décréta que l'Amérique avait affaire au tigre de l'espèce humaine. Il connaissait alors à peine Geronimo et avait juste entendu un peu parler d'un guerrier invincible qui se targuait qu'aucune balle ne pouvait l'atteindre. Le général ne savait pas que certains des chefs chiricahuas redoutés comme Naiche, Mangus et Loco irritaient Geronimo. Le chamane bedonkohe ne les trouvait pas assez hostiles et hargneux au combat. Il était déçu de leur manque d'initiative et de leur indolence, notamment celle de Naiche et de Mangus qui avaient l'air d'oublier ce qui était arrivé à leurs pères, Cochise et Mangas Coloradas. Celui du premier avait été assassiné et le second succomba, rongé par la maladie, émanation directe du chagrin et du désespoir. Cochise se détruisait de jour en jour à l'alcool pour calmer la douleur qui lui cisaillait le ventre. L'état de son corps était comme celui de son esprit qui percevait avec une lucidité aiguisée l'état désespéré de son peuple et l'avenir sombre qui se dessinait pour lui. Une forme de meurtre aussi efficace qu'insidieuse. Le général Crook ne connaissait donc pas vraiment Geronimo qui préférait à Naiche, Mangus et Loco des hommes fougueux et violents, déterminés au-delà de ce que l'on peut imaginer, comme Juh, Nana, Kaahtenay, Fun et Josanny.

Le guerrier apache, endurci dès le plus jeune âge, savait qu'il devait prendre la vie en faisant souffrir afin que lui-même se renforce du courage et de la souffrance endurée. En dehors du sort funeste décrit plus haut qu'ils réservaient à leurs victimes, les Apaches savaient faire appel à leur imagination. Le saguaro, le grand cactus-candélabre du désert, pouvait aussi faire l'affaire. Lorsque l'ennemi y était attaché, exposé en plein soleil avec du jus de mescal ou du sirop répandu sur tout le visage et le corps, l'Apache, s'il en avait le temps, savait attendre pour contempler le spectacle, celui des fourmis rouges qui, attirées par le jus sucré, allaient se ruer par milliers sur le prisonnier, et le dévorer pendant des heures. Des heures d'agonie. Les guerriers pouvaient aussi découper les paupières de l'ennemi. De cette façon, en attendant que les épines du cactus entrent petit à petit dans la peau qui enflait, le supplicié pouvait devenir fou avec ses yeux toujours ouverts face au soleil. La victime attachée au cactus ne pouvait pas lever ses bras pour supplier de mettre un terme à ses souffrances. Dans le désert où elle agonisait, seule ou devant le regard fixe des Apaches qui attendaient placidement qu'elle expire, il n'y avait que les bras géants du saguaro qui s'élevaient dans le ciel mimant cyniquement la supplication que ne pouvait effectuer le prisonnier. Il existait une variante : lorsqu'il n'y avait pas de cactus, les malheureux étaient enfouis dans la terre jusqu'au cou. Le sirop ou le jus répandu sur sa seule tête donnait tout de même satisfaction aux fourmis et... aux Apaches. Il ne restait plus alors que des yeux fous, presque ridicules, roulant de terreur dans tous les sens. L'Apache pouvait partir à la fin de l'agonie. Il s'était chargé du courage et de la souffrance du mort. Le prisonnier pouvait être aussi pendu par les pieds à une branche d'arbre de façon que sa tête soit proche du sol. On allumait alors un feu qui commençait à atteindre la tête puis qui enveloppait tout le corps et progressait jusqu'à la branche. Les Apaches avaient aussi l'habitude d'attacher leurs victimes contre les grandes roues des chariots, les quatre membres écartés, d'y mettre le feu et de faire galoper l'attelage. Ils pouvaient entendre les cris d'épouvante qui s'éloignaient dans le bruit des galops et des roues.

Lors des affrontements « réguliers » purement militaires, de « guerriers à soldats », ou encore lorsqu'il s'agissait d'une embuscade tendue par les Apaches ou même lorsqu'ils étaient eux-mêmes surpris, la torture, dans le cas où il y avait des prisonniers, était rarement pratiquée. Si le soldat s'était montré brave, courageux, la plupart du temps les

Apaches le laissaient partir sain et sauf et souvent en avertissant l'adversaire qu'il ne devait plus revenir, qu'il devait quitter le pays parce que, la prochaine fois, il mourrait. À l'époque de Cochise, les guerriers qui combattaient en son nom avaient l'art de donner une leçon au prisonnier « gracié ». L'homme s'entendait alors dire :

> C'est le pays apache ici, de Cochise, pars. Nous ne tuerons pas maintenant ; là où vit Cochise, l'homme blanc ne peut pas vivre[1].

C'est d'ailleurs ce qu'un dialogue du film *Broken Arrow* de Daves, dont il est fait mention cidessus, reproduit. Il s'avère que ces phrases prononcées par les guerriers chiricahuas avant de libérer l'adversaire, militaire ou non, sont parfaitement exactes. Dans la verbalisation de la volonté apache de bien faire comprendre à l'ennemi à qui il avait affaire et sur quelle terre sacrée il avait osé marcher, l'expression de la guerre du chef Cochise prenait des proportions plus lyriques :

> L'homme blanc ne peut boire à la même source où boit Cochise, il ne peut respirer le même air.

Une façon toute particulière de souligner la nature hautement spirituelle de la guerre et de son but. Cependant, lorsqu'il s'agissait de répondre à des *rancherías* attaquées puis ravagées, avec massacre de femmes, d'enfants, de vieillards, viols et enlèvement de femmes pour les réduire en esclavage au sud du Mexique, les Apaches étaient beaucoup plus enclins à se livrer à la torture. En cela, tous les Chiricahuas furent experts. Quand Geronimo conduisait avec zèle, talent et célérité, des partis de guerre pour le compte des chefs ou qu'il menait de sa propre initiative quelques raids de représailles, il arrivait que surviennent des supplices même si le prisonnier, un muletier isolé, un marchand capturé au hasard, était innocent. Le prisonnier avait juste le malheur d'avoir été pris dans le contexte d'une vengeance répondant à un massacre de familles. Dès les années 1860, les Américains, après les Mexicains, commencèrent à comprendre que, en cas d'une capture faisant suite à l'attaque d'un camp (mais les victimes ne pouvaient en deviner la cause originelle), il fallait être bien inconscient ou ignorant pour ne pas savoir garder la dernière balle pour soi.

Il y avait aussi le mot *Uh-pach'-ee*, qui provenait du yuman — notons l'incroyable similitude sonore et scripturale entre l'espagnol et le yuman —, la langue des Indiens yumas demeurant plus au nord-est et qui signifie les « Hommes combattants » ou encore « Ceux-qui-combattent-tout-le-temps » (*Fighting Men*). Et ce n'est pas tout.

De leur côté, les Zunis, de paisibles et cérémoniels sédentaires agriculteurs et orfèvres qui vivaient plus à l'est au Nouveau-Mexique, à la manière de leurs voisins pueblos et hopis, avaient aussi un nom pour les désigner : *Apachu*, qui veut dire « Ennemi », un terme utilisé pour la première fois dans une relation de Gaspar de Villagra en 1598 lors d'un séjour à Acoma de Juan de Onate.

« Ennemi », « Ceux-qui-combattent-tout-le-temps », les « Écraseurs d'os ». On le voit, si le sens originel du terme apache exprime un état permanent de violence et d'affrontement, son étymologie définitive ne met pas tout le monde d'accord et est aujourd'hui encore discutée. Cependant, une constante revient toujours. Elle connote de façon assez précise le bellicisme des nomades guerriers qui occuperont tout le sud-ouest des futurs États-Unis et le nord des deux États mexicains, le Sonora et le Chihuahua. En effet, nul autre mot, nulle autre image pour désigner ce peuple, et notamment celui qui vit à l'ouest du Nouveau-Mexique désigné par la suite sous le terme générique de Gila ou Gileno. Mais d'où venait donc ce peuple qui a porté le dénommé Geronimo à la postérité ?

Apaches, des « Ennemis », donc. Et qui n'ont de cesse de se battre. Un peuple souvent hostile face aux tribus sédentaires zunis, hopis et autres Indiens pueblos tous agriculteurs du désert, habitants justement desdits *pueblos* qui parsèment le Sud-Ouest américain et qui, dès les XIIIe et XIVe siècles, voient déferler sur leurs villages, dans leur monde, ces hordes nomades qui vont vite faire trembler le fragile empire de la Nouvelle-Espagne.

Si les avis des historiens et des anthropologues sont quasi unanimes sur les zones précises de provenance des tribus qui migrèrent du nord-ouest au sud-ouest, il en va tout autrement des périodes historiques. Les Apaches appartiennent au groupe linguistique des Athapascans de la famille des *Na-*

de-ne. Malgré les divergences d'avis des spécialistes sur les périodes migratoires, on peut néanmoins les situer, semble-t-il, dès le XIe siècle. Les phases se succédèrent sur une durée d'au moins trois cent cinquante ans pour les amener du Grand Nord et du Grand Nord-Ouest au Grand Sud-Ouest. L'aire géographique et culturelle de ces nombreuses tribus, leur habitat originel se situaient dans toute la partie subarctique au nord du continent, dans la vallée du fleuve MacKenzie, dans l'ouest et le nord-ouest du Canada, les Îles de la Reine-Charlotte, l'Alaska. Les futurs Apaches étaient apparentés sur un plan linguistique et ethnologique aux Navajos mais aussi aux peuples de la côte Nord-Ouest dits « les Peuples du Totem ».

Durant cette longue période, des groupes longeront à l'ouest le flanc des montagnes Rocheuses pour arriver dans les contrées qui formeront plus tard l'Arizona et le Nouveau-Mexique en passant par les futurs États de Washington, de l'Oregon, du Nevada, de l'est de la Californie et de l'Utah ; d'autres arriveront dans le Sud-Ouest en effectuant leur descente à l'est des Grandes Plaines en passant par les futurs États du Montana, de l'Idaho, du Wyoming, du Colorado mais aussi du Nebraska et du Kansas. Ces migrations s'effectuaient en fonction des besoins du groupe, des affaires tribales internes, des conflits, des recommandations des chamanes pour ce qui concerne les périodes de déplacements, leurs fréquences et les endroits où installer les camps ainsi que la durée de stationnement sur un lieu précis, en fonction des troupeaux suivis, de la saison et du climat.

Dans leur déroulement et certains de leurs motifs, dont celui de suivre ces troupeaux eux-mêmes en mouvement, ces migrations n'étaient ni plus ni moins qu'une réplique de celles qui, des milliers d'années plus tôt, avaient mené des peuplades venant d'Asie à passer d'un continent à l'autre sur le très large pont de glace qui s'était formé lors de la période du Pléistocène. Ce point de liaison aujourd'hui sous le niveau de la mer a reçu depuis le nom de celui qui dirigeait les expéditions nordiques russes, Vitus Bering, dont celle ordonnée en 1730. Les bandes athapasques commencèrent donc à prendre possession des contrées qui feront partie du futur Sud-Ouest dès les XIIe et XIIIe siècles. Certains affirment que les premiers migrants ne firent leur apparition qu'au XVe voire au XVIe siècle, c'est notamment l'hypothèse défendue par Jack D. Forbes. Parvenues dans les zones au sud de l'actuel Colorado, les bandes commencèrent à se stabiliser et à se disperser en fonction des origines tribales, des liens et autres affinités qui avaient pu se nouer, parfois sur des décennies de voyage migratoire. Très rapidement, les peuplades déjà sur place depuis des siècles vécurent comme une intrusion, dans leur monde paisible, cérémoniel et ordonné, l'irruption de bandes de nomades pillards qui plus tard seront identifiés comme Apaches et, pour les groupes s'étant fixés un peu plus au nord, comme Navajos (*Dine*). Ces bandes se trouvèrent dès lors en contacts fréquents avec des Indiens sédentaires et agriculteurs que l'on connaîtra sous le nom de Pueblos, Zunis et Hopis. Entre les deux modes de vie, le sédentaire et le nomade, les relations ne sont pas faciles et l'agriculteur qui construit et qui stocke n'est pas toujours le mieux placé dans ce rapport de force. Cependant, au fil des décennies, les relations entre les deux mondes se stabiliseront d'autant plus que la présence de plus en plus hostile des Espagnols dans le pays eut tendance, plus qu'à l'ordinaire et sans aller jusqu'à une « union sacrée » qui n'a jamais existé chez les Indiens en général, à resserrer les liens entre tribus. Toutefois au tout début, lorsque les bandes apaches, véritables tornades qui déferlaient et détruisaient tout aux abords des *pueblos* (comme elles le feront plus tard et pendant presque quatre cents ans sur les villages mexicains du Chihuaha et du Sonora), fondirent sur les Indiens sédentaires, ceux-ci ne perçurent absolument pas ces bandes qui vivaient autrement, tuaient et parlaient une langue inconnue comme « d'autres Indiens » ; la *conquista* envoyée par Madrid leur faisait le même effet : c'étaient des envahisseurs étrangers différents des autres mais des envahisseurs tout de même. Une fois acquises les positions mutuelles de reconnaissance « panindiennes », les relations entre les tribus évoluèrent. Les échanges de toute sorte, l'emprunt de traits culturels, notamment en ce qui concerne l'artisanat et l'agriculture, certains aspects de représentation et de fonction dans les rites religieux, prirent le pas sur les affrontements et conflits divers qui ont toujours accompagné les relations entre les deux modes de vie de nature antinomique que présentent les agriculteurs sédentaires et les nomades pillards.

De l'est de la rive du Pecos à l'ouest de l'Arizona et jusqu'au cœur de la Sierra Madre mexicaine incluant le Chihuahua et le Sonora, le monde apache s'établit, s'installe, s'organise. Au début des années 1820, lorsque le futur Geronimo arrive au monde, les tribus ont intégré dans leurs gènes cet environnement du Sud-Ouest. Ce monde qui va l'accueillir est un monde brutal, mouvementé, hostile mais néanmoins profondément authentique et généreux où seule compte une respectueuse fureur de survivre.

Cette époque préludait à la domination de Mangas Coloradas sur toutes les bandes chiricahuas. À la naissance du futur Geronimo, elles présentaient dans leur quasi-totalité environ trois mille cinq cents individus répartis en quatre bandes principales qui comptaient chacune entre trois et cinq groupes locaux subdivisés en dix à trente familles élargies. La famille élargie était le *gota* (prononcer *gow'a*), le centre socio-familial de l'individu, sa cellule. Les groupes locaux étaient répartis sur plusieurs *rancherías*. Celles-ci étaient dispersées sur toute la surface du site identifié par les chamanes comme lieu garant du bien-être matériel et spirituel de la tribu. Cette dissémination des campements pouvait se trouver dans des environnements différents en fonction des besoins, des événements et des saisons. Les Apaches avaient ainsi une connaissance profonde de leur vaste pays et étaient habitués à ses diverses configurations, que ce soit en altitude dans les vallées de haute montagne, sur des plateaux, à flanc de colline ou au fond de canyons bordés de forêts ou de sous-bois alimentés par des cours d'eau. Chaque *gota* était distant d'un autre d'environ une centaine de mètres. La famille élargie apache comptait les parents, les enfants non mariés et les familles de ses filles mariées du fait de la tradition matrilinéaire. Cependant, chaque unité de famille avait son propre habitat. Ce qui veut dire qu'un *gota* pouvait compter entre quatre et neuf *wickiups*. Geronimo avait très tôt observé les devoirs, entretenu les liens envers sa famille. Dès qu'il le fallut, il s'assura du bien-être de sa mère, Juana, veuve alors que le jeune homme devait avoir entre dix-sept et vingt ans. Le *gota* représentait le socle de base qui structurait la société chiricahua. Chaque famille élargie était identifiée par le nom du chef de famille. Mangas Coloradas était un Apache chihenne-mimbre (mimbreno). Son emprise sur les Chiricahuas alla en augmentant et, aux alentours de 1830, en devenant le chef influent que l'on connaît, tout comme le devint plus tard Cochise, il sera le mentor du futur Geronimo. Le jeune homme vénérait le chef mimbreno. Il le considérait comme un père spirituel et un grand-père. Goyathley d'ailleurs n'avait que très peu connu grands-parents et parents du côté paternel. L'assassinat, en 1863, du vieux chef, dans des conditions de traîtrise qui auraient dû faire le déshonneur de l'armée américaine, déchira encore plus un cœur déjà meurtri par le drame de 1851.

Cependant, au beau milieu de ces années 1830, alors que le jeune Goyathley est âgé de dix-onze ans, nous sommes en droit d'imaginer qu'au vu de l'emplacement des bandes chokonens, et de leurs habitudes d'alliances pour conduire les raids au Mexique avec celle du futur Geronimo, Cochise, de dix ans son aîné, aurait sans doute pu tenir ce rôle de modèle auprès du fougueux Bedonkohe. Mais déjà, et même si c'est à son corps défendant, ce dernier ressentait une énigmatique fascination pour le Chokonen au front haut et aux grands yeux intelligents. Geronimo se sentait plus en famille avec Mangas Coloradas qui, de toute évidence, était né bedonkohe mais devint chihenne par son mariage comme l'usage le veut dans ces tribus animistes où généralement prédomine le matriarcat. Le chef mimbreno entretenait des relations étroites à la fois par affinité et proximité géographique avec d'autres groupes mimbres mais aussi avec des Chihennes warm springs (Ojo Caliente) qui ne le reconnurent jamais comme leur chef suprême excepté lors de conflits majeurs. Le jeune Goyathley était entouré d'un monde tribal, structuré, fort et, à ses yeux, déjà exemplaire. Proche des Chihennes il connut très tôt Mangas Coloradas qui le prit vite sous son aile. Geronimo a grandi, passé son enfance et sa prime adolescence au sein de la bande hybride des Bedonkohes. Les chefs locaux commandaient la bande mais, de loin, sous son égide de chef suprême, Mangas Coloradas la dirigeait pour l'essentiel, faute de grand leader héréditaire. Jusqu'en 1835, il est probable selon Edwin R. Sweeney que le chef Mangas Coloradas fut tout d'abord connu sous le nom de Fuerté. Bientôt, les Mexicains le surnommeront « le Général des Mogollon » — du nom de la chaîne de montagnes que les groupes locaux chihennes mimbres avaient choisie comme lieu principal de résidence, près des Santa Lucia, au Nouveau-Mexique ; ce « général » deviendra donc le grand Mangas Coloradas, futur beau-père de Cochise. La légende dit que ce nom lui vient du fait qu'il plongeait ses bras dans le sang de ses ennemis. Mais plus crédible semble être le fait qu'à l'occasion de diverses affaires de troc avec les Mexicains, il se mit à porter une chemise aux manches rouges et seyantes qui lui plaisait bien.

Si les premières années de la vie de Geronimo ont dû lui apparaître presque idylliques, dans un domaine plus personnel et même affectif, le jeune garçon a dû éprouver un sérieux manque pour ce qui est de sa famille. En effet, il n'a pas connu Mahko, son grand-père, autrement que par les récits qu'on lui en fit durant son enfance, et son père Taklishim est mort prématurément. Le soir autour des feux et des *wickiups*, les chefs et autres guerriers enivraient les rêves et l'esprit de Goyathley. Leurs récits enflammés le transportaient de joie et d'excitation. On lui rapportait les hauts faits de chasse, des combats glorieux et les raids fructueux qui renforçaient l'âme du guerrier. Le jeune homme comprenait vite, posait des questions pertinentes qui étonnaient les adultes. Des questions à travers lesquelles on sentait poindre le pressentiment d'inquiétude pour l'avenir et le désir de faire ses preuves. Goyathley a su très vite que ces actes étaient liés au courage, à la force et à l'audace, et qu'il était sûr de ne pas en manquer. On lui apprenait aussi et surtout que ces hauts faits procédaient essentiellement de la mise en pratique sur terre de l'action des forces surnaturelles qui animent l'énergie vitale de la tribu. Ce qui germait alors dans la tête de Goyathley n'est pas difficile à deviner. À l'image des guerriers qu'il assimilera vite aux héros fondateurs de la mythologie chiricahua, il n'aura de cesse de vouloir se distinguer, d'acquérir du prestige à la guerre et à la chasse et enfin de conquérir la femme qu'il aimera pour fonder une famille et ainsi renouveler le monde, son monde, celui de ses pères.

Lorsqu'il s'agissait d'histoires relatives à son grand-père, Goyathley redoublait d'attention, il était au comble de la joie et de la fierté. On lui rapportait les combats héroïques contre les Mexicains et d'autres tribus indiennes. Les hauts faits magistralement contés captivaient l'auditoire et surtout le jeune Goyathley. Celui-ci se montrait attentif à tout, y compris lorsqu'on lui disait que son grand-père était un homme d'une grande sagesse, qu'il avait la réputation de toujours s'être battu loyalement pour se défendre, lui, comme sa terre et sa famille, et, en revanche, qu'il n'avait que très rarement attaqué pour le seul plaisir de la guerre ou du pillage. Ce dernier trait, le futur Geronimo ne l'a pas beaucoup retenu. Autre manque sérieux, celui du père. Taklishim a disparu assez jeune. Goyathley, déjà marié avec Alope et père alors de deux enfants, prit en charge toute sa famille et s'occupa de sa mère. Dans la même période, le mariage de sa sœur Nah-dos-te avec Nana, futur leader des Warm Springs, lui enleva certaines charges. C'est ce qui se produisit également quand son futur complice Juh épousa Ishton.

S'ils ne sont pas d'une nature alarmante, ces événements de jeunesse ont très tôt convaincu le jeune homme qu'il lui faudrait de toute façon se surpasser : un père décédé, une mère, une femme et deux enfants bientôt trois, à charge, des exactions incessantes des Mexicains. Tout homme chiricahua ne devait son ascension, d'abord dans son groupe local puis dans sa tribu, qu'à son héroïsme, sa bravoure, sa vivacité et son adresse à la chasse et dans les raids. À tout instant il devait mettre en confiance et par là montrer son esprit de responsabilité dans des moments dangereux ou délicats. On reconnaissait aussi la valeur d'un homme chiricahua à sa capacité à secourir les autres, à partager et être toujours soucieux du bien-être de chacun. Geronimo eut toutes ces qualités. Il ne fut pas qu'un simple guerrier valeureux prenant des risques insensés. Son assimilation dans sa conscience spirituelle des scènes de la mythologie, l'unité qu'il perçut entre les actes de la vie matérielle « terrestre » et les forces qui animent la cosmogonie tribale, en ont fait un chamane de guerre qui sera redouté par tous, apaches ou non, indiens ou non.

Lorsque naît Goyathley, son environnement tribal apparaît vaste, complexe, éparpillé mais aussi protecteur. Les tribus qui seront appelées apaches se désignaient elles-mêmes sous les noms de *Tinneh*, *Dine* — *Dine* est le mot par lequel se désignent eux-mêmes les Navajos, *Tinde* et *Inde* signifient « le Peuple » ou « les Hommes ». De son côté l'auteur chiricahua Donald C. Cole[2] emploie l'expression du peuple *N'de*[3]. Force est de constater la similitude de ce terme avec le nom de la famille linguistique à laquelle appartient cette tribu de langue athapasque : *Na-de-ne*. Les analogies entre les noms apparaissent sous toutes leurs formes. La présence constante des lettres N et D atteste une origine commune, de même que cette prononciation glottale avec laquelle la sonorité *N'd* prend tout son sens pour tout Chiricahua. Ainsi, de son côté l'anthropologue et historien Grenville Goodwin rapporte pour les Nedhnis le terme de *Ndéndaa'i*, celui de *Chihé nde* pour les Chihennes et de *Ch'uk'ane nde* pour les Chokonens. Lorsque Eve Ball donne à son grand livre réalisé avec beaucoup de témoins chiricahuas le titre d'*Indeh* (« nous sommes tous des *Indeh*, ceux qui sont destinés à mourir à la guerre, pour une cause perdue d'avance », comme disait courageusement le lucide Juh), que les combattants chiricahuas se donnent le nom de *Netdahe* et que les membres de cette tribu surnomment les non-Chiricahuas des non-*N'de*, nous percevons à travers le langage la puissance des liens qui unissent l'ethnie chiricahua et les particularités qui la distinguent des autres Apaches. En réalité, les Chiricahuas sont inassimilables aux autres tribus. Toutes ces bandes avaient très peu de contacts avec les autres Apaches et ne les recherchaient pas. À l'époque des réserves, la politique stupide de concentration de toutes les tribus apaches, en dehors des Mescaleros, à San Carlos eut des conséquences catastrophiques. Les bandes se détestaient. Rixes, meurtres et bagarres faisaient partie de leur quotidien. Les Apaches prisonniers s'entre-déchiraient comme s'ils voulaient devancer les souhaits de leurs geôliers. Outre les épidémies de variole, la malaria, les eaux stagnantes et malsaines, les privations, le rationnement des denrées et le manque de couvertures, l'absence de gibier et les interdictions relatives aux diverses pratiques relevant de leur mode de vie traditionnel achevaient de les détruire et les humiliaient. Déjà, lors de la venue de Cochise et de ses Chokonens chez les Chihennes à Canada Alamosa en 1871, des frictions, qui allèrent jusqu'au meurtre, opposèrent les deux bandes. On imagine ce que cela a pu donner lorsque la double tutelle du ministère de la Guerre et de l'Intérieur se chamaillant sur le dos des Indiens décida de la concentration à San Carlos.

Les Chiricahuas vivaient sur le plan physique, comme sur le plan du monde non ordinaire, dans une cosmogonie et un univers mythologique qui leur étaient propres. Les quatre bandes qui le constituaient se reconnaissaient entre elles par le langage, les mœurs sociales et guerrières, et les analogies cérémonielles procédant de cette même cosmogonie. Ces bandes toujours solidaires étaient, tout en gardant beaucoup d'indépendance même dans les tragiques derniers temps de la liberté, liées par des stratégies d'alliance en matière économique et militaire mais également par les mariages et les naissances qui en découlaient. C'est juste le malheur qui les réunira en un seul groupe, du moins aux yeux des Blancs. La première période d'union nécessaire pour faire face à la pression américaine, tant sur le plan démographique avec l'envahissement des terres par les colons et autres aventuriers, chercheurs d'or ou mineurs, que sur le plan militaire, survient au milieu des années 1860. Cochise, alors au sommet de sa puissance, se voit obligé de rallier autour de lui non seulement tous les groupes chiricahuas mais aussi certains des Western Apaches comme les Coyoteros du chef Francisco, des White Mountains, quelques Navajos et des Mescaleros. La seconde période, à partir de 1883 après la mort de Juh, réunit sous l'égide de plusieurs leaders comme Geronimo, Mangus, Fun, Loco, Chihuahua, Naiche et Nana, toutes les bandes chiricahuas. Trois années avant la reddition finale de 1886, les quatre bandes chiricahuas ne formaient plus qu'une seule entité politique, militaire et sociale.

À l'origine, dès leur arrivée dans le Sud-Ouest, les Apaches avaient pris leurs marques dans ce nouveau pays. À l'est et au nord-est du Río Grande au Nouveau-Mexique, les Lipans, les Jicarillas, les Mescaleros et plus loin les Kiowas-Apaches (ou Prairies-Apaches) constituaient la subdivision orientale des Apaches. Plus à l'ouest, les Western Apaches, comprenant les White Mountains, les Pinals, les Arivaipas, les Tontos, les Cibicues et les Coyoteros, formaient la subdivision occidentale. Le groupe que l'anthropologue Edward Morris Opler décida, pour des raisons plus pratiques pour l'entendement, de considérer comme chiricahua était d'après lui constitué de trois bandes : les Chiricahuas de l'Est, autrement dit les Chihennes comprenant les Mimbrenos et les Ojo Caliente ; ceux du Centre — dit « Vrais Chiricahuas » —, autrement dit les Chokonens ; et enfin ceux du Sud, les Chiricahuas méridionaux avec les Nedhnis janeros et carrizalenos.

Mais dans leur histoire orale, dans leur mémoire, un autre nom revenait à l'esprit des Chiricahuas. Au centre de leur pays, vers le nord, prise comme dans un étau mais qui a tendance à s'en extraire en étant placée plus haut, au milieu des Chihennes et des Chokonens, vivait une autre bande, toute petite. Jusqu'à la mort de Mangas Coloradas, elle constituait une entité bien à part. Il s'agissait de la bande hybride des Bedonkohes. Vivant à moitié avec les Mimbrenos, elle formait deux identités en une seule. En pointe au nord et entourée par les deux plus importantes, elle prenait des allures d'élévation. On appelait les membres de cette bande « Ceux-qui-sont-en-tête-du-peuple ». C'était la bande de Geronimo, les Bedonkohes. Un jour, il sera tout seul en tête du peuple, ce qui, dans son malheur, le rendra célèbre.

De son côté, après de minutieuses recherches, Edwin R. Sweeney[4] rapporte les notes du capitaine Antonio de Cordera qui, comme Opler, avait classifié les Chiricahuas en trois bandes différentes : les *Segatanen-ne* correspondant aux Chokonens, les *Tjuicujjen-ne* aux Gilenos ou Bedonkohes et les *Iccujen-ne* aux Chihennes-mimbrenos. Le même Sweeney fait part également des notes de Max L. Moorehead qui témoigne d'une grande originalité. Pour lui, la bande la plus importante est celle des Mimbrenos qui se divise en deux groupes, les Upper et les Lower Mimbrenos. Les Upper comprennent le groupe local des Chihennes-mimbrenos et celui des Bedonkohes ; et les Lower, au sud du Nouveau-Mexique, les Chihennes-warm springs (Ojo Caliente).

Les groupes chihennes, ou Peuple-Peint-en-Rouge, constituaient effectivement la bande la plus nombreuse des Chiricahuas. Le Peuple-Peint-en-Rouge entourait le monde ordinaire, extérieur et onirique de Geronimo. Dès le XIXe siècle, des premières études font apparaître, selon certains spécialistes, cinq sous-groupes chihennes. On peut y compter les Mogollons, les Copper Mines, les Warm Springs, les Ojo Caliente et les Mimbrenos. Il ressortira ensuite que Warm Springs et Ojo Caliente ne seront plus qu'une seule entité tribale et que les trois autres deviendront les Mimbrenos. Le territoire chihenne couvrait les vastes contrées se trouvant à l'ouest du Río Grande au Nouveau-Mexique. Pour les bandes mimbrenos, les uniques investigations au Mexique de William B. Griffen[5], Jack D. Forbes[6] et Edwin R. Sweeney[7] ont pu, avec grande précision, identifier des chefs comme Ojos Coloradas, bien sûr, Fuerté qui dès les années 1830 deviendra Mangas Coloradas et ses trois frères Pitfhan, José Mangas et Phalios Palacio — ce dernier exerçant souvent son commandement au sein de la bande de Geronimo chez les Bedonkohes. De leur côté, les groupes locaux chihennes warm springs prêtaient allégeance à des leaders comme Cuchillo Negro (Baisan), Josecito, Rinon, Pluma, Itan, Ponce puis après le meurtre de Mangas Coloradas en 1863, lorsque Mimbrenos et Warm Springs par la force des choses resserrèrent leurs liens, à Delgadito, Beduiat plus connu sous le nom de Victorio, Nana, et, tout à la fin des guerres, pour la faction belliciste, Mangus, le fils de Mangas Coloradas, et Loco, pour la faction ayant renoncé à la résistance armée. À l'instar de tous les autres groupes chiricahuas, ces deux bandes chihennes avaient depuis toujours entretenu des liens étroits avec les Nedhnis et surtout les Chokonens. Ils se nouaient à travers les mariages intertribaux et les alliances à critères économiques qu'animaient et alimentaient certains raids importants.

Pour rester avec les Warm Springs, et si l'on en croit les Apaches, il est dit que toutes les tribus qu'on nommerait plus tard Chiricahuas s'étaient, en des temps reculés, rassemblées au lieu-dit Ojo Caliente situé au Nouveau-Mexique, juste au nord de la Canada Alamosa River et en dessous des San Mateo Mountains. En ces temps très anciens, les tribus avaient reçu le pouvoir surnaturel ; les traditions liées aux forces qui animent ce pouvoir leur avaient été enseignées afin que chaque instant de la vie de chaque Chiricahua reflète dans la pensée et l'acte une mise en application sur terre, c'est-à-dire dans notre *monde réel, matériel*, de la philosophie religieuse animée par les entités de la cosmogonie. À l'échelle humaine, le Chiricahua se devra d'en reproduire les actes fondamentaux. Geronimo observera donc ces préceptes « à la lettre », si l'on peut dire, mais aussi, au-delà... C'est à ce moment que survient Femme-Peinte-en-Blanc, mère d'Enfant-de-l'Eau, la plus haute entité spirituelle du monde chiricahua au côté d'Usen (*Yusn*). Comme le rapporte Opler, elle déclare alors :

> à partir de maintenant, nous aurons le rite de puberté pour les jeunes filles, le *Na-hi-es* ; l'arrivée de leurs premières menstrues sera l'occasion de fêtes qui dureront Quatre Jours et Quatre Nuits. Il y aura pour elles des chants et pendant les réjouissances, les esprits de la Montagne, les *Gans* (ou *Gahe*), viendront danser au sein du Cercle. Ensuite, le peuple s'unira à elles et un Cercle de danse se formera. Femme-Peinte-en-Blanc enseigna tous les rituels que le peuple se devra d'observer[8].

Comme intuitivement initiés, guidés par les hommes-médecines, les groupes se dirigèrent donc vers Ojo Caliente, apparemment lieu géographique idéal mais aussi creuset des mythes fondateurs et résidence des entités spirituelles qui leur sont indissociables. Il est clairement rapporté que ce site d'Ojo Caliente, identifié puis désigné par les chamanes, accueillit toutes les bandes dès l'arrivée dans la région de ces migrants de langue athapasque. Ojo Caliente, ou Hot Springs, est dans la tradition considéré depuis par les Apaches comme le foyer, la terre matricielle, le cœur tribal. Dans les récits chiricahuas, selon certains témoignages et des investigations très poussées, il apparaît que ce site était intimement lié aux sources des mythes de Création. Pour les Apaches, l'histoire prétend qu'à l'origine les bandes qui seront répertoriées plus tard par les historiens et les anthropologues — ce qui est parfois contesté par les Apaches eux-mêmes aujourd'hui, cela dépend bien entendu des obédiences — sous le nom de Gilas puis de Chiricahuas, avaient *ressenti* une très grande affinité, une attirance quasi mystique avec le pays des « sources chaudes ».

Le site appelé Ojo Caliente recelait des eaux claires mais qui, à d'autres endroits, apparaissaient rougeâtres, comme ocre et argileuses. Ces eaux avaient des vertus purificatrices et régénérantes, et pouvaient guérir les corps et les âmes. L'esprit chiricahua avait éprouvé leur potentiel surnaturel et leur Pouvoir. Réputées bienfaitrices, les Apaches s'en imprégnaient le corps ou le visage, à tel point qu'ils donnaient l'impression d'être recouverts de peinture rouge, d'où le nom de la bande restée sur place, celle du « Peuple-Peint-en-Rouge » — c'est le sens de *Chihenne*. On raconte que tous les Chiricahuas reçurent l'enseignement des traditions au lieu-dit Ojo Caliente, là où coulent et jaillissent ces sources chaudes. C'est l'origine du nom de la bande qui dans l'histoire s'était fixée dans cette vallée accidentée. Les Warm Springs comme les Mimbrenos qui forment l'entité chihenne disaient tirer leur Pouvoir et leur bien-être de la source. Plus tard, bien après l'installation de ces bandes à Ojo Caliente, bien d'autres Chiricahuas « revinrent à la source » de façon temporaire en temps de paix comme en tant de guerre ; c'est en tout cas ce que fit souvent Geronimo. Ainsi, nous savons donc que l'endroit où plus tard vivront les groupes des Warm Springs de Cuchillo Negro, Delgadito, Victorio, Loco et Nana, avait des propriétés physiques répondant aux besoins et à l'identité spirituelle de la tribu. Par là, nous percevons mieux la volonté de fer de Victorio de ne pas quitter Ojo Caliente en 1879 alors qu'on lui intimait l'ordre de regagner l'enfer de San Carlos. L'attachement viscéral des Warm Springs à leur matrice spirituelle fut non seulement lié à une question de survie purement physique, mais surtout à une survie de l'âme.

Après avoir été investis du Pouvoir et avoir reçu l'enseignement des traditions, les groupes s'éparpillèrent dans les Quatre Directions, sur un vaste territoire qui répondait aux exigences d'identification chamanico-religieuses. Pour les Chiricahuas, Usen avait créé spécialement pour eux les endroits identifiés et choisis. C'est pourquoi toutes les bandes avaient un sens très aigu de leur appartenance à un territoire. Par là, on saisit mieux l'importance de la guerre qui n'avait pour but que de garantir l'intégrité des terres. Que l'endroit désigné se trouve en haut d'une montagne, au fond d'un canyon, sur les flancs d'une colline pelée ou forestière, toute intrusion de l'ennemi, qu'il soit blanc ou indien, devait être énergiquement repoussée et neutralisée afin de préserver les territoires traditionnels donnés par Usen. Cela bien sûr n'empêcha pas, sur plus de quatre cents ans, les incessants déplacements « internes » au sein de ce que les Espagnols appelaient l'*Apachería.* Les Apaches étaient des nomades « verticaux ». L'été, la plupart des camps se situaient en altitude ; à l'époque des saisons froides quand la neige devenait abondante, les *rancherías* se calfeutraient dans les vallées à la base des collines alcalines, au fond de canyons impénétrables où coulaient de petites rivières et où poussait une végétation nécessaire à leur subsistance. En fonction des besoins divers, des bouleversements occasionnés par l'Histoire et des conflits qui surgissaient, les bandes essaimaient sur une grande partie de ce qui deviendra le sud-ouest du Nouveau-Mexique, le sud-est de l'Arizona et le nord des sierras mexicaines.

Les Warm Springs d'Ojo Caliente étaient établis sur la rive ouest de la Canada Alamosa juste au nord-est des Black Range. La Sierra Negretta et, plus au nord-est, les massifs des San Mateo accueillaient aussi leurs *rancherías*. Les Mimbrenos quant à eux avaient élu domicile plus au sud-ouest au cœur des Mimbres, des Black Range, des Florida, des Tres Hermanos et des Victoria Mountains. Le groupe de Mangas Coloradas résidait à une soixantaine de kilomètres à l'ouest de la Mimbres River au Nouveau-Mexique. Ses *rancherías* étaient établies dans le massif des Burro Mountains au sud de Santa Lucia Springs et Pinos Altos juste au nord de Santa Rita del Cobre. Des *rancherias* mimbrenos se trouvaient également plus au nord-ouest dans les Mogollon Mountains où campaient souvent les hommes de Geronimo, des Bedonkohes ; enfin, au nord des Mogollon plusieurs groupes de ces deux bandes campaient périodiquement dans la chaîne des Datil et des Tularosa Mountains.

La structure tribale apache, établie sur le système de la famille élargie, les nombreux mariages entre membres de bandes différentes et les nouveaux liens du sang qui en découlent, enfin les alliances contractées pour des motifs économiques ou stratégiques, permirent à de nombreux chefs de nouer des liens indéfectibles avec d'autres bandes pouvant à tout moment se révéler fort utiles.

C'est de cette façon que Mangas Coloradas put demeurer proche des Chokonens, la bande de Cochise, qui vivait plus à l'ouest dans les Dragoon Mountains, en Arizona. En mariant à Cochise sa fille Dos-teh-seh, Mangas Coloradas savait ce qu'il faisait. Les liens ainsi tissés par le mariage entre Chihennes et Chokonens, bandes distinctes depuis l'éparpillement géographique des groupes après leur arrivée « mythologique » à Ojo Caliente, assurèrent une entente permanente entre les deux tribus. C'est également ce qui se produisit lorsque dans sa jeunesse, Nana, le futur chef warm springs, qui succéda à Victorio en 1880, se maria avec Nah-dos-te, une sœur de Geronimo. On a vu dans l'histoire de nombreux pays du monde et à différentes époques que ce « procédé » a toujours eu cours.

La tribu des Chokonens, dont les membres se disaient le « Peuple du Cèdre » et se nommaient également eux-mêmes le « Peuple-du-Soleil-Levant », donnera Cochise aux Apaches. Les Chokonens étaient communément surnommés Chiricahuas du Centre ou « Vrais Chiricahuas ». En tout cas les autres bandes, Chihennes comme Bedonkohes et Nedhnis, les considéraient comme tels. Ces derniers, selon Cole, Sweeney et bien d'autres, tireraient leur nom du mot opata *Chiguicagui* qui dans cette langue indienne signifie la « Montagne des dindons sauvages », animal vivant en abondance dans les montagnes du sud-est de l'Arizona ainsi que dans les Dragoon et les Chiricahua

Mountains, lieu de prédilection des camps chokonens. De la crête du dindon à celles, majestueuses, des Dragoon ou des Chiricahua Mountains il n'y a qu'un pas. En effet, l'étymologie du mot *chokonen* ne serait pas éloignée du terme qui signifie « Peuple de la Crête » ou « du Genièvre ». Pour le premier terme, on pense immédiatement aux légendaires crêtes qui couronnent les forteresses des Dragoon et des Chiricahua Mountains, lieux littéraires et magiques qui renfermaient les endroits où Cochise en personne avait élu domicile, comme au vertigineux et désormais célèbre *Cochise Stronghold*. Entre la San Simon River à l'est et la San Pedro River à l'ouest, cette bande avait également ses *rancherías* disséminées dans les massifs des monts Peloncillo au nord-est de la San Simon et ceux de Dos Cabezos au nord d'Apache Pass, de la vallée de Sulphur Springs et du futur Fort Bowie. Des *rancherías* périodiques se trouvaient aussi au sud dans les massifs des Guadaloupe et des Swisshelm, tandis que plus au sud-est des groupes locaux séjournaient longuement dans ceux des Sarampions qui chevauchent la frontière sud de l'Arizona et du Nouveau-Mexique, ouvrant la porte à l'est vers les Animas et les Hachet Mountains qui accueillaient aussi bien des *rancherías* chokonens que bedonkohes et chihennes. Plus au sud-ouest enfin, les Huachuca Mountains, non loin des rives ouest de la San Pedro, abritaient des camps du peuple de Cochise lorsque fréquemment ses partis de guerre séjournaient quand ils traversaient la région pour aller effectuer des raids dans le Sonora en passant éventuellement informer leurs alliés du Sud, les Nedhnis. Le pays chokonen s'étendait du sud-ouest de la Gila River au Nouveau-Mexique à la Sierra Madre.

Leurs chefs puissants ont également fasciné le jeune Geronimo et certains, comme pour les Chihennes et les Nedhnis, le virent combattre avec fougue sous leurs ordres puis, au fur et à mesure, à égalité, dans leurs partis de guerre. Les groupes locaux chokonens donnèrent, en dehors de Cochise qui demeure une exception non seulement pour les Apaches mais pour l'Amérique indienne tout entière, des chefs importants. Dès 1820 et jusqu'en 1870 ils répondent au nom de Relles, Pisago Cabezon (tués lors du massacre de Galeana par Kirker en 1846, l'un des deux est nécessairement le père de Cochise), Tapila, Matias, Yrigollen (tué lors du massacre de Janos en 1851 et qui vit le massacre de la famille de Goyathley), Carro, Posito Moraga, Triqueno, Yrinco, Miguel Narbona, Esquinaline et Parte. Durant la période 1852-1874, Nahilzay fut le principal lieutenant de Cochise. Grand guerrier, il fut l'un des dirigeants chokonens qui, dans la période cruciale où les relations entre son chef et Geronimo étaient très tendues, parvenait toujours à calmer le jeu et à éviter un conflit majeur entre les deux hommes. Proche de Cochise, fidèle à sa philosophie et à ses commandements, Nahilzay éprouvait néanmoins beaucoup d'admiration pour Geronimo et présentait le même caractère trempé et toujours prêt à combattre pour protéger la terre des *N'de*. Dans le même temps les *capitans* de Cochise — chefs de groupes locaux placés sous son autorité directe — furent Ponce (le fils du Chihenne qui portait le même nom), Chee, Teese, et deux frères, les futurs factieux, Pionsenay et Skinyea. Par la suite, après le règne de Cochise en 1874, lui succédèrent son fils aîné, Taza, puis deux chefs de groupes locaux, Chihuahua et Ulzana ; enfin Naiche, dernier chef héréditaire chokonen — et donc de tous les Chiricahuas — en temps de guerre et en captivité.

Plus au sud, au Mexique, dans les sierras et les vallées du Chihuahua vivait une autre bande chiricahua : les Nedhnis. Ces Apaches, les plus méridionaux, les plus méconnus des Chiricahuas, s'appelaient eux-mêmes le « Peuple-Ennemi » et inspiraient une réelle frayeur. Même les autres bandes de la tribu s'en méfiaient. On considérait les Nedhnis comme les plus hostiles et les plus belliqueux des Chiricahuas, et ceux-ci en tiraient une certaine fierté. Dès qu'ils le pouvaient, ils avaient tendance à chercher querelle à quiconque. Ainsi, même lors des dramatiques années de fin de guerre où les rescapés d'autres bandes étaient venus se réfugier chez eux, ils arrivaient à les provoquer sans cesse et à se montrer agressifs. Seul un Apache d'une autre bande, dès sa prime jeunesse, pactisa avec l'animosité des Nedhnis : Geronimo. Après sa pratique du pillage et de l'art sacré de la guerre sous l'égide bienveillante de Mangas Coloradas, il ne se trouva bien qu'avec ces Apaches du Mexique en rejetant avec plus ou moins de tact les Chokonens avec lesquels il n'avait guère d'affinités, surtout à partir de 1872, date à laquelle Cochise signa le traité de paix. Les Nedhnis vivaient tous au sud du lac Guzman situé au nord du Chihuahua. Leur territoire allait de la région de Janos, Chihuahua, jusqu'à l'est du Río Bavispe en Sonora. Ils étaient divisés en deux groupes d'égale importance. Les Carrizalenos, davantage considérés comme des Pinery Apaches que comme des Nedhnis originaux, avaient élu domicile au Chihuahua, non loin du *presidio* de la localité de Carrizal. Leurs *rancherías* se tenaient à une centaine de kilomètres au sud de Janos, à l'ouest de Carrizal. Ils ont été longtemps ignorés des historiens et même des Apaches du XXe siècle du fait que les campagnes de l'armée du Mexique avaient pratiquement réussi à les éradiquer. Dès les années 1830, ils eurent des chefs comme Jasquedega et Cristobal ; dans la décennie suivante leur succédèrent Francisco, Cigarrito et Francisquillo puis dans les années 1850 Felipe, Pascolo et Cojinillin. Malgré des liens avec les Chihennes, leurs « frères » nedhnis janeros et les Mescaleros, les Carrizalenos demeurèrent très indépendants et disparurent vers 1860, harcelés par une soldatesque mexicaine particulièrement décidée à les exterminer.

L'autre bande importante, disons des « Vrais Nedhnis », est donc celle des Nedhnis janeros. Le grand chef, Juh, est issu de cette bande. Juh était un géant presque plus grand et plus massif que Mangas Coloradas, lui-même réputé, comme Cochise, pour sa taille. Par les liens du mariage entre membres de bandes différentes, Juh se trouva très lié à Geronimo. En effet, on l'a vu, le chef des Nedhnis se maria avec Ishton, demi-cousine de Geronimo par une autre mère. À la différence d'un mariage arrangé comme Mangas Coloradas le fit pour sa fille, et bien que cette dernière aimât par la suite son mari Cochise, Juh était réellement tombé amoureux d'Ishton. Elle donnera le jour à Asa Daklugie qui jouera un grand rôle dans la vie future de Geronimo, et cela jusqu'à la fin. Les Nedhnis de Juh eurent aussi des liens d'une autre nature avec les Bedonkohes. C'est une complicité, pour ne pas dire une communion guerrière hautement héroïque et même d'ordre mystique, qui unira ainsi Juh et Geronimo. Parmi les autres chefs non moins valeureux des Nedhnis janeros, qui inquiétèrent de nombreux militaires et civils mexicains et américains, citons, des années 1820 aux années 1860, Juan Diego Compa, son fils Juan José Compa (qui trouvera la mort lors du massacre de Johnson en 1837 à Santa Rita), Soquilla, Esquiriba, Coletto Amarillo, Laceres, Galindo, Arvizu et Natiza. Juh mourra d'un accident de cheval lié à un malaise cardiaque en septembre 1883 en contrebas du Río Aros.

Les Chiricahuas appelaient les Bedonkohes « Ceux-qui-sont-en-tête-du-peuple ». Cela sied bien à cette petite tribu, la plus petite des Chiricahuas, qui donna Geronimo aux Apaches. Elle laissera le nom de ce dernier à l'Amérique et incarnera la seule et unique image de l'Indien dans le monde. Cette bande était installée au nord-est des groupes locaux chokonens et au nord-ouest des Chihennes le long de la Gila River, non loin du lieu de naissance de Geronimo, et des Mogollon Mountains. Ils avaient pour grands voisins les

Chokonens qui se tenaient au sud-ouest de leurs *rancherías*. Dès sa naissance, Geronimo était bien entouré. À l'ouest Cochise, à l'est Mangas Coloradas et, juste un peu au sud-est, son comparse Juh.

Vivant entre les Chokonens et les Chihennes, cette bande hybride du fait de son petit nombre ne comptera plus en 1905, année où Geronimo dicta ses *Mémoires*, que huit membres. La faible démographie des Bedonkohes n'a pas empêché ses guerriers d'être très présents et actifs sur le théâtre de tous les conflits ayant débuté dès le XVIIIe siècle. Lors du XIXe, des chefs comme Mahko, puis ensuite Pluma, Mano Mocha et Teboca, contemporains du futur Geronimo dans ses jeunes années, ont joué un rôle important à la fois comme responsables tribaux mais aussi comme initiateurs et leaders de raids. Dans leurs groupes locaux respectifs et parfois au-delà, ils eurent de l'influence et, à niveau égal, parlementaient, négociaient avec les puissants leaders chihennes, chokonens et nedhnis et bien sûr combattaient à leurs côtés.

Malgré tout, durant les décennies où l'ombre bienfaisante et protectrice de Mangas Coloradas se faisait plus qu'omniprésente sur les Bedonkohes, il était manifestement plus dur pour cette bande d'exister pleinement en totale indépendance. Le jeune Goyathley dut avoir l'occasion de le ressentir et cela ne put qu'accentuer son envie irrépressible de se faire connaître par des hauts faits. D'un autre côté, le poids et l'envergure de la personnalité de Mangas Coloradas, qui était comme un père veillant sur ses ouailles, rendaient les Bedonkohes quasiment intouchables. La bande de Geronimo eut des chefs locaux peu connus mais qui, lorsqu'il le fallut, surent jouer un rôle déterminant dans l'histoire de leur tribu. En remontant jusqu'à l'aube du XIXe siècle, on trouve Mahko, futur grand-père de Geronimo, puis El Cautivo, Mano Mocha, Teboca, et Phalios Palacio, un frère de Mangas Coloradas, qui eurent sous leurs ordres au combat le futur chamane de guerre.

Guerres

Usen, le Créateur pour les Apaches, a donné au peuple chiricahua le pays où est né Geronimo. Ce postulat n'a jamais quitté l'esprit des Apaches. Geronimo a combattu non seulement pour sa terre et *son* peuple, mais surtout pour le modèle d'existence auquel il devait se conformer, sur cette terre et avec ce peuple, et que lui avait prodigué Usen, le Donneur-de-Vie. De manière symbolique ou purement matérielle les Chiricahuas se donnaient les moyens de mettre en œuvre les préceptes religieux édictés dans la mythologie. Les raids ou la guerre demeuraient la meilleure façon de les illustrer. Que ce soit un raid aux motifs purement économiques, qui consiste à ramener du bétail, des denrées alimentaires ou des armes et des munitions, ou bien le parti de guerre destiné à combattre un ennemi, ces deux actes ne relevaient ni d'intentions similaires, ni surtout de la même terminologie spirituelle. Ils étaient tous deux investis de caractéristiques religieuses et sociales qui variaient dans l'énonciation d'un vocabulaire spécifique, chants, incantations, prières. Les mots ou les expressions employés pour nommer les choses et les actes dans la vie courante, et ceux employés dans la période de préparation d'un raid et pendant les combats, différaient radicalement. Geronimo et les siens ont toujours envisagé la guerre comme une défense de la terre sacrée donnée par Usen. Les raids à but économique n'apparaissant que comme le moyen purement matériel d'avoir la possibilité physique et mentale de pouvoir s'adonner à cet acte de protection-défense du territoire offert par le Donneur-de-Vie. En cela, l'acharnement dont firent montre les Chiricahuas dans leurs derniers combats, au demeurant perçu comme démentiel — en l'occurrence celui de Geronimo et de sa poignée de guerriers dépenaillés face à des milliers de soldats —, procède de cet acte religieux de la guerre même sans issue que nous plaçons dans le cadre du seul « monde physique ordinaire ». On ne peut, avec les Apaches, et dans leurs guerres, se situer dans la seule perspective d'affrontements physiques de défense d'un territoire, d'une géographie. C'est pourquoi il y a eu tant de malentendus à l'encontre des Indiens : à la guerre, et quelle que soit sa forme, Geronimo et ses fidèles mettaient en application les préceptes et les enseignements de la cosmogonie chiricahua dans laquelle s'affrontaient les forces de l'univers. Les Apaches ne faisaient rien de plus que de reproduire les affrontements fratricides de ces forces surnaturelles. Ils rejouaient le drame cosmique de ces combats mythologiques et Geronimo en fut l'un des plus grands acteurs.

Les noms que se donnaient entre eux les groupes locaux apaches étaient marqués du sceau mythologique et donc religieux. L'Apache avait une connaissance profonde mais aussi sacrée, jusqu'au tréfonds de son être, de son environnement. Seule cette Connaissance lui permettait de vivre selon les préceptes d'Usen. Dans le cas contraire, l'individu se mettait en grand danger. Et le danger, pour les Apaches, n'était pas forcément un danger d'ordre matériel ou physique. Le vrai danger était que l'âme soit mise en contact avec les Voies inférieures. Ces noms étaient autant de dénominations allant de pair avec le site choisi comme aire principale d'habitat. Les Apaches étaient convaincus de l'aspect et de l'importance spirituels du mot qui rattache l'homme à la terre, à un endroit précis et donc nommé. C'est pour eux, et comme pour beaucoup d'autres tribus indiennes et d'une manière générale pour beaucoup de sociétés tribales de ce type, comme un cordon ombilical les attachant à la Terre Mère, un lien sacré à la mémoire ancestrale. Les Chiricahuas connaissent ce Pouvoir de la parole qui nomme l'endroit reconnu et intégré. Les mots de l'écrivain indien kiowa N. Scott Momaday — qui a grandi dans le Sud-Ouest en pays navajo, pueblo et apache — sont à cet égard édifiants :

> À l'endroit où les mots et le lieu se rejoignent, on trouve le sacré[1].

Geronimo et tous les Chiricahuas savaient qu'ils avaient trouvé *ce* sacré. Ils pouvaient le nommer.

Il était hors de question pour eux de l'abandonner.

Lorsque des bandes parvenaient à reconnaître, à mentaliser une description de l'endroit désigné par les chamanes ou les hommes-médecines, ou *N'Guya'n*, en fonction des esprits alliés, la tribu s'installait. Le groupe local devait s'assurer de sa bienvenue dans la région par toutes les formes de vie qui s'y trouvaient déjà mais aussi d'une bonne entente avec les éventuelles autres bandes déjà sur place. Le rôle dévolu aux chamanes était alors, d'une part, de bien comprendre les données physiques et spirituelles du site pressenti pour accueillir le groupe, d'autre part de s'assurer de la bienveillance du monde non ordinaire, là où demeurent les entités censées être des esprits alliés à l'identité du groupe ou de la tribu. En ne sachant rien avec précision des saisons, de leurs variantes, du climat, des animaux et des plantes, de leur rythme de vie, du relief, c'est-à-dire du corps de la terre en ce lieu, le groupe local s'exposait à de graves ennuis d'ordre spirituel pouvant dans un premier temps apparaître sous l'aspect de désordres relevant du seul domaine physique et matériel. Tous désagréments excessifs, incidents nombreux susceptibles de remettre en question la survie du groupe étaient mis sur le compte d'une dysharmonie avec l'endroit choisi. Cette tâche périlleuse de pouvoir installer un groupe en toute connaissance de cause était donc dévolue au chamane. En cas d'échec ou d'incompatibilité avec les esprits du lieu, tant ceux du règne animal, minéral que végétal, le groupe devait partir. Pouvoir rester signifiait que les dirigeants religieux de la tribu, les intercesseurs avec les forces surnaturelles avaient la Connaissance du Pouvoir. Le sésame s'ouvrait alors aux initiés et bien entendu tout le monde en bénéficiait du bas au sommet de la hiérarchie du groupe. Ce savoir couvrait l'échelle spirituelle des niveaux d'initiation. Les hommes-médecines avaient assuré, soit par la Connaissance innée, soit par son acquisition, le maintien de l'équilibre du monde à travers celui de la tribu. Le territoire répertorié comme adéquat devenait partie intégrante du corps et de l'âme des membres du groupe. L'implantation de la bande fonctionnait comme une greffe. Les esprits alliés qui résidaient sur le lieu faisaient comprendre aux chamanes que le groupe pouvait y être accueilli, qu'il pourrait se fondre dans une osmose globale avec les aspects purement physiques, *ordinaires,* de l'endroit mais aussi avec les aspects *non ordinaires* rattachés à la contrée. Quand les ancêtres de langue athapasque des Apaches commencèrent à arriver dans le Sud-Ouest et à s'y établir, chaque choix de site par une bande ou un groupe passa par ce prisme de la Connaissance chamanico-religieuse.

Cet ensemble relevait essentiellement d'un profond et complet savoir des préceptes inaliénables édictés dans des mythes de Création du monde vécus par le peuple, de sa cosmogonie, transmis par la tradition orale, les arts du chant, cérémoniels et pictographiques, pour ne citer que ceux-là. Chacun de ces groupes locaux prend le nom qui s'accorde avec les particularités, les propriétés physiques et spirituelles du lieu. Le terme qui désignera à la fois la bande et l'emplacement, la région, correspondra aux spécificités identifiées par les hommes-médecines ou les chamanes. Loin du simple campement, le site révélé où la plupart du temps vit le groupe local est bien plus qu'un lieu retenu pour sa beauté ou ses aspects pratiques. Ces critères subséquents n'étant pris en compte qu'à la suite des décisions d'ordre chamanico-religieux. La *ranchería*, la contrée s'avèrent être bien autre chose qu'un simple campement. L'endroit retenu représente bien plus. Comme nous l'avons vu, il accueille, abrite et protège en son sein le foyer familial élargi, le *gota*. Il a une dimension spirituelle forte. Les esprits alliés ont indiqué aux intercesseurs où emmener le peuple. Où, quand et comment l'installer aux endroits les plus propices à la félicité tant sur le plan matériel que religieux. Si le lieu devait être giboyeux, à proximité d'une source ou d'un cours d'eau, offrir la possibilité de récolter la courge ou le maïs, se tenir à l'abri pour éviter toutes mauvaises surprises, il devait avant tout être en accord avec le domaine spirituel. En cela, la connaissance des hommes-médecines ou des chamanes de la cosmogonie, liée bien sûr aux mythes fondateurs de la tribu, est capitale. Ils ordonnent et guident. L'approche de cette réalité qui a tendance à échapper aux esprits non indiens permet de mieux saisir le pourquoi de l'acharnement inouï des Apaches à se battre pour leur terre et à la protéger de toute agression : ils ne défendaient pas qu'un territoire, ils défendaient une raison d'être philosophique et spirituelle commandée par ce qu'ils nomment, encore aujourd'hui, des Puissances supérieures et dont le premier représentant, Celui-qui-englobe-le-Tout, est Usen, le Donneur-de-Vie.

Le pourquoi de cette façon de combattre, de porter l'acte de guerre au plus haut, au point de le considérer comme acte religieux pur, apparaît par conséquent dans sa véritable dimension. En dépit de toutes ses erreurs et de ses dérives, Geronimo, du fond de lui-même, s'inscrivait dans cette perfection mystique de la guerre. Mais à l'époque, les Chiricahuas seuls le comprenaient et si tous ne l'ont pas suivi autant qu'ils suivirent en leur temps Mangas Coloradas, Pisago Cabezon, puis Cochise et Victorio, c'est parce que les Pouvoirs que Geronimo mettait en évidence effrayaient. L'auteur chiricahua Donald C. Cole le dit lui-même :

> Lumière et ténèbres se confondaient car les Êtres s'affrontaient pour faire triompher le jour ou la nuit. Le monde des Apaches était le domaine d'un pouvoir effrayant[2].

Reproduisant dans la guerre la pensée mythologique qui donna le jeu du Mocassin, symbolisant l'affrontement des ténèbres et de la lumière, Geronimo, comme « Enfant-de-l'Eau » qui terrasse le Dragon, combattit jusqu'au bout pour les Voies supérieures, la Lumière. Sa résistance dite jusqu'au-boutiste, mise en évidence ici pour des comparatifs purement historiques, ne procédait pas d'une logique rationnelle matérielle et territoriale au sens de la possession de la terre mais d'une logique renvoyant directement à la cosmogonie chiricahua.

De tout temps, les généraux et autres militaires américains comme mexicains et certains politiciens des deux pays se sont demandé pourquoi un si petit peuple dont la force de frappe était réduite dans les dernières années à moins de cinquante guerriers, une quinzaine en septembre 1886, se déchaînait dans une guerre sans issue contre des puissances comme les États-Unis et le Mexique ou tout simplement contre une démographie anglo-hispanique galopante. On pourrait même dire qu'aujourd'hui beaucoup se le demanderaient encore si la question leur était posée et même si elle était posée à un spectre plus large des populations américaine et mexicaine. Du temps de Geronimo, personne n'avait de réponse claire. Seuls quelques esprits éclairés de l'époque eurent la curiosité piquée au vif ou mise en éveil quant aux motifs non révélés qui animaient une telle volonté de résistance, alors que la cause et l'issue étaient totalement désespérées pour les Apaches. Bien qu'ils fussent peu nombreux, il y eut cependant parmi eux bien sûr Thomas Jonathan Jeffords, ami et confident de Cochise, mais aussi Silas Saint John, James Tevis et Fred Hughes qui connurent bien le grand chef avant la guerre de 1861, Henry Clay Hooker qui le rencontra en 1870 et avec qui sa relation amicale prit fin à la mort du chef. De leur côté, l'agent indien le Dr Michael Steck et le major Enoch Steen rencontrèrent et apprécièrent pour le premier Mangas Coloradas, Ponce, Delgadito et Cochise et pour le second les trois même et Geronimo. Dans une moindre mesure, il y eut aussi le général Oliver Otis Howard pour la confiance et l'admiration qu'il voua à Cochise lors du traité de 1872 et l'affection spontanée — cela mérite d'être souligné car c'est exceptionnel — dont il fit montre envers Geronimo. Quelques rares autres tentèrent de saisir l'esprit apache car ils étaient décidés à comprendre et donc à respecter. Paradoxalement, il y eut un autre personnage, haut en couleur. Celui-ci, fut de ceux qui cherchèrent sincèrement à appréhender les aspects culturels et religieux qui, outre la simple défense d'un territoire pour vivre, motivaient si profondément, avec une telle foi, cette résistance devenue légendaire, et que personnifia Geronimo du simple fait qu'il fut le dernier. Il s'agissait du général George Crook. Les Apaches l'appelaient *Nantan Lupan*, le Chef Loup Gris.

Lorsqu'en 1882 le gouvernement rappela Crook en Arizona avec pour mission d'en finir une fois pour toute avec l'interminable guerre apache, autrement dit avec Geronimo, guerre qui agaçait au plus au point Washington, Nana le vieux chef chihenne déclara à propos du Loup Gris que c'était un adversaire redoutable, mais qu'il était honnête, qu'il connaissait les Apaches, les respectait et cherchait, contrairement à beaucoup d'autres officiers, à les comprendre. Les guerriers apaches appréciaient d'avoir à affronter de grands soldats. Vaincre un pleutre, un lâche adipeux tel que le général Nelson A. Miles, lequel, en 1886, dirigeait sa campagne d'un bureau éloigné, n'était pas aussi honorable et attractif que de défier un général à la tête de ses troupes. Crook, qui avait atteint les Apaches au cœur de leur sanctuaire en enrôlant des scouts apaches, était un ennemi estimable.

Crook avait appris à estimer ses ennemis. En juin 1876, six ans avant son retour en Arizona, il avait essuyé un demi-échec face aux partis de guerre lakotas de Crazy Horse à Rosebud. Il estimait les qualités guerrières des Apaches et avait appris à connaître leur philosophie en compagnie de ses scouts mais aussi de son éclaireur Al Sieber. Oui, Crook appréciait et respectait ses adversaires, tous sauf un : Geronimo. Derrière les stratégies hors du commun et fréquemment victorieuses que déployaient avec maestria les Chiricahuas, la guerre « sainte » apache montrait toute sa puissance et son invincibilité.

Jusqu'au début des années 1870 aucun Apache n'avait une idée exacte de la puissance des États-Unis. Dans la paix comme dans la guerre, ils percevaient séparément les soldats et les habitants de tel district ou de telle région comme des entités politiques différentes obéissant à des chefs distincts les uns des autres. Cette perception était valable au Mexique car lorsque par exemple les guerriers de Geronimo dévastaient le Sonora, ils pouvaient quelques jours après aller revendre à Janos au Chihuahua les produits de leur butin. Bien entendu, les Américains, pour la plupart, n'avaient pas établi de distinction entre les tribus apaches. Distinguer les Coyoteros de l'une des quatre bandes chiricahuas n'était pas toujours évident, comme entre les Tontos ou les White Mountains. Par la suite, tout un chacun comprit que les Chiricahuas étaient vraiment différents des autres Apaches. Mais encore fallait-il pouvoir distinguer les bandes chiricahuas entre elles ! Comme cela s'est produit très souvent, lorsque par exemple une bande chiricahua qui n'était pas impliquée dans un de ces innombrables et éphémères intermèdes pacifiques commettait telle ou telle déprédation dans la région censée être en paix avec le groupe local ou la bande de cette région, les hostilités se retournaient immanquablement contre la bande qui avait bel et bien conclu une trêve et qui l'avait respectée, si l'on peut dire, à la lettre.

Aussi, entre 1862 et 1865, Cochise et quelques autres bandes alliées étaient persuadés d'avoir réussi à bouter hors de leur pays presque tous les Blancs. Cependant, et ce qu'ignoraient les chefs à cette époque, la population blanche avait fortement diminué en Arizona et au Nouveau-Mexique non pas du fait de leurs exploits guerriers, mais du fait de l'ampleur prise par la guerre de Sécession. Dans ces années, plus de la moitié de la superficie de l'Arizona était dominée par Cochise. Ses troupes de guerre, au sein desquelles opérait et commandait Geronimo, faisaient régner une terreur rarement éprouvée dans un État américain. Des localités importantes comme Tubac et Tucson tentaient de survivre sous l'étau chiricahua. Repliées sur elles-mêmes, elles étouffaient, assiégées par les Apaches ou à la merci des hors-la-loi, parfois les deux à la fois. Les forts étaient désertés, les fermes et les ranchs avaient été pillés et brûlés plusieurs fois, les voyageurs se faisaient moins téméraires. Les villages et autres établissements du Nouveau-Mexique et du Mexique subissaient aussi, selon leur mot, l'« engeance apache ». Les militaires étaient presque tous à l'est, sur le front. Les civils se terraient. Le Sud-Ouest était vidé de ses forces vives : Cochise et ses *capitans* dominaient militairement la situation. L'existence de la guerre de Sécession était de toute évidence passée au-dessus de la tête des Indiens et, lorsque par la suite ils apprirent toute l'histoire, ils réalisèrent surpris, et quelque peu déçus, que ce qu'ils avaient considéré comme d'éclatantes victoires n'était qu'un leurre.

Ils comprirent donc mieux par la suite le retour en masse des colons et des soldats sur leurs territoires. En 1876, les quelques Apaches qui furent « conviés » à se rendre à Washington pour rencontrer le président et visiter les grandes villes de l'Est révélèrent aux leurs dès leur retour en Arizona et au Nouveau-Mexique la réelle puissance américaine, le train, les bateaux, les ports, les villes, les bâtiments, les Blancs par centaines de milliers. Les Apaches étaient blêmes et plus qu'inquiets. Jusqu'à une période récente, ils pensaient encore pouvoir chasser les Américains de leur pays. Lors du voyage à Washington de 1876 qui lui sera fatal, Taza, le fils aîné de Cochise et nouveau chef héréditaire, vécut comme une terrible humiliation doublée d'une non moins terrible angoisse le spectacle qui se déploya sous ses yeux. Les villes, les gares, les vastes zones habitées, tout cela défilait devant lui par la fenêtre du train et Washington mit le comble à son étonnement qui vit ses yeux s'écarquiller et son esprit écartelé par une indicible angoisse. Ce qui fit le plus de mal au jeune chef, c'est de voir combien son père et les guerriers de son peuple avaient échoué dans la réduction à l'impuissance des Américains. Tout son univers s'écroula en quelques heures. Taza ne savait pas et là-bas, à l'Ouest, son peuple ne savait pas non plus, il ne savait rien. Avant de savoir qu'il allait mourir de cette *funeste* pneumonie, il savait, lui, que tout était fini.

L'ennemi déclaré

Comme pour siffler la fin d'un intermède pacifique qui, dès 1821-1824, tarde à mourir, survient comme un symbole l'arrivée au monde du futur Geronimo. Le retour des hostilités atteignait les *rancherías* apaches au fur et à mesure des événements, des agressions et de la circulation des nouvelles. Il s'agissait notamment d'un intermède entre les franges dites « pacifistes » des Chiricahuas, avec la collaboration de leurs factions d'ordinaire plus hostiles, et les anciennes colonies mexicaines de la Nouvelle-Espagne nouvellement indépendantes. Les gouverneurs des provinces avaient fait instituer le système des *presidios*, équivalents des futurs comptoirs américains ou agences, où les Apaches étaient conviés à venir chercher des vivres. Ce système de la distribution régulière de vivres permettait aux autorités non seulement de contenir les Chiricahuas, mais aussi de les surveiller. Ainsi, les Mexicains espagnols se tenaient régulièrement informés de leurs faits et gestes, des lieux où leurs bandes se rencontraient et du nom des chefs qui se trouvaient à la tête de tel ou tel groupe local. En effet, le Mexique reconnaissait son impuissance militaire face à l'organisation des tribus. Les moyens, les troupes en place ne permettaient pas aux gouverneurs de Chihuahua City de s'opposer à la force indienne. Le *presidio* était alors le seul moyen, en attendant des jours meilleurs, d'éviter les frappes incessantes des troupes de guerre chiricahuas qui avaient ravagé le pays des décennies durant. Cependant, et ce fut essentiel pour les autorités, ce système permettait également de consigner les noms de ceux qui venaient prendre leur ration de vivres et, dans le même temps, sans qu'ils en aient eu alors la moindre idée, d'effectuer des comptages comme cela se pratiquera plus tard dans les réserves américaines. Mais alors, les Apaches en seront cyniquement informés, pour mieux les humilier. C'est en partie par la tenue régulière de ces cahiers administratifs mexicains que plus tard de nombreux historiens pourront examiner et comprendre les mouvements et la vie des bandes, connaître la présence de tel ou tel leader. La pratique du troc avec certaines petites localités comme Casa Grande ou Janos dans le futur État de Chihuahua constituait les rares occasions où les Apaches rencontraient des Mexicains en dehors des *presidios* ; dès l'échange effectué, chacun repartait rapidement chez soi. En règle générale, les Apaches retrouvaient leurs bases fixes, notamment dans les Mogollon et les Dragoon, ou regagnaient des campements provisoires établis loin du lieu *originel* à l'occasion de raids saisonniers. Le plus important pour eux étant de se tenir et de vivre à l'écart des Mexicains.

En 1830, Goyathley a six ou sept ans. Depuis 1814, Mangas Coloradas s'était déjà imposé comme celui que les Mexicains commencent à appeler « le Général des Mogollon ». Celui qui n'est pas encore l'Apache incarné avait entamé son apprentissage qui allait le mener jusqu'à l'étape qui clôturera son noviciat de guerrier. Lors des années 1830-1840, les rapports entre les Apaches et le Mexique se dégradent très vite. Ce processus avait commencé avant la fin de la guerre d'Indépendance du Mexique mais, en dépit de cet intermède de calme relatif, les hostilités reprennent un peu partout dès 1820, et vers 1831 la guerre va brutalement se durcir et se généraliser. Quelques Apaches continuaient à demeurer auprès des *presidios* et à entretenir des relations pacifiques ; cependant, sans qu'il y ait d'insurrection généralisée, les faits de guerre ne cessèrent de se multiplier partout et prirent de l'ampleur tout au long de la décennie et au-delà. Mangas Coloradas qui, de près ou de loin, « guidait » la vie de Goyathley avait difficilement accepté la paix des *presidios* mais une grande partie des siens, notamment les chefs plus âgés, qui n'avaient pas vraiment connu la guerre, ne rejetaient pas ce système. Ils n'avaient pas fait de la guerre un mode de vie, comme lui et comme le fera Geronimo. La nouvelle génération brûlait d'en découdre. Aussi au milieu des années 1830, les Chiricahuas se scindèrent en deux parties. L'une avec des chefs anciens, trop habitués au système des *presidios* et des « rations » et qui n'avaient plus le courage ou l'envie de prendre les armes ; mais aussi avec des chefs moins âgés, lesquels voyaient leur intérêt dans cette paix relative, tels les Chokonens Relles, Matias, et les Nedhnis Juan Diego Compa et Juan José Compa. Quant à l'autre partie, sous le commandement de Mangas Coloradas, toujours appelé Fuerté, et du chef chokonen Pisago Cabezon, d'ordinaire modéré mais cette fois échaudé par l'inconstance et les traîtrises mexicaines répétées, elle constituait la faction dure des bellicistes. Ces deux leaders étaient rejoints par les remuants chefs bedonkohes Mano Mocha et Teboca. À l'époque, ces deux chefs étaient pour Goyathley, en dehors de Mangas Coloradas, ses plus proches modèles. Ils firent certainement partie de ceux qui instruisirent le futur chamane de guerre sur l'histoire de la tribu et qui contribuèrent à sa formation de *dikohe*. Ces leaders avec d'autres chefs belliqueux, comme le jeune impétueux et violent Tutije, trouvaient toujours les moyens d'établir un équilibre entre les raids et les trêves, même s'ils tombaient souvent dans les pièges tendus par les Mexicains qui les conviaient à des libations et les couvraient de cadeaux. Généralement, nous le verrons, l'« invitation » se terminait par un massacre. Tutije était un chef de guerre chokonen ou bedonkohe. À regarder ses exploits et son comportement on peut sans hésitation le considérer comme le Geronimo du moment. Sa façon de recruter des guerriers au gré des opportunités, d'organiser les raids, de commander et de combattre se retrouvera chez Geronimo, surtout dans ses dix dernières années de guerre. Allant d'une bande à l'autre convaincre et recruter pour les raids, l'adolescent Goyathley eut évidemment l'occasion d'entendre les paroles enflammées du guerrier apatride, comme lui-même le sera plus tard lorsque les derniers Bedonkohes intégreront les groupes des Chihennes, des Nedhnis et des Chokonens après la mort de Mangas Coloradas.

Ces chefs belliqueux méprisaient profondément le système des comptoirs alors qu'ils connaissaient déjà les fruits et l'honneur des raids fructueux. Il y avait bien de temps en temps quelques trêves mais sans conséquences réelles sur le déroulement du cours des choses. Le Mexique pendant ce temps recommençait de grandes campagnes militaires qui rappelaient celles des années 1780 menées par la Nouvelle-Espagne. Ainsi, d'attaques en contre-attaques et de représailles en expéditions punitives, le cycle de la guerre n'en finissait pas, la haine habitait les deux camps. Sur son lit de mort en 1909, Geronimo confiera à Daklugie que s'il le pouvait, il irait encore tuer le plus possible de Mexicains !

Dès juin 1831, le Sonora songea à mettre sur pied un corps expéditionnaire contre les Apaches. L'offensive qui eut lieu en octobre se solda par un échec malgré une importante soldatesque de quatre cents hommes. De toujours, le Sonora et le Chihuahua se sont différenciés sur la méthode à employer vis-à-vis des Apaches. Pour ce qui concerne le Sonora, il y a véritablement en germe l'idée d'une « solution finale » : exterminer l'Apache est la seule réponse envisageable. En 1835, cet État promulgue une loi sordide, offrant une prime de cent pesos (soit environ cent dollars) pour toute personne rapportant un scalp d'Apache. Deux ans plus tard, l'année du massacre de Johnson, le Chihuahua renchérit et propose, non seulement la même somme pour un guerrier, mais en plus cinquante pesos pour une femme et vingt-cinq pour un enfant. Bientôt, dans toute l'*Apachería* mexicaine comme américaine, cela deviendra presque un jeu, un passe-temps qui rapporte. Certains n'hésiteront d'ailleurs pas à tromper leur monde. En effet, les « autorités » réceptrices des trophées commenceront à s'apercevoir que les scalps qu'on leur présente ne proviennent pas toujours de crânes apaches. La chasse lucrative à la chevelure se répandit et l'on tua aveuglément. En effet, il était plus facile et moins risqué d'arracher le scalp d'une femme mexicaine, d'un péon avec les cheveux un peu longs, d'Indiens d'autres tribus, souvent ennemis jurés des Apaches en général et des Chiricahuas en particulier, plutôt que de s'en prendre aux guerriers chiricahuas eux-mêmes ! Beaucoup de non-Apaches furent ainsi très vite dépossédés de leur chevelure puis assassinés pour remplir les poches de mercenaires et de brutes de la pire espèce. Dans les années qui suivirent, on vit les tarifs augmenter ; pour le scalp d'un homme la somme atteindra deux cent cinquante pesos ! De son côté le Chihuahua se montrait, et ce fut une constante dans l'Histoire, partisan d'une approche moins vindicative. Tandis que le Sonora faisait des amalgames, volontaires ou pas, entre telle ou telle bande qui aurait effectué ou non un raid, et peu importait, lorsque ses troupes ripostaient, que ce soit contre une bande ou un groupe local dont l'innocence était attestée. C'est ainsi que bien souvent, des Apaches étaient attaqués par surprise, alors qu'ils venaient de conclure un armistice. Furieux, ils s'en prenaient alors aux premiers Mexicains qu'ils trouvaient et qui parfois n'appartenaient pas — comme eux auparavant — à la troupe qui les avait attaqués et qui de plus observait les consignes de paix...

Dès 1832, la pression chiricahua se fit de plus en plus meurtrière pour les localités mexicaines. Le triangle inversé que formaient Fronteras au nord-ouest du Sonora, Bavispe au milieu et plus au sud du même État et Janos au nord-est du Chihuahua, était un enfer sur terre. Ce triangle sera le réceptacle des menées guerrières où s'illustrera Geronimo entre 1881 et 1886. Les partis apaches n'épargnaient rien sur leur passage. Cette guerre, dans l'intensité de combats foudroyants, terrorisait les plus endurcis des non-*N'de*. Si les Chiricahuas, les *N'de*, étaient les principaux acteurs des guerres apaches, les Western Apaches et notamment les White Mountains n'étaient pas toujours en reste, notamment avec le Sonora. Selon l'historien Edwin R. Sweeney[1], cette tribu fit un tel carnage qu'au printemps 1832, excédés, les citoyens du Sonora créèrent une milice destinée à appuyer les soldats réguliers.

Rassemblés à Cocospera, à environ cinquante kilomètres au sud-ouest des Huachuaca Mountains, en Arizona, ils mirent sur pied une force appelée *La Sección Patriotica* (« la Section patriotique »), à la tête de laquelle ils nommèrent Joaquin Vincente Elias[2].

Fin mai, une centaine de volontaires du Sonora rejoignirent les troupes du capitaine Antonio Comaduran. Les résultats des profondes investigations de Sweeney au Mexique rapportent que le 4 juin ils se heurtèrent aux Western Apaches à Arivaipa Canyon au nord de Tucson. Les Chiricahuas prirent des mines maussades en apprenant que plus de soixante-dix de leurs guerriers y avaient laissé leur vie. Cela n'empêcha pas les bandes *N'de* de poursuivre les raids. En mai, l'étoile grandissante Mangas Coloradas dirigea avec Pisago Cabezon un affrontement contre les troupes du Chihuahua. Ce fut une bataille rangée qui tourna au corps à corps, et qui présenta tous les cas de figure d'un combat régulier. Mangas Coloradas s'était montré particulièrement efficace et courageux. Ces faits, rapportés ensuite au jeune Goyathley resté à la *ranchería* — il a alors huit ou neuf ans —, renforcèrent l'admiration qu'il avait pour les chefs de guerre bedonkohes et chokonens, mais surtout pour le grand Mimbreno qui à l'issue de cette bataille attira à lui de nombreux guerriers, tant chihennes que bedonkohes et chokonens, qui allaient de plus en plus, et sur une durée de plusieurs années, se placer sous son autorité au fur et à mesure que l'influence de Pisago Cabezon diminuait. Cette année-là, Mangas Coloradas avait l'ascendant sur les Chiricahuas que Cochise aura dès 1856-1857 et Geronimo dès 1881 lors de l'affaire de Cibicue Creek au nord-ouest de la réserve de Fort Apache.

Ce n'est pas étonnant de retrouver alors presque toutes les bandes au pays de Mangas Coloradas : aux fourches de la Gila, dans le sud des Mogollon Mountains. Convoquée par ce dernier et le leader chokonen Pisago Cabezon afin d'élaborer une politique d'actions à mener à court terme, la réunion fut brutalement interrompue par l'irruption de soldats du Chihuahua. Le capitaine José Ignacio Ronquillo, rompu depuis longtemps à la guerre contre les Apaches, s'était mis en tête de dénicher les Chiricahuas dans leurs bases fixes du Nord. Les *rancherías* ayant été localisées, les forces de Ronquillo s'enfoncèrent au cœur du pays chihenne-bedonkohe et atteignirent le 21 mai 1832 les contreforts des Mogollon. Une escarmouche se produisit très vite et, deux jours plus tard, une nouvelle bataille rangée opposa Chokonens, Bedonkohes et Chihennes aux cent quarante soldats de Ronquillo. L'affrontement ne trouvant ni vainqueur ni vaincu, il s'ensuivit des pourparlers et autres tergiversations à l'initiative des Apaches. Mais ceux-ci voulaient gagner du temps en attendant des renforts d'autres groupes locaux chihennes et bedonkohes à la tête desquels se distinguaient des leaders comme Oya, Mano Mocha, Caballo Ligero, Boca Matada et Pluma. Dès lors, la petite trêve tourna court et les guerriers les plus déterminés recommencèrent le coup de feu. Cependant, en dépit de leur supériorité numérique, les Chiricahuas durent céder du terrain sous la discipline et l'armement des Mexicains. Cette victoire de Ronquillo, au cœur de l'*Apachería*, accula de nombreuses bandes à demander la paix.

Aux alentours du 15 août 1832, le commandant en chef du Chihuahua, José Joaquim Calvo, arriva à Santa Rita del Cobre sur la Mimbres River au Nouveau-Mexique. Il rencontra les chefs des Mescaleros, ceux des quatre bandes chiricahuas, et un traité de paix fut conclu le 29. Les Chiricahuas se virent contraints de s'installer dans trois zones distinctes. Les Chihennes et les Bedonkohes devaient s'établir sur Santa Rita del Cobre jusqu'aux massifs des Santa Negrita plus au nord en incluant les Mogollon au nord-ouest au-dessus des Pinos Altos. Mangas Coloradas et Goyathley étaient quasiment assignés à résidence. On racontait tout à ce dernier et rien ne lui échappait. Il saura s'en souvenir, et personne n'aurait pu souhaiter à son pire ennemi de rencontrer un adversaire avec une mémoire aussi profonde. Pour les Chokonens et les Nedhnis, ceux-ci devraient dorénavant évoluer sur une vaste contrée allant de Janos au Chihuahua vers le nord-ouest dans les Peloncillo dans la région des Dragoon et d'Apache Pass jusque vers le nord-est dans les Burro Mountains au sud des Santa Lucia. Mangas Coloradas, « le Général des Mogollon », fut nommé responsable pour sa région et ses deux bandes, Matias le fut pour les Chokonens et Juan José Compa pour les Nedhnis. Avec la meilleure volonté du monde, ce traité allait bien entendu avoir une durée de vie très courte. La haine des Mexicains est trop forte, l'acte même de la guerre demeure une quête mystique qui permet à tout individu de s'élever et de se valoriser au sein de la bande ; par ailleurs, et en dépit de défaites peu encourageantes pour l'avenir, les Apaches demeurent sûrs d'eux militairement. Par ailleurs, cet accord « officiel » recèle une lacune qui fait montre du peu de sérieux de toute cette affaire et qui, finalement, accrédite la thèse selon laquelle le plus grand pessimisme régnait du côté mexicain. En effet, le traité ne prenait absolument pas en compte l'avis et les intérêts du Sonora dont aucun représentant n'avait été invité aux négociations de la mi-août. Dans l'histoire des Apaches, ce genre de lacune est revenu au moins en deux occasions et non des moindres. Ce sera le cas lors du traité de Guadeloupe Hidalgo entre les États-Unis et le Mexique qui a complètement fait abstraction des Apaches alors qu'ils représentaient une force de guerre à prendre en compte, du moins pour toute personne normalement constituée, et d'autre part lors du traité de paix Cochise-Howard en 1872 où personne ne songea à rappeler que si les Apaches ne devaient plus attaquer les Américains, ils devaient en faire autant pour le Mexique. Non seulement cette lacune, pour le cas présent de 1832, porte déjà en germe l'échec du traité, mais ignorer une entité politique comme le Sonora, qui ne pense qu'à l'extermination des Apaches et qui se trouve être un État de riches propriétaires terriens avec une armée conséquente, demeure incompréhensible.

Dès 1833 les hostilités recommencent. En février, les Chokonens reprennent leur totale liberté et vont où ils veulent. Revenus dans leurs repaires traditionnels des Chiricahua Mountains, ils ne perdent pas de temps et préparent de nouveaux raids sur le Sonora ; de son côté, en mars, un leader nedhni, Manuel Chirimni, enjoint les Mimbrenos d'organiser une expédition. Dans le même temps, tout s'accélère : un partisan de la guerre, en attaquant un ranch à Santa Rita del Cobre, tue un Mexicain et par erreur une sœur de Juan José Compa, le chef nedhni « pacifiste ». Les représailles ne tardent pas à venir, et les coupables sont poursuivis jusque sur les terres de Mangas Coloradas à Santa Lucia Springs où manifestement ils tombent sur la *ranchería* des Bedonkohes-chihennes du grand chef mais aussi de Teboca où demeure le futur Geronimo. C'est sans doute la première fois que le jeune Goyathley voit alors une troupe mexicaine en guerre arriver si près de son village avec des intentions d'hostilité non dissimulées. Apparemment, devant l'importance du camp la petite troupe fit demi-tour. Dès cette période, et sans faire aucune distinction, les Mexicains considéreront toutes les bandes apaches comme factieuses. La guerre s'étendra dès lors partout avec une intensité toujours renouvelée.

Goyathley eut connaissance de ces combats. On l'imagine à la fois craindre pour les siens, mais aussi pour sa vie et sans doute déjà pour l'avenir. Au sortir de ses dix années d'enfance, la guerre prend sa sérénité et son esprit à la gorge. Des combats, il dut en voir de près quelques-uns, défaites comme victoires hélas éphémères. De son vivant, et avant le massacre de sa famille, les Chiricahuas vécurent trois phases importantes d'agression. La première quand ils battirent en retraite sur leurs propres terres face à Ronquillo dans les Mogollon en mai 1832, une défaite purement militaire dans leur sanctuaire originel. La deuxième, dite « massacre de Johnson », en 1837 au Nouveau-Mexique. La troisième, qui en fut une réplique encore plus foudroyante, vit la bande de mercenaires de James Kirker se livrer au massacre de Galeana en 1846 au Chihuahua. Ces massacres seront assimilés à des carnages. De par leur nature et leur ampleur, la façon inique dont ils se sont produits, ils constitueront un traumatisme si violent pour les Chiricahuas qu'aujourd'hui encore les mémoires en gardent le souvenir. Même lointains, ils sont comme un œil noir qui s'éloigne dans le temps et l'espace. Même lointains, parfois ce souvenir et d'autres continuent de pétrir les subconscients et les mémoires abîmés. Rien n'est effacé. Plongés dans les ténèbres de l'affliction, les Apaches sont détruits psychiquement et malgré tout, trouvent encore la force de passer rapidement à des représailles. Cette énergie reste mystérieuse.

On songe bien sûr au monde de la mythologie dont ils appliquent les préceptes à chaque instant de leur vie, mais pour ces guerriers, le sang appelle le sang, le sang guérit le sang. Entre sa dixième et sa quinzième année, le futur Geronimo est le témoin des blessures et humiliations infligées aux Apaches. La sensibilité du jeune Goyathley est heurtée de plein fouet ; le drame de 1851 viendra ajouter toute son horreur à la douleur encore vive éprouvée à jamais dans les chairs et les esprits. Les Apaches ne connaissent pas encore ce mot terrifiant. Mais avec les *rurales*, constitués de soldats mexicains, de certaines milices civiles américaines comprenant dans leurs rangs des Mexicains, des Américains et des Indiens d'autres tribus, les Chiricahuas ne savent pas encore que l'abomination qui cherche fanatiquement à les détruire porte un nom : génocide.

À l'instant de l'affrontement avec les troupes de Ronquillo, Goyathley avait environ huit ans. Il avait commencé la période d'apprentissage à laquelle doivent se soumettre les enfants mâles quand la nouvelle de la retraite face aux Mexicains tout près de ses foyers le marqua profondément. Déjà, il savait au fond de lui que, même si jusqu'alors son existence s'était déroulée dans une relative sécurité et une réelle insouciance, sans peur ni drames, cet état de chose presque idyllique serait voué un jour à disparaître. Les Apaches furent dépités d'avoir dû reculer sur leur propre terrain et Goyathley ressentait cette impression de malaise qui s'empara quelque temps des *rancherías* bedonkohes et chihennes. Mais cela n'était rien, si l'on peut dire, par rapport aux séries de massacres gratuits perpétrés par la suite avec la bien claire et bien réelle volonté de procéder à une extermination.

Avant l'infamie de 1837 et ce qu'elle peut signifier dans l'Histoire, les Bedonkohes, les Nedhnis et les Chihennes avaient, début 1834, entamé des négociations avec le Chihuahua. Bien que sans illusions, il fallait toujours garder par-devers soi des terrains de repli. Le Chihuahua et la localité de Janos avaient aux yeux des bandes une importance économique capitale. Le grand Mangas Coloradas approuvait l'initiative de pourparlers qui débutèrent fin février à Paso del Norte entre le leader chihenne Geta Metada et les officiers. Satisfaits des premiers entretiens, Mangas Coloradas, Geta Metada pour les Chihennes et six autres leaders se rendirent en mars dans cette même localité. Goyathley avait à peine dix ans mais son esprit était vif. Il était fier de voir un de ses chefs de tribu, le Bedonkohe Mano Mocha, représenter son peuple lors de ces négociations. De leur côté les Nedhnis avaient délégué Jasquedega, un chef des Carrizalenos, avec toute autorité pour parler en leur nom. La conférence de paix dut bien se passer car en mai, le Chihuahua envoya le même Ronquillo, officier qui avait affronté les Chiricahuas en 1832, pour tenter de conclure un traité de paix avec les groupes locaux de Santa Rita del Cobre et de la Mimbres River.

Cependant, cet intermède fut de courte durée. Au mois de mai 1834, en réaction à une razzia au cours de laquelle un groupe non identifié de Chiricahuas avait volé les cent soixante chevaux des soldats mexicains de Santa Rita del Cobre, la trêve se termina aussi bizarrement qu'elle avait commencé. Alors que les Apaches pour la plupart s'adonnaient à la cueillette de septembre des pignons et des glands, le Sonora et le Chihuahua conjuguèrent leurs forces afin de punir les Chiricahuas récalcitrants, et dans le même temps, si possible, de dissuader tous les autres d'ouvrir les hostilités. L'offensive fut décidée suite à un nouveau vol de chevaux quelques mois plus tard, à Janos cette fois, au cours duquel deux Mexicains furent tués. Le parti de guerre fut poursuivi jusqu'à Casa Grande. Il s'ensuivit un affrontement assez bref. En effet, un obusier fut mis en action et quelques coups mirent rapidement fin aux combats. Les obus atteignirent durement les Indiens dépités par cette arme qui, n'avait été que rarement utilisée jusqu'alors parce qu'elle n'était pas toujours pratique à emmener sur des terrains accidentés où les agiles Apaches avaient souvent l'avantage. Les coups de canon de cet automne 1834 démentent la plupart des affirmations selon lesquelles les Apaches eurent à affronter cette arme pour la première fois en juillet 1862 lors de la bataille d'Apache Pass contre la colonne des Volontaires californiens du général Henry James Carleton. Les obusiers d'Apache Pass firent la différence contre les forces de Mangas Coloradas et de Cochise comme ils l'avaient fait vingt-huit ans avant à Casa Grande.

Lorsqu'en mars 1837 des Bedonkohes, avec Teboca à leur tête, quittèrent la région de la Gila River et passèrent au Chihuahua, les hostilités s'intensifièrent. Pour ne rien arranger, le commandant en chef du Sonora, Elias Gonzalez, apprit que les Chiricahuas voulaient l'assassiner. Cette nouvelle sans preuves ni fondements avait été colportée par des Apaches pinals, une bande des Western Apaches : il n'en fallait pas plus pour en conclure que toutes les bandes chiricahuas étaient redevenues hostiles et qu'elles avaient rompu tous les traités. La rumeur fournit à Gonzalez le prétexte pour faire publier un ultimatum qui disait que tout Apache qui ne serait pas à Fronteras le 19 mars 1837 serait considéré comme « ennemi déclaré ».

John Johson était un Américain qui vivait à Moctezuma, au Sonora. Lorsque le 3 avril 1837 il quitte la localité avec une douzaine de ressortissants anglais et quelques Mexicains, ça n'est pas pour une promenade de santé. Le groupe avait la bénédiction du gouverneur du Sonora, Escalane y Arvizu, qui l'engageait à se rendre à la « chasse à l'Apache », selon l'expression consacrée du moment, avec l'autorisation implicite de tuer aveuglément. Le groupe de mercenaires, en terre chihenne dans les Animas Mountains qui seraient après 1848 sur le territoire américain, tomba, par hasard, sur des Nedhnis janeros de Juan José Compa accompagnés de quelques Chihennes et Chokonens. Ces Chiricahuas étaient en train de chasser et de cueillir des baies et des noix. Nous étions le 20 avril. Aussitôt, Johnson leur proposa de faire du troc. Comme tout le monde, ce dernier savait que les Apaches aimaient le troc, la relation commerciale, voire amicale qui en découlait. Cependant, dans la matinée du 22, les Apaches ne se doutaient guère que ce Johnson avait concocté un plan diabolique. Au petit matin, les Apaches revinrent au camp de la troupe pour échanger des marchandises et causer de tout et de rien. En arrivant, les Indiens n'avaient pas remarqué tout de suite le petit promontoire qui était au milieu du camp. Une couverture ou un gros bout de tissu le recouvrait et semblait cacher quelque chose qui faisait comme une grosse bosse. Alors qu'ils étaient encore sur leurs chevaux, qu'ils ne se doutaient de rien et qu'ils s'apprêtaient à en descendre, les Chiricahuas virent soudainement une main enlever le bout de tissu qui laissa apparaître un gros tromblon monté sur un pivot. Dans la seconde qui suivit, le tromblon cracha le feu, rejoint aussitôt par une quinzaine de tireurs qui mitraillèrent les Apaches. Le massacre de Johnson, première grande infamie du XIXe siècle contre les Apaches, venait d'avoir lieu. Les deux frères Compa, Juan José et Juan Diego, deux chefs nedhnis, étaient parmi les morts.

Goyathley avait treize ans, sa période de *dikohe* avançait. Il faisait montre de beaucoup de courage, de force, de résistance et de volonté. Après le désastre de Ronquillo, il était atteint dans son cœur par le massacre de Johnson. Alors qu'il n'était pas encore touché directement, sa haine contre le Mexique grandissait. Il ne formulait plus qu'un souhait : devenir très vite apte à être admis dans le cercle des guerriers pour pouvoir enfin combattre les Mexicains.

Au début des années 1840, les choses se présentaient toujours de la même façon pour les Apaches. Ils dominaient militairement tout le nord du Mexique (le futur Sud-Ouest américain). Chaque bande avait ses préoccupations en relation avec les opportunités fournies par le troc et les périodes annuelles consacrées à la chasse, aux cueillettes rituelles, aux récoltes mais surtout aux cérémonies. Tantôt des chefs comme Mangas Coloradas et Pisago Cabezon organisaient de grands raids, tantôt ils essayaient de conclure des trêves lorsqu'ils essuyaient des revers trop importants. Le jeune Goyathley ne manquait désormais pas une occasion d'aller au combat. Si le parti où il se trouvait décidait dans les jours à venir d'entamer des pourparlers, il demeurait rarement avec lui et se faisait fort d'en trouver un autre ayant des dispositions plus hostiles. Ça n'était pas systématique car il savait porter un jugement sur les opportunités de paix mais il s'agissait manifestement de la nature profonde de son orientation générale, celle qu'on retrouvera plus tard avec les Américains.

En juin 1846, le gouverneur du Chihuahua José Maria Irigoyen remplaça dans l'histoire des massacres perpétrés contre les Apaches son homologue du Chihuahua d'avril 1837 et James Kirker son compatriote John Johnson. Le 26 du même mois, avec une nouvelle fois la bénédiction des autorités, Kirker quitta la ville de Chihuahua City avec environ vingt-cinq mercenaires dont un Indien shawnee et un Chippeway. La « consigne » était toujours la même : éradiquer l'Apache. Les dispositions de Kirker, qui, et c'est très surprenant, connaissait bien les Chiricahuas pour avoir vécu, chassé et guerroyé à leurs côtés contre les Mexicains, sont meurtrières. Kirker, comme Johnson neuf années auparavant, a toute latitude pour tuer tout Apache qu'il croisera sur son chemin.

Le 7 juillet au matin, à Galeana, la horde de James Kirker, après avoir tué une vingtaine de Chiricahuas à San Buenaventura, assassine sauvagement cent quarante-huit Nedhnis et Chokonens ivres à moitié endormis après que ceux-ci eurent répondu à une invitation à festoyer et, bien sûr, à boire. Mangas Coloradas déclarera plus tard :

> Mes hommes étaient invités à un banquet à Galeana ; l'arguardiente ou le whisky leur furent servis à profusion. Ils burent et se saoulèrent et tandis qu'ils dormaient, un groupe de Mexicains survint et leur fit éclater la tête à coups de massue[3].

Les femmes et les enfants ne furent pas épargnés. Les chefs chokonens Relles et Pisagon Cabezon étaient du nombre des morts et l'un de ces deux chefs était le père de Cochise. Le massacre de Kirker, s'il n'effaça pas celui de Johnson, sera considéré comme une des plus épouvantables actions menées contre les Indiens d'Amérique du Nord.

Pour les Apaches, l'Histoire renouera avec l'ignominie le 30 avril 1871 avec le massacre de plus de cent cinquante Arivaipas du chef Eskiminzin. Il apparaît, et c'est un paradoxe, qu'aucun des affrontements et massacres qui traumatisèrent les Chiricahuas, entre la naissance de Goyathley et sa transfiguration en Geronimo, c'est-à-dire entre 1823-1824 et 1851, n'eut lieu dans le Sonora, l'État le plus hostile aux Apaches. Du vivant de Goyathley, l'effroi, la colère, le dégoût et le chagrin avaient commencé à habiter le cœur des Apaches. Bientôt, en 1851, ces funestes sentiments qui rongent l'âme vont tuer Goyathley, son esprit et moins d'un an plus tard verront l'avènement de Geronimo.

Il fallut plusieurs mois aux Chiricahuas pour se remettre du choc violent de Galeana. On imagine bien que Goyathley fut plus que partie prenante dans les expéditions de représailles qui s'organisèrent alors. En novembre 1846, une puissante troupe de guerre attaqua Galeana. Elle était conduite par le chef chihenne Cuchillo Negro. Malgré des plans soigneusement préétablis, dès qu'ils furent au cœur de la ville, les guerriers s'éparpillèrent en masses compactes dans toutes les parties de la localité et, en dépit de la bonne résistance du détachement de soldats mexicains qui était sur place et de certains habitants, la victoire fut rapide et complète.

Alope et le guerrier

Dès les années 1842-1843, Goyathley était sorti de sa période d'apprentissage et avait été admis dans le cercle des guerriers. Il avait donc entre dix-sept et dix-neuf ans. Sa participation active aux raids de représailles sur le Mexique lui avait donné l'occasion de mieux connaître le terrain, ce qui plus tard lui sera très utile. C'est dans cette période mouvementée et dramatique pour les Chiricahuas que le jeune homme connut une des plus grandes joies de sa vie. Il épousa Alope, une belle et gracieuse Bedonkohe. Les gens disaient, pour ne pas dire jasaient, qu'ils étaient amoureux depuis très longtemps. Dès leur plus tendre enfance ils s'étaient arrangés pour se voir discrètement, « par hasard » comme disent les Apaches et, ce malgré les conditions peu favorables aux rencontres. En effet, nous l'avons déjà observé, les filles et les garçons sont « séparés » la plupart du temps dès l'âge de six ou sept ans afin qu'ils se perfectionnent dans leur identité, et en suivent la Voie. Malgré tout, ils purent mutuellement se déclarer leurs sentiments et les familles, dès qu'ils en eurent l'âge, furent « mises au courant » même si les sentiments éprouvés par les deux jeunes gens l'un envers l'autre n'étaient un secret pour personne. Une fois prises par les deux familles les dispositions purement matérielles, le mariage, nous l'avons vu, put se réaliser rapidement comme Goyathley le désira. C'est l'époque où Juh, qui avait épousé Ishton, quitta les Bedonkohes et s'en retourna chez les Nedhnis au Mexique. Goyathley, quant à lui, dans ses montagnes du pays chihenne, vivait un rêve. Il fallait qu'il en profite :

> Non loin du *wickiup* de ma mère, je construisis notre foyer. Notre *wickiup* était fait de peaux de daim et de bison et à l'intérieur se trouvaient de nombreuses robes d'ours, des peaux de lion des montagnes et de couguar ainsi que d'autres trophées de chasse, mes arcs, mes lances et mes flèches. Alope avait fait des décorations avec des perles et exécuté des dessins sur des peaux de daim dont elle recouvrit notre *wickiup*. Elle peignit aussi de nombreux motifs. Alope était une bonne épouse mais elle n'était pas très robuste. Nous vécûmes selon les traditions de nos ancêtres et fûmes heureux. Trois enfants naquirent, qui jouèrent, flânèrent et travaillèrent comme je l'avais fait à leur âge[1].

Pendant que Geronimo sans le savoir vivait les dernières bonnes années de sa vie, loin de ses montagnes, le président américain James Knox Polk, partisan de la « Destinée Manifeste », déclarait la guerre au Mexique. Nous étions le 13 mai 1846. Les Apaches n'étaient pas affectés par ce conflit qui leur passait par-dessus la tête, et qui, manifestement, réjouissait les quelques groupes qui en furent informés. Pour le moment, ils se remettaient tout juste de l'infamie que leur avait fait subir Kirker. La vengeance qu'ils pourront exercer en novembre à Galeana ne leur rendra pas leurs proches. En attendant, au pays de Goyathley, il y a du nouveau. D'autres hommes arrivent.

Quand, fin mai 1846, en provenance du Texas, le général Zachary Taylor pénètre au Mexique, le général de brigade Stephen Watts Kearny, de son côté, après avoir rassemblé une importante force d'invasion à Fort Laeavenworth dans le Missouri, se met en marche en juin avec l'intention de conquérir pour la bannière étoilée le Nouveau-Mexique — qui comprend le futur État de l'Arizona — et la Californie. La guerre contre le Mexique présente des inconvénients pour les Apaches. De nouvelles forces étrangères sont amenées à traverser les terres chiricahuas pour aller combattre l'ennemi mexicain. C'est bien, mais c'est aussi ennuyeux. Les chefs apaches comprennent alors qu'il vaut mieux établir de bons contacts avec ce qu'ils perçoivent comme des troupes puissantes, entraînées et disciplinées, plutôt que de se les mettre à dos. Le 30 juin 1846, Kearny entre au Nouveau-Mexique et arrive à Santa Fe le 20 août. L'occupation de la ville acquise, la colonne se remet en marche après plusieurs semaines de repos nécessaire. En se dirigeant vers la Californie avec trois cents hommes, Kearny ne passe pas inaperçu auprès des Chiricahuas. Parvenu au sud de Socorro où il rencontre Kit Carson, Kearny se trouve sur les terres de Mangas Coloradas mais aussi des Bedonkohes. En quittant Santa Fe, c'est près de Valverde, sur le

Río Grande, que Kearny eut l'occasion de rencontrer des Apaches. Ceux-ci se rendirent au campement des troupes et de bons contacts s'établirent. Le général se vit même proposer les services d'éclaireurs apaches. C'était, pour quelqu'un qui ne connaissait pas le pays, une aubaine. Un rendez-vous fut alors pris près de mines de cuivre pour le 18 octobre. Lorsqu'il arriva, Kearny trouva l'endroit désert. Il continua son chemin et, le 20 octobre, dans les Burro Mountains, rencontra le chef des Chihennes-mimbrenos, Mangas Coloradas. Une nouvelle fois les contacts furent excellents au point que les Chihennes et Mangas en personne proposèrent à Kearny leurs services pour l'aider dans sa guerre contre le Mexique. Les Apaches n'y tenaient plus. Ils rencontraient des gens qui apparemment ne leur étaient pas hostiles, on pourrait même se risquer à dire qu'ils les trouvaient aimables. Après avoir proposé des éclaireurs, et même si le rendez-vous avait été manqué, les voilà prêts à fournir des guerriers pour le Mexique. Les Apaches déclarèrent à Kearny qu'ils détestaient les Mexicains et qu'ils étaient aussi en guerre avec eux. Cependant, bien qu'ils aient assuré au général que ses troupes pourraient traverser les terres chiricahuas en toute sécurité, Kearny, qui trouvait l'empressement de Mangas Coloradas à vouloir l'aider suspect, déclina poliment l'offre. Peu après, ce fut au tour du colonel Alexander W. Doniphan, qui marchait vers la Californie pour rejoindre Taylor à Monterey, de se voir proposer la même aide. Il la déclina également. Bien que les Chiricahuas savaient que les deux officiers n'avaient pu se consulter et que leur refus poli était sans doute spontané, ils ne savaient quoi penser et perçurent, derrière les réactions américaines, non pas du dédain mais une forme d'indifférence sourde, impalpable : l'homme blanc américain accordait donc si peu d'importance à la parole indienne, en général, et apache, en particulier ? Malgré les auspices favorables sous lesquels ces contacts s'étaient noués, ces premières relations entre les Chiricahuas et les Américains présageaient bien du type de rapports futurs que ces derniers entretiendraient avec les Apaches. Goyathley, à qui on avait rapporté les réactions de Kearny et de Doniphan, en prit acte.

Les Apaches, s'ils avaient approuvé cette guerre entre les États-Unis et le Mexique, firent profil bas lorsqu'ils apprirent la fin dudit conflit et les termes du traité. La paix revenue replaçait les Chiricahuas dans l'étau constitué par les deux pays. De plus, les termes du traité de Guadeloupe Hidalgo que ceux-ci avaient conclu entre eux et par-dessus leurs têtes ne leur étaient guère favorables. En effet, un des articles du traité spécifiait que les États-Unis s'engageaient à empêcher les raids apaches au Mexique. Situation difficile due pour une bonne part à l'impéritie du gouvernement américain éloigné des réalités des immenses contrées de la Frontière et qui dissimulait mal son mépris et son indifférence à l'endroit des Apaches comme d'ailleurs des autres tribus du pays. Dans le même temps une grande partie de l'Arizona et du Nouveau-Mexique où habitaient les Apaches appartenait désormais aux États-Unis. Aucune tribu apache, en l'occurrence chiricahua, ne fut donc consultée.

Toutes les bandes, sauf les Nedhnis toujours dans leurs repaires de la Sierra Madre dont il revenait aux Mexicains de s'occuper, se trouvaient désormais en territoire américain. Cette nouvelle situation préfigurait les contours de l'avenir sombre qui les attendait.

En 1849, sur le front mexicain, les choses ne s'arrangeaient guère pour les Chiricahuas. À la suite de plusieurs affrontements sévères les réactions furent vives. José Maria Zuolaga, commandant au Chihuahua, trouva le moyen d'envoyer des troupes avec un ressortissant américain, John Joel Glanton, chasseur de scalp patenté. Les patrouilles allèrent jusqu'au nord-ouest dans les Chiricahua Mountains mais ne trouvèrent pas âme qui vive. Et pour cause, toutes les bandes ayant prévu la direction de l'offensive qui répondait à un raid venant de l'Arizona avaient trouvé refuge dans l'ouest du Nouveau-Mexique sur les terres bedonkohes de la Gila River et jusqu'à l'est dans les massifs des Mogollon et Santa Rita del Cobre. L'irruption américaine rendait les Apaches nerveux et les plongeait dans le même temps dans une certaine frustration. Ils connaissaient depuis des siècles l'ennemi mexicain et, malgré un *a priori* favorable à l'égard des nouveaux venus, ce sentiment était désormais remplacé par de la confusion. Les Chiricahuas avaient de moins en moins confiance et le traité de Guadeloupe Hidalgo n'avait rien arrangé. Des terres chokonens à l'ouest aux terres bedonkohes et chihennes à l'est, la méfiance était de mise. Quant aux Nedhnis, la question ne se posait même pas pour eux : tous les non-Apaches étaient des ennemis en puissance, pour ne pas dire déclarés. À la fin de l'été 1849, les filons aurifères commençaient sérieusement à attirer beaucoup trop de monde sur les terrains de chasse des *N'de*. Les aventuriers de toutes sortes pullulaient. Déjà Goyathley encourageait les chefs à prendre des mesures draconiennes. La violence et la fréquence des combats portent à croire qu'il fut plus ou moins écouté. Jusqu'au début des années 1850, les Chiricahuas allaient nettement dominer militairement les deux États mexicains. En 1848, Goyathley participa à un raid général dans le Sonora. L'opération avait été mise sur pied par les Chokonens qui s'adjoignirent pour l'occasion des Chihennes qu'accompagnaient des Bedonkohes et quelques Apaches white mountains. Son habileté au combat et ses prises de risque lui conféraient désormais un prestige qui ne se démentirait plus — ce jeune homme était reconnu par tous comme un excellent guerrier.

Des combats à couteaux tirés

Le règlement du conflit américano-mexicain et le traité de Guadeloupe Hidalgo permirent aux deux pays de s'entendre sur le nouveau tracé de leur frontière commune. Une commission bipartite fut mise sur pied. Pour les États-Unis, le gouvernement nomma John Russell Bartlett pour diriger la délégation américaine ; le Mexique, de son côté, dépêcha le général Pedro Garcia Conde. John Carey Cremony, un jeune journaliste de Boston qui parlait l'espagnol, fut recruté aux côtés de Bartlett. Les deux parties inaugurèrent le 24 avril 1851, non loin d'El Paso, sur le Río Grande, le premier petit édifice marquant la nouvelle frontière. Bartlett, qui avait choisi les mines de cuivre de Santa Rita del Cobre, au cœur du pays de Goyathley et de Mangas Coloradas, revint dans la région dans le courant du mois de mai. En allant s'approvisionner vers le sud, il observa, médusé, les ravages causés par les troupes de guerre chiricahuas. Comme plus tard la totalité du sud-est de l'Arizona et du sud-ouest du Nouveau-Mexique, sous les guerres de Cochise puis de Geronimo, les provinces nord du

Mexique traversées par Bartlett offraient un spectacle de désolation. Les villages, les maisons isolées, les fermes et les champs étaient abandonnés. Les régions nord du Sonora et du Chihuahua n'étaient qu'un paysage de ruines, où les os blanchissaient au soleil. Les *N'de* défendaient leur terre et, pour cela, ils devaient aller au-delà de leurs territoires traditionnels situés désormais en Amérique du Nord. Bartlett ne savait pas tout et n'avait encore rien vu. C'est en arrivant à Fronteras qu'il apprit ce qui s'était produit à Janos dans l'État voisin du Chihuahua. L'officier qui informa Bartlett de la « bataille » de Kaskiyeh-Janos était le colonel José Maria Carrasco en personne.

Les Apaches, habitués à faire du commerce à Janos, savaient que cet État préférait rester en bons termes avec eux. Le Chihuahua avait pu établir des liens amicaux avec les factions modérées qui, lorsque le troc était fructueux, pouvaient contenir les « hostiles » parce que ces derniers y trouvaient tout autant leur intérêt que dans les raids. Par ailleurs, le Chihuahua présentait une bonne base de repli lorsque les troupes du Sonora les poursuivaient suite à une embuscade ou au pillage d'un village. En effet, ces deux États mexicains étaient souverains et l'un comme l'autre ne toléraient pas l'irruption de troupes étrangères sur leur sol. Les Apaches avaient bien compris cette nuance dont Geronimo saura plus tard user à satiété. En effet, les troupes américaines n'étaient pas autorisées à passer la frontière, le Río Grande pour les Américains et le Río Bravo pour les Mexicains, afin de poursuivre les Chiricahuas dans les montagnes de la Sierra Madre. Cependant, en ce mois de mars 1851, le colonel Carrasco avait décidé de passer outre aux ordres : les soldats du Sonora franchiraient le Rubicon. C'est ce que fera bien plus tard en avril 1882 le lieutenant-colonel George A. Forsyth lorsqu'il tentera de rattraper Geronimo qui venait de San Carlos faire évader de force Loco et ses Warm Springs.

Au cours du mois de mai 1850, les Chiricahuas, conduits par Mangas Coloradas, avaient lancé un raid qui devait frapper loin de la frontière avec le Sonora, tout au long de la Yaqui River. La troupe de guerre était assez importante et comprenait, outre les Chihennes, quelques Chokonens et des Bedonkohes avec Goyathley. Les Apaches attaquèrent plusieurs établissements mexicains et notamment Onavas où ils provoquèrent un carnage suivi quelques jours après par un raid meurtrier sur Soyopa qu'ils laissèrent dans une totale dévastation. Dans la même période, les autorités de Mexico City commençaient à recevoir des messages alarmistes de toutes leurs provinces. Les Apaches étaient devenus encore plus qu'avant un véritable fléau et on les sommait de prendre des dispositions rapides et radicales. C'est le gouverneur du Sonora du moment, José de Aguilar, qui s'était adressé au gouvernement à plusieurs reprises. Ses lettres commençaient à avoir un certain impact. Le Mexique devait sans doute réviser certaines convenances territoriales pour mener à bien ses projets d'éradication des Chiricahuas. Carrasco serait bientôt là. Malgré les divergences de formes, diplomatiques, entre le Chihuahua et le Sonora, la machine à broyer les Apaches allait se mettre en marche. En dépit de massacres auxquels ces deux États allaient encore se livrer, ils échoueront totalement face aux partis de guerre chiricahuas, même lorsque ceux-ci auront en même temps à faire face aux troupes américaines et à d'autres tribus indiennes souvent alliées des Mexicains, tels les Papagos, les Opatas, les Pimas, les Yaquis et les Tarahumaras. Par ailleurs, sur le territoire des États-Unis, les Apaches devront affronter également les Maricopas qui gardaient jalousement les Superstition Mountains.

Avant que José Maria Carrasco n'arrive au début de l'année 1851 dans le Sonora, les Apaches avaient effectué des raids en profondeur dans ce même État. Des Chokonens avec à leur tête Yrigollen, Posito Moraga et Triqueno, accompagnés de quelques Nedhnis janeros, avancèrent en direction de la Sierra Madre. Ils dévastèrent les localités, les fermes et les ranchs de toute la région de Sahuaripa, ne laissant aucune trace de vie sur leur passage. Une autre bande — avec Mangas Coloradas et ses Mimbrenos, les Bedonkohes de Teboca avec lesquels combattait le futur Geronimo, quelques autres Chokonens, qui comptaient là la fine fleur de leurs chefs les plus bellicistes avec Esquinaline, Miguel Narbona et un leader qui avait acquis un grand pouvoir au sein de son groupe local et qui était en train de monter en puissance au sein de tous les groupes chokonens pour bientôt dominer tous les Chiricahuas : Cochise — appartenait à la même expédition. Ce parti fut celui qui alla le plus au sud puisqu'il attaqua les faubourgs de Hermosillo avant de repartir vers ses bases. Goyathley, entre des personnalités comme son chef Teboca mais surtout Mangas Coloradas, Miguel Narbona et Cochise, était à bonne école. Ces deux troupes de guerre rassemblaient au moins deux cent cinquante à trois cents guerriers. Un tel nombre était rare chez les Apaches. Ils étaient très sûrs d'eux en présentant à l'ennemi une force aussi massive. Ce qu'ignoraient à ce moment-là les chefs, c'était la nouvelle politique qui avait été décidée à Mexico City. Elias Gonzalez, que les Apaches commençaient à bien connaître et qui commandait jusqu'alors les forces du Sonora, venait d'être remplacé par José Maria Carrasco. Au moment de ces frappes sur le Sonora, Carrasco n'était donc pas encore arrivé et Gonzalez était presque parti. La carence du pouvoir militaire se faisait sentir sur le terrain. Tout devenait un peu trop facile pour les Apaches. Cette aubaine ne pouvait plus durer très longtemps.

Les Chiricahuas commencèrent à se replier vers le nord pour rejoindre leurs fameuses bases au moment où le capitaine Ignacio Pesqueira reçut l'ordre du gouverneur de leur barrer la route. Mal lui en prit. Pesqueira ne réussit qu'à recruter une cinquantaine de gardes nationaux à Bavispe pour rejoindre vers le nord-est les quelques soldats du capitaine Manuel Martinez qui arrivait de Bacoachi. Les deux groupes opérèrent leur jonction le 16 janvier 1851 près de Cerro Colorado, un petit massif montagneux situé à une vingtaine de kilomètres à l'est de Pozo Hediondo. Bien décidé à frapper durement les Apaches, Pesqueira prit le commandement des deux forces et les emmena à l'est sur la Sierra del Cobre non loin de Pozo Hediondo pour tendre une embuscade aux Chiricahuas qui devaient emprunter cette route pour retourner chez eux. N'ayant pas particulièrement d'inquiétude, les victoires qu'ils venaient de remporter les confortant dans ce sentiment de pleine puissance, les Apaches empruntèrent effectivement la route comme l'avait prévu le capitaine mexicain. Deux fois plus nombreuses que l'avant-garde chiricahua qui arrivait, les forces de Pesqueira l'attaquèrent sans coup férir, mettant des guerriers en fuite qui allèrent immédiatement s'éparpiller sur les hauteurs. Mais Pesqueira ignorait qu'il ne s'agissait que d'une avant-garde. Juste au moment où les Mexicains commencèrent à gagner du terrain et à déloger des Apaches de leurs positions, Mangas Coloradas, Teboca et Goyathley, d'un côté, et les Chokonens de l'autre surgirent pour s'abattre sur les troupes mexicaines désemparées. Mangas Coloradas, rapporte Edwind R. Sweeney, racontera plus tard l'affrontement au capitaine Enoch Steen. « C'était un combat à couteaux tirés[1] », disait-il. Il apparaît en effet que les corps à corps furent nombreux.

Les circonstances et la configuration du terrain avaient amené Apaches et Mexicains à une promiscuité qui allait déchaîner les affrontements. Du fait des courtes distances pour tirer, les Chiricahuas utilisèrent avec beaucoup d'efficacité leurs lances et leurs arcs. Le futur Geronimo, ce jour-là, renforça encore aux yeux de tous sa réputation qui ne cessait de grandir. Son courage, son impétuosité, son sens du commandement — personne ne lui avait demandé de diriger mais cela s'avérait tellement efficace qu'on lui obéissait, un peu décontenancé par son culot et sa justesse d'analyse et de décision — allaient bientôt faire de lui un leader incontestable qui serait consulté par les chefs dans certaines situations urgentes où l'imprévu pouvait réserver de mauvaises surprises. Le jeune Goyathley combattit avec furie, faisant tomber de nombreux Mexicains sous ses coups. La charge des Apaches fut d'une extrême violence et déstabilisa totalement les troupes de Pesqueira et de Martinez. Les Mexicains se replièrent sur une colline et trois heures après le début des combats laissèrent une trentaine de morts sur place et encore plus de blessés. Les Apaches devaient avoir perdu autant d'hommes que les Mexicains mais il s'agissait incontestablement d'une victoire pour les Chiricahuas et donc pour Geronimo. C'est à ce moment précis qu'arriva le parti de guerre chokonen de Posito Moraga et de Yrigollen qui revenait de la Sierra Madre.

La victoire de Pozo Hediondo symbolisait la possibilité pour les Apaches de se coaliser pour vaincre l'ennemi commun. Dans l'Histoire, on constate que seuls Mangas Coloradas et Cochise purent réaliser une telle coalition avec autant de guerriers. Cependant, ce que réussit à faire plus tard Geronimo, même si cela est controversé depuis cette époque et encore jusqu'à nos jours, c'est à mettre sur pied une coalition avec cent fois moins de guerriers et dans des conditions de dénuement, de misère et de désespérance que les Apaches de 1851 étaient loin de connaître.

Une fois arrivés en territoire américain, les Apaches se dispersèrent et rentrèrent dans leurs *rancherías* d'origine. À ce moment, Delgadito, un chef warm springs prometteur qui allait succéder à Mangas Coloradas après son assassinat en 1863, informa son chef que des Américains, et notamment un officier, désiraient le rencontrer. Il s'agissait du capitaine Louis S. Craig qui escortait la commission frontalière de John Russell Bartlett. Craig était arrivé à Santa Rita del Cobre début février 1851. Goyathley n'était pas dans les parages et Mangas Coloradas visita Craig à Santa Rita. Les deux hommes eurent un entretien courtois mais neutre qui ne déboucha sur rien de particulier. Simplement, il était dit aux Apaches que les Américains ne leur voulaient aucun mal. Mangas Coloradas tint le même discours.

Entre les mois de janvier et de février 1851, les autorités mexicaines tentèrent malgré tout de préserver la paix et notamment celle des *presidios* qui prévalait à Janos, Chihuahua. José Zozaya, le commissaire à la paix de Janos, avait été chargé par Elias Gonzalez de vérifier si les Apaches « pacifiques » du *presidio* n'allaient pas par hasard effectuer des raids, le ventre plein, dans le Sonora où ils pouvaient se joindre aux bandes en train d'opérer. De son côté, le commandant de la Garde nationale du Sonora José Ignacio Teran y Tato demanda à Luis Garcia, son prédécesseur, de s'enquérir des activités des Apaches qui avaient leurs *rancherías* proches de Janos. Les Mexicains s'énervaient, vérifiaient, se posaient quantité de questions. De nouveaux guerriers avaient surgi récemment et l'on parlait presque autant désormais d'un certain Goyathley, que l'on disait très agité et vindicatif, que de Mangas Coloradas ou en son temps de Pisago Cabezon. Bien qu'il s'avéra qu'à la fin du mois de février aucun Chiricahua n'avait rompu la paix à Janos, le colonel José Maria Carrasco se mettait déjà en marche sur le Chihuahua, avant que tous les rapports favorables aux Apaches n'arrivent sur les bons bureaux.

De nombreuses forces vives du Sonora avaient quitté la région pour la Californie. La Ruée vers l'or de 1848 produisait encore ses effets et attirait des populations de tout le pays. En paix avec le Chihuahua, ne serait-ce que pour faire tranquillement commerce du produit de leurs raids lancés sur l'État voisin, les Apaches, en ce mois de mars 1851, n'avaient aucune raison de nourrir quelque inquiétude que ce soit. Les chefs se seraient attendus à une riposte de Pozo Hediondo s'ils étaient restés en Sonora mais, jusqu'à présent, les troupes de cet État n'avaient jamais vraiment franchi la frontière avec le Chihuahua. Un groupe, sous l'autorité de Mangas Coloradas comprenant quelques Nedhnis, des Chihennes, des Bedonkohes et des Chokonens, avait organisé une expédition pacifique sur Janos afin de troquer des marchandises. Arrivés sur place, les Apaches installèrent un camp provisoire non loin à l'ouest de Janos. C'est le camp où, avec les chefs chokonens Tapila et Yrigollen et le chef nedhni janero Arvizu, la famille de Goyathley était restée pendant que ce dernier était à Janos même avec Mangas Coloradas : c'est avec eux qu'elle allait mourir.

Lorsque, à la fin février 1851, cinq Chiricahuas dont le futur Geronimo visitèrent le commissaire à la paix de Janos, José Zozaya, dont ils pensaient qu'il était à même de les écouter et de les rassurer sur les intentions pacifiques des autorités, José Maria Carrasco avait déjà quitté Fronteras, en route vers ses funestes desseins. Geronimo racontera plus tard qu'il était en compagnie d'un chef bedonkohe et de trois chefs chokonens, probablement Posito Moraga, Tapila et Esquinaline. L'entretien se passa sous les meilleurs auspices puisque les Apaches demeurèrent sur place et que le 3 mars, Zozaya organisa une distribution de vivres pour cent quatre-vingts familles chiricahuas. De tous les Apaches inscrits au *presidio* et présents ce jour-là, aucun n'avait fomenté un raid ou ne s'était rendu coupable d'une action belliqueuse. Deux jours plus tard, Carrasco arriva près de Janos sans qu'aucun Mexicain de la localité ni aucun Apache n'ait repéré le détachement.

En ce matin du 5 mars 1851, pendant que Goyathley, Mangas Coloradas et quelques autres commerçaient au marché de Janos, discutaient avec les marchands qu'ils connaissaient, les forces de Carrasco se déchaînaient contre la *ranchería*. Ce camp provisoire typique des expéditions commerciales n'abritait que les femmes, les enfants, les vieillards et quelques guerriers dont trois chefs, parmi lesquels Yrigollen et Arvizu, qui trouvèrent la mort ; de son côté, Tapila réussit à échapper au massacre avec quelques familles. Nombre de Chokonens et de Nedhnis se trouvaient parmi la trentaine de morts. Beaucoup de femmes seront faites prisonnières et emmenées au sud du Mexique pour y être revendues comme esclaves dans les champs, les mines ou au service de grandes familles et de propriétaires terriens.

Geronimo et Jason Betzinez racontèrent plus tard l'affaire de leurs points de vue respectifs. En effet on peut observer des divergences assez importantes entre les deux versions, notamment sur l'année. Aujourd'hui il est clairement reconnu que le massacre de Kaskiyeh-Janos a vraiment eu lieu en mars 1851, contrairement à ce que dit Geronimo qui le situe en 1858. Cette erreur eut pour effet de fausser ensuite toute la chronologie des raids de représailles que le guerrier bedonkohe effectua au Mexique. Lorsque Geronimo raconte que Mangas Coloradas, qui n'en revenait pas de la puissance et de l'efficacité des raids qu'il menait, se décida à diriger l'un d'eux, il a raison. Simplement, Frederick W. Turner, qui présenta et annota *Mémoires de Geronimo*, avait cru bon de préciser dans une note que Geronimo faisait une erreur parce qu'à l'époque où celui-ci situait le raid en question, c'est-à-dire en 1867, Mangas Coloradas était mort. Effectivement, Mangas Coloradas avait été assassiné en 1863. Cependant, ce neuvième raid, qui ne fut donc pas mené par Geronimo mais auquel il participa, eut lieu dans les années 1856-1857 ; or, comme d'aucuns, par mauvaise information, faisaient encore l'erreur de dater le massacre de Janos de 1858, tout le monde, Turner en tête, en déduisit que Geronimo se trompait sur la présence de Mangas Coloradas censé être mort. Même si parfois les sources apaches, il faut le reconnaître, sont contradictoires et difficiles à décrypter, notamment en ce qui concerne les liens de parenté, Geronimo raconte pourtant ici la vérité. Par ailleurs, c'est bien mal connaître les Apaches et surtout Geronimo que d'imaginer une seconde qu'il se soit trompé sur la présence de son mentor à ce raid. La mémoire ancestrale et la tradition orale qui véhiculent l'histoire et la pensée indiennes ne reposent pas sur les mêmes critères rationalistes inhérents aux sociétés de tradition scripturale et n'accordent pas la même importance à certains faits, à certains événements aussi, et peu importe l'année exacte de ce raid. Dans l'esprit de Geronimo, il eut lieu à une période donnée dans le temps apache, et avec Mangas Coloradas.

C'est à la fin de la journée du 5 mars que les hommes qui revenaient de commercer à Janos, rencontrant sur le chemin du retour des femmes et des enfants chiricahuas rescapés du massacre qui avait eu lieu le matin même, et qui, perdus, s'éparpillaient en tout sens, apprirent l'attaque des soldats mexicains contre leur camp. Comme toujours lorsqu'ils se déplaçaient loin de leurs bases, que ce soit pour la guerre ou le troc, les Apaches convenaient au préalable d'un lieu secret de rendez-vous en cas d'imprévu. Geronimo détailla plus tard à Barrett les circonstances dans lesquelles il avait découvert le drame. Une fois la nuit tombée, les

Apaches se rassemblèrent au lieu de rendez-vous prévu et commencèrent à compter les absents.

Nous nous approchâmes un à un sans bruit. Des sentinelles furent mises en place et, lorsqu'on eut compté tous ceux qui étaient présents, je sus que ma vieille mère, ma jeune épouse et mes trois petits enfants étaient parmi les victimes. Il n'y avait pas de lumière à cet endroit et, sans être vu, je m'éloignai en silence et me rendis près de la rivière. Je ne sais combien de temps je restai là, debout, mais lorsque je vis les guerriers se rassembler pour le conseil, je pris ma place. Cette nuit-là, je ne pris pas part aux décisions ; comme il ne restait plus que huit guerriers, que nous n'avions ni armes ni vivres et que nous nous trouvions en plein territoire mexicain [pourtant cette partie du Chihuahua était supposée être sans risque pour les Apaches...], il fut décidé que nous ne pouvions espérer combattre victorieusement. Mangas Coloradas, notre chef, nous ordonna donc de rentrer en Arizona immédiatement et dans un silence absolu, en laissant nos morts sur place.

Je restai là jusqu'à ce qu'ils soient tous partis. Je ne savais que faire. Je ne priai pas et ne pris aucune décision. Je n'avais plus de but. Je restai à une certaine distance, d'où je n'entendais que le léger bruit de pas des Apaches qui battaient en retraite[2].

Quelle que soit la façon dont le massacre de Janos se produisit, on le voit, Geronimo resta assommé. Il n'était capable d'aucune réaction et séjourna sur place plusieurs jours, prostré, en proie à une douleur, à un mal-être qu'on peut imaginer. De son côté, Jason Betzinez qui, comme Geronimo, n'avait pas *vécu* le massacre, rapporta que des Mexicains avaient proposé aux Apaches de boire leur eau-de-vie et que, comme d'habitude, une fois que les Indiens étaient ivres, ils les avaient tués dans leur sommeil comme lors du massacre de James Kirker. Les survivants rentrèrent à leurs bases de l'Arizona et du Nouveau-Mexique dans un épouvantable état de délabrement moral. Pendant deux jours et trois nuits, les Apaches allèrent à marche forcée. Ils s'arrêtaient seulement pour se sustenter. Tout le monde voyait Goyathley à part, seul. Il ne mangeait rien. En parlant à d'autres Apaches, le jeune guerrier bedonkohe s'aperçut qu'il était celui qui avait perdu le plus de membres de sa famille. Lorsqu'ils arrivèrent peu après à la *ranchería*, Goyathley détruisit tout ce qui était susceptible de rappeler l'existence d'Alope et de leurs trois enfants. Il brûla le *wickiup*, et tous les objets et les vêtements qui avaient appartenu à sa famille. Plus qu'un geste de dépit et de colère, c'était aussi de cette façon que les Apaches devaient effacer toutes traces matérielles des disparus pour dissuader leurs fantômes de revenir. De ce jour et jusqu'à sa mort, les sentiments de Geronimo vis-à-vis des Mexicains restèrent les mêmes, violemment hostiles.

Jamais plus je ne trouvai la satisfaction de notre *wickiup*. J'avais fait le serment de me venger des soldats mexicains et, chaque fois que je voyais quelque chose qui me remémorait les jours heureux, mon cœur criait vengeance[3].

Désormais, Goyathley vécut reclus. Il partait seul dans la montagne, dans les forêts de pins. Il se laissait aller au bord des ruisseaux de son enfance et pleurait. Un jour où tout était aussi sombre et désespérant que d'habitude, il entendit une voix retentir. Elle semblait proche et à la fois lointaine, mystérieuse, étrange. Sur le coup il ne comprit pas que cette voix s'adressait à lui. Elle l'appela à quatre reprises, comme les Quatre Directions qu'il implorait tous les jours, puis il l'entendit lui dire :

Tu ne mourras pas au combat, aucune balle d'aucun fusil ne pourra t'atteindre. Les armes disparaîtront des mains mexicaines ; il ne leur restera rien que la poudre. Et je guiderai tes flèches[4].

La Puissance du futur Geronimo, chamane de guerre des Chiricahuas, venait de se manifester. Goyathley recevait le don d'un Pouvoir au travers duquel les forces vitales de l'univers allaient guider sa quête spirituelle. Goyathley avait commencé dès la fin de son noviciat de *dikohe* à défendre la terre qu'avait donnée Usen aux Apaches. Son esprit devait être considéré comme proche des grands desseins et des grandes scènes de la cosmogonie chiricahua, car le combat qu'il continuait à mener pour aller jusqu'au bout du possible était le même que menait toujours, dans l'intemporalité, le fils de l'Orage et de Femme-Peinte-en-Blanc : Enfant-de-l'Eau, *Too ba ghees chin en*. C'est à travers l'esprit de Goyathley que le Pouvoir était venu se manifester alors que l'homme était en plein abattement. Plus tard, en 1897, en captivité à Fort Sill, il confiera à l'artiste peintre Elbridge Ayer Burker, qui venait dans sa maison passer quelques moments à bavarder et à peindre son portrait, qu'aucune balle ne pouvait le tuer, comme le lui avait indiqué la fameuse voix...

Voulant être sûr que le Pouvoir qui venait de lui parler n'était pas un rêve ou une farce monstrueuse du *Trickster* ou de Coyote, Goyathley se ressaisit très vite et rapidement se mit à l'œuvre. Les bandes chiricahuas avaient bien entendu l'intention de venger Kaskiyeh-Janos. Les Apaches, après de tels coups, prenaient le temps non seulement de se remettre mais aussi de bien préparer les opérations de représailles. Cela allait faire bientôt presque quatre cents ans que celles-ci se présentaient comme de véritables tornades ne laissant plus âme qui vive sur leur passage.

Lorsque Mangas Coloradas revint de Janos dans ses montagnes du Nouveau-Mexique, il découvrit John Russell Bartlett, qui l'avait devancé, aux mines de Santa Rita del Cobre et qui s'en retournait du Sonora. Ils se rencontrèrent le 17 juin 1851. Les deux parties nouèrent de bons contacts et firent des efforts pour s'entendre. Pour certains, il fallait se supporter mais aux yeux des Apaches, la population des mineurs qui gravitait à Santa Rita n'avait pas pour eux les dispositions amicales, dont faisaient preuve les employés du tracé de la frontière, les soldats de Craig et de Cremony, voire même des prospecteurs. Mangas Coloradas renouvela à Bartlett l'offre qu'il avait déjà faite au général Kearny, de lui apporter sa protection contre d'éventuels Indiens hostiles ou autres bandits de grands chemins. En déclinant encore une fois sa proposition, Bartlett rappela au chef mimbreno qu'à son tour il ferait protéger les Apaches si ceux-ci se « tenaient bien » tout en l'avertissant dans le même temps que le traité que les États-Unis avaient conclu avec le Mexique les obligeait à protéger les Mexicains des raids et de toute déprédation dont les Chiricahuas étaient susceptibles de se rendre coupables. Mangas Coloradas, comme plus tard les chefs après le traité Cochise-Howard, se refusait à observer cette clause et les choses en restèrent là.

Malgré tout, le climat commençait à se dégrader. La proximité des mines de cuivre n'arrangeait rien et une sombre histoire de prisonniers mexicains et de mules volées au colonel Craig mit fin à cette fragile entente. Le problème se régla dans un climat de méfiance réciproque, et de jeunes chefs warm springs comme Delgadito, Ponce et le leader nedhni Coletto Amarillo firent savoir, avec véhémence et menaces voilées à l'appui, que les prisonniers étaient leur propriété ; quant aux mules, les chefs, pour calmer le jeu, sous l'œil insistant de Mangas Coloradas, les firent restituer à leur propriétaire. Cependant, cette attitude conciliante fut brouillée par l'irruption de quelque quatre cents Navajos qui venaient de s'installer temporairement près de la Gila. En effet, les Américains crurent que cette imposante et soudaine présence était un piège concocté par les deux tribus. Il n'en était rien et les bonnes relations se détériorèrent petit à petit, inexorablement.

En cet été de 1851, celui qui s'appelait encore Goyathley n'était pas à Santa Rita del Cobre. Personne ne savait où il était. Il continuait sans doute de haranguer les guerriers des quatre bandes en vue de la vengeance de Kaskiyeh. Il parcourait le pays et s'apercevait que le nombre de nouveaux venus ne cessait d'augmenter.

La commission pour le tracé de la frontière de Bartlett avait quitté Santa Rita le 24 août. Elle avait pris la direction de l'Arizona et se dirigeait maintenant vers l'ouest. Bartlett passa par les massifs des Santa Lucia chers à Mangas Coloradas et par les Burro Mountains. Il obliqua ensuite au sud, directement sur Stein's Peak, pour reprendre à l'ouest sur Doubtful Canyon au sud des Peloncillo Mountains et atteignit Apache Pass. Il arriva le 5 septembre sur les terres de Cochise. C'est là que le futur Geronimo vit pour la première fois de sa vie des Américains, des hommes blancs. Les Bedonkohes avaient bien entendu appris que des hommes blancs jamais vus auparavant étaient venus pour mesurer la terre. Avec des guerriers de son choix, Goyathley alla les visiter. Apaches et Américains ne se comprenaient pas très bien et, tout en se passant d'un interprète, les parties conclurent, à la façon apache, un traité. Chiricahuas et Américains se serrèrent la main et se promirent de « rester frères ». Goyathley établit un petit camp provisoire non loin des Américains afin de les observer, de les comprendre, de savoir qui étaient vraiment ces hommes nouveaux qui avaient l'air d'être tout le contraire des Mexicains. Les Apaches, qui aimaient commercer, se rendirent au camp de la commission et échangèrent des peaux de daim, des chevaux, des couvertures contre des chemises et des vivres. Le troc pouvait paraître désavantageux pour les Indiens, mais c'était leur façon de nouer le contact et de mieux évaluer l'étranger. En échange de gibier, les Apaches reçurent de l'argent dont, raconte Geronimo, ils ne savaient que faire. Circonspects, les Apaches observaient inlassablement les Américains qui, chaque jour, avec des instruments curieux, continuaient de mesurer leur terre en y apposant de loin en loin des marques qu'ils ne comprenaient pas. Pourtant, dira plus tard Geronimo, ces hommes blancs étaient aimables. Ce n'étaient pas des soldats.

Geronimo naît à Arispe

Ce n'étaient pas des soldats. Ce n'étaient surtout pas des Mexicains. Après l'épisode Bartlett, Goyathley et les chefs n'avaient qu'une idée en tête : venger les familles assassinées à Janos.

Avant la tornade des raids qui allaient se succéder désormais à un train d'enfer jusqu'en septembre 1886, avec seulement une dizaine d'interruptions lors des « séjours » dans la réserve chiricahua de Cochise, de San Carlos et de Fort Apache puis à nouveau dans celle de San Carlos, Goyathley, avec ou sans l'autorisation de Mangas Coloradas, avait déclenché une machine infernale en s'adressant à toutes les bandes chiricahuas. Tornade à lui tout seul, il galopait dans toute l'*Apachería* pour convaincre les guerriers de se joindre à lui afin d'accomplir une vengeance de grande envergure, à la hauteur de ses desseins, et s'inscrivant dans une guerre conçue et vécue comme un acte sacré. Captivés et impressionnés par la puissance de sa parole et sa force de conviction, les gens écoutaient Goyathley, qui avait aussi l'oreille du grand Chihenne-mimbreno Mangas Coloradas. Juh et ses partis de guerre toujours prêts n'en demandaient pas tant pour satisfaire leur envie de repartir au combat. Quant à Cochise, son épouse Dos-teh-seh étant la fille du grand chef mimbreno, il donna son accord pour prêter main-forte à l'opération. Cela dit, si le chef des Chokonens n'était pas devenu le beau-fils de Mangas Coloradas, nul doute qu'il aurait tout de même participé aux représailles. Goyathley avait réussi à convaincre la bande des Warm Springs (Ojo Caliente) du grand chef Baisan ou Cuchillo Negro (« Couteau noir »). Son nom venait de l'habitude qu'avaient les Apaches de noircir leurs armes afin qu'elles ne trahissent pas leur présence par un reflet lointain au soleil. À ce propos, d'aucuns s'étonnèrent que pour sa première « reddition » Geronimo soit arrivé montant un cheval blanc. Comme il venait pour se rendre et tenter de conclure une paix, il n'avait pas besoin de passer inaperçu. C'était aussi une manière de symbole. En temps de guerre, jamais un Apache n'aurait commis l'erreur d'avoir une monture blanche qui, dans les montagnes et les déserts d'*Apachería*, était bien trop voyante.

Toutes les bandes allaient se réunir pour suivre Goyathley et sa cause : sa vengeance était aussi la leur. Les Chiricahuas étaient une grande famille et jusqu'à la fin, toutes leurs guerres ont été une affaire de famille.

L'appel à la guerre du futur Geronimo fut entendu et, moins d'un an après le drame de Janos, un puissant parti se mit en route pour le Sonora. Ainsi que les chefs en étaient convenus, le commandement de l'expédition avait été confié à Goyathley, l'instigateur principal du projet et aussi celui qui avait perdu le plus de membres de sa famille. Les Chiricahuas arrivèrent au bout de quelques jours en vue d'Arispe, l'une des villes les plus importantes du nord du Sonora, au sud-est de Chinapa sur les rives ouest du Río Sonora. Les cérémonies qui précèdent un raid de grande envergure avaient été effectuées, les chants et les tambours avaient résonné au fond des canyons, l'*Apachería* vibrait à l'unisson des fébriles préparatifs. Les flèches remplissaient les carquois en peau de couguar. Les longues lances en tige d'agave étaient comme un emblème qui couronnait l'équipée dont l'issue allait offrir à Goyathley son nouveau nom.

Dans ses souvenirs, Geronimo situe l'expédition durant l'été suivant. De son côté, Betzinez parle de la fin de l'automne de la même année et d'autres sources la situent en janvier ou février 1852. Cependant, une indication majeure accrédite la thèse de Betzinez. En effet, la période de septembre 1851 serait liée à un élément très important : le 30 septembre aurait correspondu au jour de la Saint-Jérôme. Cela expliquerait pourquoi les villageois dans la panique qui s'empara d'eux au cœur de la bataille se mirent à invoquer saint Jérôme en criant *Cuidado, Jeronimo !* plusieurs fois de suite. Les invocations se mélangeaient aux supplications. Comme les femmes et les enfants de Janos, l'étonnement et la terreur étaient à l'unisson dans les gorges mexicaines qui s'ouvraient au soleil une à une sous les coups de quelques guerriers qui avaient vite décidé de passer au corps à corps pour mieux éprouver l'ennemi, expectorer leur haine et la leur insuffler au comble de leur fureur. On raconte que le prêtre du village, voyant tout à coup un homme solitaire à l'étrange accoutrement faire irruption à l'entrée du village, suggéra à ses ouailles, alors que manifestement il n'y croyait pas lui-même, qu'il devait s'agir d'une apparition de saint Jérôme. Dans un premier temps Goyathley fut acclamé tel un héros, mais dès qu'ils aperçurent la horde apache aux visages bariolés investir la place centrale, les Mexicains comprirent qu'ils allaient tous mourir. Parmi les soldats présents à Arispe, Goyahtley en avait reconnu beaucoup qui étaient dans le détachement de Carrasco. Les descriptions que lui en avaient faites des rescapés de Janos étaient précises et Goyathley s'en souvenait très bien ; cette mémoire, c'est le lot des peuples sans écriture. Les Chiricahuas savaient donc qu'ils avaient devant eux les assassins de Kaskiyeh. Les Mexicains n'allaient pas être traités de façon ordinaire. Pour ce qui concerne la Saint-Jérôme, beaucoup de rationalistes omniscients de l'Histoire rejettent cette thèse d'un revers de main suffisant. Mais alors, pourquoi les Mexicains se mirent-ils à hurler le nom de Jérôme ?

En général, lorsqu'un Indien recevait un nom, c'était toujours lié à un événement ou à une chose qui le concernait de près ou qui, symboliquement, pouvait se rattacher à sa personne. Les Apaches furent si étonnés et finalement interpellés qu'ils associèrent les cris de *Jeronimo !* poussés par les Mexicains à Goyathley. En effet, ils s'apercevaient que le phénomène correspondait au déchaînement dont était en train de faire preuve le guerrier bedonkohe contre l'ennemi.

À proximité d'Arispe, les Chiricahuas s'étaient scindés en trois divisions. Les Bedonkohes étaient à l'honneur avec Goyathley dans leurs rangs et dirigeaient le groupe avec Mangas Coloradas et ses Mimbrenos ; de leur côté Cochise commandait les Chokonens, Cuchillo Negro les Warm Springs dans les rangs desquels officiaient quatre futurs grands chefs, Delgadito, Victorio, Loco et Nana ; Juh enfin commandait ses Nedhnis.

Les troupes des chefs avaient encerclé Arispe en dessinant un large demi-cercle autour de la localité et laissé entrer Goyathley tout seul, suivi très vite des guerriers de son groupe local qui se ruèrent sur la place centrale. Dans la fièvre des combats, les Chiricahuas avaient vu Goyathley se battre comme un diable. Certains le regardaient, admiratifs. Il avait déjà fait montre dans le passé d'actes de bravoure mais là, il se dépassait. Son carquois rapidement vide, Goyathley se servit alors de son couteau et de sa lance. Encerclé plusieurs fois, se faufilant entre les charges, glissant dans les mares de sang, il frôla plusieurs fois la mort mais arrivait toujours à se tirer d'affaire. Chaque action comportait un risque énorme, et chaque fois qu'il parvenait à s'en sortir, cela relevait du miracle. Alors les cris sortant des gorges mexicaines se muèrent en hurlements de terreur et *Cuidado, Jeronimo !* deviendra plus tard, pour le monde entier et pour toujours, *Geronimo*.

Si Geronimo confondit la période de l'année où il se vengea de Janos, c'était dû en partie à la proximité de toutes les batailles qui se succédaient à cette époque. D'ailleurs, à ce propos, à l'âge où Geronimo dicta ses *Mémoires* à Barrett, il lui arrivait parfois de confondre certains événements. On peut le comprendre eu égard à la vie agitée qu'il a eue et à toutes les émotions fortes auxquelles son mental a été soumis ; ce qui ne signifie pas qu'il était devenu fou. Bien au contraire, lorsqu'on voit la façon dont, prisonnier de guerre, il a vécu, tant en Floride qu'en Alabama et en Oklahoma, parvenant à tisser de nouvelles relations, à apprendre l'économie et le commerce, on s'aperçoit qu'on a affaire à une personnalité exceptionnellement résistante et à une tête bien faite.

Le grand rassemblement et la rupture

Le tracé de la frontière ne fut jamais achevé parce que Bartlett avait trop cédé à son homologue mexicain Garcia Conde. En effet, les Américains s'aperçurent que la frontière n'était pas située assez au sud. Cela leur enlevait du territoire mais surtout leur interdisait de construire une voie ferrée qui devait se trouver en terrain plat. Cette polémique bientôt très virulente entre Washington et Mexico s'éteignit lorsque les États-Unis firent l'acquisition d'une nouvelle région. Les territoires litigieux posaient de sérieux problèmes aux États-Unis car ceux-ci ne savaient comment faire face aux raids apaches du Chihuahua et du Sonora. Les bandes de terres rachetées pour dix millions de dollars seront réparties entre le Nouveau-Mexique et le nouvel État de l'Arizona. La ville mexicaine de Tucson devient américaine. Quant à Geronimo, d'Indien mexicain, il devient Indien américain puisque les territoires apaches passent sous contrôle américain. Cet « arrangement » prit le nom de *Gasden Purchase* (achat de James Gasden) et fut signé en 1853.

À la suite du départ de la commission Bartlett, les prospecteurs et surtout les mineurs devinrent de plus en plus nombreux et prirent à l'endroit des Apaches des positions et des initiatives irrespectueuses et ouvertement agressives. En juillet 1852, le général Edwin Vose Sumner chargea John Greiner, le surintendant aux affaires indiennes pour le Nouveau-Mexique, d'appeler Mangas Coloradas pour le faire venir à Acoma, près de Santa Fe, afin qu'il signe un traité de paix. Les termes de celui-ci indiquaient que les États-Unis s'engageaient à bien traiter les Indiens, à leur venir en aide s'ils étaient menacés, à pourvoir à leurs besoins ; en échange de quoi, les Apaches ne devaient plus lancer de raids au Mexique et bien sûr s'abstenir de toute manifestation hostile à l'endroit des citoyens et des soldats américains. Comme les Apaches contestèrent bien évidemment la clause qui leur interdisait les expéditions contre les Mexicains, Mangas Coloradas leur parla non seulement de ce qui s'était produit à Janos en mars 1851, mais remonta aussi au massacre de Johnson en 1837. On peut s'étonner qu'il n'ait pas évoqué le plus important de tous, celui de Kirker en 1846 :

Il y a quelque temps, les miens ont été invités à une fête. Il y avait là de l'eau-de-vie ou du whisky ; ils en ont bu et sont devenus ivres. Un groupe de Mexicains est arrivé et leur a fracassé la tête avec des gourdins. Une autre fois un négociant nous a été envoyé par le Chihuahua. Alors que les miens étaient en train de marchander en toute confiance... On a tiré sur eux avec un canon caché derrière les marchandises et beaucoup ont été tués. Comment pouvons-nous faire la paix avec de tels hommes[1] ?

Si Geronimo n'avait pas été convié à signer le traité d'Acoma, c'est parce que les Américains ne le connaissaient pas. Et si Cochise et Juh n'étaient pas non plus signataires, c'est tout simplement parce que pour les autorités du Nouveau-Mexique les Apaches de l'Arizona et d'ailleurs ne dépendaient pas de leur juridiction politique et militaire.

Geronimo fit à Barrett un compte rendu extrêmement détaillé des raids qu'il avait lancés au Mexique après l'opération de représailles d'Arispe. Cela n'est guère étonnant compte tenu de l'importance que les Apaches accordaient aux raids et à la guerre. Ces actes étaient une manière de vivre à la fois physique, spirituelle et économique, et Geronimo considéra qu'il aurait été irrévérencieux de ne pas fidèlement relater ce qui est le souffle de la vie apache, celle à travers lequel le guerrier réinterprète les scènes de la cosmogonie. En faisant la guerre, Geronimo et les siens revivaient les combats titanesques de la mythologie qui a façonné leur monde.

En 1852, les Mimbrenos et les Bedonkohes partageaient leur vie de manière plus unie. Les deux bandes, également affectées par les massacres, s'étaient encore rapprochées. Geronimo finit par prendre une nouvelle épouse, une Bedonkohe, qui s'appelait Chee-hash-kish. Presque aussi belle que sa femme morte, Alope, elle lui donna deux enfants : un garçon nommé Chappo et une fille, Dohn-say ou Tozey, que plus tard, lors de sa captivité, les Blancs surnommeront Lulu. Chappo sera aux côtés de son père dans les guerres des années

1878-1886 et, comme sa sœur, le suivra en Floride quand il sera prisonnier de guerre. Comme le nombre de femmes possédées par un grand guerrier était en étroite corrélation avec sa puissance et sa bravoure, Geronimo prit dans la même période une autre épouse du nom de *Nana-tha-thtith* qui lui donna un autre enfant dont le nom nous est resté inconnu. Tout cela indiquait clairement l'ascension que Geronimo avait commencée au sein de son groupe local et qui allait bientôt atteindre la tribu tout entière, bien, et c'est là un paradoxe, qu'il n'en soit jamais devenu le chef.

Geronimo éprouvait un insatiable désir de vengeance. Durant dix ans, il mena avec deux ou trois guerriers, et parfois une vingtaine mais jamais plus, un nombre incalculable de raids au Mexique. C'est lors du septième qu'il vit l'océan Pacifique sans pouvoir l'identifier. Le deuxième raid faillit lui coûter la vie. Les Apaches avaient pris en chasse un détachement mexicain. Les soldats descendirent de cheval et se cachèrent derrière leurs montures. Geronimo dut renoncer à une charge et parvint à mener une bataille au corps à corps après une délicate approche des positions de l'ennemi. Un soldat réussit alors à le frapper à la tête et l'assomma. Les guerriers avaient tué tous les Mexicains mais ils comptèrent aussi plusieurs morts. C'est à ce moment de la fin des combats qu'ils aperçurent le corps inanimé de Geronimo. On lui trempa la tête dans l'eau froide et il revint doucement à lui. L'été suivant, raconte-t-il, il partit avec douze guerriers. Après une attaque éclair contre les Mexicains, les Apaches se laissèrent surprendre à leur campement le lendemain à l'aube. Dès que les soldats ouvrirent le feu, Geronimo fut atteint près de l'œil et il conserva la trace de la balle jusqu'à la fin de sa vie. Puis Geronimo resta se reposer à la *ranchería* afin de panser ses blessures. Beaucoup d'hommes étaient partis à la chasse et d'autres étaient allés visiter les Navajos plus au nord pour commercer. Seule une vingtaine de guerriers étaient restés au camp. Alors que les femmes préparaient le déjeuner du matin, plusieurs compagnies mexicaines investirent le camp, tuant un grand nombre d'entre elles, plus des enfants et quelques guerriers. Quatre femmes furent faites prisonnières mais, parmi les mortes, se trouvait la dernière épouse de Geronimo, *Nana-tha-thtith*, ainsi que son enfant. Une nouvelle fois Geronimo était atteint dans sa plus tendre intimité.

Les femmes capturées furent emmenées dans le Sonora et vendues comme esclaves. Quelques années plus tard, et le fait est avéré, elles réussirent à fausser compagnie à leurs « maîtres » et purent retrouver leur chemin à travers les plaines et les montagnes ; ne se déplaçant qu'à la nuit tombée, elles parvinrent à retrouver la *ranchería*. Alors qu'il était interdit aux Apaches de lancer des raids au Mexique, de leur côté, les Mexicains ne se gênaient pas pour en lancer en terre américaine. Ce qui, bien sûr, était aussi interdit dans le traité de paix qui stipulait également que les Américains devaient protéger les Chiricahuas des attaques mexicaines. Il va sans dire que les Américains, s'ils n'ignoraient pas les incursions apaches au Mexique et s'en servaient pour les sermonner ou prenaient ce prétexte pour préparer une politique hostile, feignaient d'ignorer les incursions mexicaines dans les *rancherías* situées en Arizona et au Nouveau-Mexique. Washington n'observait le traité que sur le papier !

Une nouvelle incursion mexicaine eut lieu dans la période où les femmes capturées étaient revenues. Fait plus rare, il s'agissait d'un détachement qui venait du Chihuahua. Dans le camp soudainement attaqué, demeurait Nah-thle-tla, la cousine de Geronimo qui allait devenir la mère de Jason Betzinez. À cette époque, Nah-thle-tla était mariée à un guerrier bedonkohe. Celui-ci fut tué dans l'engagement et Nah-thle-tla fut emmenée captive au Mexique avec les enfants. Juh, qui était là, parvint à mettre les Mexicains en déroute. Plus tard, comme les autres femmes, Nah-thle-tla parvint à s'évader mais les enfants disparurent à jamais.

Les Apaches ne traitaient pas leurs prisonniers comme le faisaient les Mexicains. Pour les garçons, ils étaient souvent intégrés à la tribu et l'on s'attachait si bien à eux que, la plupart du temps, quand il arrivait qu'ils soient « libérés », les garçons refusaient de quitter les foyers où ils se sentaient en affection. Quant aux filles, elles étaient également intégrées et on les mariait comme les filles apaches. En revanche, les prisonniers mâles adultes étaient tués ou torturés. Du côté mexicain, il n'y avait pas de commune mesure. Tout prisonnier devenait un esclave jusqu'à épuisement, ou était emprisonné dans des cachots sombres et humides jusqu'à ce que mort s'ensuive.

Les raids succédaient aux raids mais les Apaches parvenaient à maintenir une forme de paix avec les détachements américains. Plus loin, très loin, à l'ouest, c'est ce que faisait aussi le peuple de Cochise, les Chokonens. Continuant leurs incursions au Mexique, ces derniers vivaient dans une paix ouverte et reconnue par la population américaine de la région de Tucson qui voyait d'un bon œil ces Apaches qui fournissaient du bois au relais du Défilé des Apaches sur la ligne de diligence de la Butterfield Overland Mail. Malgré l'assassinat, par erreur, du chef warm springs Cuchillo Negro au printemps 1857, les Chihennes avaient affaire au Dr Michael Steck qui avait été nommé agent du gouvernement pour toutes les tribus du Sud, des Mescaleros aux Chiricahuas. Cet agent était dans de bonnes dispositions à l'égard des Indiens et s'entendait bien avec les chefs qui le respectaient. Les Apaches voyaient en lui un homme honnête et sincèrement préoccupé par leur bien-être. Ce sont le Dr Michael Steck et le capitaine Enoch Steen qui avec Cochise et Mangas Coloradas surent construire une paix, faite pour être solide mais qui allait être détruite en quelques heures par un jeune officier inexpérimenté, l'archétype même, selon l'expression consacrée, du soldat « frais émoulu de West Point », l'académie militaire des États-Unis.

Cette paix n'était pas faite pour plaire à Geronimo. L'homme commençait à « ruer dans les brancards ». Si les Apaches effectuaient, malgré l'interdiction, des raids au Mexique, il se méfiait des Américains. Sur le long terme, Geronimo avait raison mais, dans l'immédiat, il avait tort. Cochise, qui prenait de plus en plus d'ascendant sur toutes les bandes chiricahuas, y compris sur celle de Mangas Coloradas, avait su s'entourer d'hommes sûrs et rencontrer des Blancs en qui il pouvait avoir vraiment confiance. Des hommes comme Steck, Steen ou Silas Saint John de Tucson, qui deviendra d'ailleurs un ami de Thomas Jeffords, étaient des personnes dignes de foi et de confiance. Mais Mangas Coloradas représentait encore une force réelle avec ses nombreux Chihennes, et il était toujours un chef écouté. En cette période, charnière pour les Apaches, entre ennemis traditionnels (les Mexicains) et nouveaux « amis » (c'est du moins comme cela que se présentaient les Américains), de nombreuses sources de tension surgissaient avec les mineurs, et les échauffourées étaient fréquentes. Geronimo ne se contentait pas d'effectuer des raids en territoire mexicain, lui et ses partisans de toutes bandes, avec Mangas Coloradas qui fermait les yeux quand il ne participait pas lui-même aux escarmouches, attaquaient des voyageurs et des soldats blancs isolés. La guerre sourde des bandes chihennes et bedonkohes allait finir par déclencher l'importante campagne du colonel Benjamin Louis Eulalie de Bonneville connue dans l'histoire comme la « campagne de Bonneville », contre tous les Apaches du Nouveau-Mexique. En Arizona, les Chokonens ne furent pas touchés par cette campagne, et Cochise, qui voyait ça de loin, se félicitait des bons rapports qu'il entretenait avec Steen et Steck. Il fallait que tous les Chiricahuas puissent comprendre que la guerre était sans issue. Déjà, avant cette campagne, Cochise avait décidé de convoquer une grande conférence de tous les chefs et de toutes les bandes chiricahuas.

Le « Visage Inconnu », l'hiver pour les Apaches, dépouillait les sycomores. La saison des raids au Mexique se terminait. Le grand rassemblement des bandes chiricahuas qui eut lieu à la fin de l'automne 1856 dans la forteresse des Dragoon à la *ranchería* de Cochise fut l'aiguillon, le prétexte espéré, qui donna à Geronimo non seulement de véritables sentiments et désirs d'insoumission mais aussi qui l'aida à franchir le pas. La rupture entre le chamane de guerre bedonkohe et le chef chiricahua allait être consommée. Il y avait là Mangas Coloradas avec ses Mimbrenos et leur petite bande « sœur » bedonkohe avec Geronimo. Mangas Coloradas, qui était encore considéré par tous, y compris les Blancs, comme le « général » des Chiricahuas, voyait son influence diminuer tandis que celle de Cochise augmentait. Bien qu'il soit encore le grand chef, son autorité ne s'exerçait plus de la même façon ni aussi facilement. C'est le moment que choisit Geronimo pour entrer en dissidence avec le grand chef chokonen qui commençait à disputer, malgré lui, à un Mangas vieillissant, le titre de chef de tous les Apaches chiricahuas. En refusant la paix que Cochise arrivait à maintenir grâce à des relations de bon voisinage avec les troupes du capitaine Enoch Steen, Geronimo se démarqua avec virulence et entraîna avec lui quelques jeunes guerriers impétueux, un peu perdus, qui avaient envie d'aventure, et aussi d'en découdre, et cela, quoi qu'il advienne. Ce sera vraiment

1

1 Le guerrier Geronimo avant sa « capture ».

2

2 La bande de Geronimo avant la reddition finale du 27 mars 1886.

3 Chihuahua, chef local des Apaches chokonens.

4 Nana, chef des Apaches warm springs.

3 4

5

5 De gauche à droite, Perico, le fils de Geronimo, Geronimo, Naiche et un Apache non identifié.

6 Loco, chef des Apaches warm springs.

7 Le fils de Mangas Coloradas, Mangas, chef des Apaches mimbrenos.

6 7

8

9

8 Célèbre rencontre et pourparlers entre Geronimo et le général Crook au canyon de Los Embudos le 25 mars 1886.

9 Le général George Crook, l'adversaire acharné.

10 En octobre 1886, les Apaches chiricahuas déportés vers l'est.

11 Première photo de Geronimo en studio en 1884.

10

11

« Geronimo est un homme imprévisible, intraitable et violent. Il est aussi déloyal et menteur, sa parole n'a aucune valeur même s'il était sincère en la donnant. »

Lieutenant Britton Davis

H.H. CLARKE
OKLAHOMA CITY
OKLA.
HAND-COLORED.

12

CHIEF
GERONIMO
No.39

13

14

WNEE BILL'S HISTORIC WILD WEST
GERONIMO

15

"G E R O N I M O"
Apache Chief.

16

17

18

12 Geronimo et ses deux nièces, 1900-1909.

13 Geronimo vers 1904.

14 Geronimo vers 1901.

15 Affiche du spectacle auquel participa Geronimo après 1894.

16 Geronimo vers 1907.

17 Naiche, fils de Cochise et compagnon d'armes de Geronimo, vers 1898.

18 Geronimo et Naiche en transit à San Antonio en 1886.

« Deux ou trois mots suffiront. Nous sommes tous compagnons d'armes, d'une même famille, d'une même bande. Autrefois, je voyageais comme le vent. Maintenant je me rends à vous, c'est tout. »

19
20

19 Le mémorial de Geronimo à Gila Cliff Dwellings, New Mexico, inauguré en 2003.

20 Harlyn, l'arrière-petit-fils de Geronimo en 2004 à la réserve Mescalero.

« Notre Mère la Terre m'écoute et j'espère qu'à partir de ce jour nous pourrons vivre en paix. Très souvent, les journaux publient des articles disant qu'il faut me pendre. Je ne veux plus de cela. Tant que je vivrai, je veux vivre bien. Je pense être un homme juste, mais les journaux du monde entier disent que je suis mauvais. C'est faux de dire cela. »

L'affaire Bascom

Le 27 janvier 1861, un événement en apparence sans importance allait bouleverser toute l'histoire du sud-ouest des États-Unis, et même bien au-delà, tant les répercussions furent profondes et graves pour les Apaches. Cet événement prit le nom dans l'Histoire de l'affaire Bascom ou de « la tente coupée » ou de « Coupe la tente ».

Venant du nord de l'Arizona, des Apaches pinals ou coyoteros (Western Apaches) attaquèrent, dans la vallée de la Sonoïta à l'est de la San Pedro River, le ranch d'un fermier irlandais répondant au nom de John Ward. Ils volèrent du bétail et enlevèrent son fils adoptif, Felix, douze ans, surnommé plus tard Mickey Frey, et qui sera considéré par les Apaches, pendant les périodes des réserves, comme le pire infâme coyote que la terre ait porté. Les soupçons se portèrent immédiatement sur les Chiricahuas-chokonens de Cochise — alors que celui-ci et les siens étaient en paix — parce que ces derniers avaient une de leurs *rancherías* dans la direction prise par les Pinals lors de leur fuite provoquée par l'arrivée inopinée de deux Américains.

Le 29 janvier, le quartier général de Santa Fe donna des instructions strictes au commandant de Fort Buchanan, le lieutenant-colonel Pitcairn Morrison qui exigea que les Chokonens, alors en paix, soient poursuivis et châtier. Il n'y avait pas de discussion possible, c'étaient eux les coupables du vol de bétail et de la capture de l'enfant. L'officier s'exécuta et transmit les ordres au lieutenant George Nicolas Bascom. Le 30 janvier, bien qu'on ait appris avec certitude que le jeune Felix avait été emmené par ses ravisseurs western apaches dans leur territoire des Black Mountains, Ward, Bascom et ses cinquante-quatre hommes du 7e régiment d'infanterie se dirigèrent vers les terres chiricahuas. Ils galopèrent en direction d'Apache Pass en passant par Sulphur Springs Valley, le défilé entre les Chiricahua Mountains et les monts Dos Cabezos. Sur place le 2 février, le lieutenant Bascom put rencontrer les responsables du relais, des employés de la Butterfield Overland Mail, Charles W. Culver et James F. Wallace, qui entretenaient de bonnes relations avec Cochise. Le lendemain, le lieutenant Bascom, qui piaffait d'impatience de rencontrer Cochise et de punir ce sauvage, trépignait tel un ludion fou. Pendant le voyage, Ward, pourvu d'une intelligence très relative et rempli d'*a priori* négatifs à l'encontre des Indiens, convainquit Bascom de la culpabilité des Chiricahuas. En arrivant au relais, le jeune lieutenant, qui n'avait quasiment jamais vu un Indien de sa vie, n'avait jamais eu affaire à eux, vouait à Cochise et à ses hommes une irrationnelle haine farouche comme si ces derniers avaient commis d'épouvantables crimes le concernant au premier chef. Bascom envoya rapidement Wallace chercher Cochise. Celui-ci arriva tranquillement dans la soirée sans se douter de ce qui se passait, ni de ce qui allait lui arriver, ni du malheur qui allait tomber sur les Chiricahuas. Le chef, confiant et souriant, fit son apparition avec son frère Coyuntura (ou *Nah-re-te-na*), sa femme, son plus jeune fils Naiche et deux guerriers.

Bascom fit entrer les Apaches dans une tente sur laquelle flottait un drapeau blanc. Une fois à l'intérieur, la tente fut immédiatement entourée d'un cordon de soldats. Les Apaches n'avaient rien vu. Cochise se vit accusé du rapt de l'enfant et l'affaire tourna mal malgré les offres du chef chokonen de diligenter une enquête. Cochise fut alors contraint de s'échapper en fendant la tente avec son couteau, son frère Coyuntura trébucha en voulant le suivre et resta prisonnier avec la femme, Naiche et les guerriers.

Le 5 février, Bascom continua de s'entêter. Malgré tout ce que lui disaient les employés du relais sur la probité de Cochise et son attachement à la paix, le lieutenant ne voulait rien entendre. Bascom voulait faire parler de lui, et gagner des galons. Quand les négociations, qui étaient plutôt un chantage éhonté, s'engagèrent à distance, Bascom demanda que Cochise, revenu avec de nombreux guerriers parmi lesquels aurait été présent Geronimo, rende l'enfant en échange de la libération de sa femme, de son fils et de son frère.

Culver, Wallace et Welsh, qui connaissaient bien Cochise, avaient proposé d'aller vers lui pour parlementer et presque s'excuser de l'attitude inadmissible de Bascom. Mais Cochise était furieux. On l'avait accusé de parjure. Dès que les trois négociateurs furent à portée de ses troupes, Cochise les fit capturer en un clin d'œil. Culver parvint par miracle à s'échapper mais fut blessé dans le dos en courant et put se mettre à l'abri. Welsh s'était aussi échappé, mais, en revenant au relais, les soldats qui le prirent pour un Apache lui tirèrent dessus et le tuèrent ! Wallace était resté entre les mains des Chiricahuas. Geronimo était là, bientôt au premier rang pour tout observer. Il avait été alerté par des Apaches comme lui dissidents et qui, comme lui, se réjouissaient presque de la tournure prise par les événements. Bascom donnait raison à Geronimo. La haine appelait la haine. Geronimo trouvait donc aussi des alliés objectifs chez ses ennemis qui, par leur attitude, justifiaient *sa* guerre.

Le 6 février, le sergent Reuben F. Bernard, qui avait déjà rencontré Cochise avec le capitaine Enoch Steen qui avait été muté dans l'Est, et qui en avait gardé une excellente impression, tenta désespérément de persuader Bascom de libérer les otages. Bascom, qui s'était retiré plus loin, s'entêtait encore. Dans la journée du 8, après quelques échauffourées entre Apaches et soldats, chacun se retira sur ses positions. L'affaire commençait à traîner en longueur et à s'envenimer sérieusement, même pour Bascom. Comme celui-ci ne voulait définitivement rien entendre, l'affaire se termina brutalement et tragiquement. Wallace sera torturé, traîné derrière un cheval au galop jusqu'à ce que mort s'ensuive, ainsi que trois autres prisonniers. Geronimo participa activement au supplice infligé aux prisonniers et, sans parler à Cochise, reprit, comme si de rien n'était, la guerre à ses côtés sous son indiscutable autorité. Quand, le 14 février, les renforts que Bascom avait fait demander arrivèrent de Fort Buchanan, le gros des forces apaches était parti. Ce qu'ignorait Bascom. Entre le 16 et le 17, Bascom et cent dix hommes patrouillèrent à la recherche des Chiricahuas, mais en vain. Le lendemain, ils découvrent les corps atrocement mutilés des prisonniers américains.

En réponse à ces meurtres, et Cochise s'y attendait, Bascom fit pendre les otages chiricahuas le 19 février, d'autant plus que, depuis la découverte des Américains torturés, leur mise à mort était réclamée. Coyuntura et deux neveux de Cochise furent pendus à l'arbre au pied duquel Wallace et ses compagnons furent enterrés. La femme de Cochise et son enfant Naiche, par on ne sait quel miracle, furent remis en liberté, et regagnèrent la *ranchería* à pied.

Apache Pass

Ces tragiques événements firent de tout le sud-ouest des États-Unis un territoire maudit, et dans tout le pays on commençait à dire qu'il y avait sur terre un endroit pire que l'enfer : l'Arizona. Cochise était contrarié : on avait mis sa parole en doute, mais surtout, Geronimo l'avait rejoint...

Les forces conjuguées des Chihennes, des Bedonkohes, des Chokonens et des Nedhnis comptaient, en mars 1861, moins de deux cent cinquante guerriers. Les guerres mexicaines, les épidémies de variole avaient éclairci les rangs chiricahuas. Tout cela, Cochise le savait, c'est pourquoi il avait convoqué cette conférence de paix. De leur côté, les chefs warm springs Delgadito et Victorio avaient pleinement conscience de cet état de fait, tout comme Mangas Coloradas, Juh et Geronimo, mais tous se voilaient la face. Ce petit peuple, cette grande famille unie par la langue, la passion pour sa terre et ses croyances en référence à sa mythologie qui lui dictait sa façon de vivre, allait sous Cochise défier l'Amérique pendant dix ans. Et pourtant, pour eux cela commença bien mal avec l'arrivée de la colonne des Volontaires californiens. Elle était dirigée par le général de brigade James Henry Carleton et comptait environ deux mille trois cents hommes. Carleton avait une mission, chasser les troupes confédérées de Tucson jusqu'à Mesilla au Nouveau-Mexique. Nous sommes au début de la guerre de Sécession, et pour accomplir sa mission, sa colonne doit obligatoirement passer au cœur du pays des Chiricahuas. Le 25 juin 1862, conduite par le lieutenant-colonel Edward E. Eyre, une petite avant-garde de la colonne franchit Apache Pass. Cochise, pour évaluer les forces à venir, s'était approché et donnait le change en faisant semblant de parlementer. Les soldats restèrent quelques jours sur place. Les Apaches firent un peu de troc, on s'échangea du tabac. Enfin, après des causeries et autres palabres neutres autant qu'inutiles, excepté lorsque Eyre donna à Cochise des informations capitales sur l'emplacement du gros des forces de la colonne et sur le nombre d'hommes qui la composaient, dès qu'il en sut assez, Cochise disparut et Eyre repartit le 4 juillet en direction de Fort Torn. Pour Edward E. Eyre, tout allait bien : il n'était pas en guerre contre les Apaches mais contre les Confédérés !

Le gros de la colonne des Volontaires californiens du général James Henry Carleton, commandée par le capitaine Thomas L. Roberts et, dit-on, guidée par Thomas Jonathan Jeffords, le futur ami de Cochise, quitta Tucson le 10 juillet à l'aube. Le 13 au matin, Roberts arriva à Dragoon Springs, et le 15, fit son apparition à Apache Pass. Les yeux apaches avertis avaient repéré la colonne depuis son départ de Dragoon Springs à soixante kilomètres de là. En arrivant à Apache Pass, personne n'ignorait qu'on allait pouvoir enfin boire l'eau fraîche des sources qui se trouvent à l'entrée du Défilé des Apaches. Les hommes n'avaient alors qu'une idée en tête, plonger dans l'eau. Et cela, les Apaches le savaient. Cachés au flanc des collines derrière des parapets, les Chiricahuas déclenchèrent un feu nourri dès qu'ils virent les soldats s'allonger à plat ventre près de l'eau, pour boire. La panique fut totale. Nous sommes le 15 juillet 1862, la bataille durera jusqu'au lendemain avec des accalmies la nuit. Les soldats ne savaient pas qu'ils étaient en train d'affronter les forces coalisées des Chiricahuas. Outre Cochise et ses Chokonens, qui avaient été rejoints par Mangas Coloradas et ses Chihennes, Geronimo et quelques Bedonkohes, il y avait aussi des Nedhnis et des Warm Springs avec des chefs qui plus tard s'illustreront dans les guerres de Geronimo, comme Juh et Nana.

Le deuxième jour, les soldats voulaient en finir et, excédés, utilisèrent les obusiers qui étaient sur un petit chariot, cachés sous une bâche. Les canons décidèrent rapidement de l'issue de la bataille. S'ils n'avaient pas été utilisés, il y a de fortes chances pour que celle-ci dure plusieurs jours et, vu les positions qu'occupaient les Apaches, nul doute que la colonne aurait été contrainte de battre en retraite. Pour la première fois, l'armée américaine avait recours à des obusiers contre les Apaches. Cependant, contrairement à ce qui s'est beaucoup dit et écrit, tous les Apaches ne furent pas surpris et décontenancés face aux canons. Certains d'entre eux avaient déjà eu affaire à cette arme lors d'un raid au Mexique. Mais les obusiers firent rapidement la différence et les Apaches durent se retirer sous une pluie d'obus qui labouraient les flancs de la montagne. Dépités, les Chiricahuas n'avaient pourtant pas subi trop de pertes. Entretemps, le capitaine Roberts avait envoyé six hommes pour avertir John Cremony, qui devait le rejoindre avec le ravitaillement, qu'il pouvait faire de mauvaises rencontres. Ce furent ces six hommes qui tombèrent sur un *parti* dirigé par Mangas Coloradas alors qu'il s'en retournait. Poursuivis, les soldats réussirent à s'échapper à l'exception de l'un d'eux, John Teal, que les Apaches commençaient à rattraper. Le cheval de Teal fut abattu sous lui et le soldat eut l'idée de s'en servir comme protection face à la charge des Indiens qui fondaient sur leur proie. Caché derrière sa monture, Teal visa soigneusement un Apache d'allure impressionnante et tira. Les Indiens semblèrent alors avoir un moment de flottement, ramassèrent leur compagnon à terre et repartirent aussi vite. John Teal venait d'abattre Mangas Coloradas. Il n'en savait rien. Gravement blessé, le chef fut emmené par ses guerriers à Janos où ils avaient gardé de bonnes relations avec certains Mexicains et demandèrent au docteur de le soigner. Toute la ville trembla. En effet, si le docteur n'arrivait pas à sauver le chef adulé, Janos savait qu'elle serait réduite en cendres. Janos eut de la chance et les Apaches s'en retournèrent vers le Nouveau-Mexique et donnèrent l'argent qu'ils avaient sur eux au sauveur de Mangas Coloradas.

C'est à l'issue de cette bataille que l'armée décida

la construction d'un fort à Apache Pass. Les Américains venaient de comprendre la position stratégique de l'endroit et l'on commença à construire le futur Fort Bowie le 28 juillet 1862.

Des hommes redoutables pour les Apaches allaient bientôt prendre des décisions presque aussi génocidaires que les autorités du Sonora l'avaient fait trente années plus tôt. Le 18 septembre, le général Henry James Carleton prenait le commandement de la région militaire du Nouveau-Mexique, et fit passer à ses officiers et soldats le message définitif suivant : tout homme de race indienne devait être tué. Ses ordres rappelaient ceux de son homologue sudiste, le lieutenant-colonel confédéré John Robert Baylor, adepte de la formule choc : « Seul un bon Indien est un Indien mort. » Et Carleton d'en rajouter : « Vous avez été envoyés pour les punir de leur perfidie et de leurs crimes ; vous n'êtes pas habilités à faire la paix. » Derrière Carleton, il y avait encore un autre dément, qui ne rêvait que d'une chose, capturer Mangas Coloradas puis l'exécuter ; il avait pour nom Joseph Rodman West, et était aussi général de brigade. Décidément, depuis le départ des Enoch Steen et des Michael Steck, les Apaches n'avaient pas de chance. Plus l'étau se resserrait sur les Chiricahuas, plus les officiers envoyés en *Apachería* étaient de mauvaise composition. Les Apaches allaient l'apprendre au prix de la vie de leur grand chef chihenne, celui que Geronimo vénérait comme un père.

Malgré sa participation à la bataille d'Apache Pass, il est étonnant que Geronimo n'en ait pas fait mention dans ses *Mémoires*. Il apparaît impossible qu'il n'ait pas été présent lors d'un tel affrontement où presque toutes les forces chiricahuas unies et disciplinées, sous le commandement de Cochise, avaient livré un combat capital. À cette époque, Geronimo vivait parmi les Bedonkohes, en nombre de plus en plus réduit, les Chihennes et les Chokonens. C'est à la suite de l'affaire Bascom qu'il revint de temps à autre chez ces derniers. Il y rencontra une nouvelle femme qu'il épousa. Elle s'appelait She-ga. Cette jeune femme était la sœur d'un guerrier chokonen qui était en train de prendre de l'importance au sein de son groupe local commandé par son frère, le chef Chihuahua. Ce guerrier répondait au nom de Josanny ou Yah-nozha. Il ne vivait pas dans la *ranchería* de Cochise, du moins à ce moment-là. Plus tard Yah-nozha se fera connaître sous le nom d'Ulzana en effectuant en novembre et décembre 1885 un des raids les plus meurtriers que connaîtra le sud-ouest des États-Unis. Il sera aussi un des derniers compagnons de Geronimo jusqu'à la reddition finale et le suivra dans la captivité.

Mangas Coloradas, vieillissant, se remettait mal de la défaite d'Apache Pass, et souffrait toujours de la blessure qu'il avait contractée. Il montrait moins d'enthousiasme au combat et repensait aux paroles de Cochise de l'hiver 1856, qui s'était retiré dans la région de Fronteras pour reprendre des forces au Mexique mais aussi y effectuer des raids. Le chef chokonen savait aussi parfaitement que les *rancherías* en territoire américain étaient désormais menacées, non seulement par les Mexicains, mais par les Américains eux-mêmes.

Le meurtre du père

Pour les Apaches, l'infamie allait bientôt toucher à son comble et, pour la première fois, elle ne viendra pas des Mexicains, mais des Américains. Le général de brigade Joseph Rodman West, qui partageait les idées de Carleton sur les Indiens, avait installé son camp près des Santa Lucia au Nouveau-Mexique. Carleton l'avait chargé d'une campagne contre les Mimbrenos. Geronimo percevait les soldats de la brigade du général West comme autant d'autres Blancs, et on peut être étonné de sa réaction lorsqu'il les observa en train de s'installer sur la Gila :

> D'autres hommes blancs arrivèrent. Ils étaient tous des guerriers. Ils installèrent leur camp sur la Gila River au sud-ouest de Hot Springs. Au départ, ils étaient amicaux et nous ne ressentîmes pas d'antipathie pour eux, mais ils n'étaient pas aussi bons que ceux qui étaient venus la première fois[1].

Environ un an après, la guerre ouverte était déclenchée. Nous étions au début de l'année 1863. Mangas Coloradas, malgré l'hostilité affichée des soldats de West, avait décidé de rencontrer le général et de négocier une trêve, voire une vraie paix avec les Américains.

Le 17 janvier, malgré les tentatives de Victorio et de Nana tendant à dissuader Mangas Coloradas de se rendre à Pinos Altos pour parler de paix, le chef mimbreno qui venait d'être approché par des Américains sera « capturé » par traîtrise par Jack Swilling, ancien officier de la garde de l'Arizona, qui était alors à la tête d'une sinistre bande d'orpailleurs. Swilling accompagnait le capitaine Joseph Reddeford Walker et quelques soldats du capitaine Edmund D. Shirland. Ce petit groupe devait traverser la région en direction de l'ouest. Swilling et les autres avaient installé leur camp au Fort McLane qui était abandonné. Ne manquant pas d'imagination, il leur vint à l'idée que s'ils capturaient un chef apache de l'importance de Mangas Coloradas, celui-ci pourrait leur servir de sauf-conduit pour traverser les terres chihennes et chokonens réputées dangereuses. Ils allèrent donc au-devant des Mimbrenos et attirèrent Mangas Coloradas par des paroles de paix. Une fois à leur portée, alors que Swilling s'entretenait avec Mangas, les hommes de Walker et Shirland bondirent sur le vieux chef et le capturèrent.

Mais le petit groupe ne put disposer de leur otage pour traverser tranquillement le pays. Averti des événements, le général West arriva sur place et exigea qu'on lui restitue sans discuter le chef qui allait passer du statut d'otage à celui de prisonnier. La suite demeure autant inacceptable qu'épouvantable. Mangas fut très vite maltraité par West qui lui hurla au visage qu'il se fichait de ses intentions de paix et qu'il était désormais prisonnier de l'armée des États-Unis. Le vieux chef était fatigué, déçu, et ne comprenait plus rien. Pour la nuit qui venait et que Mangas allait passer dehors, allongé sous une couverture près du feu, le général de brigade Joseph Rodman West avait donné des consignes très précises. Le lendemain matin il voulait que cet homme soit mort. C'est ainsi que dans la nuit du 17 au 18 janvier 1863, dans les ruines du Fort McLane, Nouveau-Mexique, non loin des rives de la Mimbres River, le plus grand chef apache du XIXe siècle, avant Cochise, allait mourir. Et de quelle façon : alors qu'il dort près du feu avec une couverture sur lui, le chef mimbreno est torturé à coups de baïonnettes chauffées à blanc dans les braises du feu par des soldats ricanants. Comme il osa protester en luttant contre la douleur, les soldats l'abattirent à bout portant. Très vite Mangas Coloradas est décapité et on enterre plus loin le corps massif sans sa tête. C'est le 3 avril que le chirurgien de l'armée, David B. Sturgeon, emporte le crâne de Mangas Coloradas à Toledo dans l'Ohio, afin qu'il soit confié à un phrénologue et offert à la curiosité publique lors de conférences données dans des musées du pays.

La stratégie jusqu'à la réserve

Sous le commandement de Cochise, entre 1861 et 1871, les troupes de guerre chokonens, en coalition avec des partis chihennes, nedhnis, bedonkohes et parfois navajos, western apaches et mescaleros, réduisirent les soldatesques américaine et mexicaine à l'impuissance. Durant toute cette décennie, le chef chokonen envoya ses partis de guerre face à ces deux armées dont les hommes, bien nourris et bien vêtus, aux effectifs quasi inépuisables, ne purent venir à bout. Geronimo quant à lui, après avoir servi sous son mentor et chef naturel Mangas Coloradas disparu tragiquement, se rapprocha de Cochise avec les membres de sa famille élargie, ses « frères » et autres cousins issus de germains et des guerriers des deux bandes mimbrenos et bedonkohes. Cependant, l'homme est déjà un électron libre. Il va où bon lui semble. Ce drôle de *capitan* de Geronimo est plus souvent aux côtés des Nedhnis de Juh avec qui il a plus d'affinités, et échappe au « contrôle » du véritable pouvoir chiricahua. Geronimo est néanmoins le maître d'œuvre de coups de main souvent très risqués qui lui attirent à la fois admiration et reproche lorsque sa fougue incontrôlable met la tribu en danger et la place en porte à faux face à une stratégie plus globale imaginée par le chef chokonen. De leur côté, les Chihennes et les Nedhnis, ses alliés les plus proches, bien que conservant une certaine indépendance vis-à-vis des Chokonens, se ralliaient volontiers à Cochise pour des raids plus amples et lorsqu'il s'agissait de défendre les intérêts des Chiricahuas. Seul un personnage comme Cochise put réaliser ces alliances sous son autorité. Toutefois, en dépit de leurs différends sur les stratégies à adopter et de leurs personnalités diamétralement opposées, Geronimo apporta à Cochise une énergie et un génie militaire qui secondèrent très efficacement le chef chokonen mais aussi le successeur de Mangas Coloradas, le chef des Warm Springs, Victorio, le grand flanc est de la résistance chiricahua au Nouveau-Mexique.

Après la défaite d'Apache Pass, Cochise abandonna les combats frontaux et massifs. Le changement de méthode devenait vital. En bon stratège, il divisa ses troupes en une vingtaine de partis de guerre sous les ordres d'un chef qui devait rendre des comptes au « général » de tous les Chiricahuas. Néanmoins, sur le terrain, les *capitans* de Cochise gardaient toute autonomie de direction et de décision. Geronimo, avec les siens, formait une bande hybride, nous l'avons vu, souvent changeante au gré de ses humeurs et des opportunités. Il échappait déjà au contrôle de Cochise, pour des actions souvent critiquables. À l'est, au

Nouveau-Mexique, les Warm Springs comprenaient la guérilla impulsée par le chef chokonen et en appliquèrent les principes si efficacement que leur chef et inspirateur Victorio acquit très vite une réputation de maître de la guérilla tout comme en leur temps Mangas Coloradas, Pisago Cabezon et Miguel Narbona. La mise en œuvre de ces techniques de guerre plaisait bien à Geronimo, c'étaient les siennes depuis qu'il était en âge de combattre. Elles le confortaient dans ses comportements parce qu'elles correspondaient profondément à sa manière d'être, de se battre, c'est-à-dire de vivre. Le vent mauvais de l'Histoire, à court terme, lui donnait raison. Les chefs malgré eux se ralliaient à son optique de la guerre pour la guerre. Geronimo allait en profiter. Ces années 1860-1870 étaient sa rampe de lancement pour son entrée en scène lors de la décennie suivante. Pour le moment, il pouvait sans retenue exalter et dépenser toute son énergie combative de façon plus ouverte qu'auparavant, recruter des guerriers un peu partout pour sa cause, et par besoin incessant de porter le fer et le feu contre les Mexicains. La spécialité de Geronimo, dès que les Apaches prirent les armes pour venger le massacre de Kaskiyeh, était de repérer les guerriers un peu à part, désœuvrés, de nature agressive, violente ; fin psychologue et doué d'une intelligence acérée comme ses couteaux, Geronimo savait les approcher, les valoriser, les flatter et leur dire de bonnes paroles. Une fois cela accompli, il pouvait les convaincre de le suivre dans des coups de main solitaires, des pillages insensés, les raids les plus risqués. Geronimo, d'ailleurs, dans ses *Mémoires* en parle beaucoup et, reconnaissons-le, sans cacher ses nombreux échecs qui lui valurent les amères paroles de ses chefs, les quolibets de ses guerriers, et jetaient le discrédit sur sa bande.

Cette technique de guérilla était toutefois de mise depuis les premiers affrontements contre les Espagnols et d'autres tribus, même apaches. Aller semer la terreur dans le Sonora, piller les haciendas, égorger les Mexicains : les Chiricahuas les méprisaient tant qu'ils n'éprouvèrent nullement le besoin d'engager contre eux des troupes de guerre massives ; ç'aurait été leur accorder trop d'importance et donc implicitement leur reconnaître des qualités militaires et du courage dont à leurs yeux ils étaient dépourvus. C'étaient pour eux des *femmes* qui pratiquaient la traîtrise — ainsi de ces innombrables pièges tendus aux Apaches lorsque ceux-ci venaient se jeter dans la gueule du loup en acceptant de se rendre dans un village, en qualité d'« invités », avant de se retrouver sous les coups de feu et de sabre une fois bien saouls. De tout temps et jusqu'à la fin, les Apaches payèrent très cher leur goût incontrôlable pour l'alcool. Geronimo bien sûr n'y coupa pas. Une des occasions les plus graves et qui, de l'avis de nombreux historiens et de nombreux Apaches, était celle par qui le malheur allait arriver, fut lorsque, en mars 1886, Geronimo, Naiche et quelques autres s'enivrèrent la nuit qui suivit leur reddition au général Crook et qu'ils s'échappèrent, provoquant ainsi la fureur de l'officier. Crook démissionna en même temps qu'on le démit de sa mission. La beuverie eut pour conséquence l'arrivée catastrophique du général Nelson A. Miles sur le théâtre des opérations. Elle coûta sans doute aux Apaches vingt-sept années de déportation au lieu de deux comme cela avait été convenu. Enfin, en 1909, complètement saoul, Geronimo tomba de cheval dans le froid de février. Sans connaissance, la tête dans une flaque d'eau entre Lawton et Fort Sill en Oklahoma, il contracta une pneumonie qui lui sera fatale. Quelle dérision !

Geronimo, sans le vouloir forcément, et bien que les événements aient joué en sa faveur, si l'on peut dire dans un tel contexte, a su tirer profit des spécificités historiques, politiques et militaires qui ont fait des années 1876-1877 une période charnière et décisive quant au devenir des Chiricahuas et à sa carrière démesurée. Les drames qui se tramaient, et les actes félons concoctés par la bureaucratie de la Maison-Blanche contre les Apaches, allaient porter Geronimo sur le devant de la scène de l'Histoire et le sortir de l'anonymat, et ce pour le pire. N'ayant ni l'autorité ni le charisme de Cochise, le leader bedonkohe, quand il n'était pas dans un miraculeux moment de grâce qui subjuguait son auditoire, devait forcer le ton et le trait. Il devait menacer, parfois même hurler pour être entendu et obéi. Quand un seul regard de Cochise suffisait pour clouer au sol tout Chiricahua récalcitrant, qu'il fût ou non de sa bande des Chokonens. Fait entre autres de trahisons multiples et de terreur sans nom, ce terreau où prospérèrent donc Geronimo et tous ceux qui seront qualifiés de « têtes brûlées » favorisa fortement la sortie de l'anonymat du chamane de guerre. Il put dès lors assouvir son besoin de commander presque toutes les bandes chiricahuas mais toujours de façon parcellaire. Il eut immédiatement l'intelligence de prêter allégeance aux deux chefs chihennes-ojo caliente Victorio et Nana — familiers de Mangas Coloradas, le grand chef chihenne-mimbreno de sa jeunesse — et s'en remettait fréquemment à Juh, le chef des Nedhnis janeros, aussi radical et violent que lui et qui avait épousé Ishton, la fille de la seconde femme de son grand-père Mahko.

On verra par la suite Geronimo reconnaître du bout des lèvres l'autorité de Naiche, qui succéda en tant que chef à son frère Taza. Celui-ci, lors d'un séjour quasi forcé à Washington, en 1876, contracta une pneumonie qui lui fut fatale. Entre les mains de Geronimo, Naiche ne sera qu'un instrument, un faire-valoir. Tout ceci ne fut qu'une sinistre combine, une pantomime destinée à calmer les esprits et les fidèles à la mémoire de Cochise. Geronimo écoutait Naiche quand il le voulait et quand cela pouvait lui être utile. Il s'entendait bien avec Juh mais aussi avec Mangus, le dernier fils survivant de Mangas Coloradas, son cousin Perico, son fils Chappo, les guerriers Fun et Josanny connu sous le nom d'Ulzana, et quelques autres. La fameuse résistance apache, après la mort de Cochise, fut héroïque jusqu'au combat qui coûta la vie à Victorio, à Tres Castillos, le 14 octobre 1880, contre les forces mexicaines de Joaquin Terrazas ; ensuite, ce ne furent qu'affaires de famille et règlements de comptes. Si par hasard Geronimo donnait l'impression d'obéir à Naiche, ce n'était que faux-semblant. Le souvenir et le respect dus à Cochise étaient tellement forts que jamais Geronimo ne se serait permis de renverser ce jeune chef, même si celui-ci n'était doté d'aucun « Pouvoir », d'aucune autorité, et affectait plutôt les poses d'un dandy qui préférait les femmes et la bonne chère à l'art de la guerre. Chez les Apaches, un intérêt excessif pour le sexe était considéré comme une faiblesse. Un homme ne pouvait pas alors devenir réellement un guerrier sûr et accompli. Naiche fut un bon guerrier, mais sans plus.

La période charnière pour Geronimo survient en 1876. C'est la période qui voit la fermeture de la réserve des Chiricahuas acquise de haute lutte, mais loyale et pacifique, grâce au traité de novembre 1872 signé par Cochise et le général Howard, mais aussi grâce à l'entremise de l'ami et frère de sang du chef chokonen, Thomas Jonathan Jeffords. Dès lors, le gouvernement s'entêtera à concentrer, pour des raisons économiques et administratives — nous dirions presque pratiques —, tous les Apaches au même endroit, donc des bandes qui, nous l'avons vu, n'avaient pas cessé les raids sur le Mexique en partant de la partie sud de la réserve. La réserve de San Carlos n'attend plus que l'arrivée de ces malheureux pour que s'accomplisse leur funeste destin.

Bien plus que les forces armées conjuguées de deux pays, la bureaucratie de Washington s'avéra d'une grande efficacité pour venir à bout des Chiricahuas. Le président Ulysses S. Grant naviguait entre deux eaux, séparées par un océan d'incompréhension : le fossé séparant le ministère de l'Intérieur du ministère de la Guerre. Les subtilités bureaucratiques des fonctionnaires de la Maison-Blanche, qui allaient avoir de terribles retombées sur le terrain, échappaient complètement à l'entendement des Indiens. La machine administrative, qui se marchait sur les pieds dans les bureaux et les couloirs feutrés de la Maison-Blanche, se traduisait, dans l'auguste bâtiment, par une véritable guerre de tranchées. Sur le terrain — c'est-à-dire dans les massifs montagneux où les Indiens se cachaient, la peur et la faim au ventre, ou dans la réserve inhospitalière où, confiants en la parole donnée par le militaire gradé normalement relayé par l'agent indien, les Apaches agonisaient —, la démence administrative de Washington se traduisait à tous les échelons par des phénomènes de corruption dont le niveau fut rarement atteint dans une démocratie et dont les conséquences furent humainement rarement aussi catastrophiques. Ainsi, en passant par tous les niveaux et échelons, militaires comme civils, des ministères concernés aux agents et autres troupes et relais officieux qui se trouvaient sur place, se livraient sur le terrain les mêmes combats d'intérêts corporatistes, voire parfois personnels. Pour les Indiens en général, notamment pour les Apaches et en particulier les Chiricahuas et donc Geronimo, les résultats se faisaient durement sentir. Peu de responsables dans l'Est étaient en mesure d'imaginer les dommageables répercussions qu'engendrait leur funeste et scandaleuse incurie, et qui allaient de façon abominable détruire un peuple qui n'avait alors qu'une idée, défendre sa terre ancestrale, son mode de vie et ses familles. La machine administrative sans pitié, aveugle, irrationnelle, allait broyer le guerrier bedonkohe et les siens sous un feu roulant bien sûr de fusils et de mauvais coups de main, mais surtout de turpitudes, de traîtrises et d'humiliations. Incapable de battre les Apaches militairement, l'administration sortit l'arme fatale contre des guerriers souvent loyaux, toujours nobles, surprenants et endurcis : la guerre de la paperasserie.

En 1871, nous en sommes là. Cochise, alors chef de tous les groupes chokonens, mais exerçant de fait une autorité sur les trois autres bandes chiricahuas, et même au-delà, notamment sur les Western Apaches et sur les Coyoteros, était encore maître du terrain. Cependant, chaque jour, dans la violence de la guerre, ses rangs s'éclaircissaient. Cochise en avait une conscience aiguë. Il en souffrait, et lorsque qu'une des facettes du jeu qui se tramait à Washington se découvrit à lui, il la saisit. Sa relation amicale et de grande confiance avec Thomas Jeffords et l'arrivée dans le Sud-Ouest dans un premier temps de Vincent Colyer puis, celle décisive du général Oliver Otis Howard, allaient enfin apporter au chef vieillissant un réconfort et un espoir qu'il ne pensait plus connaître. Dans son coin, Geronimo ne l'entendait pas de cette oreille, même si, dans un premier temps, finalement contraint et forcé, il se plia à la politique de paix qui se profilait. Mais, le maître de guerre bedonkohe avait d'autres projets et restait sourd aux approches de Washington personnifiées par Colyer.

Les guerres apaches, dites de « Geronimo contre les Américains », celles qui l'ont réellement fait connaître, trouvent leur origine dans le refus implicite dudit Geronimo de ne pas suivre à la lettre le traité de paix du 13 octobre 1872. Il s'agit du fameux traité conclu, grâce à l'intermédiaire du seul ami blanc de Cochise, Thomas J. Jeffords, entre le chef chokonen et le général Oliver Otis Howard, lui-même mandaté par le président Ulysses Simpson Grant. Il était convenu que les Chiricahuas ne devaient plus s'attaquer aux Américains, civils comme militaires, et qu'ils devaient en outre protéger les routes et autres pistes des hors-la-loi et des Indiens hostiles. Cependant, et c'était implicite, il leur était fortement déconseillé de continuer à lancer des raids au Mexique en partant du sud de la réserve. Or, non seulement les Chiricahuas étaient toujours en guerre ouverte avec le Mexique mais la frontière sud de la réserve chiricahua donnait directement sur le Sonora toujours en guerre avec les Apaches et plus que jamais convaincu de la nécessité de les éradiquer de la surface de la terre. Malgré la volonté de Cochise de faire la paix, car il avait compris plus que nul autre que la loi du nombre serait fatale aux Apaches, on peut facilement comprendre pourquoi ce traité était en lui-même porteur de conflits. Il l'était comme ceux conclus en leur temps avec le Chihuahua, sans s'occuper du puissant Sonora, tel celui de 1848 de Guadeloupe Hidalgo qui ne tenait pas compte de l'existence même des Apaches dont les territoires d'origine, alors en terre mexicaine (pour les non-Indiens), devinrent en un trait de plume une terre américaine. Tous ces traités avec les Apaches portaient en eux le germe de l'échec ou pire, le germe inavoué des intentions meurtrières qui circulaient dans les têtes pensantes des gouvernements mexicain comme américain. Nous n'étions pas non plus en mai 1846 quand les États-Unis déclaraient la guerre au Mexique.

En 1872, ces deux pays étaient en paix et avaient un but commun. Pour le Mexique il fallait se débarrasser des Indiens, notamment des Apaches, et ce par tous les moyens y compris les plus inavouables. Pour les États-Unis, il fallait que la guerre contre ces mêmes Apaches s'arrête et pour l'instant, le mot d'ordre était d'y mettre les formes. On peut sérieusement penser que le général Howard était totalement convaincu des bienfaits de sa mission, de l'approbation totale et de la sincérité entière du président Grant. Or, juste avant, à quelques semaines près, ce même président envoyait Crook mordre les mollets de Cochise pour le stopper net, ce qui fit entrer le général dans une rage folle contre Grant et contre Howard qu'il attendait au tournant : en somme, Crook guettait l'échec du traité pour attaquer Cochise. Mais c'était compter sans la solidité du duo Cochise-Jeffords dont la crédibilité et l'honneur respectifs étaient en jeu. Ulysses Grant jouait au chat et à la souris avec les représentants du camp de la paix dont Vincent Colyer et Howard, et avec ceux de la guerre représentés par George Crook. Enfin, au beau milieu de ces inconséquences qui tournaient à la farce, il y avait l'éternel jeu de dupes entre le ministère de la

Guerre et celui de l'Intérieur qui constituaient une double tutelle dont la première qualité allait plus dans le sens de la confusion et du mélange des genres que de la clarté. En se retrouvant ensemble sur le terrain, en Arizona et au Nouveau-Mexique, tous ces responsables, civils et militaires, émanations de bureaux différents et antagonistes de la Maison-Blanche, apprirent à se détester, ne se privant pas de se tendre des pièges, d'envoyer des ordres et autres consignes contradictoires, et ce au détriment des Apaches qui attendaient patiemment de voir « à quelle sauce » on allait s'occuper d'eux, comment on allait les détruire. Pour Cochise, la difficulté était grande car quoi qu'il arrive, il avait donné sa parole à Howard même si celui-ci avait été abusé par Grant : pour lui, mieux valait mourir que d'être parjure. De son côté, Crook était manifestement frustré de ne pas avoir à son tableau de chasse Cochise, le chef indien le plus redouté de toute l'Amérique du Nord. Ses plaintes aboutirent à un résultat auquel il ne s'attendait guère, qu'il n'aurait jamais souhaité. Elles provoquèrent, fin novembre 1872, la visite à la réserve d'Anson P. Safford, gouverneur de l'Arizona. Ce dernier se rendit tout d'abord à Sulphur Springs à l'agence de Jeffords. À partir de là, il put juger par lui-même de l'accueil des Apaches, de leurs conditions de vie et des besoins qui étaient les leurs. Il en fit par la suite un compte rendu détaillé qui parut dans l'*Arizona Citizen* daté du 7 décembre. Il s'y félicitait du travail de Jeffords et de sa gestion de l'agence et y fit part de l'excellente impression que lui avait laissée Cochise. Pour lui, Jeffords était le meilleur agent que des Indiens aient jamais eu. Une autre visite eut lieu un an après ; le général Robert Brown demeura ainsi sur la réserve du 18 au 25 décembre. Il en tira les mêmes conclusions que Safford. Cette double approbation de la façon dont Cochise et Jeffords menaient les affaires de la réserve atténua les rodomontades de Crook qui passa à autre chose et s'en alla pourchasser les Apaches tontos de Delchee, plus au nord, sur la White River, au pays des White Mountains.

Geronimo ne l'entendait pas de cette oreille. Cochise était son chef mais lui, le chamane de guerre des Bedonkohes, n'avait donné sa parole à personne. Il avait assisté de loin aux négociations du traité et même s'il estimait Howard, il n'en pensait pas moins, ainsi que le rapporte Angie Debo :

> Geronimo se montra satisfait de l'accord, mais il restait méfiant. Il descendit dans la vallée avec Howard et Cochise pour annoncer à l'armée le succès de la rencontre. Geronimo et Howard partirent sur le même cheval, le Bedonkohe bondissant sur la monture et s'installant derrière le général avec l'agilité propre aux Apaches. Les deux hommes sympathisèrent pendant le trajet, mais lorsqu'ils approchèrent des soldats, Howard sentit Geronimo trembler[1].

Nous étions alors le 13 octobre 1872. Cochise de son côté demanda à ses guerriers de rester tout de même vigilants car chacun avait encore en mémoire ce qui était arrivé au vénéré Mangas Coloradas à Pinos Altos.

> L'entrevue se déroula bien. L'agence avec Jeffords en tête s'installa près de Fort Bowie et Geronimo respecta les accords

de paix. Il voua jusqu'à sa mort affection et gratitude à Howard et se montra safisfait du traité[2].

Voici comment Geronimo présente l'affaire :

Ce traité resta en vigueur longtemps après le départ du général Howard. Il fut toujours fidèle à sa parole et nous traita comme des frères [...]. Avec lui, nous aurions pu vivre en paix pour toujours [...]. Tous les Indiens le respectent et parlent encore aujourd'hui de l'époque bénie où il commandait notre poste. Après notre départ, il laissa à Apache Pass un agent du gouvernement qui nous fournit des vivres et des vêtements selon ses instructions. Lorsque la distribution de viande eut lieu, je reçus douze bœufs pour ma tribu et Cochise reçut douze bœufs pour la sienne[3].

En livrant ses états d'âme à Barrett en 1905, Geronimo se met un peu en avant et oublie, d'une part, qu'il n'avait pas vraiment respecté le traité, et d'autre part qu'il n'était pas chef, qu'il n'avait donc pas *sa tribu*, et que par ailleurs jamais il ne reçut, pour *la tribu* qu'il s'attribue, des bœufs en son nom. La distribution arrivait à l'agence de Jeffords qui, avec l'aide de Cochise et de Taza, répartissait en parts égales nourriture et vêtements dans les *gotas*. Par ailleurs, lorsque Geronimo parle en termes assez neutres, mais avec un fond de mépris de l'*agent du gouvernement*, il oublie de dire et de préciser que cet agent était l'ami de Cochise, Thomas J. Jeffords, l'empêcheur de guerroyer en rond, et le seul Blanc en qui Cochise avait une totale confiance. Grâce à son action, la paix put être signée, épargnant ainsi de nombreuses vies chiricahuas, car Crook, agacé et impatient, attendait en trépignant l'échec du « camp de la paix » avec une importante soldatesque toute rutilante, suréquipée et bien nourrie. Jeffords avait été choisi expressément comme agent officiel de la réserve par Cochise lui-même. Le chef chokonen en faisait d'ailleurs une condition primordiale à la signature du traité. Au départ Jeffords ne voulait pas avoir de telles responsabilités mais il dut céder : Cochise n'avait confiance qu'en lui et, au moment fatidique, il le fixa d'un regard à la fois ironique et solennel ; quant à Howard, il lui fit comprendre gentiment mais fermement qu'il n'y avait pas d'autre solution pour sauver la paix dans tout le Sud-Ouest, mais aussi les vies de gens auxquels il était personnellement et *philosophiquement* attaché.

Quelques mois après la signature du traité, le 13 octobre 1872, Geronimo rongeait déjà son frein, surtout depuis que Juh et ses Nedhnis l'avaient rejoint sur la réserve de Cochise. En effet, les Chiricahuas « mexicains » qu'étaient les Nedhnis, s'ils se plaçaient comme tous les Chiricahuas sous l'autorité de Cochise, ne se gênaient pas pour, régulièrement et de façon ostensible, s'en démarquer. Geronimo, lié par son histoire et son identité tribale aux bandes chihennes et chokonens, était plus éloigné des Nedhnis en dépit de sa proximité avec Juh. Lors des négociations de 1872, Cochise avait fait appeler tous ses chefs de groupes locaux et ses *capitans*, mais les Nedhnis restèrent à l'écart. Ils ne se sentirent donc « concernés » par le traité que lorsqu'ils s'aperçurent des quelques avantages à faire semblant de s'y conformer. D'une part ils constatèrent que la réserve pouvait les abriter dans une contrée qu'ils aimaient — le pays chokonen, s'il n'était pas celui de leurs foyers de la Sierra Madre et des sources profondes de la Yaqui River, ne leur était pas complètement étranger, c'était tout de même une terre chiricahua —, d'autre part que de sa frontière sud ils pouvaient lancer des raids au Sonora puis revenir se réfugier en territoire américain, sur la réserve, et surtout qu'ils pouvaient bénéficier de distributions de rations alimentaires et de couvertures.

Cependant, pour Jeffords et les seuls Chokonens, la distribution de vivres s'effectuait très mal. L'arrivée en masse de quelques centaines de Nedhnis était inattendue, tout comme celle d'environ trois cents Mimbrenos en février 1873 qui venaient de quitter Tularosa. Si la réserve était un piège pour mater Cochise parce que aucune troupe n'avait pu vraiment le vaincre, elle était en tout cas victime de son succès. Elle regroupait plus de mille âmes chiricahuas des quatre bandes. Sur ce nombre, environ quatre cent quatre-vingts faisaient partie des Chokonens de Cochise, concernés au premier chef par le traité et donc par la bonne marche de ladite réserve. Geronimo avec ses Bedonkohes et les Nedhnis représentaient un groupe d'à peu près six cents personnes. C'est surtout Juh qui était aux commandes de ces deux bandes. À leurs yeux, l'autorité de Jeffords n'était que le résultat d'un traité qu'au fond d'eux-mêmes ils n'approuvaient pas, mais jamais ils n'osèrent en parler ouvertement au chef chokonen, également chef suprême des Chiricahuas. Pour reprendre l'expression d'Edwin R. Sweeney, « les Chiricahuas avaient une peur mortelle de Cochise[4] ».

L'instabilité des Nedhnis, entraînant celle de nombreux Bedonkohes et de quelques Chihennes prêtant allégeance à Geronimo, inquiétait Jeffords et Taza. Les gens de Juh et leurs alliés donnaient l'impression de ne pas vraiment savoir ce qu'ils devaient décider, ni comment orienter leur vie dans la réserve et de quoi demain serait fait. Cependant, à la suite d'une rumeur selon laquelle des Nedhnis avaient fait assassiner Jeffords, les incertitudes et le malaise prirent provisoirement fin. Néanmoins, le seul fait que celle-ci ait été répandue déclencha une vive réaction de la part de Cochise, qui remit, rapidement et avec force, les choses en place. Même s'il n'avait pas, sur les récalcitrants Nedhnis de Juh et les non moins vindicatifs Bedonkohes de Geronimo, l'ascendant qu'il avait sur les Chokonens, avec ce lien mystérieux qui les unissait, son autorité demeurait telle que les protagonistes d'un éventuel complot et de révoltes susceptibles de mettre le traité en péril se firent aussi humbles que discrets. On ne saura jamais si un tel complot contre Jeffords a été ou non fomenté, mais il est vrai qu'entre certains Nedhnis et Cochise les rapports n'étaient pas au beau fixe. Quand on connaît le caractère agressif des Chiricahuas du Mexique, il y a de fortes chances pour que ce projet de meurtre ait eu des fondements.

Cochise, assisté de Jeffords et de son fils aîné Taza, déjà désigné comme successeur, allait de *wickiup* en *wickiup*, de *gota* en *gota* pour dissuader les guerriers de suivre Geronimo et Juh dans leurs aventures sans lendemain, qui étaient de nature à mettre le traité en danger. Jeffords lui-même et

Taza tâchèrent de raisonner Juh. Ils y parvinrent non sans mal, surtout avec un Geronimo qui pesait de tout son poids de guerrier dans la balance. Cependant, le prestige et l'autorité de Cochise étant toujours intacts, les partisans de Juh et de Geronimo obtempérèrent. Mais très vite les offensives sur le Mexique reprirent de plus belle. L'explication venait en partie du fait que les Chiricahuas manquaient de nourriture. Les vivres promis par le traité n'arrivaient pas, ou alors au compte-gouttes. Pour éteindre le feu de la révolte qui couvait, Jeffords fut obligé d'aller acheter du ravitaillement à ses frais. En février 1873, les Chiricahuas souffraient du froid et de la faim. Il n'en fallait pas plus pour que les jeunes guerriers, conscients de commettre une faute en désobéissant à Cochise, rallient des leaders comme Juh et Geronimo pour effectuer des raids au Mexique. Beaucoup de familles considéraient que c'était la seule solution quand d'autres, fidèles à la parole donnée de leur chef, se contentaient de trembler comme des feuilles au fond de leur *wickiup* en attendant des jours meilleurs. Les Apaches ne s'étaient livrés à aucune exaction sur le territoire américain et respectaient le traité à la lettre. Cependant, la réserve manquait de ressources et la chasse ne leur procurait pas une venaison suffisante. Ils attendaient stoïquement l'arrivée des vivres. Lorsque Jeffords alla s'enquérir de la situation auprès du commandant de Fort Bowie, on lui fit comprendre poliment que s'il voulait que Washington pense aux Chiricahuas et donc à la distribution des rations alimentaires, il lui faudrait faire des concessions, notamment en ce qui concernait la présence de l'armée sur la réserve : pas de soldats, pas de vivres. Le fait d'admettre des soldats constituait une entorse aux termes du traité que ni Jeffords ni Cochise ne pouvaient accepter. Par ailleurs, d'aucuns se doutaient bien, par expérience, que cette seule présence militaire risquait de raviver les tensions et de provoquer des accrochages pouvant mettre fin à une paix qui déplaisait à beaucoup de protagonistes financiers et militaires de la région mais aussi à certains Chiricahuas dont Geronimo. Plus grave, ce chantage était une insulte à la parole et à l'honneur de Cochise. En cela, Geronimo ne l'aida point. Sans être en rébellion ouverte, son effacement manifestait une forme de laisser-faire, dans l'espoir que la situation pourrisse. On le voyait errer et maugréer avec certains éléments chihennes, nedhnis et même quelques Chokonens ralliés à Skinyea et Pionensay, comme pour entretenir le moral de ses futurs partis de guerre en les chauffant à blanc. À l'instar de Crook, qui maintenait ses troupes immobiles et dont les chevaux martelaient le sol de leurs sabots, Geronimo instillait la ferveur des combats à venir. Son point commun avec Crook : l'espérance de la mort du traité de paix et la hâte d'en découdre.

Les réclamations de Jeffords, de vive voix ou par lettres à Washington, ne furent suivies d'aucun effet. Toutefois, il y eut un petit sursaut en avril 1873 à la suite d'un courrier dans lequel Jeffords demanda ouvertement à Washington si la politique du gouvernement consistait bien à conduire les Indiens dans les réserves pour qu'ils y meurent de faim. Les Chiricahuas bénéficièrent d'un répit, la situation s'améliora quelque peu et les raids au Mexique diminuèrent.

À l'origine, le mal vint de la jalousie, de l'incompétence et finalement de la bêtise d'un fonctionnaire calé dans son fauteuil à Washington. Francis A. Walker, délégué aux affaires indiennes, voyait d'un mauvais œil la nomination de Jeffords à la tête de la réserve. Il avait fait savoir au surintendant James Bendell que l'agent George H. Stevens — qui en l'occurrence avait l'insigne défaut d'être marié à une Apache white mountain... —, nommé par le décrié faiseur de paix Howard, ne disposait d'aucune autorité légale. Le labyrinthe de l'administration américaine se mettait en marche avec célérité. Walker ne supportait pas la façon peu orthodoxe dont Jeffords menait son affaire, mais ce qui lui était proprement intolérable, c'est que ce ne fût pas un Américain qui l'ait nommé agent officiel de la réserve chiricahua, mais Cochise ; de plus que cet agent soit l'ami du chef apache dépassait les bornes. Insidieusement, ce sentiment, il va le transmettre à d'autres acteurs de la trahison. Pour Walker, qu'un Indien ait des initiatives et qu'on puisse l'écouter était une chose qui ne pouvait pas exister. C'est également le même Cochise qui imposa la situation géographique de la réserve. Il fut d'ailleurs dans l'histoire de l'Amérique le seul Indien qui ait fait changer d'avis son interlocuteur, et le seul qui ait amené ce dernier, et donc le gouvernement, à se conformer à ses exigences. C'en était trop pour

Walker et ses semblables qui avaient le souvenir que Cochise, avant de signer ce fameux traité avec le général Howard, avait dès 1870 rencontré et séduit beaucoup de personnalités.

Le 30 août 1870, le chef chokonen se rend à Camp Mogollon, futur Camp Thomas et futur Fort Apache, Arizona, pour voir le major John Green afin de négocier une trêve. En octobre 1871, c'est encore le chef chokonen, alors qu'il avait toujours l'initiative militaire, qui se rend au Nouveau-Mexique à Canada Alamosa, il est vrai poussé par les chefs chihennes Victorio et Loco, pour prendre langue avec l'envoyé spécial d'Ulysses Grant, William F.M. Arny. Arny rencontrera l'autorité personnifiée des Chiricahuas le 22 octobre de la même année. C'est lors de ce séjour à Canada Alamosa que, selon les affirmations de Sweeney, Cochise et Jeffords se rencontrèrent pour la première fois. Cette rencontre put avoir lieu, semble-t-il, par l'intermédiaire de Victorio qui, aussi lucide que le chef chokonen, ne voyait de solution durable que dans la paix. Arny organisa sa grande conférence pour des pourparlers mais elle ne donna aucun résultat. La présence attestée de Geronimo sur place n'y était peut-être pas pour rien ; en effet, à cette époque il fréquentait beaucoup les Chokonens et les Warm Springs. Ces derniers ferraillaient avec les envoyés de Washington, comme le quaker Vincent Colyer qui essuyait sans broncher les plâtres du camp de la guerre, pour avoir leur réserve proche d'Ojo Caliente à Canada Alamosa, site de la terre et des sources sacrées des Chiricahuas. Autrement dit, il leur fallait se justifier et se battre pour avoir simplement le droit de vivre là où ils étaient nés. Sans rien demander à personne. Derrière toutes ces palabres, même venant de personnes de bonne foi, Geronimo ne percevait que faiblesse, renoncement et dérision. Depuis la fin de l'année 1869, les troupes mexicaines avaient rameuté à leurs côtés d'autres Indiens ennemis séculaires des Apaches, notamment des Yaquis, des Pimas, des Opatas, des Papagos et des Tarahumaras, afin de harceler les Chiricahuas. Pour la première fois dans leur histoire, les positions des *N'de*, nichés dans leurs sanctuaires de la Sierra Madre, devenaient de plus en plus difficiles à défendre. Repoussés au nord aux États-Unis, Cochise et ses guerriers, pourtant loin d'être défaits militairement, s'aperçurent également que leurs repaires dans les Dragoon et les Chiricahua Mountains n'offraient plus ni sécurité ni possibilité de repli comme cela était encore le cas moins de deux années auparavant. Les Chiricahuas étaient épuisés, manquaient de ressources, d'armes et de munitions. Ils étaient dépassés face à la fréquence des raids et des combats qu'ils devaient mener à la fois contre d'autres Indiens, et contre les Mexicains et les Américains. Cochise, Loco et Victorio comprenaient que la paix était urgente. Pour Geronimo, non. Le chamane de guerre guerroyait sur tous les fronts au gré des opportunités et des disponibilités de recrues qu'il pouvait trouver. Frapper au Mexique, frapper aux États-Unis, tout était bon quand on tuait les ennemis. Il lui fallait terrasser le « dragon » non *N'de*.

Walker, maugréant, se souvenait aussi que c'est le même Cochise qui refusa en 1871 d'aller sur la Tularosa River, loin au nord-est de la San Simon, là où, disait-il, « les mouches dévorent les yeux des chevaux[5] » ; c'est encore lui qui finalement prit l'initiative de rencontrer Orlando F. Piper le 28 septembre 1871 pour parlementer. Deux mois auparavant, en juillet, les troupes de Crook avaient réuni une force de deux cents hommes et quitté Tucson le 11 en direction de Fort Bowie comme le firent les Volontaires californiens de Carleton en 1862. Après des semaines de recherches pour localiser Cochise et investir ses *rancherías*, les soldats abandonnèrent leur poursuite. C'est le 17 juillet que le gouvernement, sous la pression des lobbies humanistes de l'Est, ordonna à Crook, par le biais du ministère de la Guerre, de cesser les hostilités. Crook ne prit connaissance de l'ordre que le 27 août en arrivant à Camp Verde. Il arrêta sa campagne de très mauvaise grâce et laissa la place au commissaire à la paix, le quaker Vincent Colyer. Ce dernier avait pour mission de convaincre Cochise de se rendre à Washington. Cochise fut relancé à plusieurs reprises, et même par Jeffords, mais il répondit que si le président voulait le rencontrer, il n'avait qu'à venir ici et qu'il lui parlerait en haut d'une montagne.

En août 1871, une petite avant-garde de Chokonens arriva à Canada Alamosa. Leur *ranchería* venait de subir une attaque d'Indiens papagos qui l'avait détruite en partie au moment même où Cochise commençait à souffrir par intermittence de la maladie qui l'emporterait en 1874. Pendant que le lieutenant-colonel George Crook, en Arizona, et le colonel Gordon Granger commandant militaire, au Nouveau-Mexique, piaffaient et préparaient leur campagne contre les Chiricahuas, le 4 septembre, à la suite de l'attaque papago, Cochise, remis de sa maladie, exécuta un raid sur Camp Crittenden dans le seul but de se procurer des chevaux et d'être présentable à Canada Alamosa. Le 28 du même mois, après qu'il eut demandé conseil à Jeffords qui vivait alors sur Canada Alamosa, Cochise prit langue avec le surintendant aux affaires indiennes au Nouveau-Mexique, Nathaniel Pope, et le lieutenant Orlando F. Piper. Comme avec William F.M. Arny, ces entretiens restèrent sans lendemain, et Cochise repartit dans les Dragoon.

Francis Walker ne supportait pas ces initiatives apaches. Mal disposé à l'endroit de Jeffords et de Cochise, il déstabilisa donc l'agent Stevens. En vertu de l'origine chamanico-religieuse et historique des Chokonens, Cochise avait exigé que sa réserve soit dans son pays de toujours, dans les Dragoon et les Chiricahua Mountains avec, entre ces massifs, toute la vallée de Sulphur Springs et Apache Pass. Walker transmit son opinion et ses sentiments au surintendant de l'Arizona, James Bendell, qui avait été nommé par l'agent George H. Stevens. Ordre fut donné à Bendell de ne verser aucune somme pour l'achat de rations alimentaires en vue de leur distribution à la réserve de Jeffords. L'absence de distribution de vivres était pour Cochise et son agent une véritable catastrophe. Elle devenait l'aiguillon qui allait pousser, mais ils n'en avaient guère besoin, Geronimo et ses partisans dans un premier temps à une désobéissance sourde puis, dès la disparition du grand chef chokonen, à une révolte ouverte qui allait condamner la réserve en 1876 presque concomitamment à la mort de Taza. Le décès de Cochise, le 8 juin 1874, marque indubitablement pour les Apaches la fin d'un monde existant depuis la nuit des temps. Dès lors, c'est sur le terreau d'une déliquescence annoncée de la société apache que Geronimo va pouvoir prospérer et se faire un nom. Abandonnés, comme perdus, les Chiricahuas sans Cochise étaient comme des orphelins et son fils aîné Taza, que son père désigna solennellement sur son lit de mort comme son successeur officiel à la tête des Chiricahuas, même aidé par Jeffords, était loin d'avoir les qualités de son père qui en firent le chef le plus exceptionnel de toute l'Amérique indienne.

L'Histoire faisait soudain place nette à Geronimo. Elle lui ouvrit ses portes et les referma très vite derrière lui comme celles d'un tombeau. Pour les Apaches, la mort de Cochise représente plus que la perte d'un grand chef adulé, c'est une société qui disparaît, un mode de vie, une idée du monde. Après la mort de son fils Taza, le chef héréditaire des Chiricahuas, l'ombre de Geronimo se détacha encore plus et les Apaches, pour finir de mourir, eurent celui qu'ils attendaient, l'homme qu'ils devaient avoir. Le méritaient-ils ?

L'agent indien

La fin de la réserve de Cochise en 1876, deux ans après la mort de son illustre protagoniste, marque le vrai début des guerres dites de Geronimo. Cette réserve avait été créée suite au traité de paix conclu le 14 octobre 1872, à l'endroit où le grand chef l'avait voulu. La rencontre entre le général Oliver Otis Howard et le chef des Chiricahuas, par l'intermédiaire de Thomas Jonathan Jeffords, s'effectua au camp de Cochise où les négociations durèrent plus de deux semaines. La réserve aura une existence juridique reconnue par décret gouvernemental le 14 décembre 1872. Le président Ulysses Simpson Grant qui avait dépêché Howard pour faire la paix avec Cochise, autrement dit, et c'est du moins ce que tout le monde supputait, avec tous les Apaches, signera lui-même le décret de fermeture de ladite réserve le 30 octobre 1876. Quinze jours après, le 15 novembre, le fils aîné de Cochise, Taza, désigné par son père pour lui succéder, succombe à une pneumonie alors qu'il est à Washington avec l'agent indien John P. Clum. Mais avant de revenir sur cette période de 1874-1877, voyons à quel point Geronimo et les siens présentaient peu d'intérêt pour l'Amérique en construction.

Se figurer que signer une paix avec Cochise signifiait avoir la paix avec tous les Apaches était, il est vrai, presque logique. Cochise est le chef suprême, les bandes lui prêtent allégeance, les guerriers le craignent et l'admirent. Simplement, on en revient à ce facteur inconnu qui surgit à la face de Cushing. Les Nedhnis et des petits groupes de choc ayant trouvé en la personne de Geronimo un leader pour divers coups de main, s'ils étaient connus des Mexicains, étaient totalement inconnus des Américains. Leur existence n'entrait pas dans leur entendement. Pour raisonner autrement, il fallait être au fait des subtilités du monde chiricahua. Apparemment, les Américains ne se souvenaient pas de l'affaire du lieutenant Howard Cushing. En 1868, parce que les actes de guerre apaches avaient cessé, tout le monde s'imaginait que Cochise était dans ses monts Dragoon en Arizona. Or, il est attesté qu'entre 1865 et 1868, les visages bariolés de sa bande avaient disparu de la région. Il se trouve que Cochise était resté trois ans au Mexique à ravager le Sonora, mais également à repousser les offensives d'autres Indiens que les Apaches sur ses *rancherías* mexicaines. Pourtant, l'Arizona connut, même avant le retour du chef chokonen en 1869, de nombreux raids et attaques de ranchs ou de fermes par les Apaches. Le tout était attribué à Cochise tant il avait marqué profondément le pays de son empreinte. Lorsqu'il retourna dans le nid d'aigle de ses forteresses des Dragoon, la guerre redoubla de violence et le tourbillon incessant de tueries reprit de plus belle. Cependant, on était en droit de se demander qui pendant trois ans avait guerroyé en Arizona. En 1872, les Américains avaient donc si peu de mémoire... En février 1871, lassés des tornades apaches qui s'abattaient sur les plaines et les localités, des citoyens, des militaires, des fonctionnaires réagirent prestement. En effet, malgré la forte présence de troupes, qui était semble-t-il la plus forte concentration militaire sur tout le pays, l'armée n'arrivait à aucun résultat tangible. Les quelque dix mille âmes blanches qui peuplaient alors l'Arizona se trouvaient à la merci d'à peine deux cents guerriers constituant la totalité des partis de guerre chiricahuas qui, il est tout de même difficile de ne pas les comprendre, se considéraient chez eux. Le gouvernement et le Congrès furent alors informés par ces hommes de terrain de l'état critique de l'Arizona et du nombre de morts qui de jour en jour augmentait. Les autorités décidèrent donc de frapper durement. Dans le même temps, cela n'empêcha pas le président Grant de mettre ses projets à exécution, comme ceux consistant à envoyer des missions de paix. En effet, le 11 août, on verra le quaker humaniste Vincent Colyer, relevant directement de l'autorité du président, arriver à Santa Fe. Sa mission, négocier avec les chefs chihennes et surtout avec le Chokonen Cochise. Il ne parviendra jamais à rencontrer ce dernier. Le général Oliver Otis Howard, chargé d'une mission similaire à celle de Colyer, fit également son apparition dans le Sud-Ouest, au grand dam du Loup Gris *Nantan Lupan*, le général Crook.

Simultanément à ces beaux projets, et sous la pression des habitants de l'État, il sera expressément demandé au capitaine Alexander Moore de désigner un détachement pour partir à la recherche de Cochise, l'attaquer et le détruire lui et son peuple. Moore choisit pour s'acquitter de cette mission le lieutenant Howard Bass Cushing, un tueur d'Indiens patenté et disponible. Comme Carleton et Baylor, Cushing avait un seul but dans la vie : tuer des Apaches. Le lieutenant exultait à l'idée de se mettre en route contre Cochise. Le 26 avril, le détachement du lieutenant quitta Fort Lowell situé au nord-est de Tucson et prit la direction des Whetstone Mountains qui se trouvaient à quinze kilomètres au sud-ouest de la future ville de Benson. Le 5 mai, après un voyage harassant, près de la Santa Cruz River, les éclaireurs repérèrent, un peu trop facilement, des traces apaches. Fonçant tête baissée dans un piège vers son canyon de la mort à lui, tel que le fit William J. Fetterman le 21 décembre 1866 et tel que le fera le général George Armstrong Custer le 25 juin 1876 à Little Big Horn, tous les deux anéantis par les Sioux et les Cheyennes dans les Plaines du Nord, le 5 mai 1871 Howard Cushing, entre fanatisme et bêtise, emmena sa colonne vers son funeste destin. Cependant, ce n'était pas Cochise qui l'attendait, mais Juh. On reconnut le grand chef nedhni, grand dans tous les sens du terme, parce qu'il était un grand stratège respecté de tous et parce qu'il donnait ses ordres en gesticulant et en faisant de grands signes. Juh était bègue, sauf pour entonner les chants cérémoniels ou simplement de réjouissances. Juh commandait donc par gestes. Lorsqu'il était en « pourparlers-négociations », chose qui se produisit assez rarement, c'était un Apache plus petit que lui qui traduisait ses ordres, ses conseils ou ses avis. Un homme trapu au torse large et au visage peu amène. À force, d'aucuns crurent que c'était lui le chef. Cela ne gênait pas l'homme qui se faisait l'interprète du chef des Nedhnis janeros, cela ne l'encombrait pas, il s'en accommodait même plutôt bien : Geronimo était l'interprète de Juh, son compagnon, son « demi » beau-frère et son frère d'armes pour la guerre jusqu'au bout, la guerre des *Indeh*. Ce jour-là, le 5 mai, les Nedhnis mirent fin à l'existence d'un important détachement de l'armée des États-Unis et à son officier. Juh, et sans doute Geronimo, avaient frappé l'armée au cœur, humilié son orgueil alors qu'elle avait pour mission de mettre fin aux ravages des troupes de guerre de Cochise. Facteur inconnu, les Nedhnis avaient surgi du fond des sources de la Yaqui River pour venir fondre sur Cushing, comme s'ils l'attendaient depuis longtemps. Les Américains, démoralisés, apprirent par la suite, ébahis, l'existence d'autres Chiricahuas, d'autres chefs. Si Cochise était encore l'ennemi principal parce que le plus puissant, et celui qui avait toujours cette exceptionnelle ascendance sur les bandes, l'émergence des Chiricahuas du Sud changea la donne.

La fin de Cushing, sans le vouloir, vengeait aussi un drame qui venait de se dérouler à Camp Grant. Le 30 avril 1871, deux « notables » de Tucson, William Sanders Oury et Jesus Elias, mirent sur pied une expédition « punitive » contre les pacifiques Apaches arivaipas du chef Eskiminzin. Une petite dizaine d'Américains composaient la tête pensante de cette milice criminelle à laquelle se joignirent cent cinquante Mexicains et deux cents Indiens papagos qui, comme les Pimas, les Yaquis, les Opatas et autres Tarahumas et Maricopas, étaient des ennemis séculaires des Apaches. À l'aube du 30 avril, les massues avec leur cauchemardesque bruit sourd fracassèrent les crânes de cent cinquante Arivaipas dans leur sommeil. Très peu, dont Eskiminzin, en réchappèrent. Cela fit scandale, cela était un scandale. Il y eut procès. Les autorités fédérales furent, paraît-il, horrifiées. On se fâcha. On fit la morale aux assassins, mais tout le monde fut acquitté. Geronimo et tous les Chiricahuas, apprenant le massacre de Camp Grant, ne purent éviter de se rappeler les drames qu'eux-mêmes avaient subis en 1837, 1846 et, particulièrement pour le chamane de guerre des Bedonkohes, en 1851. Non, ce n'était pas Camp Grant qui était vengé, même si cela tombait bien. Oui, Juh attendait, guettait Cushing depuis longtemps. La fin du régiment de Cushing avait une raison, en dehors du fait qu'il était là pour attaquer les Indiens. Quelques années auparavant, le lieutenant s'était illustré en massacrant une *ranchería* d'Apaches mescaleros, tuant femmes et enfants. Juh avait été mis au courant de cette affaire et avait pu identifier l'officier responsable de la tragédie. Juh, rancunier et tenace, s'était juré de venger les Mescaleros, le flanc est de la résistance de ses frères chihennes. Le jour où le chef des Nedhnis apprit le retour de Cushing, l'affaire fut rondement menée et le piège fonctionna, impitoyable.

En 1872, le président Grant pensait pouvoir régler le problème apache en neutralisant Cochise avec le traité de paix conclu par le général Howard, dit « Général la Bible », un brave et honnête homme qui inspira le chef chokonen et même Geronimo. Pourtant, on en est encore à se demander d'où vient ce manque de mémoire. Environ plus d'un an et demi après la défaite de Cushing dans les Whetstone, Grant et l'armée avaient apparemment déjà oublié l'existence d'une autre force chiricahua, ou alors, ce qui semble encore plus incroyable, ne le savaient-ils pas ? Geronimo qui, rappelons-le, était présent dans la *ranchería* de Cochise lors des négociations avec Howard, non seulement ne protesta pas, ne se révolta point mais en plus n'émit aucun avis et se montra plus qu'effacé. La scène de la rupture de l'hiver 1856 est encore dans les mémoires. Il avait conscience de la grande autorité du chef chokonen et savait qu'il devrait patienter encore un peu avant que son heure sonne. En attendant, il avait un puissant allié chiricahua, le Nedhni Juh. Pour le moment, ce n'était même pas la cavalerie qui allait mettre en péril l'existence des Apaches. Le mal était en germe depuis longtemps, déjà présent dès 1875 dans les bureaux de la Maison-Blanche, chez les citoyens un peu influents du Sud-Ouest pour arriver en fin de course dans les quartiers des officiers des forts : il fallait non seulement faire des économies mais aussi trouver de nouvelles terres pour les industries minières, les pionniers et les fermiers. Ce seront ces facteurs économiques et les politiques d'aménagement du territoire qui pour les Apaches allaient être plus graves encore que la guerre. Les réserves devraient fusionner en une seule : San Carlos. Cet enfer sur terre avait été créé par le général Howard qui, quelques mois après son arrivée en Arizona, créa la réserve de San Carlos le 9 novembre 1871. Cet homme de paix avait donné le jour à l'un des rares futurs camps de concentration des États-Unis, mais cela, il l'ignorait. San Carlos absorbait et épuisait les vies apaches. Sur cette morne plaine désertique, où conseiller aux Indiens de pratiquer la chasse et l'agriculture relevait de l'insulte et de la provocation, se trouve la petite vallée de la Mort de l'Arizona. Les plans d'eau stagnante, envahis d'insectes, ont certainement été porteurs de la malaria qui tua beaucoup d'Apaches de plusieurs tribus. Juste au-dessus, séparée par la Salt River, s'étendait, et s'étend toujours, la réserve de Fort Apache des Apaches white mountains. Celle-ci présente des aspects environnementaux et géographiques plus attrayants. Mais pour le moment, la fin de la réserve de Cochise constitue pour certains Chiricahuas un *casus belli*.

Les fameux et « inconnus » Apaches du Sud et Geronimo, qui étaient jusqu'alors sur la réserve Cochise-Howard-Jeffords, ne l'entendaient pas de cette oreille.

De nouveaux acteurs, apaches et américains, allaient entrer en scène. D'autres qui, comme Geronimo, attendaient leur tour dans les coulisses allaient passer, pour les Blancs tout du moins, de l'ombre à la pleine lumière. Le principal nouvel arrivant est l'agent indien John P. Clum. Né en 1852, le jeune homme est plein d'énergie. Il bouillonne d'idées qu'il veut rapidement mettre en œuvre. Sa candeur, sa naïveté mais aussi sa volonté de fer vont, au début, lui éviter de nombreux désagréments. Les Apaches l'aiment bien et sa personnalité, son allure de gamin sûr de lui les amusent parfois. Il est proche des Apaches, les respecte, même s'il est un peu rigide sur les questions des us et des coutumes. Le jeune agent était arrivé à Fort Bowie, la réserve chiricahua, le 8 août 1874, soit deux mois jour pour jour après la mort de Cochise. Il s'entend bien, mais sans plus, avec Taza, Naiche et Jeffords tout comme avec la majeure partie des Chokonens qui sont restés fidèles aux deux fils de Cochise. Certains n'avaient pas encore cédé aux sirènes de la guerre que Geronimo et Juh allaient bientôt commencer à faire entendre. Geronimo attendait son heure. John P. Clum parvenait à dialoguer avec plusieurs chefs locaux. Avec Geronimo, le contraire eût étonné, le courant ne passera pas.

La fin de la réserve chiricahua sonna le glas d'une vraie paix, pour tout le monde. On entrait dans une autre ère. On allait passer de celle des peuples de Mangas Coloradas-Cochise à celle des gens et des partisans de Geronimo-Juh. De leurs côtés, les chefs chihennes Victorio, Nana et Loco étaient au Nouveau-Mexique à Hot Springs (Ojo Caliente), à Canada Alamosa — près des sources sacrées des Chiricahuas, l'endroit « premier » désigné dans leur histoire mythologique.

La mesure consistant à rassembler tous les Apaches sur une même réserve n'incluait même pas l'idée qu'elle pouvait mettre un terme aux raids chiricahuas sur le Mexique, les administrateurs n'avaient qu'un but en tête : la restitution des terres indiennes au domaine public. Les autorités allèrent du plus pratique au plus rapide. On jeta son dévolu sur San Carlos. Il est vrai que la proximité de Tucson, à l'époque capitale de l'Arizona, n'avait pas été un facteur négligeable dans ce choix. Cela convenait bien aux marchands et à leurs fournisseurs qui avaient des liens avec des éléments de l'armée, et dans une moindre mesure, pour certains, dans l'Est. Profitant donc de la pérennité de la guerre des Chiricahuas contre le Mexique, pour des raisons purement économiques, territoriales mais finalement de basse corruption entre des fournisseurs, des intermédiaires et des marchands, on concentra aveuglément, arbitrairement, au même endroit, au moins quatre tribus apaches : à savoir les trois bandes chiricahuas bientôt rejointes par les Chihennes encore à Ojo Caliente, les Tontos, les White Mountains et les Coyoteros. Clum était à son affaire. Il aurait bientôt sous sa coupe des milliers d'Apaches qui ne s'entendaient pas entre eux. En effet, déjà entre bandes chiricahuas, les choses n'allaient pas d'elles-mêmes. « En liberté », les heurts étaient peu fréquents, car les groupes restaient à bonne distance les uns des autres et se visitaient de temps en temps, comme cela s'était produit à Canada Alamosa en août 1871 entre guerriers chokonens et chihennes. Même le général Crook, qui avait rêvé d'en découdre sur le terrain, trouvait cela malsain, épouvantable à tel point que, sans succès, il s'était opposé à cette politique de concentration. N'est-ce pas son éminence grise, John Gregory Bourke, un officier-ethnologue qui passait son temps à écrire, qui avait justement dit :

> Ce fut une décision aberrante, dont je devrais encore rougir aujourd'hui, si je n'étais fatigué de rougir de tout ce que le gouvernement des États-Unis a fait depuis lors aux Indiens[1].

Mais hélas, sous la double tutelle des ministères de la Guerre et de l'Intérieur, c'est la tutelle civile qui avait la haute main sur toute cette affaire. En mars 1875, Crook était envoyé dans les Plaines du Nord combattre Sioux, Cheyennes et autres Arapahoes. Il fut remplacé par les deux généraux de division Orlando Bolivar Willcox et August V. Kautz. Ceux-ci n'allèrent pas se battre contre les Apaches, mais affrontèrent pire encore : leur propre incurie, leur propre paperasserie qui avait la forme de l'impétueux et autoritaire agent John P. Clum. Le 27 février, on obligea les tribus apaches yavapaïs, pinals, tontos, cibicues et arivaipas à rejoindre San Carlos sous la contrainte. Déjà, en chemin, il y eut des rixes entre elles et Al Sieber, l'éclaireur favori de Crook, y mit courageusement un terme. Vint ensuite le tour des White Mountains et des Coyoteros de la réserve de Fort Apache qui avaient de mauvais rapports avec les autorités civiles et militaires en place malgré leur désir manifeste de vivre en paix. Clum alla les chercher lui-même dans leurs camps avec l'agent Stevens qui était marié à une White Mountains et qui travaillait comme négociant à l'agence de Clum. Tout le monde fut de retour le 31 juillet à San Carlos. Les terres abandonnées de Fort Apache ne furent pas comme les autres livrées au domaine public mais adjointes à la réserve de San Carlos. Ainsi, sans que les Chiricahuas des trois bandes et quelques Chihennes un peu perdus aient quitté la réserve de Fort Bowie, celle de San Carlos comptait alors plus de quatre mille deux cents Apaches qui appartenaient à des tribus différentes et dont le moins qu'on puisse dire est qu'elles ignoraient parfaitement l'entente cordiale.

Le 5 juin 1876, lorsque Clum rencontra les deux fils de Cochise, Taza et Naiche, et Jeffords à Apache Pass, ceux-ci informèrent le jeune agent que d'autres bandes incluses dans le traité conclu avec Howard étaient sur la réserve et qu'elles désiraient le rencontrer. Mais si Clum était venu à la réserve chiricahua pour demander aux Chokonens de le suivre à San Carlos, c'est parce que, d'une part, les raids au Mexique n'en finissaient pas et que, d'autre part, deux anciens lieutenants de Cochise, les frères Skinyea et Pionsenay, avaient semé de graves troubles dans la région. Rusé, Geronimo, qui savait être patient et immobile dans une réserve comme s'il était caché derrière un cactus au cœur du Sonora face à un détachement de *rurales* à sa recherche, n'avait pas pris de risque et attendait encore son heure. Il lui fallait éprouver le nouvel agent qui lui semblait un peu vert. Entre les partisans de Taza et, pour le moment, de Naiche, qui tenaient les promesses de paix de leur père avec l'aide de Jeffords, et les factieux, les choses allaient très vite s'envenimer. Suite à une violente dispute entre les deux parties, Skinyea et Pionsenay partirent vivre dans les Dragoon avec une quinzaine de guerriers dont certains étaient des hommes de Geronimo.

Après avoir rencontré Taza, Naiche et Jeffords, John P. Clum put rencontrer Geronimo le 7 juin. Aux côtés du leader bedonkohe se tenait le chef Juh qui laissait, comme on le sait, Geronimo parler à sa place. Confusion aidant, comme tous les autres, Clum prit Geronimo pour le chef. Tous les Apaches avaient donné leur accord pour suivre Clum à San Carlos. Geronimo déclara à ce dernier qu'il s'y rendrait aussi mais qu'il lui fallait aller chercher les siens qui se trouvaient plus loin, dispersés dans l'ancienne réserve chiricahua. Clum le crut sur parole mais laissa, comme s'il avait un doute enfoui, deux éclaireurs suivre Geronimo et Juh. Arrivé à son camp, Geronimo donna des ordres de préparatifs de départ mais pas pour San Carlos. Ils tuèrent leurs chiens pour que leurs aboiements ne signalent pas leur position, faussèrent compagnie aux éclaireurs et s'évanouirent dans la nature. En revenant à Apache Pass, les éclaireurs échaudés avertirent Clum de l'escapade des Chiricahuas. Nous étions en juin 1876, et c'était la première évasion de Geronimo. Il y en aurait beaucoup d'autres jusqu'en 1886. On aurait pu croire qu'il se serait réfugié dans la Sierra Madre au repaire de Juh mais non, le 21 juillet, Geronimo arrivera chez les Warm Springs de Victorio à Canada Alamosa.

Quand les symboles s'y mettent, ils ne font pas dans le détail. Le 12 juin, jour où Clum quittait Apache Pass pour San Carlos avec trois cent vingt-cinq Chiricahuas « soumis », le gouvernement demanda à Jeffords, partie prenante dans la création de la réserve chiricahua avec Cochise, de se démettre de ses fonctions d'agent indien. Sur le long chemin entre Fort Bowie et San Carlos, le chef Taza s'arrangea pour qu'un petit groupe puisse s'échapper avec sa femme et son fils Nino âgé de deux ans. Ceux-ci purent trouver la paix jusque dans les années trente, dans ce qu'on appela le refuge de Juh *Pa-Gozin-kay*, situé dans la Sierra Madre. Si l'armée se doutait bien qu'entre Apache Pass et San Carlos, plusieurs « prisonniers » s'étaient échappés, elle ne voulut jamais le reconnaître. Ces Apaches furent appelés les « Sans-Noms ». Parmi ceux qui arrivèrent à San Carlos, il y avait donc Taza, Naiche, la bande de Pionsenay, les femmes et les enfants et à peine soixante guerriers. La quasi-totalité des membres turbulents avait suivi, chacun de leur côté, soit Geronimo à Hot Springs, soit Juh au Mexique. À partir de ces événements, Clum fit une fixation sur Geronimo. Il n'avait qu'une idée en tête : le capturer et le faire pendre. En effet, l'escapade des Chiricahuas avait laissé derrière elle, entre Apache Pass et Hot Springs, plus d'une vingtaine de victimes et quatre-vingts têtes de bétail volées. Le temps de la paix de Cochise était fini. Le 30 octobre, lenteur administrative oblige, alors que sur le terrain elle n'existe déjà plus, le président Grant met fin, par décret, à l'existence de la réserve chiricahua issue du traité Cochise-Howard.

Laissant pour le moment le chamane bedonkohe de côté, Clum, qui avait d'autres préoccupations, emmena dans le courant du mois de juillet une délégation d'Apaches à Washington afin qu'elle y rencontre le président, mais aussi pour se marier. En cours de route, l'impétueux agent mit sur pied le *Wild Apache Show*, une version miniature du futur *Wild West Show* de Buffalo Bill. Au mois de novembre, le 15, Taza succomba des suites d'une pneumonie à Washington. Le meilleur médecin avait été appelé à son chevet mais il demeura impuissant. Là où son père n'avait jamais voulu aller, parce qu'il n'avait pas confiance dans les Blancs et dans leur monde, son successeur désigné, Taza, se rendit et en mourut. Le général Howard assista à ses funérailles qui furent assez importantes. Taza fut enterré au cimetière du Congrès. Le spectacle monté par Clum ridiculisait les Apaches et fut un fiasco. Les Chiricahuas n'étaient pas très contents et trouvaient le comportement de l'agent indien brouillon et irrespectueux. De plus, Taza était mort. Le retour s'annonçait difficile pour Clum qui, pour l'heure, allait se marier dans l'Ohio.

Clum fut de retour à San Carlos le 1er janvier 1877. Maintenant marié, responsable des problèmes avec les Chiricahuas, son idée fixe lui revint aussitôt à l'esprit : la capture de Geronimo.

De Hot Springs à San Carlos

Naiche fut désigné comme le successeur de son frère. La nouvelle de la mort de ce dernier, nous l'avons vu, plongea le jeune fils de Cochise dans un épouvantable état d'affliction et de désespérance. La disparition de Taza, dont les Chiricahuas pensaient qu'il avait été empoisonné, ou que quelques mauvais esprits des Blancs s'étaient abattus sur lui, installa à San Carlos un climat de suspicion et ralluma les tensions. Les Apaches n'aimaient pas San Carlos et regrettaient amèrement leurs terres. Cependant, et ce n'est pas pour rien que son père ne l'avait point désigné comme successeur même s'il était le frère cadet, Naiche n'avait pas été préparé à devenir chef. Comme l'avait rapporté Sam Kenoi, un Nedhni à Opler :

> Il aimait les danses indiennes, il aimait se battre, il aimait boire. On pouvait en faire un bon soldat, voilà tout. Il fut toujours influencé par Geronimo[1].

Quant au lieutenant Britton Davis, son avis ne diffère guère :

Naiche était un bon guerrier et n'avait pas peur de se battre ; mais il était porté sur les femmes et il aimait danser et s'amuser. Il n'était pas suffisamment sérieux pour occuper des responsabilités de chef[2].

C'est le 17 mars 1877 qu'un officier rapporta à l'agence de Canada Alamosa à Hot Springs avoir vu Geronimo au Nouveau-Mexique. Avec ses partisans, dont Ponce qui avait guidé Howard et Jeffords en 1872 à la forteresse de Cochise dans les Dragoon, Geronimo n'était, aux yeux de l'administration et d'un certain nombre d'Apaches warm springs, qu'un intrus. Même s'il dit lui-même que Victorio et son peuple étaient ses amis, il n'avait pas échappé à certains de ces « amis » que sa présence pouvait être la cause de troubles et d'ennuis à venir. En effet, le 20 mars, le commissaire aux affaires indiennes envoya un télégramme à Clum dans lequel il lui ordonnait de prendre avec lui des membres de la police indienne, qu'il s'était si bien vanté, lui Clum, d'avoir mise sur pied, démontrant par là que lui seul avait pu jusqu'à ce jour « mater » les Chiricahuas, et de se mettre en route pour Hot Springs. Sa mission : arrêter les rebelles à l'agence des Warm Springs et les ramener sous bonne escorte à San Carlos. Outre l'aspect purement juridictionnel, Clum contacta le commandant de la région militaire du Nouveau-Mexique, le général Eward Hatch, s'assurant en même temps une sécurité au cas où les choses tourneraient mal. L'agent indien reçut l'assurance que trois compagnies de cavalerie le rejoindraient à Canada Alamosa pour le 21 avril. Clum arriva en vue de l'agence des Warm Springs le 20 dans la soirée. Sa troupe, une petite avant-garde d'une vingtaine de policiers indiens, était un peu légère pour appréhender les rebelles, cependant le retard de la cavalerie dont Clum fut informé par télégramme à son arrivée précipita les choses. Il savait que les Apaches qui l'accompagnaient étaient connus de ceux qu'ils voulaient capturer. Il savait aussi que s'il attendait trop longtemps, Geronimo et ses partisans pouvaient s'évanouir dans la nature comme en juin 1876 à Apache Pass. Il fit parvenir un messager à San Carlos pour demander à l'officier qui dirigeait sa police indienne, Clay Beauford, de lui envoyer pendant la nuit le reste de sa police. Les renforts arrivèrent vers quatre heures du matin et prirent place dans le bâtiment administratif de l'agence. À l'aube, Clum adressa un message à Geronimo et aux rebelles qui l'avaient suivi pour les convoquer à un grand conseil.

Comme les soldats de Hatch n'étaient pas encore arrivés, les Apaches vinrent sans méfiance, avec femmes et enfants, à la rencontre de Clum et de sa police indienne presque au grand complet. Avec Beauford à ses côtés, Clum se tenait à l'entrée du bâtiment de l'agence, face à un terrain de manœuvres. Il avait placé au préalable d'autres hommes sur les côtés, le long de ce même terrain, et d'autres se tenaient au sud, derrière le bâtiment. Geronimo et ses guerriers, malgré tout, tous bien armés, vinrent se placer devant Clum comme par défi. Clum commença à reprocher à Geronimo son évasion d'Apache Pass, de n'avoir pas tenu sa promesse de revenir et les déprédations commises par la suite, à savoir le meurtre d'une vingtaine de personnes et un vol de bétail. Geronimo venait de commencer à se faire un nom. Clum déclara alors à Geronimo qu'il était là pour le ramener de gré ou de force avec les siens à San Carlos. Geronimo, le regard noir, lui répondit :

> Nous n'irons pas à San Carlos avec vous et si vous ne prenez pas garde, vous et votre police apache n'allez pas rentrer à San Carlos non plus. Vos cadavres resteront ici à Ojo Caliente et les coyotes s'en chargeront[3].

De la part du guerrier bedonkohe, il ne pouvait pas y avoir de réponse plus claire et plus déterminée. Se sentant en état d'infériorité, il fallait penser au plus vite. Face à Geronimo ils n'étaient que quatre, les deux employés de l'agence, Beauford et lui-même, Clum. Les membres de la police indienne étaient dispersés derrière l'agence et sur les côtés du terrain de manœuvres. De là où ils étaient, ils ne pouvaient être d'aucun secours à Clum. C'est à ce moment que, tout à coup, comme par miracle, les portes du bâtiment de l'intendance s'ouvrirent et laissèrent les renforts faire irruption au beau milieu de la place. Encerclés et pris en étau entre deux forces, les velléités qu'eurent certains guerriers de s'échapper s'éteignirent vite. Les fusils étaient braqués sur les rebelles. Clum observait Geronimo et son pouce qui s'avançait doucement vers la crosse de son fusil, puis s'éloignait de la gâchette. Pour Clum, la partie était gagnée. Geronimo avait vite vu que toute résistance était inutile et Beauford n'eut pas de mal à désarmer Geronimo. D'après le futur maire de la ville de Tombstone, qui vécut par la suite le fameux règlement de comptes à O.K. Corral avec les frères Earp, Clum paraît-il ne put jamais effacer de sa mémoire le regard de haine intense que lui avait alors adressé Geronimo. Une fois tout le monde désarmé, Geronimo et ses lieutenants furent amenés sous le porche pour « parlementer » pendant que les femmes, les enfants et les autres guerriers s'éparpillaient sur le terrain de manœuvres.

Assis en cercle et sur leurs talons, les Apaches faisaient face à Clum. Celui-ci, avec virulence, réitéra ses reproches vis-à-vis de Geronimo et ordonna qu'il fût conduit à la salle de police avec ses « sous-chefs ». Geronimo se leva brusquement d'un bond. De toute la puissance de sa fierté et de son arrogance il regarda une nouvelle fois le jeune agent. Ses partisans en firent autant. Clum voyait la main de Geronimo s'avancer vers sa ceinture dans laquelle était fixé son couteau. Les deux hommes se fixèrent, et l'instant d'hésitation de Geronimo fit le reste. Un des membres de la police indienne s'était avancé près du leader bedonkohe et arracha le couteau qui commençait à être effleuré par ses mains. La tension retomba. Geronimo et les sept partisans qui étaient à ses côtés se rendirent. Dans le suspense de la préparation de l'arrestation et le feu de l'action, le jeune et impétueux agent avait oublié que l'agence ne disposait pas de salle de police. Ce fut le corral qui fit l'affaire. Face à l'attitude très hostile de Geronimo, alors qu'il avait simplement prévu d'emprisonner les leaders rebelles, Clum décida de les faire enchaîner. Pour la première fois de sa vie, Geronimo avait les fers aux pieds et allait être jeté en prison. On ne l'y reprendrait plus. Alertés, Victorio et deux autres chefs se rendirent le lendemain à l'agence. Ils se virent intimer l'ordre par Clum de revenir au complet le soir même pour qu'on puisse compter les deux groupes, afin d'écarter toute confusion : les Chihennes alors en paix sur leur terre, et les « renégats », comme on les appelait, de Geronimo.

Sur ses entrefaites, la cavalerie arriva enfin. Le commandant du détachement fut emmené par Clum voir Geronimo et ses compagnons enchaînés. Clum savourait son triomphe. Le commandant vit aussi tous les autres membres de la bande désarmés, attendant patiemment qu'on décide de leur sort et qui commençaient à échanger quelques paroles amicales avec « leurs frères » de la police indienne chargée de leur faire croire que la vie à San Carlos était tout de même supportable, pour ne pas dire agréable. Sous-entendu, en suivant Geronimo à Hot Springs vous avez été floués. Les Warm Springs comptaient trois cent quarante-trois personnes. D'un autre côté, les rebelles chiricahuas bedonkohes et chokonens qui étaient venus avec Geronimo en comptaient cent dix. Le lendemain, un télégramme de Tucson apprit que les guerriers Nolge et Ponce ravageaient le sud-ouest de l'Arizona. En se retournant, interloqué, Clum voyait Ponce enchaîné. Il devait s'agir d'un groupe local de Chokonens dirigé par Chihuahua qui ne s'était pas rendu, ou d'une arrière-garde des Nedhnis de Juh encore sur le territoire américain, qui faisaient des provisions pour l'hiver. Dans la journée, un autre télégramme parvint à Clum. Les choses se précipitaient, le gouvernement et le commissaire aux affaires indiennes saisissaient l'occasion pour faire aboutir leur idée de concentrer tous les Apaches sur le même site. Non seulement Clum devait ramener Geronimo et ses partisans à San Carlos mais ordre était donné de joindre à l'exode les Warm Springs de Victorio, de Nana et de Loco. Les Chihennes avaient supplié qu'on les laisse chez eux mais la réponse lapidaire ne se fit pas attendre : ils avaient donné hospitalité aux rebelles de Geronimo qui, en s'évadant d'Apache Pass, avaient rompu et le traité et leur promesse. Plus tard, en 1950, Sam Haouzous, un arrière-arrière-petit-fils de Mahko (le grand-père de Geronimo) et petit-fils de Mangas Coloradas, revenait sur ces événements :

> Nous étions innocents et nous n'aurions pas dû être chassés de nos maisons. Nous n'étions pas responsables des actes de Geronimo. Ce n'est pas le gouvernement des États-Unis qui nous avait donné ces terres. Elles étaient à nous[4].

Avec une escorte de douze soldats, Clum prit la route de San Carlos le 1er mai 1877 en compagnie de son illustre prisonnier. Durant le voyage une épidémie de variole s'abattit sur la région et fit une dizaine de morts parmi les Apaches. Dans le même temps, Geronimo et les prisonniers ne causèrent pas d'histoires, les enfants jouaient sur le chemin, s'ébattaient devant les chariots et le monde chiricahua accueillit quatre nouveau-nés. Le long convoi arriva à San Carlos le 20 mai. Clum n'avait toujours qu'une idée en tête, jeter aux fers Geronimo, rassembler toutes les informations et les preuves de la culpabilité du leader bedonkohe pour l'inculper d'au moins sept meurtres, monter ses anciens compagnons contre lui et, enfin, le faire pendre. Geronimo se doutait bien que sa vie était en jeu, qu'elle ne tenait qu'à un fil. Il en tira une méfiance et une vigilance décuplées. Jusqu'à la fin de la guerre, et même par la suite, il sera à chaque instant sur ses gardes. Si les sept leaders qui étaient avec lui demeurèrent en prison, Clum fit libérer tous les autres Chiricahuas qui purent s'installer où bon leur semblait sur la réserve. Chaque semaine, leurs responsables devaient les faire venir à l'agence pour qu'ils puissent être comptés et qu'on leur distribue des vivres. Cependant, la variole continuait à faire des victimes et les autres tribus qui étaient déjà sur place commencèrent à en vouloir aux nouveaux venus et partirent s'installer dans d'autres zones de la réserve. Si les choses semblaient se dérouler assez bien pour Clum, un événement lui causait du souci. En revenant de Hot Springs, le 20 mai, il avait trouvé, aux portes de son agence, lui, John P. Clum, agent indien qui avait quasiment seul arrêté Geronimo et ses partisans, une compagnie de soldats qui avait été dépêchée à San Carlos pour inspecter la réserve et en prendre la direction. La double tutelle recommençait à perturber le bon fonctionnement de la réserve. Clum ne supportait pas la présence de l'armée sur ce qu'il considérait être son territoire de travail, d'autant plus qu'il avait obtenu de bons résultats. Les Apaches étaient tous neutralisés, sauf quelques groupes, et tous les Nedhnis de Juh.

Mais quand on disait à ce moment-là que Geronimo était hors d'état de nuire, cela se traduisait automatiquement dans l'esprit des gens par « tous les Apaches sont hors d'état de nuire » comme cela s'était produit pour Cochise.

De plus, en regroupant cinq agences en une seule, Clum avait fait réaliser au gouvernement des économies non négligeables. Il avait alors cinq mille Apaches sous sa responsabilité contre huit cents avant la concentration d'autres tribus au même endroit. Le ministère de la Guerre offensait donc sur place le ministère de l'Intérieur. De dépit, Clum expédia une missive à Washington, dans laquelle il proposa qu'on augmente ses émoluments eu égard au fait qu'il avait bien travaillé, qu'il avait plus de responsabilités et qu'en agissant rapidement, l'armée pourrait se retirer de la réserve. Cette missive déclencha une avalanche de réactions indignées. Non seulement l'armée se sentait insultée, ridiculisée mais en plus, Clum s'attira les foudres de tous les négociants, commerçants, marchands et fournisseurs sans compter les journaux qui le stigmatisaient : plus d'armée, plus de commerce, plus de travail en clair, la ruine pour l'Arizona ! L'offre présomptueuse de l'impétueux agent fut rejetée et celui-ci démissionna avec fracas à la fin du mois de juillet 1877. Les Apaches avaient pourtant considéré John Clum comme un des meilleurs agents qu'ils aient eu avec Jeffords. Lorsque, au mois de juillet, August V. Kautz, le général qui avait remplacé George Crook en Arizona au printemps 1875, prit la direction d'une inspection de San Carlos, la coupe était pleine pour Clum. Geronimo fut libéré et d'ailleurs, ce dernier ne comprit jamais pourquoi ni par quel mystère.

C'étaient plus la négligence et la confusion que la clémence qui avaient joué en la faveur du chamane de guerre. D'une part, le shérif de Tucson avait oublié de réclamer « officiellement » le prisonnier ; d'autre part, dans la bousculade de la démission de Clum, le nouvel agent Henry Lyman Hart, comme pour faire saluer sa bienvenue, fit enlever les fers aux pieds de tous les prisonniers qu'il trouva en arrivant, et parmi eux, Geronimo.

La situation semblait stabilisée, mais ce n'est pas pour rien que San Carlos avait la réputation d'un mauvais endroit. Les épidémies se succédaient, les morts s'additionnaient. De plus, les Warm Springs de Victorio étaient au comble du sentiment de l'injustice et vivaient dans la terreur, entre une soldatesque désagréable et d'autres tribus apaches qui leur étaient foncièrement hostiles. Dans la soirée du 1er septembre 1877, l'incorrigible Pionsenay et ses complices firent irruption dans les *wickiups* chiricahuas où tentaient de survivre les familles assaillies par le doute et le désespoir. Ils vantèrent alors les butins que venaient de leur procurer leurs raids, racontèrent longuement leurs exploits de guerriers, et repartirent le lendemain matin imités par Victorio et Loco avec plus de trois cents membres de leur bande. De leur côté, les leaders dont Naiche, désormais chef héréditaire, Nana, Chato, Josanny, Fun et Geronimo se tenaient à l'écart, sans dire un mot. Le feu de la révolte couvait à nouveau.

Le repos du guerrier

En laissant derrière eux les moustiques, les hostilités et la malaria de San Carlos, Victorio et Loco décidèrent de se rendre à Fort Wingate au Nouveau-Mexique pour trouver un refuge et, par là même, faire comprendre aux autorités qu'ils n'étaient en aucun cas animés d'intentions guerrières. Pour les Américains, cette démarche était prise pour une forme de soumission déguisée. Dispersée dans les montagnes alentour, la bande se regroupa au fort le 30 octobre. Le Commissaire aux affaires indiennes, William Vandever, qui venait de Santa Fe, se rendit sur place pour s'entretenir avec les chefs. Ces derniers étaient disposés à tout entendre, à discuter de tout sauf d'un retour à San Carlos. Il leur fut répondu vertement qu'ils devaient obéir aux ordres du gouvernement. La légitime demande des Warm Springs de retourner sur leur terre d'Ojo Caliente leur fut catégoriquement refusée. Pour le moment, on décida de les laisser aller sur la réserve mescalero qui était non loin du fort avant, leur avait-on dit, de les envoyer dans le Territoire Indien sur les terres inoccupées de l'Oklahoma à Fort Sill. Chez les Mescaleros, Victorio et Loco retrouvèrent Nana qui ne les avait pas suivis à Fort Wingate. Le vieux guerrier n'avait pas voulu se justifier et donc se soumettre. Les Chihennes demeurèrent en paix sur la réserve mescalero durant l'hiver 1877-1878. Aucun raid ne fut signalé, l'Arizona et le Nouveau-Mexique connurent un bref répit. Pendant ce temps, le gouvernement pesait le pour et le contre. Fallait-il expédier les Chihennes à Fort Sill ?

Quant à Naiche et Geronimo, ils étaient restés à demeure à San Carlos. Vers la fin septembre, l'agent Hart eut un entretien avec Geronimo et, comme pour le neutraliser ou prévenir un soulèvement qu'il serait en mesure de provoquer, le nomma « capitaine » des Warm Springs qui n'avaient pas suivi le gros de la bande. Comme on fit promettre à Geronimo de ne pas chercher à s'échapper, tous les autres leaders en firent autant.

Parmi les Warm Springs qui étaient encore à San Carlos, Geronimo comptait de la famille dont il était dorénavant responsable. Il y avait sa sœur, Nah-dos-te, qui avait laissé partir son mari, le chef Nana, sa cousine, Nah-thle-tla, devenue veuve de Nohnitian, le fils de Delgadito qui succéda à Mangas Coloradas, son fils Jason Betzinez et sa sœur Ellen. Le malaise, et le mal-être général, étaient d'une telle intensité sur la réserve que les belles promesses de bonne tenue et d'observation du règlement intérieur s'envolèrent rapidement. L'insatisfaction grandissait inexorablement et dangereusement. À l'agence, on s'aperçut que des armes et des munitions avaient disparu. Dans son coin, Geronimo s'adonnait activement, mais en toute discrétion, aux préparatifs d'évasion. Ceux-ci redoublèrent d'intensité le jour où Juh fit son apparition pour inciter et encourager les Chiricahuas à se révolter. Sans le drame personnel vécu alors par Geronimo, son évasion programmée de San Carlos aurait sans nul doute eu lieu. Betzinez raconta qu'un beau jour, alors qu'il était sous l'emprise de l'alcool, la fameuse bière apache, le *tiswin*, Geronimo s'en prit si durement à son neveu, un fils de Nah-dos-te et de Nana, que le jeune garçon, terrorisé et sensible à toute critique comme tous les enfants apaches de son âge, se suicida. Après être sorti des torpeurs de ses excès de boisson, Geronimo se sentit tellement responsable de la mort de son neveu, en nourrit une telle honte, qu'il précipita les événements et s'évada sur-le-champ avec le chef Ponce, Juh qui était encore là, et d'autres guerriers irréductibles. Geronimo emmena avec lui sa famille proche. Il s'agissait de son épouse Chee-hash-kish avec ses deux enfants Chappo et Dohn-say, et de sa femme la plus récente, She-ga, la sœur de Josanny. Jason Betzinez et sa mère quant à eux hésitaient entre rester à la réserve et suivre le mouvement. De par leur vision des choses et leur obédience pacifique, ils demeurèrent à San Carlos malgré ce que leur dictaient les règles familiales : suivre le chef de famille qu'était Geronimo. Nous étions le 4 avril 1878.

Dans leur fuite, les fugitifs parvinrent à intercepter un convoi de chariots, tuèrent les occupants et s'emparèrent des vivres et des munitions. Un détachement de cavalerie tenta de les arrêter mais les Chiricahuas purent le repousser et atteindre sans dommage la frontière. À partir de là, Geronimo vécut, comme dans ses jeunes années, pleinement sa liberté retrouvée de guerrier. Avec les partis de guerre de Juh et de Nolge, il ravagea pendant vingt mois le Sonora. Les retombées de ces raids se traduisaient par de fructueux trafics, produits des marchandises volées, avec les habitants de Janos au Chihuahua. Accompagné de ses acolytes, Geronimo reprenait les vieilles habitudes de troc à Janos. Jusqu'en décembre 1879, il demeura, semble-t-il, dans la Sierra Madre. Personne n'entendit parler de lui aux États-Unis jusqu'à cette date où il revint avec Juh à San Carlos. Durant ces vingt mois, on ne connaît pas du tout les activités du leader bedonkohe. Il devait, en dehors des raids et autres embuscades qu'il effectuait, s'occuper de sa nombreuse famille et participer activement aux cérémonies religieuses qui avaient lieu périodiquement et en fonction des événements.

Du côté de Victorio et des Chihennes, les choses n'allaient pas en s'arrangeant. Ils reçurent, début octobre 1878, l'ordre insultant et humiliant du ministère de l'Intérieur de quitter Ojo Caliente où ils étaient revenus entre-temps, pour aller s'établir à San Carlos. Le gouvernement venait d'allumer une guerre dont il se serait bien passé. Le 8, Victorio quitta Ojo Caliente et entama une succession de raids infernaux avec ses troupes de guerre mimbrenos et warm springs, scindées en plusieurs petits partis de choc. La machine de la guérilla de Victorio était à l'œuvre. Les succès remportés n'aveuglaient pas le grand chef warm springs. À preuve : il demanda dès le mois de janvier 1879 à parlementer. Les autorités, voyant le nombre des victimes s'accumuler dans tout l'ouest du Nouveau-Mexique, et plus à l'est, le long du Río Grande, acceptèrent de mauvaise grâce l'approche de Victorio. À l'issue des entretiens, une trêve se profila et les bandes chihennes purent aller vivre à nouveau chez les Mescaleros près de Fort Stanton. Le temps passait. Dangereusement. On arrivait à la fin de l'été et les ennuis avaient recommencé à surgir. Les hommes de Victorio étaient accusés de tous les maux qui survenaient dans la contrée. Les insultes fusaient à leur endroit, et, contrairement à ce qui avait été convenu, on ne leur donna pas les rations alimentaires prévues sous prétexte que Victorio n'avait pas de carte « officielle » de rationnement pour son peuple et qu'il faudrait du temps, plus d'un mois, pour en obtenir une si celui-ci consentait à en faire la demande officielle. On proposait donc aux Chihennes de ne rien manger tant qu'ils n'auraient pas cette carte ! Parfois, le destin intervient dans la vie des hommes d'une curieuse manière. Le 21 août apparurent près de la réserve mescalero plusieurs citoyens américains qui venaient chasser et pêcher, sans se gêner, sur la réserve, alors que les Indiens n'avaient rien dans le ventre. Le groupe qui venait de Silver City comptait entre autres un juge et un avocat général. La tension et la méfiance engendrant la confusion et les erreurs, Victorio et d'autres Chihennes reconnurent un des hommes et s'imaginèrent — c'était très plausible du fait que les Apaches étaient toujours accusés de tout — que ces hommes étaient venus les arrêter. Le jour même, toute la bande s'évada de la réserve en compagnie de quelques guerriers mescaleros qui préféraient la guerre à la neurasthénie de la réserve. Dès lors, il faut remonter à la période la plus meurtrière des guerres de Cochise, et encore, pour connaître une telle intensité dans les raids. Pillages et massacres dépassèrent en quatorze mois l'imagination. À l'automne 1879, Victorio ensanglanta tout le nord du Chihuahua qui n'avait pas vécu un tel tourbillon de violences apaches depuis longtemps. La guerre de Victorio entraîna dans sa ferveur d'autres Apaches comme les Lipans, quelques Comanches un peu perdus au Nouveau-Mexique et peut-être même, avant qu'ils ne s'en retournent à San Carlos pour l'hiver, Juh et Geronimo. Effectivement, ces deux leaders et leurs partisans, sans attendre la fin des combats de Victorio, arrivèrent à San Carlos de leur propre chef au mois de décembre. Cela faisait deux saisons qu'ils vivaient reclus dans le refuge de Juh et ils avaient sans doute besoin de revenir prendre un peu de répit. En plein hiver, la perspective de la distribution des rations alimentaires et des couvertures n'était pas à négliger mais surtout, on ajoutera à cela leur désir de revoir les membres de leurs familles restés sur place. En attendant, durant cet automne meurtrier pour les Blancs qui rencontraient les partis de guerre chihennes, Geronimo et Juh avaient trouvé un havre de sécurité dans les anciens sanctuaires chokonens au sud des Dragoon dans les Guadeloupe Mountains à la frontière ouest du Nouveau-Mexique. C'est là que Geronimo et Juh envoyèrent des messages au général Willcox. Les Américains, au vu de ce qui se passait déjà à l'est avec Victorio, ne refusèrent pas une entrevue avec le chef Juh et le guerrier bedonkohe. Quelques semaines plus tard, le contact fut établi entre les Chiricahuas et le capitaine Harry L. Haskell. Ce fut une nouvelle fois grâce à l'entremise de Thomas J. Jeffords qu'une rencontre de ce type put avoir lieu entre des Apaches en guerre et un officier de l'armée. Les Chiricahuas avaient souhaité revenir à San Carlos, cependant ils voulaient absolument qu'on les installe près de l'agence annexe de façon à demeurer éloignés des autres tribus apaches qui leur étaient hostiles. Un accord survint sans difficulté entre les deux parties et Geronimo et Juh purent reprendre leurs quartiers à San Carlos avec leurs familles. La nouvelle fut saluée par la presse, satisfaite de voir les Apaches de l'ancienne bande de Cochise considérés comme les pires Indiens du pays revenir à la réserve. Les citoyens de l'Arizona et du Sonora allaient pouvoir enfin vivre en paix. Pas pour longtemps.

Entre-temps, Victorio n'avait pas cessé sa guerre et au mois de février 1880, voulant châtier les familles des éclaireurs apaches que l'armée avait envoyés à ses trousses, le chef warm springs chargea son fils Washington, c'est son nom, d'effectuer une expédition punitive sur les familles des traîtres restées à San Carlos. Arrivé à proximité de la réserve maudite, le petit groupe de Chihennes se heurta brièvement à des Apaches white mountains qui étaient descendus de la White River pour chasser. Par la suite, on ne saura jamais pourquoi, ce groupe s'attaqua à des membres des bandes de Juh et de Geronimo avant de repartir aussi vite qu'il était venu. Durant les mois d'avril et de mai, Victorio répandit la terreur dans son pays d'origine, et celui de Mangas Coloradas, dans les Black Range et les Mogollon Mountains. Le chef chihenne continuera son combat jusqu'à l'automne 1880. C'est le 14 octobre que les forces mexicaines de Joaquin Terrazas le piégeront à Tres Castillos au Chihuahua. Beaucoup de Chihennes dont Victorio perdront la vie à Tres Castillos, une butte rocheuse et abrupte par endroits de quelque trente mètres de hauteur. Pour cette bande, ce fut le début de la fin. La nuit, Nana était parvenu à s'esquiver pour aller chercher des munitions avec le jeune guerrier Kaahtenay qui plus tard fera parler de lui avec Geronimo. Lorsqu'ils revinrent, ils ne purent que constater l'épouvantable désastre. Il ne restait plus que dix-sept survivants parmi lesquels Nana et Kaahtenay mais aussi Mangus, le fils de Mangas Coloradas et gendre de Victorio, le futur James Kaywaykla qui sera aux Chihennes ce que Jason Betzinez sera aux Bedonkohes, et sa mère Guyan.

Tres Castillos avait fait plus de quatre-vingts morts chez les Apaches. Ils avaient été rapidement à court de munitions et les petits parapets qu'ils avaient élevés, comme à Apache Pass en 1862, ne suffirent pas. Le nombre et l'armement firent la différence, impitoyablement. Pour les Chiricahuas, eu égard à la précarité de leur existence, à la violence des forces qui s'acharnaient contre eux et à leur faible démographie, le quart de ce nombre de victimes aurait déjà été catastrophique. C'est dire le choc terrible pour cette bande qui n'avait désormais plus d'autre issue que de rejoindre les Nedhnis de Juh dans leur inexpugnable repaire de la Sierra Madre occidentale, *Pa-Go-zin-kay*, où se trouvaient également les « Sans Noms » à qui Taza avait évité l'enfer de San Carlos, mais aussi d'être répertoriés ; et parmi eux, son fils et le petit-fils du chef Cochise, Nino. Durant les quatorze mois pendant lesquels Victorio livra d'héroïques combats, sa bande, sans compter Tres Castillos, perdit une centaine de guerriers et tua plus d'un millier d'Américains et de Mexicains.

Durant cette période, Geronimo, si l'on peut dire, prenait du bon temps à San Carlos. Les choses paraissaient se dérouler assez bien, au point que d'où il était Clum devait admettre que Geronimo était irréprochable. Les Chiricahuas allèrent jusqu'à dire qu'ils n'approuvaient pas la guerre de Victorio et que s'il venait sur la réserve demander du renfort, ils le renverraient aussitôt. C'est peut-être pour cela qu'il y eut au début de l'année un accrochage avec Washington, le fils que Victorio avait envoyé à San Carlos non seulement, nous l'avons vu, pour châtier les traîtres, mais aussi sans doute pour recruter les guerriers de Juh et de Geronimo revenus à la réserve. Cette attitude de la part de Geronimo est surprenante quand on sait l'initiative brutale et folle qu'il prit en avril 1882 lorsqu'il reviendra à San Carlos enrôler de force les malheureux guerriers du pacifique Loco.

Pour le moment, les rescapés de la bataille de Tres Castillos ne vinrent pas déranger Geronimo.

Le guerrier bedonkohe avait la tête ailleurs. Il s'occupait de sa famille et particulièrement de sa fille Dohn-say qui, avec Ellen, la sœur de Betzinez, et une autre jeune fille qui épousera plus tard Perico, un cousin germain de Geronimo, avait reçu une distinction apache. Cérémonies et réjouissances prenaient le pas sur les préparatifs d'évasion et de guerre. L'année qui suivit, 1881, vit les survivants de la bande de Victorio tenter de timides approches pour négocier leur retour à San Carlos. C'est Loco qui signala à l'agent de la réserve que Nana et sa bande l'avaient contacté pour regagner San Carlos et mettre fin à la guerre. Si Loco affirma qu'il répondait de la probité de Nana, l'agent n'en crut pas un mot. Les fugitifs allèrent voir du côté de la réserve des Mescaleros, où on les éconduit plusieurs fois de suite. Nana et ses guerriers n'avaient plus qu'une solution, celle de la fureur. Repoussés de partout, ils reprirent le sentier de la guerre. Ces échecs successifs et ces humiliations qu'essuyèrent Nana et sa bande furent sans nul doute à l'origine d'un des trois raids les plus meurtriers que connurent les États-Unis de la part de guerriers indiens, avec ceux à venir de Chato et d'Ulzana. Dès le mois de juin, Nana raisonna comme Cochise après l'affaire Bascom : pour chaque Apache tué, il prendrait de nombreuses vies. Avec son dernier carré de fidèles et de Mescaleros, Nana était à la tête d'une quarantaine de guerriers. Il lança donc en juin 1881 un des raids les plus mémorables de l'histoire des guerres indiennes. Jusqu'à la fin du mois d'août, durant presque trois mois, Nana frappa au sud de l'Arizona et au sud-ouest du Nouveau-

Mexique. Il s'attaquait à tout ce qui ne ressemblait pas à un Apache. Les détachements militaires, les cow-boys, les mineurs, les Mexicains, les Américains civils tous périrent sur le chemin du vieux guerrier warm springs. Huit compagnies de cavalerie furent envoyées aux trousses des Apaches, en vain. À chaque rencontre les guerriers faisaient montre d'une habileté et d'une stratégie qui pour les militaires étaient de toute évidence de nature diabolique. Nana, avec seulement quarante guerriers, s'était rendu maître de presque deux États américains. Il en était le maître parce que, comme Cochise puis Geronimo et les autres, il choisissait toujours où, quand et comment l'affrontement aurait lieu. Puis tout à coup, peut-être sentant venir une limite que certainement les Blancs n'avaient pas perçue, Nana et ses guerriers disparurent et regagnèrent tranquillement la Sierre Madre.

Au moment où Nana avait lancé son raid en juin, des événements importants et particuliers se produisirent à la réserve de Fort Apache. À Cibicue Creek, un certain Noch-ay-del-klinne, un Apache cibicue frêle et mystérieux autant que mystique, allait faire parler de lui et de sa danse. L'homme devint « le Rêveur ». Il promettait, comme cela se produira chez les Sioux hunkpapas en 1890 avec le prophète paiute Wovoka, le retour des temps anciens et heureux. Le début véritable des prêches, qui prenaient de l'ampleur sur toute la réserve et qui risquaient de déborder, alerta l'agent de San Carlos, Joseph Capron Tiffany. Geronimo et Juh se rendirent sur place pour voir de près et observer le phénomène. Il y avait là aussi

Asa Daklugie et, surprise, on sait maintenant pourquoi il disparut subitement : Nana. Il était venu seul dans cette partie nord-ouest de la réserve pour les mêmes raisons que Geronimo et Juh. Noch-ay-del-klinne avait convaincu les Apaches de plusieurs tribus d'un possible renouveau spirituel. Les bandes western apaches qui se trouvaient alors contrariées, pour ne pas dire frustrées de l'envahissement de leurs terres parce que les limites de la réserve avaient été modifiées sous la pression des mineurs, trouvèrent dans la ferveur religieuse et l'espoir qui s'en dégageait un exutoire qui allait amener le drame de la bataille de Cibicue Creek du 30 août. Geronimo rencontra le prophète cibicue et s'entretint longuement avec lui. Au sortir de cette entrevue, il avait gardé son calme et ne semblait pas trop échauffé par on ne sait quelle émotion spirituelle. Apparemment, Geronimo et Juh se laissèrent quand même influencer par les incantations du « Rêveur ». En revanche, Nana de son côté demeura bien plus crédule et tourna les talons, dubitatif.

Comme l'exaltation allait augmentant, au point que les fidèles éclaireurs de Fort Apache se précipitaient pour assister aux danses cérémonielles, ce qui alerta sérieusement la troupe car ils en revenaient convertis, Tiffany envoya la police indienne sur place mais ses hommes revinrent bredouilles. Les paroles qu'ils prononcèrent convainquirent l'agent et le colonel Eugene A. Carr de convoquer Noch-ay-del-klinne qui les ignora. Le 14 août, Tiffany envoya à Carr l'ordre de ramener le danseur mort ou vif. La réserve allait tout droit à la conflagration. Carr ne quitta ses quartiers que le 29 août avec cent dix-sept hommes et vingt-trois éclaireurs apaches. Noch-ay-del-klinne se rendit sans résistance mais ses adeptes n'en restèrent pas là. Dans l'échauffourée qui s'ensuivit, et dans laquelle semble-t-il se battirent Geronimo et Juh, le prophète plus dix-huit autres Apaches et huit soldats de Carr furent tués. Des éclaireurs avaient déserté et rejoint les partisans du prophète. Quatre d'entre eux furent pendus à la fin de l'affaire. Le 30 août la troupe parvint à mater la révolte, ce qui n'empêcha pas une bande d'attaquer de front Fort Apache le 1er septembre, comme par dépit et par défi. Cependant, cette attaque ne donna aucun résultat et les incidents prirent fin. On ne peut s'empêcher de penser qu'à ce moment précis, si toutes les tribus apaches s'étaient unies contre les troupes de Carr, Fort Apache et tous les bâtiments des agences des deux réserves auraient été balayés. Dans l'élan qui aurait suivi, les villes-champignons, qui énervaient les Western Apaches, et les industries minières n'auraient pas survécu. Les Apaches auraient pu faire le vide autour d'eux et renvoyer les Blancs à des centaines de kilomètres à la ronde. Mais non, chacun se replia sur sa tribu ou sa bande, repartit de son côté et s'éparpilla. Les Américains revenaient de loin et on peut même se demander s'ils s'en rendirent réellement compte.

Geronimo et Juh, quant à eux, s'occupaient effectivement de leurs affaires. Ils étaient étonnés de voir autant de soldats sur une réserve. Au temps de Clum, il n'y avait que lui et sa police indienne pour faire régner l'ordre. Nous le savons, c'est la présence des troupes qui provoqua le départ de l'agent. Pour les deux guerriers qui comptaient tout de même un certain nombre d'exactions, même anciennes à leur compte, voir les troupes en tous sens sillonner la réserve ne les rassurait pas. Après s'en être confiés à Tiffany, les deux hommes furent rassurés. On n'avait rien à leur reprocher. Le 30 septembre, jour de la distribution des rations alimentaires à l'agence annexe où se tenaient les Chiricahuas, trois compagnies de cavalerie firent brutalement irruption sur le site. L'officier qui les commandait avait suivi deux bandes d'Apaches white mountains dirigées par deux chefs, George et Benito, qui ne voulaient en aucun cas manquer la distribution des rations alimentaires. L'arrivée en force de la troupe fut le coup de pied donné dans la fourmilière qui quelques instants auparavant se réjouissait encore de ce jour. Les deux bandes rejoignirent les Chiricahuas et provoquèrent pagaille et confusion en se mélangeant à eux comme pour se protéger de la troupe. Les Chiricahuas prirent alors la fuite, redoutant un de ces pièges auxquels ils étaient habitués. Nedhnis, Chokonens et Bedonkohes, les rescapés de plus de trente ans de guerres contre les Américains et de plus de quatre cents contre les Mexicains, suivirent Juh le Nedhni, Geronimo le Bedonkohe et Naiche le Chokonen et chef héridìtaire, pour le Mexique et la Sierra Madre. Sur la route, les fugitifs supprimèrent la vie de tous ceux qu'ils rencontrèrent. Ils passèrent non loin de Tombstone et, hasard et brèves retrouvailles, furent pris en chasse par le maire de la ville, John P. Clum, aidé d'un petit détachement et des frères Earp. Le repos du guerrier prenait fin.

Retrouvailles dans la Sierra Madre

Pour la première fois depuis longtemps, mais en de pénibles circonstances, toutes les bandes chiricahuas allaient se retrouver ensemble au même endroit. Les survivants et autres rescapés des Chihennes de Mangas Coloradas, Baisan, Delgadito et Victorio, quelques Bedonkohes dont le nombre déclinait et les derniers Chokonens, représentants du peuple de Cochise, étaient venus à l'ultime refuge, la forteresse de Juh, chez les Nedhnis à *Pa-Gozin-kay* dans le Sonora. Dans le courant de ce mois d'octobre 1881, Geronimo et Juh étaient déjà arrivés avec leurs compagnons d'évasion de San Carlos. Le chef warm springs, Loco, avait préféré de son côté rester à la réserve avec sa bande qui comptait une trentaine de guerriers et bien le triple de femmes et d'enfants. Après son raid vengeur et son apparition éclair à Cibicue Creek, Nana fit son apparition à l'ouest du grand plateau de la forteresse. Cette forteresse de Juh fut au chef des Nedhnis, dans l'histoire des Chiricahuas, ce que les deux forteresses des Dragoon Mountains furent à Cochise : des sanctuaires imprenables où la vie apache pouvait s'écouler comme dans les temps anciens. En ce début d'automne, tous les Chiricahuas savaient qu'ils défendaient leur dernier carré. Pour parvenir à la *ranchería* de Juh, il fallait presque escalader des falaises abruptes, prendre les sentiers pentus et en zigzag et surtout, ne pas être sujet au vertige lorsqu'on débouchait soudainement au bord d'un ravin vertigineux. Des systèmes de défense avaient été établis avec de gros rochers qu'un jeune guerrier, avec un système de levier, pouvait faire basculer sur une troupe ennemie. Depuis des décennies et même au-delà, personne ne se souvient qu'un adversaire quel qu'il soit ait pu, ne serait-ce qu'arriver à *Pa-Gozin-kay*. Apparemment Juh et Geronimo n'arrivèrent pas ensemble sur les sentiers menant au refuge. Il est dit que Juh fut le premier. Monté sur un cheval solide, l'homme était massif et dominait Nana comme en son temps Mangas Coloradas dominait son monde. C'était un des rares Apaches à avoir les cheveux tressés et qui tombaient jusqu'aux genoux. Juh et Nana se rencontrèrent alors que Geronimo n'était pas arrivé. Ils imaginèrent donc une petite farce parce qu'il savait que le guerrier bedonkohe n'avait aucun sens de l'humour.

Lorsqu'ils le virent à cheval avec ses compagnons, Juh, Nana et les autres couvrirent le feu qu'ils avaient allumé, et coururent se cacher derrière les buissons et les rochers le long des parois du canyon. Sans se douter de quoi que ce soit, Geronimo s'engagea sur la piste qui menait au refuge, sans prendre aucune précaution. Tout à coup la tête de Nana surgit avec un sourire moqueur.

Si Nana avait été un ennemi, Geronimo était mort. Le guerrier bedonkohe pris en défaut essaya de s'en tirer par une pirouette arguant qu'il savait que d'autres Apaches étaient là, qu'il les avait vus. Et Nana de lui rétorquer, ironique :

Mais non, tu ne le savais pas, toi le plus rusé des Apaches.

Après l'effet de surprise et quelques minutes de vexation retombées, les deux hommes se saluèrent fraternellement. À la suite de Geronimo arrivèrent Naiche et son groupe de Chokonens. Geronimo avait emmené avec lui ses « frères » Fun et Perico, deux compagnons d'armes fidèles jusqu'à la fin. Il y avait aussi le frère de She-ga, une épouse de Geronimo, Josanny, qui sera aussi dans les dernières minutes de la guerre aux côtés du leader bedonkohe. Josanny avait avec lui un petit garçon, un orphelin frêle et tout maigre, presque fragile. Il semblerait que ce garçon qui s'appelait Kanseah ait été un neveu de Geronimo. Josanny assurait son éducation et sa formation de *dikohe*. Kanseah sera également là quand Geronimo sera contraint de rendre les armes. Après le désastre de Tres Castillos, Nana s'était réfugié dans les Black Range et avait emmené avec lui, sous sa protection, le fils de Mangus, celui de Victorio, Istee et James Kaywaykla. Il y avait aussi le jeune guerrier qui l'avait accompagné chercher des munitions pendant la bataille de Tres Castillos, Kaahtenay. Ce guerrier allait bientôt jouer un rôle important dans les dernières phases de la guerre de Geronimo. Lozen, sœur de Victorio et grande femme guerrière des Chiricahuas, était là également. C'était elle qui conseillait la plupart du temps Juh et Geronimo dans la préparation des raids, et qui les aidait à résoudre certains détails de dernière minute lorsque les deux hommes hésitaient sur la conduite à tenir. Comme Geronimo, on disait que Lozen avait un Pouvoir, une vision qui lui permettait d'agir pour le bien de tous pendant les batailles. Lozen mourra en captivité au printemps 1887 à Mount Vernon en Alabama, de la tuberculose, un mal du monde des Blancs que son Pouvoir ne put foudroyer. Ishton, que Geronimo avait sauvée, en invoquant sa Puissance lors de la difficile naissance de Daklugie, était aux côtés de son mari, Juh. Comme Lozen, elle avait souvent suggéré des tactiques aux guerriers pour se tirer d'affaire mais elle n'osait rien en dire. Elle était timide et Geronimo était grognon. Un jour, un autre guerrier lui fit une farce. On lui rapporta qu'un homme de la tribu, pour une raison obscure, lui en voulait à mort et qu'il s'était juré de le tuer. Pendant des semaines Geronimo, peu rassuré, et même plus qu'inquiet, trouva tous les subterfuges pour ne pas tomber sur l'homme en question et éviter même de croiser son regard ou de lui parler. À la longue son attitude semblait tellement étrange que le guerrier, étonné du comportement de Geronimo, demanda à l'un de ses amis de lui en dire plus. Lorsqu'on lui expliqua que c'était une plaisanterie pour agacer Geronimo dont on savait qu'il ne les aimait pas, le guerrier s'en amusa beaucoup. En revanche, Geronimo prit la chose très mal, se trouva vexé d'avoir été abusé, mais surtout d'avoir laissé paraître un sentiment d'inquiétude et de peur.

En cette année 1881, toutes les forces vives chiricahuas allaient vivre ensemble leurs derniers moments de liberté sauvage, authentique. Un soir, Geronimo eut l'idée, de l'avis de beaucoup d'Apaches et d'historiens, la plus saugrenue qu'il lui ait été donné d'avoir. Nous étions au début de l'année 1882. Le refuge de Juh connaissait la paix. Les guerriers partaient souvent en raid et à la chasse, la vie quotidienne et cérémonielle se déroulait normalement, simplement, les Chiricahuas regrettaient que les familles restées à San Carlos ne connaissent pas la félicité de la Sierra Madre. C'est alors que Geronimo émit l'idée, pour avoir encore plus de guerriers pour protéger le camp, d'aller les chercher là où ils étaient : à San Carlos. C'était à ses yeux, du moins le disait-il comme cela, une sorte de mission de sauvetage pour les malheureux Warm Springs de Loco restés à la réserve à subir les mauvais traitements et la malaria. Cette idée remua la petite assemblée. Tout le monde se réjouit de retrouver les familles mais beaucoup craignaient que l'initiative ne mette fin à la paix que connaissaient enfin les Chiricahuas en liberté. Les bandes de la Sierra Madre commencèrent à envoyer des signaux à Loco dès la mi-janvier. On lui fit comprendre prestement qu'il serait sage qu'il s'exécute rapidement. Un des contacts de janvier fut repéré et rapporté à Willcox. Sitôt la nouvelle annoncée, l'armée prit les précautions élémentaires d'usage — déplacement de troupes et surveillance de la frontière.

Cette activité militaire ne gêna en rien les Apaches qui arrivèrent à passer les lignes sans se faire voir. Initiateur de la démarche, Geronimo était le maître d'œuvre de l'expédition. Il était accompagné de Naiche et d'autres leaders qui dirigeaient plusieurs petits groupes. La participation de Juh à cette opération n'a pas été confirmée et l'on sait que Nana était resté à la *ranchería* de la Sierra Madre pour protéger les femmes et les enfants avec une poignée de guerriers. Lorsque les groupes arrivèrent à la hauteur de la San Simon River, deux jeunes guerriers s'avisèrent de voler des chevaux et de faire demi-tour pour les ramener au Mexique avant de revenir sur San Carlos. Mal leur en prit car ils tombèrent sur un détachement de soldats mexicains du colonel Lorenzo Garcia à qui ils durent révéler ce qu'ils faisaient là et ce qui se tramait. Les soldats n'avaient plus qu'à attendre les groupes chiricahuas revenant de San Carlos avec leurs « captifs » chihennes. Entre-temps, l'expédition arriva non loin d'Ash Flat, près de la petite localité de Safford où vivaient un certain Bylas et sa famille qui s'occupaient d'une ferme d'élevage de moutons. L'élevage appartenait au shérif du comté de Graham, George Stevens, qui habitait Safford même. Bylas était un Apache white mountains, et il connaissait bien Geronimo. Il y avait là son adjoint, un Mexicain répondant au nom de Victoriano ou Mestas et qui, enfant, avait été capturé par Geronimo. Bylas avait sous sa responsabilité près de dix mille moutons, neuf employés mexicains et trois White Mountains. Les Chiricahuas au nombre d'une soixantaine de guerriers firent irruption sur les terres du ranch. Geronimo était à leur tête avec Naiche et Chato. Immédiatement, le contact s'inscrivit dans la violence. Les Apaches tuèrent des moutons même s'ils préféraient la viande de poney. Ils furent rapidement maîtres des lieux et devinrent aussi vite arrogants. Geronimo donna des ordres pour qu'on prépare un repas pour ses guerriers. Il demanda à Mestas sa belle chemise blanche brodée afin que le sang ne la tache point. Le Mexicain s'exécuta en tremblant. Geronimo avait, quelques minutes avant, promis à Bylas qu'il ne tuerait personne, pas même ses Mexicains. Sitôt qu'il eut en main la belle chemise, il fit un signe imperceptible à ses guerriers qui aussitôt s'emparèrent de Mestas, de ses deux enfants, de sa femme et de plusieurs autres femmes qui avaient commencé à préparer le repas. Dans les secondes qui suivirent, ils étaient tous lardés de coups de couteau, frappés à coups de crosse et la tête écrasée à coups de pierre. Mestas fut torturé à mort et les guerriers, pour finir, lui fendirent la tête à coups de hache. Geronimo était de mauvaise humeur. Un troisième enfant de Mestas avait pu s'esquiver et s'était réfugié derrière la longue robe de la femme de Bylas. Geronimo le cherchait partout, le regard furieux : il lui manquait un enfant. Lorsqu'il le découvrit tremblant comme une feuille sous les jupes de la femme terrorisée, Naiche comprit que Geronimo voulait tuer l'enfant. Tout à coup, Naiche réagit. Et, ô miracle, lorsque le bras assassin de Geronimo se leva pour poignarder l'enfant, le bras séculier du fils de Cochise, chef héréditaire des Chiricahuas, se leva contre le bras meurtrier. Le chef des Chokonens se réveillait enfin. Il était temps. Devant l'horreur, Naiche s'était interposé et menaça même de tuer Geronimo si celui-ci touchait à un cheveu de l'enfant. Dépité, le guerrier bedonkohe ne demanda pas son reste et se retira de la pièce. L'enfant sauvé par Naiche racontera plus tard aux journaux son cauchemar et la façon dont ses parents et ses frères avaient été tués. Après ce dramatique épisode, les Apaches repartirent assez vite.

Ce soir-là, Geronimo entonna quatre chants et interrogea sa Puissance. Il est dit que son Pouvoir contribua en grande partie au succès de l'opération. Avant d'arriver sur les bords de la Gila River qui longeait un sous-bois, les Apaches coupèrent les fils télégraphiques qui reliaient l'agence principale à l'agence annexe et à l'exploitation minière de Globe à l'est de San Carlos désormais isolée. Les petits groupes arrivèrent avant l'aube au camp des Warm Springs. Nous étions le 19 avril 1882 et, pour Loco et son peuple, la journée allait mal commencer. Certains firent de la résistance, et d'autres, comme Betzinez et sa mère Nah-thle-tla, désabusés, suivirent le mouvement sans aucune illusion. Sous la menace d'un fusil Loco dirigea l'évacuation de ses familles. Une avant-garde commença à partir tandis que plusieurs guerriers restaient en arrière pour prévenir de l'arrivée de renforts éventuels. Tout à coup, des coups de feu se firent entendre. Il apparaît que deux Warm Springs avaient tiré pour alerter l'agent Albert D. Sterling et sa police apache. Juste avant que celle-ci n'arrive, les hommes de Geronimo tuèrent les deux tireurs, pour les punir et pour l'exemple. Loco et les siens comprirent qu'ils ne pouvaient opposer aucune résistance. Les Chiricahuas longèrent tout le jour la rivière sur plusieurs kilomètres puis obliquèrent vers le nord-est. Le soir il fut accordé à toute la troupe un repos de quelques heures à l'issue desquelles commença une longue marche de nuit. Loco, qui était tout de même reconnu comme un grand guerrier au sein des Chihennes, fut admis au conseil autour de Chato, Naiche et Geronimo qui, manifestement, était devenu, sans coup férir, le chef de guerre de tous les Chiricahuas. Avant minuit, le temps d'une courte halte, des guerriers furent envoyés dans une ferme pour y chercher des vivres. Ils revinrent à l'aube avec des centaines de moutons. Les Apaches purent se reposer et se sustenter pendant deux jours. Les chefs durent tenir conseil pour s'entretenir sur la façon de regagner le Mexique sans danger et sans encombre. Ils savaient, et ils ne se trompaient pas, que toutes les troupes disponibles étaient à leurs trousses.

Les Chiricahuas comptaient une centaine de guerriers et quatre cents femmes et enfants qui ralentissaient l'allure. Le groupe était difficile à maintenir et à cacher. Ce n'était pas une troupe de guerre. Ils décidèrent donc de se diviser en plusieurs groupes pour tromper les soldats sur les directions prises, mais aussi parce que cela était plus facile et plus discret pour passer les lignes qui ne manqueraient pas de leur barrer la route ou pour semer les poursuivants qui seraient bientôt sur leurs talons. Deux partis furent envoyés dans des directions différentes pour voler des chevaux et des mules sur des ranchs et rapporter du ravitaillement. C'est dans l'un d'eux, et en ces périlleux moments, qu'une jeune fille eut ses premières menstruations. Au plus fort du danger, une cérémonie fut observée en territoire ennemi. Le monde animiste apache et les forces spirituelles qui l'animent étaient toujours prépondérantes, quel que fût le contexte. Une fois les deux groupes revenus de leur expédition, toute la troupe entama à nouveau un voyage de nuit. À l'aube, les Chiricahuas étaient arrivés dans les massifs de Stein's Peak à la frontière entre l'Arizona et le Nouveau-Mexique. Les guerriers que Geronimo envoya en reconnaissance repérèrent vite, du haut d'une montagne, l'avant-garde des troupes du lieutenant-colonel George A. Forsyth, composée d'éclaireurs apaches. Les Chiricahuas tendirent une embuscade meurtrière aux soldats. Les éclaireurs apaches furent tués immédiatement. Les troupes furent mises rapidement en déroute et les rebelles devinrent maîtres du terrain.

Après cette bataille où les Apaches ne perdirent que deux hommes, les rebelles reprirent leur chemin de nuit. C'est là, dit-on, que Geronimo, en chantant, fit appel à nouveau à son Pouvoir, et put retarder d'au moins deux ou trois heures l'arrivée du jour. Cinquante ans après, les Apaches en parlaient encore à Opler. Au matin, les fugitifs arrivèrent dans les Chiricahua Mountains et purent se reposer dans ces endroits qu'ils connaissaient bien. Tout près de Fort Bowie, les Apaches pouvaient, de là où ils se tenaient, surveiller les mouvements. Aucune troupe ne sortit pour aller à leur recherche. Un autre voyage de nuit les attendait. Ils passèrent par les petits arroyos qui longeaient les contreforts est du massif avant de remonter une nouvelle fois sur la San Simon et d'obliquer ensuite vers le sud pour entrer enfin au Mexique. Dans la journée qui suivit ils se reposèrent au sud du Nouveau-Mexique. Depuis qu'ils avaient quitté San Carlos, les Chiricahuas avaient laissé de nombreuses victimes sur leur route. Parfois il y eut des moments assez difficiles à comprendre, à accepter, comme à la ferme de Bylas. Lors de l'un de ces jours de fuite éperdue, Geronimo en attaquant un ranch pour le ravitaillement n'hésita pas à tuer et à faire tuer tous les occupants adultes du lieu, et avant d'emmener comme captive une jeune fille, ils attrapèrent un enfant de un ou deux ans par les pieds et le firent tournoyer à toute vitesse en fracassant sa tête et répandant sa cervelle contre les murs de la maison de ses parents assassinés. Plus tard en Floride, Naiche, qui désapprouvait ces actes, expliqua au général Crook venu visiter ses anciens et valeureux adversaires que la guerre était si terrible pour eux qu'ils se sentaient encerclés de toutes parts et qu'il leur fallait tuer tous ceux qu'ils rencontraient sur leur chemin de façon à ne laisser aucun témoin vivant derrière eux. Geronimo ne faisait pas dans le détail et, parfois, l'art et la manière devaient échapper à son entendement. Toujours le traumatisme de 1851 ? Oui, mais pour combien de temps ?

Les circonvolutions imaginées par Geronimo pour passer entre les mailles de tous les filets s'étaient avérées efficaces. Une nouvelle nuit, ils marchèrent et parvinrent dans la plaine du Chihuahua non loin de Janos dans la Sierra Emmedio. Ils installèrent un campement provisoire où ils purent se reposer et même fabriquer du mescal. Ce qu'ils ignoraient, c'est que, au mépris des lois, Forsyth avait franchi la frontière internationale avec quatre cents soldats et cinquante éclaireurs apaches que dirigeait Al Sieber, le chef des éclaireurs de Crook qui n'allait pas tarder à revenir en Arizona. Le 27 avril, ces derniers aperçurent les feux des Chiricahuas qui se croyaient en sécurité, et arrivèrent près du campement juste avant l'aube. Normalement, les rebelles auraient dû être attaqués par surprise mais, au moment où les éclaireurs prenaient position à deux pas du camp, un homme et trois femmes surgirent devant eux en causant. Ils venaient s'assurer du bon déroulement de la cuisson du mescal. Dans la demi-obscurité, un éclaireur reconnut le fils de Loco. L'effet de surprise cloua sur place les deux parties mais en quelques secondes les coups de feu partirent. L'effet de surprise était plus que compromis. Kaywaykla rapporta plus tard que les coups de feu avaient manqué celui qui avait été pris pour le fils de Loco mais qui était en fait son petit-fils, connu plus tard sous le nom de Talbot Gooday. Sa mère était la fille de Loco et son père, qui avait trouvé la mort dans un affrontement contre les Mexicains, était l'un des fils de Mangas Coloradas. En attendant, cette alerte involontaire permit aux Apaches de se ressaisir. Le capitaine Tullius C. Tupper, qui commandait le détachement, n'arrivait pas à déloger les Indiens de leurs positions et l'on peut dire que, pour l'armée, ce fut un coup pour rien, d'autant que Forsyth allait devoir essuyer quelques remarques bien senties de la part des autorités mexicaines.

Jusqu'à présent, il n'était pas prévu dans les accords qu'une troupe armée puisse passer la frontière de façon aussi inattendue, brutale, cavalière. D'après le général Crook, qui plus tard cherchera toujours à savoir comment ses adversaires s'étaient battus et combien à chaque engagement ils perdaient d'hommes, les Chiricahuas déplorèrent quatorze morts. Dès la tombée de la nuit, les fugitifs se mirent une nouvelle fois aux préparatifs et repartirent vers le sud. Si les Apaches avaient pu s'en tirer aussi facilement c'est que dans l'après-midi quatre jeunes guerriers parvinrent à prendre les éclaireurs à revers. La surprise les déstabilisa et, voyant leurs éclaireurs revenir les rejoindre dans la plaine, les soldats, peu enclins à l'aventure, se replièrent. Le détachement commençait à être à court de munitions, les hommes étaient épuisés et les Apaches avaient un savoir-faire qui décourageait souvent les plus téméraires. Mais d'une manière générale, lorsque les éclaireurs apaches qu'employait l'armée étaient défaits, la confiance dans l'issue du combat n'était plus de mise et il en fallait peu ensuite pour que les soldats décrochent. Geronimo et les autres guerriers savaient cela, le gros danger pour eux, c'étaient leurs anciens compagnons d'armes passés à l'ennemi. Ils connaissaient leur manière de se battre, ils savaient comment pour eux la guerre fonctionnait tant sur le plan purement stratégique que sur un plan plus psychologique, plus subtil.

Les Apaches étaient épuisés et durent s'arrêter pour souffler un peu. Kaahtenay, Chato et Naiche, qui disposaient de bons chevaux, continuèrent leur route. D'après Betzinez, les trois hommes aperçurent quelque temps après un détachement de Mexicains. C'était la troupe du colonel Lorenzo Garcia, celui-là même qui fut informé par les deux guerriers qu'il avait capturés, alors qu'ils venaient de voler des chevaux sur la San Simon, des projets de Geronimo et donc du chemin qu'il prendrait pour revenir au Mexique.

Alors qu'ils venaient d'atteindre une région de basses collines en longeant l'Aliso Creek, les Chiricahuas pouvaient apercevoir au loin la ligne bleue des montagnes de la Sierra Madre. La colonne indienne s'arrêta pour prendre un peu de repos. Une arrière-garde guettait une éventuelle poursuite des soldats américains et, lorsque soudain l'ennemi surgit du ravin, tirant sur le flanc de la file, ce n'était pas l'adversaire attendu. Les Mexicains tuèrent aveuglément en quelques secondes beaucoup d'Apaches et principalement des femmes et des enfants. L'effet de surprise avait joué à plein, et les Indiens étaient totalement désemparés. Ceux qui parvinrent à s'échapper de l'autre côté de la colline trouvèrent Naiche, Chato et Kaahtenay assis tranquillement en train de fumer. De là où ils étaient, ils ne pouvaient pas ne pas avoir entendu le bruit des combats et les cris de ceux qui allaient mourir. Geronimo était lâché par trois Chiricahuas qui comptaient et qui allaient compter. On ne saura jamais pourquoi ces trois guerriers s'étaient désolidarisés des autres, d'autant qu'il y avait les femmes et les enfants à protéger. Si les Apaches avaient souvent des attitudes très individualistes, ce genre de fuite au cours d'une expédition de cette nature était rarissime.

En attendant, la bataille n'était pas finie. Elle dura jusqu'à la nuit. Les Chiricahuas parvinrent enfin à se regrouper. Le chef chokonen Chihuahua et Geronimo, avec tous ceux qui les accompagnaient, retrouvèrent l'ensemble des membres du groupe dissimulés du mieux qu'ils pouvaient dans le lit desséché du ruisseau. C'est à ce moment-là et à cet endroit que l'affrontement eut vraiment lieu et que naquit une bien étrange polémique. La bataille était dure et les positions, si elles ne bougeaient presque pas, étaient pour les Apaches difficiles à tenir. Les femmes avaient creusé des tranchées le long de la rive et les guerriers aménagèrent comme ils purent des sortes de cavités dans la paroi molle afin de mieux s'installer pour tirer. À un moment donné, on entendit crier : « Geronimo, Geronimo est dans ce fossé ! » Un soldat avait dû le reconnaître on ne sait trop comment. Bien armés, les Apaches tuèrent une vingtaine de Mexicains lors d'un assaut soudain qu'ils lancèrent après avoir entendu crier le nom du chamane de guerre bedonkohe. Quelques heures plus tard, d'après Talbot Gooday, Geronimo rappela ses guerriers pour leur dire que s'ils laissaient les femmes et les enfants, ils avaient une chance de sortir vivants de ce guêpier. Le fidèle et fougueux Fun n'en crut pas ses oreilles et demanda à Geronimo de répéter ce qu'il venait de dire. Geronimo donna alors l'ordre de partir en laissant sur place les familles. Fun le braqua avec son fusil et le dissuada de réitérer un tel ordre. Geronimo se tut et disparut dans l'obscurité. Cet étrange incident est aussi incompréhensible que l'attitude des trois guerriers le matin même. En fait, depuis que Geronimo avait massacré les bergers mexicains à la ferme de Bylas avant d'aller arracher de force Loco et les siens à San Carlos, tout allait mal ; et le chamane n'attirait guère la compassion. On peut comprendre aussi les réactions de Naiche qui, une dizaine de jours avant, avait empêché Geronimo de poignarder un enfant caché sous les jupes d'une femme effrayée. Cependant, l'affaire de la bataille d'Aliso Creek, où ce furent d'ailleurs les gens de Loco qui payèrent le plus gros tribut en vies humaines, était des plus contestables. Que Geronimo ait eu et ait encore aujourd'hui des détracteurs n'est un secret pour personne ; cependant, de là à donner l'ordre de déserter en laissant les femmes et les enfants aux mains de l'ennemi mexicain, cela fait beaucoup. De plus, Talbot Gooday en voulait personnellement à Geronimo parce que ses proches de la bande de Loco furent tués pendant cette bataille. Jusqu'à sa mort en 1962, Gooday dénonça l'exode forcé de Loco, les nombreuses morts qui s'ensuivirent et les ordres de désertion. Cela dit, on sait que, lorsqu'il y avait des bébés dans la troupe, les Apaches, s'ils se sentaient en danger extrême, demandaient aux femmes l'autorisation de les étouffer afin que leurs cris ou leurs gémissements ne trahissent pas leur présence.

Après s'être réfugiés dans la montagne et avoir souffert cruellement du froid et de la faim, les Apaches reçurent l'ordre de Geronimo de redescendre pour se tenir prêts à reprendre la route vers le sud. Cependant, de là où ils étaient, ils purent assister à un spectacle qu'ils n'avaient encore jamais vu mais qui était riche d'enseignements. Les troupes américaines et mexicaines étaient en train de se rencontrer, face à face. Les Chiricahuas s'attendaient à ce que les soldats des deux pays se battent mais non, il ne se passa rien. Ils réalisèrent, médusés et inquiets, que les troupes avaient tout l'air de fraterniser. Ce spectacle donna aux Apaches à réfléchir sur la notion de relations internationales. Ce que se dirent les officiers des deux troupes n'était de nature ni hostile ni trop amicale. Comme on peut s'en douter, Garcia demanda des comptes à Forsyth sur son franchissement de la frontière. Comme celui-ci lui répondit qu'il avait ordre de poursuivre et d'anéantir les Apaches hostiles, le Mexicain lui annonça fièrement qu'il s'était acquitté de ce travail. En se rendant sur les lieux de la bataille, ils découvrirent une vingtaine de cadavres mexicains et plus de soixante-dix tués chez les Chiricahuas. De plus, trente-trois femmes et enfants avaient été capturés. Désormais leur vie en captivité au Mexique ne serait qu'un long cauchemar éveillé. Les deux officiers se quittèrent en bons termes. Personne à l'époque ne voulut parler du passage de la frontière mexicaine et Tullius C. Tupper situa pour Washington la bataille au sud du Nouveau-Mexique.

Les Chiricahuas venaient de subir un coup dur dont ils n'avaient guère besoin. Ainsi, en quittant le repaire de Juh dans la Sierra Madre pour aller chercher des guerriers supplémentaires à San Carlos, Geronimo, instigateur du projet qui avait provoqué en partie une levée de boucliers, y perdit plus qu'il n'y gagna. Lorsqu'ils reprirent leur route, les Apaches avaient plusieurs blessés dont un jeune guerrier appelé Tzoe. L'homme n'était pas un Chiricahua mais un Apache white mountain. Il était cependant marié à deux femmes chiricahuas qui avaient trouvé la mort au cours de la charge sauvage des Mexicains. La perspective de se retrouver bientôt à nouveau tous ensemble chez les Nedhnis dans la forteresse de Juh était assombrie par les lourdes pertes, notamment parmi la bande de Loco. Réunis sous l'autorité de Juh et de Geronimo, les Apaches se reposèrent quelques jours et décidèrent d'aller faire du troc à Casas Grandes au Chihuahua où le commerce était aussi facile et sûr qu'à Janos. Cependant le Chihuahua avait commencé à montrer des signes d'impatience et avait envoyé des compagnies contre les Indiens. Il s'agissait, d'après Juh, de soldats qui venaient de Galeana, et Galeana allait payer un lourd tribut. Lors de l'un de ces affrontements, l'épouse du moment de Geronimo, Chee-hash-kish, qui lui avait donné deux enfants, Chappo le garçon et Tozey (Dohn-say) la fille, fut faite prisonnière avec la femme de Chato et ses deux enfants. Geronimo ne revit jamais Chee-hash-kish. En mai ou juin 1882, après avoir rôdé dans le Sonora et entraîné dans des camps provisoires de jeunes novices pour la préparation de raids à venir, Geronimo prit une nouvelle épouse, Zi-yeh, une jeune Nedhni. Elle partagera la vie de son illustre mari jusque dans la captivité. En juillet 1890, elle sera même baptisée à l'église de Mount Vernon, Alabama, avec sa fille Eva.

L'union sacrée apache ne dura pas longtemps. Les tensions du mois d'avril avaient été pour beaucoup très dures et chacun préféra, selon le vieux mode de vie apache, garder farouchement son indépendance. Juh retourna avec les siens dans sa forteresse et, de leur côté, Geronimo, Kaahtenay et Chihuahua, avec plus d'une centaine de personnes, continuèrent à sillonner le Sonora en lançant des raids appropriés et prudents. Geronimo descendit jusqu'à Ures et remonta ensuite au nord sur les boucles de la rivière Bavispe, ravageant la contrée sur son parcours. Pendant que les hommes guerroyaient et pillaient, les femmes, réfugiées avec les plus petits dans les montagnes, confectionnaient ou raccommodaient des vêtements, réparaient les mocassins, emmenaient les enfants à la cueillette des baies et des glands, s'occupaient de préparer les venaisons et faisaient sécher la viande de bœuf en prévision de stocks de nourriture pour les moments de pénurie. Les collines alcalines recouvertes de graminées leur offraient de quoi voir venir et satisfaire les guerriers qui revenaient des raids.

En septembre 1882, excédé par les troubles et les ravages occasionnés par les partis de guerre chiricahuas, le président Chester A. Arthur rappela le seul officier qui à son avis possédait les moyens et les qualités de venir à bout de Geronimo, le général Crook. L'officier réapparut en septembre 1882 à la caserne Whipple non loin de la ville de Prescott. Fort Apache l'accueillit également. Il y installa ses quartiers avec son éminence grise et aide de camp John Gregory Bourke. Les Apaches se rendaient compte que l'événement était de taille car le Loup Gris, *Nantan Lupan* Crook, était un adversaire acharné et redoutable. Geronimo, comme les autres guerriers, avait le sentiment que le pays leur appartenait encore, cependant il décida de regagner des campements plus sûrs plutôt que d'arpenter les collines et les plaines du Sonora. C'est dans cette période que la Puissance de Geronimo se manifesta à nouveau. Alors qu'ils étaient près d'Oputo, Geronimo avertit ses compagnons que des soldats mexicains les poursuivaient mais que lui, Geronimo, savait où et quand la troupe surgirait. La bataille eut lieu comme Geronimo l'avait prévu. Les Mexicains furent défaits rapidement et les danses de victoire accompagnées de festins commencèrent. Juh et sa bande rejoignirent le groupe de Geronimo et ils fêtèrent tous ensemble la victoire et le Pouvoir du chamane de guerre. Juh, quant à lui, ne fut pas en reste et raconta comment, avec ses guerriers, il était venu à bout d'une troupe de soldats mexicains sans perdre un seul homme. Ils les avaient laissés s'engager sur les sentiers de la montagne en haut de laquelle ils s'étaient cachés et au moment opportun, avaient fait dévaler de gros rochers qui fracassèrent tout sur leur passage et écrasèrent de nombreux soldats. Maintenant, Juh et Geronimo avaient la même idée en tête : venger une nouvelle fois Aliso Creek et les expéditions des troupes de Galeana sur Casas Grandes.

Après quelques semaines de répit pendant lesquelles, entre fêtes et cérémonies, on tint plusieurs fois conseil, les chefs décidèrent d'attaquer Galeana. Le chef de la garnison de cette ville s'appelait Juan Mata Ortiz. C'était l'un des deux officiers qui commandaient les troupes lors du massacre de Tres Castillos au cours duquel avaient péri Victorio et de nombreux membres du peuple chihenne. Nana se joignit avec un enthousiasme non dissimulé à l'expédition punitive dirigée par Juh. On installa les camps dans les montagnes qui dominaient la petite ville puis on décida de la tactique à appliquer. Pour les Indiens, celle qui prévalut n'était pas originale mais elle avait le mérite d'avoir fait ses preuves. Il s'agissait d'envoyer un petit groupe pour harceler et attirer l'ennemi, de faire ensuite semblant de s'enfuir, puis enfin, à un moment bien précis, de disparaître brusquement sur les côtés et de laisser apparaître, face aux poursuivants, une troupe de guerre déchaînée dispensant un feu roulant. À Galeana, les Apaches s'étaient dissimulés le long d'un ravin parallèle au chemin, tandis que plus loin, d'autres s'étaient embusqués sur les hauteurs. Arrivés à proximité des caches des Chiricahuas, les Mexicains se heurtèrent à un barrage de feu et en très peu de temps la petite troupe fut décimée. L'officier commandant les Mexicains aboya des ordres, quitta la route et se réfugia avec quelques soldats sur une colline.

Une fois installés, ils commencèrent à échafauder un parapet de fortune pour contenir l'assaut qui n'allait pas tarder à survenir. Les chefs chiricahuas et des tireurs d'élite se placèrent à couvert près d'un des rares cèdres du flanc de la colline et délogèrent les Mexicains. À ce moment, d'autres guerriers surgirent et achevèrent d'exterminer le détachement de Galeana au corps à corps. Les Apaches ne comptèrent que deux morts, et vingt et un du côté mexicain dont Juan Mata Ortiz. Victorio était vengé, ainsi que Casas Grandes. Les Apaches avaient, sur la demande de Geronimo, laissé partir un survivant. L'homme irait prévenir d'autres Mexicains, d'autres soldats et comme ceux-ci ne manqueraient pas de venir, il n'y aurait plus qu'à les attendre pour à nouveau les vaincre. Mais lorsque la nuit tomba, pas un seul militaire n'avait montré le bout de son nez. Ce qu'avait raconté le survivant dut être tellement effrayant que personne n'osa réagir. Cela rappelait ce que racontait Betzinez. Lorsque les Apaches volaient du bétail ou des chevaux, ils en laissaient toujours un peu aux victimes car, en effet, qui élèverait ensuite bœufs et chevaux si les Apaches les volaient tous ?

Une fois la nuit tombée, les guerriers rejoignirent les familles cachées dans les montagnes. On se reposa plutôt que de danser et de festoyer. Quelques jours plus tard, les bandes se séparèrent à nouveau. Juh regagna son repaire et, de leur côté, Geronimo, Naiche, Chihuahua et les autres établirent des petits camps le long des rives de la Bavispe où ils demeurèrent plusieurs mois au terme desquels ils retournèrent au canyon près de chez Juh où ils se retrouvèrent à nouveau. Mais pour Geronimo, il n'y avait pas de bonnes nouvelles. Les Nedhnis avaient été attaqués non loin de leur principale *ranchería*. Ishton, la « sœur » préférée de Geronimo, avait été tuée avec sa petite fille de quatre ans et sa fille aînée, Jacali, avait été grièvement blessée à la jambe. Au sortir de tous ces affrontements, les Chiricahuas totalisaient environ quatre-vingts guerriers. Cela paraît peu mais, quand on voit ce qu'un seul guerrier arrivait à faire, c'est comme s'il y en avait le triple. C'était un constat que faisaient les Apaches eux-mêmes mais cela ne les empêchait pas de s'inquiéter en voyant leurs rangs s'éclaircir inexorablement de jour en jour. Pour le moment, ils se reposaient au milieu d'une configuration de canyons et de pics vertigineux qui tentaient de se mesurer aux montagnes. Les sources de la Bavispe s'enfonçaient dans des gorges inextricables où la limpidité et la fraîcheur des eaux s'ajoutaient à l'abondance du gibier. Les derniers temps de la liberté sauvage s'avançaient. On lança quelques raids meurtriers au Mexique même et au-delà de la frontière, en Arizona. L'un d'eux, avec Chato à l'œuvre, allait compter dans l'Histoire, avec ceux de Nana et d'Ulzana.

Accompagné de Benito, Naiche, Beneactiney, un gendre du chef Chihuahua et très proche ami de Tzoe, le White Mountain qui était là aussi, et de vingt-six guerriers, Chato partit vers le nord. Le reste des Chiricahuas alla avec Geronimo vers le sud. Ils s'enfoncèrent jusqu'à Ures et toute cette partie du Sonora connut des semaines de terreur.

Les jeunes *dikohe* et le fils de Geronimo, Chappo, firent leurs premières armes dans des raids où il leur fallait plus voler des chevaux que tuer des Mexicains.

Du côté de Chato, le raid avait été très intense et laissa dans la mémoire de tout Américain du Sud-Ouest de l'époque des traces indélébiles. Le 21 mars 1883, le parti de guerre fondit sur une exploitation minière non loin de Tombstone. Les quatre occupants des lieux furent tués. La tornade chiricahua de Chato continua son raid en tuant tout ce qu'elle trouva sur son passage. La réserve de San Carlos s'attendait à être attaquée. Crook, dès son retour, l'avait placée en état d'alerte. Déjà les officiers qui allaient être avec le général les principaux acteurs de la première « reddition » de Geronimo étaient là. Crook avait nommé à la tête de la réserve le capitaine Emmet Crawford, assisté lui-même du sous-lieutenant Charles B. Gatewood qui commandait Fort Apache. Le jeune sous-lieutenant Britton Davis était quant à lui responsable à San Carlos des éclaireurs apaches, l'unité d'élite de Crook. Tous les acteurs étaient déjà en scène. Il ne manquait plus que le guerrier bedonkohe. Ils auraient bien le temps de le rencontrer.

Chato ne s'en prit pas à la réserve mais obliqua vers le nord-est, dépassa la vallée de San Simon et se dirigea vers le Nouveau-Mexique. Il traversa le pays de Geronimo et de Mangas Coloradas en passant par le massif des Burro. Alors que le parti de guerre se trouvait entre Silver City et Lordsburg, à proximité du lieu de naissance de Geronimo, il attaqua une diligence dans laquelle voyageait un juge fédéral, H.C. McComas, accompagné de sa femme et de leur fils Charlie, un petit blond de six ans. Une fois les parents tués et dépouillés sous les yeux effarés du gamin, celui-ci fut emmené par les Apaches. Pendant des années, le mystère McComas perdurera car on ne sut jamais ce qu'il advint de lui par la suite. Certains pensent qu'il survécut longtemps parmi les Apaches et que dans le courant des années 1920-1930 il put recouvrer sa liberté ; d'autres, et cela paraît plus plausible, pensent qu'il a été tué par un de ses geôliers chiricahuas au début de la première attaque d'une *ranchería* de la Sierra Madre par les éclaireurs de Crook en mai 1883. En effet, on retrouva dans les décombres du camp assailli des cheveux blonds et des photographies de ce qui apparaissait comme un couple américain, un homme et une femme à l'air plutôt distingué. D'aucuns s'attendaient à ce qu'au retour de Chato du Nouveau-Mexique la terreur apache se dirigeât vers l'ouest pour attaquer San Carlos. Il n'en fut rien et la bande de Chato disparut, échappa à ses poursuivants et se réfugia au Mexique. Le raid n'avait duré que six jours. Pour les habitants du Sud-Ouest, ces jours furent des mois. Les Indiens parcoururent des centaines de kilomètres, tuèrent au moins vingt-six personnes. Sans être vus. Avec les Apaches, en période de guerre, c'est toujours comme ça. Ceux qui les voient sont ceux qui vont mourir.

Lors de l'attaque du camp de mineurs près de Tombstone, Beneactiney, l'ami de Tzoe, avait été tué. Le jeune White Mountain en fut très affecté. Aux yeux des Chiricahuas, il n'était qu'un White

Mountain et ils nourrissaient envers lui non pas une franche hostilité mais plutôt une sourde indifférence. Avant ce jour fatal, le jeune guerrier avait eu comme femmes deux Chiricahuas mais elles furent tuées lors d'un affrontement. Pour Tzoe, cela faisait beaucoup : les quolibets, les insultes déguisées puis, en se battant aux côtés des Chiricahuas, la perte de trois êtres chers. Le découragement l'envahit et, pendant l'un des six jours, lorsqu'il eut l'occasion d'apercevoir au loin la réserve où vivaient encore des membres de sa famille, il s'effondra en pleurant et demanda à quitter le groupe. On lui donna quelques vivres en lui souhaitant bonne chance et il prit la direction de la réserve. Plusieurs versions existent au sujet du départ de Tzoe. On raconta notamment, c'est en tout cas la version qu'il rapporta à Crook, qu'il fut emmené de force au Mexique alors qu'il tentait de fausser compagnie aux guerriers. Cependant, comme il entretenait des relations amicales avec Chato, il se peut que ce dernier l'ait aidé à s'esquiver. Pour le moment Tzoe allait vers son destin. Les bandes réunies dans la Sierra Madre ne pouvaient imaginer à quel point la défection du guerrier white mountain allait peser sur leur devenir.

Retour à la réserve

Le temps des cheveux coupés des femmes et de leurs visages noircis par le deuil n'était pas terminé. Avant que les Apaches ne connaissent le climat, irrespirable pour eux, de la Floride, ils n'avaient pas fini de voir les malheurs s'abattre sur leur petit peuple. Le paradis sur terre où vivaient les derniers Chiricahuas libres dans la Sierra Madre était peut-être trop calme pour des hommes tels que Geronimo, Juh et Nana. L'amphithéâtre rocheux, les canyons profonds, les chevreuils à queue noire, les daims, les gibiers d'eau et à plume, les femmes qui allaient cueillir les baies, les glands et les pins pignons à l'ombre des sycomores qui saluaient leur passage, tout cela ne satisfaisait plus le chamane de guerre bedonkohe. Les raids succédaient aux raids, le Mexique était saigné à blanc. Un White Mountain qui se sentait « maltraité » par les fougueux Chiricahuas allait donner à l'armée des États-Unis, en la personne du général George Crook, la clé pour envahir les derniers sanctuaires chiricahuas et ainsi lui permettre de porter à Geronimo et à ses partisans les premiers coups mortels.

Le 28 mars 1883, la mort des parents McComas était annoncée à la réserve. Pensant que celle-ci allait être attaquée, Crook donna des ordres. Le capitaine Emmet Crawford arriva de Fort Apache, Britton Davis et ses éclaireurs chiricahuas et white mountains s'animèrent. L'attaque pressentie n'eut pas lieu. Dans la nuit du 30 au 31 mars, un des éclaireurs espions de Davis avertit son chef que des « hostiles » étaient parvenus à se glisser jusqu'au camp du chef coyotero Nodiskey, un Apache pas très amical. Lorsque à l'aube les éclaireurs investirent le camp, les Indiens étaient en train de se réveiller. Le seul élément nouveau, c'était Tzoe qui venait, dit-il, prendre des nouvelles de sa famille. Il ne lui fallut pas longtemps pour raconter toute son histoire, le raid avec Chato et surtout, ce qui fit dresser les oreilles des éclaireurs, les diverses positions des bandes rebelles dans la Sierra Madre.

Davis envoya immédiatement un message à Crook qui s'entretint aussitôt avec le jeune White Mountains disposé à indiquer aux officiers ce qu'ils voulaient savoir. Le lendemain, Crook prit le train pour le Mexique afin d'obtenir enfin les autorisations pour franchir la frontière internationale. Le résultat des rencontres était attendu, Mexico céda rapidement. En effet, le Mexique ne pouvait se permettre de subir les « pressions » de tout ordre de son puissant voisin et, de plus, les Mexicains vouaient une haine, un dégoût et un mépris tels aux Apaches qu'ils étaient bien trop contents de voir une armée s'en occuper, d'autant plus qu'eux-mêmes, depuis des centaines d'années et notamment depuis le milieu du XIXe siècle, étaient incapables de venir à bout de quelques dizaines de guerriers.

La colonne du général Crook s'ébranla le 1er mai. Elle comptait neuf officiers dont le capitaine Crawford secondé par le lieutenant Charles B. Gatewood et le bras droit du général, John Gregory Bourke, qui tenait le journal de l'expédition et qui écrivait beaucoup sur les Indiens qu'il avait l'occasion de rencontrer. Al Sieber était le chef des éclaireurs apaches qui avaient des bandeaux rouges pour qu'on puisse les distinguer des « hostiles ». Il était flanqué de ses assistants Sam Bowman et Archie McIntosh. Mickey Frey servait d'interprète. Cet Apache métis n'était autre que Felix Ward, le fils du fermier irlandais qui avait été enlevé par les Apaches pinals et qui fut, en 1861, à l'origine de l'affaire Bascom et de la guerre de Cochise. Enfin Frank Randall, le correspondant du *New York Herald*, accompagnait la troupe. C'est lui qui prendra, pour la postérité, la fameuse photographie où l'on voit Geronimo à genoux, le fusil en travers, regardant fixement et furieusement l'objectif. Malheureusement, durant la longue marche qui éprouva durement les soldats, une bonne partie du matériel photographique et des clichés se perdit quand, au détour d'un sentier escarpé et penchant dangereusement dans le vide, plusieurs mules tombèrent dans le précipice. La colonne traversa des contrées désolées, des localités appauvries, terrorisées par les raids chiricahuas et repliées sur elles-mêmes. Lorsque leurs habitants voyaient les soldats arriver, ils n'en croyaient pas leurs yeux et leur accueil était chaque fois exubérant.

Le 8 mai Crook campa à Tesorabi. On lui avait indiqué qu'un camp de rebelles était tout proche. Il questionna encore Tzoe, qu'il appelait « Peau-de-Pêche » à cause de son visage poupin et rosé. Celui-ci révéla à Crook que le camp venait d'être abandonné en hâte, certainement la veille. On pouvait y voir les vestiges des *wickiups* démontés rapidement et le reste des butins laissés sur place, ce qui signifiait une fuite précipitée. Enfin, le 15 mai, après une marche épuisante, les éclaireurs découvrirent une *ranchería* rebelle. C'était pour certaines sources celle de Chato et pour d'autres celle de Chihuahua. Les éclaireurs l'encerclèrent prudemment mais soudain, des coups de feu partirent prématurément. Des rebelles ripostèrent. Quelques Apaches furent tués. Dans le feu de l'action, un jeune guerrier qui perdit sa mère tua de dépit un non moins jeune prisonnier qu'on lui avait confié, un petit Blanc, tout blond qui pouvait être Charlie McComas. Ce fait étayait la première source selon laquelle il s'agissait du camp de Chato. Les éclaireurs fêtèrent leur victoire et leur important butin de la même manière qu'ils le faisaient auparavant quand ils revenaient d'un raid, triomphants, à leur *ranchería* devant leurs familles. Il y avait quelques prisonniers et surtout des jeunes femmes. Tous et toutes, malgré leur jeune âge, demeuraient calmes et sereins. Bourke les trouvait magnifiques, beaux et fiers. Une des jeunes femmes qui se trouvait être une des filles de Benito dit que son peuple était inquiet de voir ses places fortes de la Sierra Madre découvertes. Il le serait plus encore quand il apprendrait que c'était Tzoe qui avait guidé les soldats. Pour elle, Loco et Chihuahua seraient sans doute enclins à se rendre ; concernant Nana, Geronimo, Juh et Chato, ce serait sans doute une tout autre affaire. Crook, qui essaya de la faire parler, n'apprit pas grand-chose. Il la renvoya auprès des siens, accompagnée de l'aîné des garçons, avec un message de conciliation.

Les jours qui suivirent, des femmes et des enfants commencèrent à arriver au camp de Crook — parmi eux, Nah-thle-tla, la cousine de Geronimo et la mère de Betzinez. Chihuahua arriva le jour suivant. Ce grand chef chokonen, de belle allure, était monté au plus haut dans la hiérarchie de son groupe local. Il dit à Crook avoir envoyé des messagers aux éléments hostiles pour qu'ils viennent se soumettre. Le 18 mai, beaucoup de femmes et d'enfants affluèrent au camp du général. Les femmes avaient attaché partout des sacs blancs de farine pour signaler aux guerriers que tout allait bien, qu'ils pouvaient venir en paix. Dans la nuit qui suivit, Geronimo et les trente-six guerriers qui l'accompagnaient firent leur apparition et s'installèrent à environ trois cents mètres au-dessus du camp de Crook. On leur fit dire que les opérations militaires étaient suspendues et qu'il était temps de parler. Le 21 mai au matin, le général partagea un petit déjeuner avec Geronimo, Naiche, Chato et d'autres guerriers. S'ils mangèrent avec appétit les haricots, le pain et burent du café en abondance, les Apaches ne touchèrent pas au porc. Le porc mangeait les serpents. Serpent n'était pas bon. Dans la grande histoire de la cosmogonie chiricahua, il suivait les Voies inférieures.

Dans la journée, les groupes furent rejoints par Kaahtenay et ses trente-huit guerriers, eux-mêmes rejoints assez vite par Nana et ses fidèles. L'opération de Crook se déroulait à merveille. Le 23 mai, le général fit distribuer des rations alimentaires. La colonne et les prisonniers de guerre remontèrent vers le nord. Lors des arrêts pour le repos et des bivouacs pour la nuit, Bourke observait de près les Apaches et leur trouvait toutes les qualités du monde. Les chefs — Chato, Geronimo, Loco, Nana, Chihuahua, Mangus, Kaahtenay, Benito et Gil-lee — lui firent l'effet d'hommes sincères, équilibrés, aptes au commandement, intelligents et capables de mener un peuple aux meilleures destinées. On remarquera que Naiche n'est pas cité par Bourke comme il n'est pas cité depuis quelque temps dans les conciliabules entre Apaches et entre Apaches et Blancs. C'était pourtant lui, le fils de Cochise, le chef héréditaire. Naiche avait manifestement abandonné tous ses « pouvoirs », si tant est qu'il en ait jamais eu, à Geronimo qui le remplaçait au sommet. Les avis de Bourke avaient certainement influencé Crook qui, de son côté, commençait à percevoir différemment ses valeureux adversaires. C'est peut-être pourquoi il céda, quelques instants, à Geronimo lorsque ce dernier vint lui demander l'autorisation de rester une semaine de plus dans la montagne afin qu'il puisse réunir vraiment tous les siens. Il y eut un moment de flottement. Geronimo s'était-il rendu ? On se souvient qu'il avait usé du même prétexte avec Clum à Apache Pass en juin 1876. Aucune réponse précise ne fut faite. Du côté des Apaches, craintifs et farouches comme des loups, on reniflait un piège sans savoir au juste de quelle nature il était. En effet, l'attitude de Crook perturbait Geronimo. L'officier était à la fois indifférent, détaché et soudainement très présent et autoritaire. Les Chiricahuas en voulaient surtout aux éclaireurs white mountains. Ils pensaient alors organiser une danse tribale en l'honneur de la « bravoure » des éclaireurs afin de les supprimer par surprise. Ce fut Dji-li-kine, un Chiricahua qui considérait les White Mountains comme des frères, qui s'opposa au projet. De son côté, Al Sieber commençait à sentir le vent tourner. Il refusa toute idée de « fraternisation » entre les rebelles et les éclaireurs, à ses yeux une idée contre nature. Sieber était sûr d'avoir sauvé *in extremis* l'expédition.

Le 27 mai, la veille du départ, un éclaireur vint avertir Crook qu'il avait vu des soldats mexicains en train de ramener au bercail le bétail qui avait été abandonné par Geronimo à la suite des derniers événements. Le 28, la colonne repartit et, tard dans la nuit, Geronimo, accompagné de Kaahtenay, de Chihuahua et de Chato, rejoignit la troupe avec plus de cent des leurs. Crook eut un entretien avec les chefs. À nouveau, Geronimo, appuyé par les autres, demanda du temps au général, mais celui-ci répondit que les hommes et les réserves étaient épuisés et que tout retard serait désormais très ennuyeux. Malgré tout, comme Crook trouvait que la demande de Geronimo était fondée, il accepta en le mettant en garde : s'il ne parvenait pas à rattraper à temps la colonne, ils pouvaient être pris pour cibles par n'importe quel Mexicain ou Américain qu'ils rencontreraient. Nana, Chato, Kaahtenay et Benito restèrent avec Crook. Geronimo était reparti, mais Crook avait confiance. Il n'avait ni le temps ni les moyens de monter un raid. Tous les chefs s'étaient donc rendus sauf Juh et ses derniers Nedhnis qui étaient demeurés dans leurs places fortes de la Yaqui River. La colonne poursuivit sa remontée vers le nord avec trois cent vingt-cinq prisonniers dont cinquante-deux hommes et deux cent soixante-treize femmes et enfants. Le peuple avait l'air soulagé. Les gens étaient las de courir et d'avoir faim derrière Geronimo. Ils voyageaient léger et laissaient peu de chose derrière eux. Avec Geronimo, tel un vent puissant, ils avaient marqué leur pays. Ils étaient nomades, guerriers, vivaient de la chasse et de la cueillette et s'appelaient eux-mêmes « le Peuple ». Les dernières batailles et les dernières redditions allaient faire partie du mythe qui se confondait avec le chamane de guerre des Bedonkohes. Mais pour le moment, la crainte d'une attaque soudaine, les nuits sans sommeil, les affres de la faim, tout cela était terminé. Les femmes, lasses de la vie rude, avaient beaucoup agi pour que les hommes consentent à une reddition.

Le général Crook ne revint pas par le Sonora. Il se dirigea vers Casas Grandes puis remonta par la plaine du Chihuahua pour éviter autant que possible les zones habitées et les troupes mexicaines qui auraient pu effrayer les rebelles et les faire fuir en un rien de temps dans les montagnes. L'expédition passa non loin d'Aliso Creek où, un an auparavant, avait eu lieu la terrible bataille entre les Chiricahuas et les troupes de Garcia. Les Apaches détournèrent les yeux de façon à ne pas voir les os des leurs léchés par les coyotes et blanchis au soleil. Avant de parvenir à la frontière américaine, la colonne obliqua à l'ouest vers le Sonora. Le 10 juin, Crook arriva aux États-Unis. Il passa non loin de Douglas et de Silver Springs où l'officier avait établi son quartier général. C'est à ce moment que le Sud-Ouest puis le pays tout entier apprirent les bonnes nouvelles de la campagne de leur armée. Très vite, la presse déchaînée demanda que les guerriers soient pendus et les femmes et les enfants expédiés en Territoire Indien en Oklahoma. Entendant l'Amérique profonde gronder contre ses prisonniers, Crook, ne voulant prendre aucun risque, ordonna à un contingent d'escorter les rebelles à San Carlos avec un groupe d'éclaireurs. Le 23 juin, les Chiricahuas arrivèrent à la réserve qu'ils connaissaient déjà. Le 23 juillet, Crook, en terminant son rapport, confia que si Geronimo et les membres de sa tribu, qu'il était parti rechercher, n'étaient pas encore arrivés, cela n'avait aucune importance. Il était presque seul, et, de plus, les Indiens n'avaient pas la même notion du temps que les Blancs. Il était décidé à attendre patiemment. Les événements lui donnèrent vite raison.

Du Loup Gris à Trois-Étoiles

Une fois arrivés à San Carlos, les Chiricahuas furent placés sous la responsabilité commune du capitaine Emmet Crawford et de Britton Davis. Le lieutenant Charles B. Gatewood, quant à lui, retourna à Fort Apache. Davis trouva ses prisonniers presque aimables, dotés d'un solide sens de l'humour et sachant raconter d'incroyables histoires sur leurs années de guerre. À côté de ça, les autres tribus de la réserve les haïssaient tout en les craignant. Aussi paraissait-il à la fois stupéfiant et logique de voir les Chiricahuas aller chercher réconfort et sécurité auprès des officiers. Bien entendu, tous ne nouèrent pas des relations amicales avec les Américains. C'est ainsi que le jeune guerrier Kaahtenay, qui était populaire auprès de beaucoup, se montrait rétif, sombre et mystérieux, comme l'était Geronimo. Il épiait tout ce qui se passait et se disait. Dès qu'une fenêtre ou une porte était ouverte, les oreilles de Kaahtenay n'étaient pas loin. Des bruits remontèrent à celles des officiers qui apprirent que le jeune Chihenne regrettait de s'être rendu et projetait de s'évader. C'était la première fois de sa courte vie qu'il vivait dans une réserve et il ne tenait pas en place. Bien que les officiers se méfiaient de lui, et que ce n'était pas l'envie de l'arrêter qui leur manquait, on le laissa aller et venir, maugréer contre l'armée et les agents pour la simple et bonne raison que, même s'il était encore loin, Geronimo ne manquerait pas de l'apprendre, et que la nouvelle de l'arrestation du jeune guerrier le dissuaderait de revenir, comme promis à Crook, à San Carlos.

Au mois d'octobre, Crook attendait encore Geronimo et ses proches. Il envoya Britton Davis à la frontière voir ce qu'il en était. Davis devait repérer les rebelles et, en compagnie d'éclaireurs chiricahuas triés sur le volet, les convaincre de revenir immédiatement à la réserve. Crook et Davis avaient joué gros. Si d'aventure Geronimo, Chihuahua ou Mangus menaient un raid au Mexique ou aux États-Unis, cela ne pouvait qu'inciter à rallumer partout la guerre. Les captifs de San Carlos pourraient être plus que tentés de s'évader, menés par de jeunes leaders comme Kaahtenay et même un vieux chef comme Nana. Et, pour couronner le tout, les journaux traîneraient le général dans la boue en lui reprochant d'avoir fait confiance à Geronimo et de caresser dans le sens du poil les prisonniers de San Carlos nourris et logés aux frais des citoyens. Mais Geronimo avait donné sa parole. Un beau jour, avant la fin octobre 1883, huit guerriers avec cinq femmes et enfants arrivèrent devant le camp de Davis. Quelques jours après, Gil-lee et Naiche se présentèrent avec neuf guerriers et une vingtaine de femmes et d'enfants. Le

16 novembre, ce fut au tour de Mangus et de Chihuahua flanqués de plus de quatre-vingt-dix personnes parmi lesquelles sans doute le jeune Daklugie, le fils de Juh et d'Ishton. En effet, Daklugie devait être là car Juh venait de mourir le 21 septembre d'une crise d'apoplexie doublée d'une mauvaise chute de cheval dans le Río Aros. Ses fils avaient tenté de sortir sa tête de l'eau et de soulever son corps massif. Ils parvinrent juste à sortir un peu la tête mais le chef mourut sans reprendre connaissance. Par la suite, chaque jour Davis voyait des petits groupes arriver un à un à son camp. À la fin novembre, il avait ramené à San Carlos plus de quatre cent vingt anciens « hostiles » dont environ quatre-vingts guerriers. Le 20 décembre, un autre groupe arriva et, le 7 février 1884, dix-neuf personnes se présentèrent avec Chato à San Bernardino Springs.

Mais que faisait Geronimo ? Geronimo avait pris son temps et l'avait utilisé à bon escient. À la fin février, on annonça son arrivée. Davis était retourné sur la frontière, ne voulant en aucun cas rater son arrivée. Il avait envoyé deux hommes pour accueillir l'illustre guerrier monté, une fois n'est pas coutume mais il n'avait pas à se cacher, sur un cheval blanc. Geronimo n'était pas de bonne humeur. Il prenait comme une offense et un manque de confiance l'escorte qu'on lui envoyait pour l'« accueillir ». Il avait fait la paix et ne comprenait pas cette réception armée. Il laissa sa monture bousculer celle de Davis. On lui expliqua qu'on craignait les « mauvais Blancs ». Geronimo se calma, comprenant qu'on ne lui voulait pas de mal, et serra la main de Davis. Geronimo avait avec lui plus de trois cent cinquante têtes de bétail. Il les avait ramenées pour nourrir les siens à San Carlos. Sur le chemin du retour, à Sulphur Springs, la petite troupe tomba sur le marshal du district sud de l'Arizona et sur le shérif de Nogales. La nouvelle de l'arrivée de Geronimo se répandit comme une traînée de poudre. Les visiteurs, très hostiles aux Apaches, déclarèrent à Davis qu'ils étaient venus arrêter Geronimo et ses guerriers pour les meurtres de citoyens américains. On menaça Davis en lui intimant l'ordre de remettre Geronimo et ses partisans aux autorités civiles. Davis fit de la résistance, arguant d'ailleurs que Geronimo et ses hommes avaient tué parce qu'ils étaient… en guerre ! Il avait reçu des ordres de l'autorité militaire et devait ramener les « anciens » rebelles à la réserve. Pleins de ressources, Davis et ses hommes parvinrent la nuit à s'éclipser avec Geronimo et arrivèrent sans encombre à San Carlos. Geronimo revit enfin le général Crook qui le salua. Cependant le bétail que le guerrier bedonkohe avait ramené à grand-peine pour nourrir les Chiricahuas et pour que ceux-ci commencent à faire de l'élevage lui fut confisqué. Une partie fut restituée aux propriétaires mexicains et l'autre fut vendue. Geronimo raconta à Crook pourquoi il s'était enfui lors de l'affaire de Cibicue Creek, les mauvais traitements, la crainte d'être un beau matin arrêté pour être pendu ; il dit aussi, à propos du jeune McComas, qu'il avait bien entendu parler d'un petit garçon blanc mais qu'il ne l'avait jamais vu. En revanche, Geronimo insista auprès de Crook sur le sort des prisonniers chiricahuas au Mexique, trop de femmes et d'enfants étaient entre les mains d'esclavagistes et de tortionnaires mexicains et manquaient cruellement aux leurs. À San Carlos, les Apaches ne trouvaient plus leurs marques. Beaucoup trop d'entre eux avaient perdu la vie à cause de cet endroit.

Comme les cervelles omniscientes du gouvernement avaient concentré tous les Apaches à San Carlos, personne ne se faisait d'illusion sur le calme apparent qui régnait sur la réserve. C'est alors que Crook eut la bonne idée de proposer aux Chiricahuas — en cela il rejoignait presque Howard avec Cochise — de choisir le lieu où ils aimeraient vivre. Les Chiricahuas connaissaient bien sûr la région. Même ils étaient très au nord de leurs terres d'origine, aussi choisirent-ils la belle vallée de Turkey Creek entre la White River au nord et la Black River au sud. Le site était à environ soixante-dix kilomètres au nord-est de San Carlos. Là-bas les Chiricahuas en compagnie de Britton Davis vivraient en paix en s'adonnant à l'agriculture et à la cueillette. À la fin du mois de juin 1884, Geronimo et plus de cinq cent vingt Chiricahuas s'installèrent sur leur nouvelle terre. Britton Davis était réellement le maître des lieux. Mickey Frey, qui ne jouissait pas de la sympathie des Apaches car il était méprisant et désagréable, servait d'interprète et Sam Bowman faisait office à la fois de cuisinier et de régisseur. Davis, qui connaissait bien ses éclaireurs et comment mentalement ils fonctionnaient, eut l'inspiration de nommer Chato sergent. Le « frère » de Geronimo devint caporal-chef et le jeune fils du guerrier bedonkohe, Chappo, le domestique privé de Davis pour un salaire de cinq dollars par mois. Davis s'assura également les services d'un homme et d'une femme qui devinrent au milieu des Chiricahuas ses yeux et ses oreilles. Quant à Geronimo, il s'était installé avec sa famille et Naiche à quelques kilomètres de la tente de Davis. Les partisans du jeune Kaahtenay firent de même.

Les clivages commençaient à se redessiner. Ainsi, Nana ne se tenait pas loin d'eux et lui-même était proche des gens de Victorio — son fils, Isthee, vivait non loin des *wickiups* de Mangus dont la sœur était sa compagne — et de Chihuahua. Les Apaches appréciaient assez bien Davis. Si tous lui parlaient fréquemment, on retrouvait chez lui toujours les mêmes, c'est-à-dire les chefs modérés comme Loco, Chato, Gil-lee et Benito. Le contact avec l'officier était moins évident pour Geronimo, Naiche, Nana, Mangus et bien sûr Kaahtenay. Finalement, les ex-rebelles non seulement se méfiaient de la gentillesse — elle était sincère — de Davis mais ils commençaient aussi à surveiller de plus près des hommes comme Chato qui avait beaucoup changé. Ce dernier, qui avait donné sa parole pour la paix, était devenu distant et arrogant. Chato avait voulu être un grand chef, mais dans la tribu il ne parvint pas à convaincre. En étant nommé sergent par Davis, il s'imagina prendre une revanche sur les siens et ses sentiments lentement changèrent de camp. De plus on savait qu'il voyait celui par qui le mal était arrivé, Tzoe, le « Loup Jaune » comme l'appelaient les

Chiricahuas, bien que celui-ci soit resté à San Carlos. Cela n'inspirait pas confiance. Par ailleurs, comme pour semer le trouble, les Chiricahuas soupçonnèrent fortement Mickey Frey de traduire de façon très orientée leurs propos lorsqu'ils dialoguaient avec Davis. Il est dommage que ce dernier n'ait pas eu l'intelligence d'écouter un Sam Bowman plutôt que Frey qui pour les Apaches avait une langue de serpent. Davis pensait que peut-être ce dernier l'avait dupé en maintes occasions mais si habilement qu'il ne s'en était pas rendu compte. On reste pantois devant un tel raisonnement et l'on se dit que la révolte à venir tient à peu de chose.

Le système des éclaireurs « secrets » de Davis était connu des Chiricahuas. Chato, dont ils soupçonnaient, mais à tort, qu'il en fût un, n'en fournissait pas moins des informations à Davis sur tout ce qui se disait dans les camps. Tout le monde avait l'œil sur Chato, Geronimo, Chappo, Perico et Kaahtenay. Il y avait aussi d'autres sujets d'insatisfaction pour les Apaches. Ils ne pouvaient comme avant fabriquer leur *tiswin* pour boire. Crook avait été très strict à ce sujet et Davis leur rappelait régulièrement les termes du règlement et les sanctions encourues s'il n'était pas observé. Il est vrai que la consommation d'alcool pouvait être à l'origine de rixes et de problèmes graves. Mais les Apaches ne comprenaient pas pourquoi d'autres avaient le droit, eux, de boire : les officiers, les civils blancs, les Mexicains, etc. Dans un tout autre domaine, on leur imposa de ne plus observer certaines traditions et coutumes comme de couper le nez des femmes quand elles se rendaient coupables d'adultère. Les Apaches, lorsqu'ils en parlaient aux officiers et à Davis, disaient que ces deux points précis n'étaient pas dans les clauses de la reddition.

Un soir, Chihuahua surprit une conversation entre Chato et Mickey Frey. Ils voulaient monter une histoire comme quoi Geronimo et Kaahtenay fomentaient un soulèvement. Un autre jour que Kaahtenay et ses compagnons buvaient du whisky, ils virent Davis avec son fusil s'approcher d'eux alors qu'il revenait de la chasse au dindon. Croyant que l'officier venait les arrêter, ils menacèrent de l'abattre. En rentrant dans ses quartiers, Davis appela quatre compagnies et envoya dans le même temps des éclaireurs pour qu'ils lui ramènent les chefs pour un conseil urgent. Ce furent les mêmes qui se présentèrent mais Geronimo et Naiche, restant neutres, ne se montrèrent pas ; quant à Nana, Davis, comme tous les autres officiers, n'y faisait même plus attention, et son avis ne comptait pas : il était trop vieux ! Aux yeux des Blancs tout du moins — quelle erreur ! Le 22 juin 1884, les trois compagnies arrivèrent à Turkey Creek. Les leaders étaient réunis sous la tente de Davis et à l'extérieur les guerriers l'entouraient. Il y eut un moment de tension lorsque les éclaireurs de Sam Bowman, toujours fidèles à l'armée, ce qui ne leur évitera pas d'être déportés comme tous les rebelles, défièrent les partisans de Kaahtenay. Risquant chèrement leur peau, les éclaireurs parvinrent à désarmer sans trop de drames les guerriers, et tout le monde se dispersa. Finalement Kaahtenay n'avait rien fait. Il était comme Geronimo quand celui-ci se morfondait sur son sort, songeant à la liberté dans les montagnes ; bref, le jeune homme s'ennuyait ferme, tournait en rond et broyait du noir. Il fut néanmoins jugé par un tribunal indien à San Carlos et expédié deux ans au bagne d'Alcatraz. Lorsqu'il en revint, il savait lire, écrire et compter. Ce sera d'ailleurs lui que désignera Gatewood, avec le Nedhni Marteen, pour aller chercher Geronimo le 28 août 1886 et le présenter enfin au général Miles.

Quelques Apaches avaient été très critiques à l'encontre de Britton Davis pour son arrestation de Kaahtenay qu'ils jugeaient finalement arbitraire compte tenu des événements et de la connaissance que devait en avoir le lieutenant. Ils savaient que Davis était — ça l'arrangeait sans doute — sous l'influence des rapports — pour ne pas dire les racontars — que lui délivraient Mickey Frey, Chato et Tzoe. Pour arranger le tout, et comme par hasard, l'oreille des autorités était dirigée vers les mauvaises langues. La jalousie et les rancœurs anciennes ou récentes, on le voit ici, ont presque eu plus raison de la résistance apache après la fin de Cochise que la guerre elle-même. Si seul un Apache peut rattraper un Apache, ces trois guerriers, dont deux avaient combattu avec acharnement aux côtés de Geronimo et de Naiche, sont la preuve aussi, hélas, que seul un Apache pouvait trahir un Apache. Chato avait toujours été jaloux et particulièrement après qu'il en était venu à réaliser que Kaahtenay serait appelé un jour à succéder au chef warm springs des Chihennes, Nana. C'est pourquoi, avec l'aide de Mickey Frey et de Tzoe, Chato parvint à convaincre Davis que Kaahtenay allait se rebeller, et qu'il était en train de planifier et de conduire soigneusement les jeunes hommes à la révolte dans la réserve.

L'arrestation de Kaahtenay n'arrangea guère les choses, même si les mois qui suivirent furent relativement calmes. Mais c'était trop tard. Le mal était fait. Le germe d'une future révolte était semé. L'hiver 1884-1885 passa sans incident notoire. Dès le printemps, les règlements sur les boissons alcoolisées et les coutumes traditionnelles se firent plus stricts. Le 15 mai, les chefs, dont Chihuahua et Nana, s'adressèrent à Davis en termes virulents. Les Apaches étaient d'eux-mêmes venus voir Davis pour lui dire que certains d'entre eux avaient bu malgré l'interdiction et voulaient savoir ce qu'ils risquaient et ce qu'ils devaient faire. Mais la question était à double tranchant, Chihuahua défiait Davis de jeter en prison tous ceux qui avaient bu. De son côté Geronimo ne disait rien et Davis était persuadé que le leader chiricahua était pour quelque chose dans la montée du mécontentement et du climat alourdi de la réserve. Davis répondit qu'il ne pouvait décider seul de ce qu'il fallait faire et qu'il devait en référer à Crook. Pour cela, le lieutenant devait passer par la voie hiérarchique et cette voie, c'était Al Sieber. Cependant Sieber était au même moment plongé dans les vapeurs et les brumes de l'alcool et dormait profondément. Perdant son sang-froid, une fois que la délégation eut quitté les lieux, le lieutenant envoya un message urgent au général Crook pressentant que les nuages noirs s'amoncelaient rapidement sur la trêve. Le lendemain les Apaches revinrent voir Davis et celui-ci n'ayant rien de nouveau à leur dire, les Chiricahuas pensèrent que tout ça n'était pas normal et pouvait signifier qu'on préparait contre eux des représailles, voire des pendaisons. Le dimanche 17 mai, Chato et Mickey Frey annoncèrent à Davis que des Chiricahuas s'étaient enfuis de la réserve et avaient pris la direction du Mexique. Celui-ci voulut envoyer un télégramme mais les fils étaient coupés en plusieurs endroits. Perico et Chappo étaient, dit-on, restés sur place avec la consigne de tuer Davis et Chato. Le lieutenant, qui désormais se méfiait de tout, avait fait déposer les armes au sol en attendant de réarmer juste avant le départ.

Une fois le télégraphe réparé, Davis put avertir Crook de l'évasion. Il manquait à l'appel cent quarante-quatre personnes dont trente-cinq guerriers. Parmi eux se trouvaient Kanseah, un neveu de Geronimo, Istee, Daklugie, Nana, Mangus, Chihuahua, Naiche et bien sûr, Geronimo. La nouvelle de l'évasion se répandit comme une traînée de poudre dans tout le Sud-Ouest. La terreur apache était de retour. Les trois quarts de la bande restés dans la réserve étaient sous les ordres de Chato, Loco et Gil-lee. Il se peut que Geronimo ait imaginé que Naiche et Chihuahua seraient réticents à le suivre dans sa fuite au Mexique. Pour s'assurer de leur présence, il leur fit raconter une histoire à peine croyable mais qui tenait debout. Mangus et Geronimo avaient poussé Naiche et

Chihuahua à la rébellion en leur faisant croire qu'ils avaient tué Davis et que Chato et toute la troupe allaient arrêter l'ensemble de la tribu pour l'exiler très loin à l'est et pendre certains guerriers. Quand les deux chefs découvrirent qu'ils avaient été abusés afin qu'ils prennent la fuite avec Geronimo et Mangus sans poser trop de questions ni faire de résistance, ils faillirent tuer ces derniers. Mangus se dirigea vers le Nouveau-Mexique avec ses partisans et ne revit les autres qu'en Floride en captivité. Naiche avait voulu retourner à la réserve mais il y renonça en voyant arriver sur lui un groupe d'éclaireurs bien décidés. Il rejoignit le groupe de Chihuahua, et le 10 juin les fuyards se retrouvèrent tous au Mexique avec Geronimo.

Le 11 juin 1885, l'armée des États-Unis commençait une course-poursuite qui allait mettre à dure épreuve l'endurance et les nerfs de ses soldats et de leurs officiers. Le capitaine Emmet Crawford entama une chasse aux rebelles qui l'entraîna jusque dans la Sierra Madre. Le 13 juillet, d'autres troupes commandées par le capitaine Wirt Davis entrèrent au Mexique et, dans le même temps, Crook plaçait des forces du côté américain de la frontière, afin de contenir les Apaches au Mexique, de circonscrire leurs déprédations uniquement sur ce territoire. Le 23 juin, les éclaireurs de Crawford menés par Chato avaient découvert, dans les massifs Bavispe près d'Oputo, le camp de Chihuahua. L'encerclement du camp échoua et malgré la mort d'une femme et la capture de quinze prisonniers dont les deux enfants de Chihuahua, Eugene et Ramona, les rebelles parvinrent à s'échapper. Dans les *rancherías* investies par la suite, les soldats et les éclaireurs croyaient toujours avoir tué tel ou tel leader. Le 7 août un détachement d'éclaireurs apaches attaqua le camp de Geronimo au nord-est de Nacori. Vantards et voulant satisfaire leurs « maîtres », qui de toute façon les enverront en déportation avec ceux qu'ils sont en train de pourchasser avec un zèle qui défie toute concurrence, les éclaireurs annoncèrent avoir « tué » Nana, Chappo, le fils de Geronimo, et enfin avoir sérieusement blessé ce dernier. Tout ce qu'ils ramenèrent comme « preuve » de leur action était une quinzaine de prisonniers dont Hueara, la femme de Mangus. Les « morts et blessés » étaient sains et saufs et poursuivaient leur route comme tous les autres guerriers « décédés » !

En revanche, les prisonniers étaient bien là. Avec Hueara on comptait deux épouses de Geronimo, She-ga et sa nouvelle femme, Shtsha-she, sa fille Dohn-say et son dernier fils, un bébé appelé Zi-yeh qui portera plus tard le nom de Fenton. La période qui suivit fut presque plus éprouvante pour l'armée nourrie et équipée que pour Geronimo et ceux qui le suivaient. En effet, malgré un nombre important de femmes et d'enfants, les Apaches semaient tous leurs poursuivants en changeant tout le temps de direction à des moments inattendus. Geronimo fit parcourir à son groupe presque six cents kilomètres en deux jours. Voyageant avec le minimum et connaissant chaque repli du terrain, les Chiricahuas, s'ils étaient fragilisés sur un plan strictement « militaire » par le manque récurrent de munitions et le peu de guerriers en leurs rangs, demeuraient toutefois les maîtres du jeu dans leur fuite éperdue. Britton Davis eut du mal à digérer tous ces échecs successifs et ces déconvenues ; aussi, dès que son engagement se termina, il se retira au Chihuahua où il dirigea une exploitation minière et un élevage à Corralitos.

Mais Geronimo n'en avait pas terminé avec le territoire américain. À la mi-septembre 1885, il remonta vers le nord avec quatre guerriers, dont Perico, dans le seul but de récupérer leurs femmes et leurs enfants capturés lors de l'attaque du 7 août et qui de toute évidence étaient détenus à la réserve d'où ils s'étaient échappés le 10 juin. Ils réussirent à passer entre les lignes placées à la frontière internationale par Crook. Geronimo remonta toute la région vers le nord et, en arrivant le 22 non loin de Fort Apache, un groupe de White Mountains qui surveillait les environs lui apprit que She-ga, sa fille et les autres étaient retenus sur la réserve. Une fois le *wickiup* localisé, l'affaire fut menée rapidement et le petit groupe disparut malgré des troupes de reconnaissance qui, alertées, se lancèrent à sa poursuite. Perico, qui n'avait pas retrouvé son épouse Hah-dun-key, prit pour nouvelle femme celle qui avait été capturée en même temps que She-ga. Elle sera connue plus tard sous le nom de Bi-ya-neta. Le petit groupe comptait maintenant sept personnes. Pour tromper ses poursuivants, au lieu de filer droit vers le sud comme il aurait dû le faire, Geronimo obliqua vers l'est et gagna le Nouveau-Mexique, chevauchant jusqu'à la réserve mescalero. En arrivant, Geronimo s'aperçut que le camp sur lequel son groupe arrivait ne comptait pratiquement que des femmes et des enfants. On leur apprit que les hommes avaient été autorisés à partir à la chasse.

Les rangs chiricahuas s'éclaircissaient dangereusement. Les guerriers s'emparèrent alors des femmes et des enfants dans le but de prendre de nouvelles épouses et de former de nouveaux guerriers. Geronimo enleva et prit aussi sous sa coupe un jeune Mescalero qui deviendra un bon *dikohe* et que l'Histoire connaîtra sous le nom de Charlie Smith. Charlie vivra jusqu'en 1973. Parmi les femmes que les Chiricahuas emmenèrent, il y avait Cumpah, qui plus tard sera connue sous le nom de Sarah. Elle était accompagnée d'une autre femme avec son bébé et d'une jeune fille appelée Ih-tedda. Geronimo prendra cette dernière pour épouse et aura avec elle une fille en captivité, à Fort Marion en Floride. Le bébé s'appellera Marion mais portera plus tard un autre nom : Lena. Lena était la grand-mère de Harlyn Geronimo.

Le raid osé que Geronimo avait lancé en territoire américain fut suivi de beaucoup d'autres. Les troupes américaines demeuraient impuissantes. Geronimo renforçait de jour en jour sa réputation, forgeait sa future et involontaire notoriété. Le 28 septembre une troupe de guerre passa dans les Dragoon et les Chiricahua Mountains, le pays chokonen de Cochise, où il eut un accrochage léger avec la troupe. Montés sur des chevaux fraîchement volés dans des ranchs et des élevages, les rebelles échappaient à tous leurs poursuivants. Le dernier raid le plus spectaculaire allait avoir lieu dans le courant du mois de novembre. Avec celui de Nana et de Chato, avant que celui-ci ne devienne un éclaireur zélé, le raid du guerrier chokonen Josanny, le frère du chef Chihuahua et de She-ga — plus connu sous le nom d'Ulzana —, allait terroriser une grande partie du sud-ouest des États-Unis. Avec une dizaine de guerriers, il parcourut plus de deux mille kilomètres en moins de deux mois, et fit plus de quarante victimes. Le 23 novembre 1885, Ulzana attaqua Fort Apache et prêcha la révolte au nom de Geronimo. Les guerriers firent vingt morts, dont onze femmes et quatre enfants, parmi les Apaches qu'ils haïssaient parce qu'ils étaient restés à la réserve et surtout parce qu'ils servaient d'éclaireurs contre leurs « frères » chiricahuas.

Le capitaine Crawford repassa la frontière le 29 novembre, et le 9 janvier 1886 les éclaireurs annoncèrent avoir découvert enfin la *ranchería* des fugitifs. Elle était difficile d'accès. Le lieutenant Marion P. Maus décida une marche de nuit et un encerclement rapide. La petite expédition fut périlleuse. On ne voyait rien dans l'obscurité, et chaque pas pouvait déboucher au bord de ravins qui semblaient sans fond. Le jour à peine levé, les éclaireurs et les soldats arrivèrent silencieusement près du campement ; des ânes se mirent alors à braire et les sentinelles réagirent sur-le-champ. Quelques coups de feu furent échangés, sans aucun résultat. Les rebelles étaient parvenus à se glisser hors de leur campement et à s'évanouir dans la nature en dévalant les pentes. Les assaillants prirent possession de la *ranchería*. Une femme arriva un peu plus tard. Il pouvait s'agir de Tah-dos-te, une des belles-sœurs de Chihuahua, ou de Lozen, la sœur de Victorio, femme guerrière dans l'âme, amazone sauvage et femme-médecine qui ne se maria jamais. Elle était porteuse d'un message de Geronimo et du chef Naiche indiquant que ceux-ci désiraient parlementer. Le 11 janvier, Crawford acceptait de rencontrer les Chiricahuas. Toute la bande était présente sauf Mangus et ses proches. Naiche et Geronimo, même s'ils le savaient déjà depuis quelque temps, venaient de comprendre réellement que plus aucun refuge n'était à l'abri des troupes d'invasion, notamment à cause de l'acharnement des éclaireurs chiricahuas. Maus et l'interprète Tom Horn, qui avait vécu dans le temps avec les Apaches, commencèrent à attendre l'arrivée des leaders.

La marche nocturne et les journées qui l'avaient précédée étaient venues à bout des forces de la troupe et des éclaireurs. Les troupes prirent du repos près du Río Aros au sud-ouest du Río de Bavispe. Au matin froid et brumeux qui s'ensuivit, des coups de feu se firent entendre. Deux éclaireurs furent légèrement touchés. Crawford dissuada toute sa troupe de riposter car cette agression semblait incompréhensible. Effectivement, ce n'était pas les « hostiles » qui avaient tiré mais des troupes irrégulières mexicaines, des *nacionales* payés au butin comme à la pièce, qui avaient confondu le camp du capitaine Emmet Crawford avec un camp chiricahua ! En approchant de ce camp, les premiers éléments visibles pour les agresseurs mexicains étaient les éclaireurs apaches. De loin, personne ne faisait la différence entre un rebelle et un éclaireur d'autant plus que les Mexicains ne savaient pas qu'on pouvait identifier l'Apache au service de l'armée par le bandeau rouge vif qu'il portait. Maus et Horn hurlaient en espagnol leur erreur aux Mexicains pendant que Crawford bondissait sur un rocher en agitant son mouchoir. Les coups de feu crépitèrent, blessèrent légèrement Horn mais atteignirent mortellement Crawford. Lorsque leur capitaine s'écroula, les éclaireurs, furieux, ripostèrent violemment et abattirent de nombreux Mexicains. Pendant ce temps, hilares, les rebelles rassemblés sur une hauteur avaient assisté au « spectacle ». Il est rapporté que Geronimo ricanait, selon ce qu'en dira plus tard Sam Haouzous, avec une intensité difficile à transmettre.

La rencontre entre les leaders et le lieutenant Marion P. Maus eut lieu le 15 janvier 1886. Les Apaches avaient exigé que leurs interlocuteurs viennent sans armes. L'officier trouva réunis pour la conférence Geronimo, Nana, Chihuahua, Naiche et une quinzaine de guerriers. Le lieutenant fut choqué de voir qu'ils étaient tous armés alors qu'on leur avait demandé d'être désarmé. Geronimo lui demanda pourquoi les troupes le poursuivaient au Mexique, et comme il répondit qu'il était venu ici pour les capturer ou les anéantir, Geronimo apprécia la franchise directe et le courage de l'officier. Le guerrier bedonkohe fit confiance à Maus et lui présenta ses doléances en lui disant qu'il devrait faire à Crook le compte rendu exact de l'entretien. Pour faire preuve de sa bonne foi et de son désir de rencontrer le général *Nantan Lupan*, le

Loup Gris George Crook, Geronimo proposa à Maus de repartir avec neuf personnes parmi lesquelles sa fille Zi-yeh, sa jeune femme mescalero, Ih-tedda, future mère de Lena à Fort Marion, le chef des Warm Springs Nana et son épouse, la sœur de Geronimo Nah-dos-te, une des épouses de Naiche, Nah-de-yole, avec son petit garçon qui plus tard portera à Fort Sill le nom de Paul. Geronimo ne reverra toutes ces personnes qu'en captivité à Fort Pickens et à Fort Marion.

Geronimo savait que les années de liberté touchaient à leur fin. Il promit néanmoins à Maus de ne pas faire de difficulté et de rencontrer Crook. Le 5 février Maus se rendit du côté mexicain où il devait attendre d'autres Apaches qui venaient le rejoindre pour se rendre à Fort Bowie d'où l'armée commençait à transférer les Chiricahuas à la gare de Holbrook pour les déporter en Floride. Maus installa son camp au nord du Sonora à quelques kilomètres de la frontière. Le 15 mars, on annonça l'approche des rebelles qui venaient rencontrer Crook. Les Apaches aimaient bien Crook. Mais entre l'officier et Geronimo, le courant passait mal. Heureusement qu'il y avait Naiche. L'homme ne portait pas l'uniforme, ses chefs éclaireurs étaient des métis indiens, comme Sam Bowman. Le Loup Gris aimait se promener dans la nature, aller à la chasse et contempler la beauté des sites. C'était un ennemi respectable qui viendra voir ses vieux adversaires en captivité avant de mourir. Il avait innové en matière d'investigation sur le terrain et savait s'adapter. Par exemple, ce fut Crook qui eut l'idée d'utiliser des mules pour porter les vivres et même pour les chevaucher. Certains quolibets railleurs de ses collègues officiers le surnommaient le « Général la Mule ». La tonalité était insultante et pourtant, c'est en s'inspirant des méthodes de Crook que l'armée américaine eut l'idée d'utiliser, et avec profit, des mules dans la jungle pendant la guerre en Guinée. Aux yeux des Chiricahuas, il n'était pas humiliant de se rendre à un grand guerrier comme Crook et qui plus est, toujours au front avec ses troupes, comme le furent les grands chefs que Geronimo et ses contemporains avaient connus dans leur jeunesse.

Le 19 mars, tous les rebelles étaient arrivés, cependant Maus ne put les convaincre de franchir la frontière. Les parties choisirent donc un emplacement « sûr », c'est-à-dire neutre, presque à cheval entre les deux pays mais situé davantage du côté mexicain : le canyon de Los Embudos. La rencontre historique eut lieu le 25 mars 1886. La célèbre photographie de Camillus S. Fly immortalisa l'événement. On y voit au centre Geronimo assis en tailleur avec Nana à ses côtés à qui on avait demandé de rester avant de partir. Crook faisait face au guerrier bedonkohe avec à ses côtés le fidèle Bourke. En tout cas, la vingtaine de personnes présentes ce jour-là, et qu'on peut voir sur la photographie, étaient les principaux acteurs des derniers soubresauts d'une guerre avec les Américains qui pour les Apaches durait depuis plus de soixante ans. Crook arrivait de Fort Bowie en compagnie de deux Apaches dont un que Geronimo était heureux de revoir. Il s'agissait du jeune Chihenne Kaahtenay rescapé de Tres Castillos, récemment libéré d'Alcatraz, et qui était devenu doux comme un agneau. L'autre était le chef des White Mountains, Alchesay (ou Alchise). Les pourparlers commencèrent difficilement et durèrent de longues heures. Les litanies de Geronimo, justifiées, étaient pour Crook interminables. Lorsqu'ils se retiraient entre eux pour délibérer, les Apaches restaient solidaires et personne ne songea à jouer sa propre carte. Il fut donc décidé de rendre les armes car non seulement ils voulaient revoir les familles qui étaient restées à la réserve mais également celles qui étaient reparties avec le lieutenant Maus le 15 janvier. Le 27, Chihuahua offrait officiellement sa reddition à Crook et le 28 ce fut le tour de Geronimo et de Naiche. C'était une reddition sans conditions. Il fut reproché aux Apaches leurs incessantes déprédations. On leur fit comprendre que les citoyens du sud-ouest des États-Unis ne voulaient plus les savoir dans la région et que, pour leur propre sécurité, il valait mieux qu'ils s'éloignent quelque temps. Crook leur dit qu'ils devraient partir deux ans loin dans l'Est où ils pourraient tous retrouver leurs familles. Les Chiricahuas acceptèrent les termes de la reddition et donnèrent leur assentiment à Crook.

Crook ne resta pas longtemps sur place et, n'y tenant plus, fila sans attendre sur Fort Bowie télégraphier au général Philipp Sheridan (Little Phil) la nouvelle de la reddition de Geronimo et, donc, de la fin des guerres apaches. Le télégramme de Crook fut expédié le 29 mars. En réponse Sheridan l'informa que le président Grover Cleveland refusait les termes de la reddition. Celui-ci exigeait une reddition sans conditions avec seulement l'assurance de la vie sauve.

Crook avait confié au lieutenant Maus le soin de ramener tout ce petit monde en Arizona. S'il avait su, il aurait attendu quelques heures. Il ignorait sous quelle influence néfaste et destructrice allaient se trouver les ex-rebelles. Dans la nuit qui suivit, les Chiricahuas furent approchés par un personnage qui manifestement leur voulait du mal. Un certain Tribolett, que l'armée emportait dans ses bagages, vint à la rencontre de Geronimo et de ses guerriers. Tribolett faisait partie des scélérats qui profitaient de la manne qu'apportaient les guerres apaches pour faire de la contrebande. Pour certains c'étaient des armes, pour lui c'était le whisky. Il faisait partie de la « clique indienne », comme on appelait ces marchands corrompus de Tucson qui voyaient la paix d'un mauvais œil. Il est d'ailleurs étonnant que le général Crook, qui se méfiait de ces profiteurs, pour qui, disait-il, « la paix tue la poule aux œufs d'or », ait laissé cet individu marcher avec sa troupe. En tout cas, cette négligence malheureuse allait lui coûter très cher et coûter aussi de nombreuses vies. Tribolett avait avec lui sa carriole pleine de bouteilles de ladite boisson dont, il le savait, les Apaches raffolaient. On ne compte plus, dans l'histoire des guerres apaches, tant contre les Mexicains que contre les Américains, les fois où l'alcool fut directement lié à des catastrophes. Le mécréant amadoua les Chiricahuas en leur faisant boire à profusion son whisky « empoisonné ». Une fois bien saouls, l'homme souffla à Geronimo et à son groupe qu'il avait entendu dire qu'après leur arrivée avec le lieutenant à Fort Bowie, l'armée avait prévu de tous les pendre. Les Chiricahuas, dans un état d'ébriété plus qu'avancé, à tel point que Naiche avait tiré sur sa femme en la blessant, crurent le marchand sur parole et s'éclipsèrent pendant la nuit. Mais la beuverie dura longtemps. Bourke, qui les avait vus et entendus, n'en croyait pas ses yeux et ses oreilles.

Le lendemain matin, la bande, qui comptait quarante personnes dont vingt guerriers, avait disparu. C'était toute une famille élargie qui avec Geronimo avait fui, terrorisée par la perspective d'une pendaison car, même si on leur avait dit ce qui les attendait sans qu'ils se soient saoulés, les Chiricahuas auraient quand même déguerpi. Geronimo était avec son fils Chappo et la femme de ce dernier, trois cousins germains dont ses « frères » Fun et Perico, son beau-frère Josanny (Ulzana), son neveu Kanseah, Naiche et son épouse Ha-o-zinne et plusieurs membres de sa famille. C'est cette petite bande affaiblie et affamée qui allait provoquer la démission du général Crook et l'arrivée du sinistre Nelson A. Miles qui lèvera un corps expéditionnaire de cinq mille soldats américains assistés de quatre mille Mexicains, afin d'attraper Geronimo. Mission qu'ils ne purent d'ailleurs mener à bien.

Des années plus tard, le 2 janvier 1890, à Mount Vernon Barracks en Alabama, Geronimo raconta au général Crook, venu les visiter, qu'on lui avait dit qu'il serait pendu en arrivant au fort et que de toute façon il craignait une trahison. Naiche ne raconta pas autre chose. Il confia simplement qu'ils avaient bu et que, convaincus qu'on les punirait, ils avaient préféré rester au Mexique et aller se réfugier dans les montagnes. D'après leurs dires et la façon dont ils s'enfuirent, et même s'il n'y avait pas eu la beuverie, les Apaches prirent tout à coup conscience de ce qui leur arrivait vraiment et là, soudainement, prirent peur. La perspective d'être arrachés aux leurs, de se retrouver seuls et isolés dans un endroit qu'ils ne connaissaient pas les terrorisait. Cette fuite est en tout cas plus compréhensible que celle qui s'était produite le 17 mai 1885 de Turkey Creek. Ce peuple instinctif ressentait au plus profond de son être les événements et le mal qu'on lui voulait. Nul besoin d'expliquer à Geronimo ces choses purement matérielles qui se mettaient en mouvement pour le détruire. Lui et ses compagnons étaient repartis vers leurs chères montagnes parce que, tels des loups en alerte, ils avaient senti le danger. La Terre Mère était leur dernier refuge, là-bas, au cœur de la Sierre Madre, comme l'enfant se réfugie dans le giron de sa mère. Les soldats allaient les arracher à leur matrice spirituelle, théâtre sacré de leur cosmogonie, aussi brutalement et honteusement qu'on arrache un enfant à sa mère, pour le mettre dans un autre endroit. Un autre camp. C'est exactement ce qui allait se produire. Les Apaches avaient raison de se méfier. Ils n'avaient pas tort, car d'un côté les citoyens américains réclamaient leurs têtes, avec rage et hystérie, et de l'autre le gouvernement exigeait pour eux un exil prolongé ou la mort.

Chihuahua, Nana et Kaahtenay étaient repartis avec Maus ; quant à Mangus, il n'avait pas encore réapparu et se trouvait dans les montagnes avec son petit groupe, dont Daklugie. Le gros des Chiricahuas qui s'étaient rendus, et qui n'avaient pas participé à la beuverie, arriva à Fort Bowie les 2 et 3 avril. Ils se remémoraient les années de guerre et de fuite éperdue, tout ce qu'ils avaient dû faire pour survivre et se disaient que, finalement, si on les traitait aussi durement, toute la faute en revenait à Geronimo. Pendant ce temps, Maus et les éclaireurs s'évertuaient à tenter de retrouver les fugitifs. Comme à son habitude, Geronimo changeait de direction sans crier gare et restait introuvable. Arrivés après une chevauchée de plus d'une centaine de kilomètres dans le Sonora, les rebelles approchèrent de Fronteras et se cachèrent quelque temps dans les montagnes.

Le 30 mars, Maus put faire prévenir son supérieur de la fuite des rebelles. Crook télégraphia la mauvaise nouvelle à Sheridan. La réponse cinglante ne se fit pas attendre. Crook fut accusé de négligence et, après avoir tenté de s'expliquer, demanda à être déchargé de ses fonctions. Le 2 avril Sheridan ordonna sa mutation et nomma à sa place le général de brigade Nelson A. Miles que les Indiens appelaient Trois Étoiles. Sheridan demanda néanmoins à Crook d'expédier les prisonniers de Fort Bowie à Fort Marion en Floride selon les recommandations du président Grover Cleveland qui fit beaucoup à lui seul pour le malheur des Apaches. Il apparaît évident que si Ulysses Grant avait été encore à la Maison-Blanche, la destinée des Chiricahuas aurait été moins rude, moins inhumaine...

Les captifs furent neutralisés et conduits à Bowie Station sur la voie ferrée. Il y avait là quinze hommes, trente-trois femmes et vingt-neuf enfants parmi lesquels se trouvaient deux femmes et trois enfants de Geronimo, les membres de la famille de Naiche et tous les proches des guerriers en fuite. Les exilés arrivèrent dans leur nouvel enfer le 13 avril. Pour Geronimo, le vent tournait sérieusement vers l'Est. Le vent mauvais. Trois Étoiles l'attendait et voulait faire parler de lui.

Les derniers temps

En arrivant sur le théâtre des opérations, Miles commença par toiser les officiers en place. Suffisant et infatué, il ne se priva pas non plus de critiquer sévèrement les méthodes de son prédécesseur. Mais les Apaches auxquels il ne connaissait rien, même s'il apprit vite, et le pays dont les caractéristiques lui échappaient complètement, lui firent reconnaître qu'il avait tort. Tout d'abord, il n'avait aucune confiance envers les éclaireurs apaches, chiricahuas comme white mountains. Miles voulait rendre ses lettres de noblesse à la cavalerie, à l'armée de son pays. Il ne lui fallut pas longtemps pour s'apercevoir que sur le terrain ses idées ne fonctionnaient pas. Pour gravir les montagnes, marcher sur les sentiers étroits et périlleux, la cavalerie harnachée était complètement inadaptée. Il fit installer des relais d'héliographe qui permettaient d'envoyer des signaux d'un endroit éloigné à un autre. Les Apaches utilisaient depuis longtemps ce système de communication avec les signaux de fumée et, depuis qu'ils s'en étaient procurés auprès des Blancs, des miroirs.

Poursuivis par les soldats mexicains et américains, les Chiricahuas s'étaient scindés en plusieurs petits groupes, qui devenaient, sur une surface immense comprenant la moitié de l'Arizona, du Nouveau-Mexique, du Chihuahua et du Sonora, impossibles à localiser. S'ils avaient été plus nombreux, c'est un paradoxe, Miles aurait eu moins de mal à les rattraper et à les vaincre. Le 27 avril, un parti de guerre fit irruption aux États-Unis et ravagea toute la région autour de Fort Apache et de San Carlos. Ce raid fit quatorze morts et lorsque les Apaches repartirent au moment où ils l'avaient décidé, Miles déclara que ses soldats avaient vaincu l'ennemi et que celui-ci avait dû décrocher au Mexique. Il proféra le même mensonge et les mêmes sornettes pour tous les autres affrontements. En fait, malgré le manque de nourriture et de munitions, en dépit de l'inquiétude grandissante dans ses groupes, surtout du côté des femmes qui étaient restées avec lui, Geronimo tenait la dragée haute aux forces lancées à ses trousses. Les Chiricahuas parcoururent quelque temps les plaines et les montagnes du Nouveau-Mexique avant de retourner au Mexique attaquer toute personne ou groupe se trouvant sur leur chemin, d'autant qu'ils savaient que ses habitants avaient demandé aux Américains de les anéantir. Il ne leur avait pas échappé que tout le monde était contre eux et qu'il leur fallait supprimer des vies pour ne pas être tués eux-mêmes. Naiche dira plus tard que la situation était si critique pour eux qu'ils ne pouvaient pas se permettre de laisser la moindre trace, le moindre indice, le plus petit renseignement. C'était la fuite ou la mort. Geronimo ne fit pas de quartier et, comme il le dira plus tard, ne demanda de faveur à personne.

Miles ne parvenait à aucun résultat. Le 3 juillet, pour se venger des quelques rebelles qui narguaient ses troupes, il proposa à Sheridan de déplacer les Apaches pacifiés récemment ou ceux qui l'étaient depuis longtemps, y compris tous les éclaireurs, et de les installer ailleurs. Miles évoquait là le projet futur, le ministère de la Guerre et celui de l'Intérieur étant pour une fois sur la même longueur d'onde, de déporter en Floride tous les Chiricahuas. Tout cela était, si l'on peut dire, très bien mais personne ne s'était demandé où l'on allait installer ces groupes déracinés. Crook, réaliste, s'était opposé à toute déportation de ces populations qui avaient renoncé depuis longtemps, c'est-à-dire depuis 1876, à suivre Geronimo et Juh. À l'époque Sheridan l'avait suivi sur ce principe, se souvenant de la terrible guerre de Victorio lorsqu'on avait voulu arracher les Warm Springs d'Ojo Caliente. Mais les choses avaient plus que changé et désormais c'était Miles qui donnait la note. Par ailleurs, ayant implicitement prétendu qu'en abandonnant la méthode Crook, lui, Miles, aurait très vite des résultats, le nouvel officier se devait coûte que coûte de réussir. En présentant des « prisonniers », même innocents, il pensait donner le change et finalement gagner du temps, ce en quoi personne ne fut dupe. Il argua même, pour justifier sa décision de « déplacer » certains Apaches des réserves, que c'était pour soustraire à de mauvaises influences les jeunes lorsqu'ils avaient abusé du *tiswin*, comme cela se produisait fréquemment, et qu'ils écoutaient des éléments rebelles qui arrivaient à entrer rapidement et discrètement en contact avec eux pour flatter leur ardeur guerrière. Dans un premier temps, Miles avait pensé installer les prisonniers dans le Territoire Indien de l'Oklahoma car, même sans expérience des Apaches, le général comprenait qu'entre le climat du sud-ouest des États-Unis et celui de la Floride, il y avait de fortes probabilités pour qu'un grand nombre d'entre eux périssent de la malaria et autres fléaux. Déjà, Miles pensait que les Apaches qui étaient arrivés à Fort Marion le 13 avril étaient pour la plupart condamnés. Cet homme de paradoxe imagina donc les Wichita Mountains qui correspondaient mieux aux organismes apaches. Si les choses s'étaient passées ainsi, les Chiricahuas auraient pu demeurer tout de suite non loin de Fort Sill, où finalement ils arriveront en 1894 après huit années meurtrières pour eux, à Fort Pickens et Fort Marion en Floride et à Mount Vernon Barracks en Alabama. Cependant, ce projet les aurait aussi placés à proximité de leurs anciens ennemis héréditaires et séculaires, les Comanches et les Kiowas. Ces deux tribus haïssaient les Chiricahuas et manifestement n'étaient pas encore prêtes à les avoir à leurs côtés. En 1894, leur attitude aura quelque peu changé et, devant l'état épouvantable des rescapés du climat assassin de la Floride, véritable prison en plein air, les Indiens de l'Oklahoma — eux aussi « incarcérés » en plein air — accueilleront, attendris et compatissants, ce qu'il restait des quatre puissantes bandes chiricahuas qui avaient régné plusieurs siècles sur les immenses territoires de toute la partie sud-ouest de l'Amérique septentrionale. Mais si en cet instant de l'été 1886, il y avait d'autres terres libres dans d'autres parties du Territoire Indien qui englobait la totalité de l'Oklahoma actuel, les projets de colonisation de ses terres inhabitées par les populations des États voisins comme le Kansas s'opposaient à l'installation de nouvelles tribus, d'autant que le simple fait d'évoquer cette éventualité soulevait immédiatement un flot de protestations. Ne trouvant pas de solution, et pour désamorcer les pesanteurs qui n'arrangeaient pas le climat de la réserve, Miles organisa pour quelques leaders un voyage à Washington.

La délégation comptait dix personnes dont Chato qui était à sa tête, Loco et Kaahtenay. La délégation, placée sous la surveillance du capitaine Joseph H. Dorst, effectua le voyage dans de bonnes conditions. Les Apaches rencontrèrent le 26 juillet le secrétaire à la Guerre, William C. Endicott. Les traductions étaient effectuées par Mickey Frey, Conception et Sam Bowman. L'ancien bras droit de Crook, John Gregory Bourke, qui effectuait pour le gouvernement ses recherches ethnographiques, était présent et lorsqu'il apprit la venue des Chiricahuas, il vint les voir et aida les interprètes en même temps qu'il « guettait » des erreurs volontaires ou non de traduction, surtout venant de Frey. La présence de Bourke, bien qu'ils n'aient rien à craindre, rassura beaucoup les Apaches qui l'appréciaient tout comme « son » chef le Loup Gris. Comme Geronimo à Crook, Chato parla notamment des prisonniers apaches qui croupissaient au Mexique et demanda que le tout-puissant gouvernement américain agisse pour que les familles soient rendues aux Apaches. Que les Américains aient fait ou non quelque chose en ce sens, jamais Chato et d'autres Chiricahuas ne revirent un jour les captifs. On était début août et la question, en attendant que les troupes arrivent à retrouver Geronimo, était de savoir si l'on ramenait la délégation apache à la réserve ou si on l'envoyait à Fort Marion. L'idée de la renvoyer en Arizona passait mal. On trouva une solution intermédiaire qui consistait à placer les jeunes, dont le fils de Loco, à l'école indienne de Carlise en Pennsylvanie et à installer les adultes en détention à Fort Leavenworth dans le Kansas. On expliqua aux Apaches que leur présence n'était plus acceptée, le mot est faible, par les citoyens du Sud-Ouest. Loco le pacifiste, Chato l'éclaireur et leurs compagnons étaient prisonniers de guerre. Ce qu'ils ne savaient pas encore, c'est que le gouvernement de Grover Cleveland avait quasiment décidé d'exiler tous les Apaches chiricahuas en Floride, y compris la totalité des fidèles éclaireurs et leurs familles. Le 20 septembre 1886, Chato et sa délégation arrivèrent à Fort Marion en même temps que trois cent quatre-vingt-un autres prisonniers.

Pour Miles et ses officiers, les choses traînaient et s'envenimaient. Début juillet le général réunit les chefs à Fort Apache et choisit deux hommes sûrs dont les chefs pouvaient répondre, pour transmettre un message à Geronimo. Après de multiples hésitations et considérations diverses, ce furent Marteen, un Nedhni, et le jeune Kaahtenay qui furent sélectionnés. Les Apaches avaient juste dit à Miles que Marteen avait combattu sous Juh, le frère d'armes de Geronimo, et que le jeune Chihenne était un cousin de Josanny, lui-même très lié à Naiche. Miles comprit que ce choix était judicieux et qu'il pouvait inspirer confiance aux rebelles. Là-dessus, personne ne s'était trompé. Le sous-lieutenant Charles B. Gatewood, que les Apaches surnommaient *Bay-chen-daysen*, ce qui signifie Long Nez, fut chargé de l'opération et put prendre un officier de son choix. Contrairement à Crook, Davis et Bourke, Gatewood n'appréciait pas beaucoup les Apaches et, comme Miles, il n'avait aucune confiance dans les éclaireurs. Il recruta cependant un interprète, un garçon qui avait travaillé au comptoir commercial de la réserve. Le tout jeune homme s'appelait George Wratten. Sa vie future sera étroitement liée à celles des Chiricahuas qu'il aidera et avec qui il travaillera durant leurs années de captivité. Wratten se mariera avec une Apache et c'est Sam Haouzous qui épousera sa fille, dont l'un des descendants fut le grand sculpteur et peintre Allan Houser disparu récemment. George Wratten vivra jusqu'en juin 1912.

Pour Miles, c'était la carte de la dernière chance. S'il était facile d'expédier des populations inoffensives en déportation et d'incarcérer une délégation revenant de Washington, c'était une tout autre histoire que d'attraper Geronimo et ses guerriers. La chevauchée infernale des Chiricahuas dura jusqu'au 4 septembre, soit un peu plus cinq mois.

Lorsque les troupes mirent la main sur Geronimo et ses hommes, c'est parce que ceux-ci avaient décidé de se rendre. Geronimo avait commencé à admettre la situation. Sa « résistance » confinait au suicide des derniers Chiricahuas libres. Le 24 août, après que le dernier camp eut été localisé, le sous-lieutenant Charles B. Gatewood envoya deux éclaireurs chiricahuas, le Nedhni Marteen et, pour mieux sensibiliser Geronimo puis l'amener à une reddition finale et totale, le jeune Chihenne qui avait été emprisonné à Alcatraz, Kaahtenay. Ce jour-là, c'est Kanseah, l'« élève » de Josanny (Ulzana), qui montait la garde. Avec sa paire de jumelles, il aperçut au loin deux petits points qui s'avançaient vers eux. Il avertit Geronimo qui sur-le-champ convoqua un conseil. Ils avaient reconnu les deux Apaches qui portaient un drapeau blanc. Geronimo décida que, peu importe qui ils étaient, il fallait les abattre. Josanny protesta en disant que c'étaient leurs « frères », qu'ils étaient courageux de venir jusque-là et que s'ils avaient pris ce risque, c'était sans doute qu'ils avaient des choses importantes à leur dire. Geronimo grommela qu'ils ne prenaient pas de risque pour eux mais pour l'argent que leur avaient promis les Américains. Bien sûr, rien n'avait été « promis » aux deux Chiricahuas et ces derniers savaient, pour eux comme pour les rebelles, que c'était la démarche de la dernière chance avant une extermination probable. Les émissaires purent transmettre leur message :

Les soldats arrivent de partout. Ils veulent vous tuer jusqu'au dernier, même si cela doit leur prendre cinquante ans. Tout est contre vous. Vous restez éveillé la nuit et si un rocher tombe de la montagne ou si une branche craque, vous devez courir. Vous devez prendre même vos repas en courant. Vous n'avez aucun ami en ce monde.

Et en évoquant la vie à la réserve, Kaahtenay continua :

J'ai tout ce qu'il me faut à manger. Je vais où je veux, je parle à ceux que j'aime. Je vais me coucher quand je le veux et je dors bien. Je n'ai rien à craindre. J'ai ma petite parcelle de maïs. J'essaie de faire ce que les Blancs veulent que je fasse. Et il n'y a pas de raison pour que vous ne fassiez pas la même chose[1].

Les oreilles des compagnons de Geronimo étaient d'accord avec ces paroles et Geronimo chargea Marteen de demander à Gatewood une entrevue. Dans le même temps, très loin, le président Grover Cleveland envoya un télégramme au ministère de la Guerre dans lequel il exprimait son souhait de voir Geronimo pendu plutôt que traité comme prisonnier de guerre. Si curieux que cela puisse paraître, ce fut « grâce » à Miles que tous les Chiricahuas furent déportés, au lieu, pour certains en tout cas, dont Geronimo, d'être pendus. Lorsque Marteen arriva au camp de Gatewood, celui-ci avait déjà fait parvenir un message au capitaine Henry W. Lawton pour qu'il lui envoie des éclaireurs qui venaient d'arriver. Naiche avait de son côté transmis un sauf-conduit à l'officier de façon qu'il vienne à leur camp sans éclaireurs ni soldats. La rencontre se déroula dans le calme. Geronimo arriva en dernier. On s'assit, les feuilles de tabac circulèrent et l'on causa. Geronimo déclara qu'il était venu entendre le message de Miles. Il lui fut répondu qu'il fallait qu'il se rende pour rejoindre leurs familles en Floride et qu'une fois là-bas, le président déciderait de leur sort. On leur signifia que s'ils ne se pliaient pas à ces conditions, ils auraient à se battre jusqu'au dernier. Geronimo répondit qu'il ne cesserait les combats que si les Apaches et leurs familles pouvaient retourner à la réserve — comprendre à Turkey Creek — pour y vivre comme avant leur évasion. Gatewood rétorqua que les conditions n'étaient pas négociables. Il y eut une pause au cours de laquelle les guerriers se retirèrent pour délibérer entre eux. Quand ils revinrent après avoir déjeuné, Geronimo d'emblée dit à Gatewood en le fixant calmement droit dans les yeux :

Menez-nous à la réserve ou battez-vous[2].

C'était une forme d'ultimatum qui démontrait que Geronimo était encore sûr de ses forces et qu'il envisageait de résister longtemps. Gatewood ne se sentait pas trop à l'aise entouré par les Indiens armés. Naiche lui assura que quel que soit le résultat de la conférence, il pourrait repartir libre avec ses compagnons. C'était pour parer à ce genre de situation qu'il avait rédigé un sauf-conduit. Cependant, l'officier n'avait pas encore tout dit aux Apaches et lorsqu'il leur annonça qu'il fallait qu'ils se rendent pour retrouver toutes leurs familles qui étaient déjà arrivées en Floride, ce fut pour les Chiricahuas un choc terrible d'apprendre que leurs proches n'étaient plus à la réserve. Ils se sentaient pris en otage, réduits à l'impuissance. Geronimo devait donc se rendre et accompagner les troupes qui les mèneraient rejoindre leurs familles où le président déciderait de leur sort. Pour l'entendement des Apaches, la Floride, ça ne voulait rien dire. C'était loin. Ils se rendaient compte qu'ils étaient acculés à se rendre sans condition et sans espoir.

Après qu'ils se furent sustentés et eurent fumé tout en parlant de questions diverses, Geronimo demanda à Gatewood quel genre d'homme était le général Miles. Il voulait connaître l'âge, la couleur des yeux et la taille de celui qui voulait l'emprisonner ; il voulait savoir ce qu'il pensait, s'il avait des amis, s'il tenait sa parole. Les Apaches voulaient en effet savoir à quel type d'homme ils allaient parler et confier la fin de leur existence. Une grave désespérance pesait sur le petit cercle. Geronimo dit alors devant un Gatewood manifestement gêné que cet officier devait être quelqu'un de bien puisque le « Grand-Père Blanc » l'avait fait venir ici de Washington pour lui parler. Geronimo demanda à Gatewood s'il pouvait aller seul ou avec un de ses hommes pour contacter le général Miles afin de modifier les conditions de la reddition. Gatewood confirma que son supérieur avait pris sa décision et que rien ne changerait.

Geronimo s'était rendu à cause des défections successives de ses guerriers qui ne désiraient plus maintenant que deux choses : mettre fin au calvaire des femmes qui étaient restées avec eux et retrouver les familles déportées en Floride. Il dit alors lentement à Fun, Perico et Ahnandia :

Je ne sais que faire. Vous trois m'avez été indispensables. Vous avez été d'excellents guerriers. Si vous vous rendez, il est inutile que je continue sans vous. Je vais déposer les armes avec vous[3].

Les conditions de la reddition avaient été clairement définies. Les Apaches acceptaient de voyager avec l'armée si Lawton les accompagnait pour les protéger des soldats mexicains et des civils américains. La nouvelle de la reddition du guerrier bedonkohe se répandit comme une traînée de poudre dans tout le pays et les Chiricahuas connaissaient l'étendue des risques pour eux pendant la chevauchée qui les mènerait à Fort Bowie au cœur d'Apache Pass, dans la vallée de Sulphur Springs dans l'ancienne réserve de Cochise-Howard. Pour le moment, la troupe s'avançait sur le lieu choisi pour la rencontre ultime au Skeleton Canyon, tout au sud de l'Arizona, à la limite du Nouveau-Mexique et du Mexique. Les Apaches étaient aux côtés de Gatewood et de Wratten. Au bout de trois jours, on signala un détachement de soldats mexicains qui arrivait de Fronteras. Les forces de Lawton firent face et parlementèrent avec les *rurales* tandis qu'avec Gatewood les Apaches regagnaient les broussailles et les rochers pour continuer leur route aux côtés des guerriers dirigés par Naiche qui protégeaient l'arrière et les bas-côtés du chemin. Les Chiricahuas avaient bien eu l'intention, en cas de bataille entre les soldats de Lawton et les Mexicains, de se joindre aux troupes américaines. Dans le même temps, un messager vint informer la petite troupe que le commandant des forces mexicaines voulait rencontrer absolument Geronimo pour s'assurer que celui-ci avait réellement l'intention de se rendre. Geronimo prit la chose avec mépris et colère mais dut céder devant l'insistance des deux parties. Crispée et tendue, la rencontre se déroula assez mal. Geronimo éprouvait une sorte d'humiliation à devoir remettre sa vie entre les mains des soldats américains pour qu'il soit prouvé à un officier mexicain que lui, le chamane de guerre des Chiricahuas, en était réduit à se rendre. À l'issue de la rencontre un soldat mexicain accompagna les troupes et repartit par la suite avec un document rédigé par le général Miles qui attestait officiellement de la reddition de Geronimo.

Le lendemain le groupe arrivait à Guadeloupe Canyon, du côté américain de la frontière entre l'Arizona et le Mexique. Entre les troupes et les Chiricahuas, le climat était lourd. Certains prônaient tout bonnement d'attaquer les Apaches et d'obtenir une reddition par des moyens radicaux, ou encore de tuer Geronimo pendant l'affrontement. Gatewood protégeait les Apaches à la fois de ces projets d'agression mais aussi des bruits qui auraient pu se propager, ce qui n'aurait pas manqué de faire fuir les Indiens dans la Sierra Madre comme cela était arrivé à Crook six mois plus tôt à Los Embudos.

De son côté, l'ambitieux Miles cherchait comment il pourrait s'attribuer à lui seul la reddition du célèbre guerrier que l'Amérique tout entière attendait, haletante. Le 31 août, Miles avait demandé à Lawton de s'assurer de la présence de Naiche et de Geronimo et de leur ôter toute possibilité de fuir. D'autres messages de même nature furent envoyés à Lawton et tous incitaient au meurtre du guerrier bedonkohe et du chef héréditaire. Couper sur-le-champ les deux têtes de l'hydre chiricahua, et l'Amérique serait alors soudainement hors de danger ; et Miles deviendrait un héros.

Après des tergiversations insensées de Miles qui mettaient en évidence sa personnalité vaniteuse et tordue et qui commençaient à venir à bout des nerfs de Lawton et de Gatewood, le général rencontra le 3 septembre les rebelles à Skeleton Canyon. Debout, Geronimo regarda longuement l'officier, il l'évaluait. L'interprète débita les banalités d'usage :

— Le général Miles est votre ami.

— Je ne l'ai jamais vu, mais j'ai eu grand besoin d'amis, répondit Geronimo. Pourquoi n'a-t-il pas été avec moi[4] ?

Cet échange détendit l'atmosphère et l'on commença à causer. Miles, même s'il voulut le cacher, était impressionné par la puissante personnalité de Geronimo et, bien que l'ayant à sa merci, il ne put s'empêcher de trouver des qualités exceptionnelles à ce guerrier qui le fixait de son regard acéré. Geronimo voulait maintenant se rendre sans trop de dégâts et en finir une fois pour toutes. Miles lui dit de déposer les armes, de partir avec lui à Fort Bowie et que dans cinq jours tous les Apaches retrouveraient leurs familles. Avec force démonstrations, il expliqua ce que le président des États-Unis voulait faire des Chiricahuas. Il traça un trait sur le sol ; d'un côté il situa l'océan et, en plaçant une pierre près du trait, il dit à Geronimo que cette pierre représentait l'endroit où aujourd'hui se trouvaient les Chiricahuas avec les familles. Prenant une autre pierre, il la posa éloignée de la première en déclarant qu'elle le représentait, lui, Geronimo ; ensuite Miles saisit une troisième pierre et la mit non loin de celle qui représentait Geronimo et son groupe. Il dit que cette dernière représentait la réserve et les Apaches qui y étaient encore. Enfin, le général prit ensemble les deux pierres qui étaient presque l'une près de l'autre et les posa à côté de celle qui était près du trait où il y avait l'océan. Miles déclara alors :

> Voilà ce que le président veut faire. Il veut tous vous réunir[5].

C'en était fini des guerres apaches, de leur liberté, de Geronimo, du moins en Arizona et au Nouveau-Mexique. La cérémonie de reddition eut lieu le 4 septembre 1886. Le 5 au matin Miles partit pour Fort Bowie en compagnie de Geronimo, Naiche et trois autres leaders. À charge pour Lawton de rassembler et de faire venir le reste de la bande. Dès son arrivée, Miles envoya des messages dans tout le pays vantant son action. À Fort Bowie, il continuait d'amadouer les Apaches en leur faisant miroiter un avenir radieux avec leurs familles. Il leur expliqua tout bonnement et même en y croyant que le passé était le passé et qu'aujourd'hui toutes les mauvaises actions étaient oubliées. Comme si défendre sa terre et ses traditions contre un envahisseur était une mauvaise action. À ce peuple que l'Amérique s'apprêtait à déporter dans des conditions qui ne sont pas sans rappeler certaines méthodes de déplacement de populations au XXe siècle en Europe, on avait toujours parlé soit avec la poudre, soit avec le mensonge, soit avec la basse flatterie ou l'insulte.

Dans la matinée du 8 septembre, Lawton arriva avec le reste de la bande. Il ne manquait plus que les guerriers qui s'étaient éclipsés avec Mangus, le fils du défunt Mangas Coloradas. Il sera retrouvé avec les siens parmi lesquels il y avait Daklugie. Au début d'octobre, Mangus remontait les plaines arides du Chihuahua pour se rendre au Nouveau-Mexique. En passant à Corralitos, et sans son autorisation, des jeunes guerriers, en s'emparant d'un troupeau de mules, se firent repérer par Britton Davis qui, comme on le sait, travaillait à son élevage. L'ancien chef des éclaireurs du général Crook prit les Apaches en chasse, les pista puis télégraphia à Miles une fois qu'il eut localisé la *ranchería* des fugitifs. Le capitaine Charles L. Cooper fut envoyé de Fort Apache et quelques jours après put découvrir le camp de Mangus et, finalement, des derniers Chiricahuas libres. Mangus envoya Daklugie présenter sa reddition. La capture du troupeau de mules avait beaucoup pesé dans sa décision de se rendre. Une fois les auteurs du vol connus, les Mexicains et les Américains auraient entamé une poursuite infernale, jusqu'au sang. La reddition officielle d'un chef chihenne de haute filiation ayant eu lieu presque un mois après celle de Geronimo, doit-on, et peut-on, continuer à penser, et sans rien vouloir lui enlever, ni ternir le mythe quasi mondial, que c'est réellement Geronimo qui fut le dernier Apache libre à se rendre ? Il apparaît que c'est bien un chef chihenne mimbre répondant au nom de Mangus et accompagné de Daklugie, Apache nedhni-bedonkohe, fils de Juh et d'Ishton, qui fut le dernier Chiricahua libre à rendre les armes. Du moins officiellement.

Pour l'heure, ce 8 septembre, le problème de Miles était de faire sortir les Chiricahuas de l'État de l'Arizona et de les soustraire à sa juridiction. Les autorités civiles n'envisageant pas toujours les choses de la même façon que les militaires, y compris quand ces derniers agissaient sur ordre du gouvernement, Miles préférait éviter les problèmes qu'avait connus Britton Davis en 1883. Par ailleurs, il fallait quitter l'État sans que cela se sache de trop, voire même pas du tout. La possibilité de mouvement de milices pour des expéditions criminelles similaires à celle de William Oury contre les Arivaipas en 1871 n'était pas à écarter. Si les promesses de Miles et ses beaux discours étaient fumeux, dans ce cas précis il restait « droit dans ses bottes » vis-à-vis des Apaches. Au vrai, d'aucuns reconnaîtront que l'ambitieux général voulait faire un rapport irréprochable à Washington, malgré l'envie de Cleveland de voir les Apaches morts ; par ailleurs, si les Chiricahuas avaient été emprisonnés à San Carlos ou Fort Apache, on se demande bien comment il n'y aurait pas eu des meurtres ou des tentatives tant la population de tout le sud-ouest des États-Unis avait l'esprit et les yeux révulsés rien qu'à l'évocation du mot Apache, ou du nom de Geronimo. On comprend d'ailleurs mieux pourquoi le président Roosevelt avait confié à Geronimo, lors de sa visite à la Maison-Blanche après son investiture en 1905, qu'il lui était impossible, eu égard aux sentiments des citoyens de ces États, que les Chiricahuas retrouvent leur pays. Autrement dit, dix-neuf années après le début de leur exil, les Apaches étaient encore *personae non gratae* chez eux.

Dès que tous les Apaches furent réunis, on les installa sous bonne garde dans des chariots et le convoi s'ébranla de Fort Bowie pour Bowie Station. Le capitaine Henry W. Lawton escortait les guerriers les plus célèbres de l'Occident des deux derniers siècles et du siècle à venir. En ce jour du 8 septembre 1886, le train quitta Bowie Station à quatorze heures cinquante-cinq et, comme pour ajouter une note, c'est le cas de le dire, frôlant le cynisme, des musiciens avaient été conviés à venir jouer un vieil air irlandais *Auld Lang Syne* plus connu chez nous sous le titre de *Ce n'est qu'un au revoir mes frères*. Comme les Apaches ne comprenaient pas bien la signification de cette étrange prestation musicale, ils rirent. Du moins en apparence. Pour le symbole et le souvenir, on prit une photographie des rebelles qu'on regroupa pour l'occasion sur le remblai. On y voit Fun, Lozen, Josanny, Naiche, Geronimo et beaucoup d'autres. Cette photographie est aussi connue que celle de Fly à Los Embudos prise en mars de la même année.

Entre-temps, à Fort Apache le 5 septembre, le lieutenant-colonel James Wade exécutait les ordres et préparait la déportation des éclaireurs et de toutes les familles. Une fois désarmés, ces Apaches allaient être traités comme des prisonniers de guerre tout comme l'étaient les rebelles. Le 7 septembre au matin, soit la veille du départ de Geronimo de Fort Bowie avec Lawton pour Bowie Station, les Apaches des réserves sont conduits à Holbrook, une localité faisant office de station située au bord de la voie ferrée, où ils arrivèrent le 12 septembre. Le train partit le 13 dans l'après-midi avec plus de quatre cents prisonniers. Les rebelles et les « pacifiques-éclaireurs » avaient été mis dans le même train de la Southern Pacific. Les conditions du voyage furent épouvantables. Enfermés dans des wagons plombés, surchauffés, les Indiens étaient entassés. Comme si la déportation ne suffisait pas à leur calvaire, à leur déchirement, il fallait encore en rajouter. La promiscuité, la puanteur, la sueur, les excréments et l'urine qui au bout de quelques heures commençaient à s'accumuler et se répandre dans les espaces clos transformèrent le « voyage » en un cauchemar que les Apaches n'auraient jamais cru connaître un jour. Il est en tout cas certain que les conditions de l'exil ont été à l'origine des premières épidémies de tuberculose et des premiers décès. Geronimo racontera plus tard que pendant le voyage ils avaient craint aussi d'être tous débarqués brutalement en rase campagne pour être fusillés.

En arrivant à Saint Louis, un Apache du nom de Massaï réussit à desserrer les fixations d'une fenêtre et, comme le train montait une côte, il put sauter dehors et s'évader. Cet épisode inspira au XXe siècle le célèbre film de Robert Aldrich, *Bronco Apache*. Massaï parvint à retourner dans ses montagnes, épousa une Mescalero et vécut en « hors-la-loi » de nombreuses années avant d'être repéré et tué.

Ces trois cent quatre-vingt-un prisonniers « pacifiques des réserves » dont deux cent soixante-dix-huit adultes et cent trois enfants arrivèrent à Fort Marion le 20 septembre ; le même jour, ils furent rejoints par les dix hommes et les trois femmes de la délégation de Chato qui revenait de Washington. Les hommes étaient dirigés sur Fort Pickens, près de Saint Augustine, où ils retrouvèrent Chihuahua, Loco et Nana ; les femmes et les enfants restaient quant à eux à Fort Marion près de Pensacola. Cependant, la bande de Geronimo n'était pas avec eux. Le 10 septembre, le ministère de la Guerre avait donné l'ordre au général de brigade D.S. Stanley qui commandait la région militaire du Texas de faire arrêter le train à San Antonio et d'en extraire Geronimo, Naiche et sa bande. Le gouvernement voulait, en interrogeant les derniers combattants, connaître réellement les conditions de leur reddition. Stanley les interrogea ensemble puis séparément. George Wratten qui était avec eux confirma leurs dires dont la véracité convainquit l'officier. Les Chiricahuas racontèrent exactement ce qui s'était passé avec Gatewood, les deux éclaireurs Kaahtenay et Marteen, et Miles. Huit jours après, le président Grover Cleveland annonça la décision qu'il avait prise sur le sort des ex-rebelles. Les ministères de l'Intérieur et de la Guerre, pour la seconde fois, étaient d'accord, ce qui était rare, mais cette fois-là, ça tombait bien car leur bonne entente sauva certainement Geronimo et quelques autres de la corde ou du peloton d'exécution, solution privilégiée par Cleveland. Mais comme ce dernier se sentait obligé d'honorer les engagements de Miles vis-à-vis des Apaches, il les envoya rejoindre leurs compagnons d'exil. Seule donc la promesse de la vie sauve faite par Miles aux Chiricahuas fut tenue. L'autre promesse, symbolisée par Miles avec les pierres sur le sol, selon laquelle les Apaches auraient une nouvelle réserve où toutes les bandes seraient réunies, fut ignorée. Par ailleurs, dans des instructions envoyées au général Philipp Sheridan par le secrétaire à la Guerre Endicott, il était spécifié que les autorités civiles étaient totalement exclues de la surveillance et de la prise en charge des Apaches en Floride puis ensuite en Alabama et en Oklahoma.

Le 30 octobre, c'était enfin au tour de la bande de Mangus et de Daklugie d'embarquer à Holbrook pour rejoindre les leurs à Fort Pickens en Floride. Ils avaient quitté l'Arizona à Holbrook le 19 avec le capitaine Cooper. Outre Mangus, ce groupe comptait deux guerriers, Fi-a-at et Goso, trois femmes dont celle de Mangus qui était la fille de Victorio, trois enfants et deux adolescents, Frank et Daklugie. Geronimo et ses partisans quittèrent San Antonio le 22 octobre et arrivèrent le 25 à huit heures et demie du matin. Un bateau à vapeur les embarqua pour Fort Pickens sur l'île de

Santa Rosa. Début novembre, ils furent rejoints par Mangus et Goso.

Les vingt-sept années d'exil des Chiricahuas en terres hostiles et étrangères ne parvinrent pas à briser l'esprit apache, l'esprit du « Peuple-de-la-Femme-Peinte-en-Blanc ». Les chants qui invoquaient les *Gans* résonnèrent encore, tout comme les cérémonies, qui étaient toujours organisées. Les Apaches devinrent de bons cultivateurs et de bons fermiers. En attendant, les années de Floride furent pénibles et causèrent beaucoup de morts. Les Chiricahuas de Fort Marion furent transférés en avril 1887 à Mount Vernon Barracks en Alabama où ils arrivèrent le 28. Quant à ceux qui étaient confinés à Fort Pickens avec Geronimo, Nana, Mangus Chihuahua, Loco et Naiche, ils y rejoignirent enfin leurs familles le 13 mai 1888. Les retrouvailles sont indescriptibles. Avant l'arrivée des ex-rebelles, un ancien combattant des guerres indiennes des Plaines, Richard H. Pratt, avait des idées pour les Apaches, des projets. Habitué aux Indiens dans la guerre comme dans la « paix », il avait eu sous sa garde des Sioux, des Kiowas et des Comanches dans les années 1870 à Fort Marion ; il décida de recruter pour le pensionnat qu'il avait ouvert en novembre 1879 des élèves apaches. Cette école pour les Indiens est célèbre puisqu'il s'agit du pensionnat de Carlisle en Pennsylvanie. Il arracha à leur famille soixante-deux enfants dont la fille de Naiche, Dorothy, Ramona, la fille de Chihuahua, et Asa Daklugie qui, lorsqu'il reviendra, pourra, sachant lire et écrire, aider le sauveur de sa naissance, Geronimo, à dicter ses *Mémoires* à Barrett et plus tard ce furent un fils de Geronimo, Chappo, et bien d'autres qui les y rejoignirent.

Geronimo quant à lui retrouva ses enfants dont son fils Chappo et sa femme She-ga qui mourut de la tuberculose le 28 septembre. La même année, Lozen, la sœur de Victorio et femme-médecine, mourut aussi du bacille de Koch. Geronimo retrouva également son autre épouse, Zi-yeh, son fils Fenton et sa dernière épouse, Ih-tedda, qu'il avait « enlevée » chez les Mescaleros avec Charlie Smith et Sarah. La fille d'Ih-tedda avait mis au monde Marion le 13 septembre. Elle portera très vite le nom de Lena. Geronimo en arrivant découvrira son existence.

Si Mount Vernon Barracks était plus vivable pour les Apaches que la Floride, ce n'était pas non plus l'idéal. Le climat n'était pas bon et les sept années qu'ils y passeraient seraient éprouvantes pour beaucoup. La vraie première rédemption, si tant est qu'on peut désigner cela de cette façon, mais quand on voit de quel enfer les Apaches venaient, c'est ce qu'ils durent éprouver, c'est lorsque le 6 août 1894 fut votée une loi d'adoption du budget militaire qui permit le transfert des Chiricahuas dans un endroit qui à tous points de vue leur correspondait. Le 4 octobre les Chiricahuas au nombre de deux cent quatre-vingt-seize arrivèrent à Fort Sill en Oklahoma. Ce nouveau lieu de captivité allait permettre aux Apaches de mieux retrouver leurs marques. Le climat, les conditions de vie, la prairie, les collines alentour, et même quelques appels du coyote au loin leur rappelaient un peu le Sud-Ouest.

Les années qui restaient à vivre à Geronimo, si elles allaient être nettement meilleures que celles passées en Floride et en Alabama, et parfois même agréables, ne remplacèrent jamais dans son esprit ni dans celui de tous les exilés la terre d'Ojo Caliente, les Dragoon Moutains, les Mogollon et la Sierra Madre. Il connut des heures de gloire en participant à des manifestations qui tendaient à exhiber « l'Indien » comme un animal de cirque. Comme cela avait commencé dans d'autres proportions dès leur arrivée à Fort Marion qui était trop proche de la ville de Saint Augustine où des foules s'arrêtaient pour voir « les sauvages derrière les barreaux ou en sortie obligatoire dans la cour du fort ». Quand Geronimo avait été quelque temps à San Antonio, les autorités de la ville avaient organisé de grandes foires et des ventes de souvenirs et de photographies. À Fort Marion, on se plaignait de l'afflux des badauds qui empoisonnaient la vie des Apaches mais, en même temps, on imaginait l'essor que ce phénomène pouvait faire prendre au tourisme. Il en sera de même en 1898 à Omaha où du 9 septembre au 30 octobre une délégation apache, composée entre autres de Geronimo, Naiche et Daklugie, rejoignit en « vedette américaine » au début, puis en vedette tout court sur le seul nom de Geronimo, le *Wild West Show* de Buffalo Bill. Geronimo vendit à cette occasion les boutons de son manteau vingt-cinq cents puis, y prenant goût, son arc, ses flèches, son bonnet et des photographies dédicacées pour cinq dollars. En 1897, il fit la connaissance d'un jeune homme avec qui il se lia d'amitié, malgré des débuts difficiles, et qui vint souvent le visiter dans sa maison de Fort Sill. Il s'agissait d'Elbridge Ayer Burbank qui avait été envoyé par son oncle, Edward E. Ayer, président du Field Museum de Chicago, pour que son neveu réalise le portrait du célèbre Apache. Geronimo sera invité à Buffalo dans l'État de New York à l'occasion de *The Pan American Exposition* de 1901 où, malgré le fait que l'assassinat du président McKinley éclipsa momentanément l'intérêt que les foules lui portaient, il fut payé quarante-cinq dollars par mois. Le 4 juillet 1902 il est présent avec ses compagnons à une parade équestre à Lawton à l'occasion de la fête nationale, puis à l'automne à la foire annuelle d'Oklahoma City. L'année qui suit, l'homme se retrouve le 4 juillet à Anadarko pour la même fête. En 1904, année où disparaît Zi-yeh, il rencontre un triomphe à la foire de Saint Louis dans le Missouri. Le 4 mars 1905, il participe au défilé d'investiture du président Theodore Roosevelt dans les rues de Washington. Le 9 mars, il aura l'occasion, comme on sait, de demander à Roosevelt, qui l'avait convié à la Maison-Blanche, de pouvoir retourner avec les siens en Arizona, ce qui n'était pas encore possible eu égard à l'hostilité des populations. Dans le courant de l'été, Geronimo rencontra Stephen M. Barrett, inspecteur général de l'éducation à Lawton à côté de Fort Sill, à qui il dictera ses *Mémoires* grâce à l'intermédiaire de Daklugie. Beaucoup d'obstacles furent mis en travers du travail de Barrett et par la suite à la publication du livre. On dut peaufiner, raturer et supprimer car ce récit était celui d'un prisonnier de guerre dont la parole devait encore être étouffée.

En 1908-1909, le poids des ans et une vie éprouvante qui avait connu toutes les douleurs et toutes les déconvenues, commençait à peser sur le corps robuste du chamane de guerre des Apaches chiricahuas. La fatigue se faisait sentir et il avait moins d'allant pour toutes ses activités artistiques, économiques, religieuses et sociales. Au mois de février 1909, il se rendit à Lawton pour vendre des objets et des armes. Geronimo adorait faire des affaires. Arrivé sur place, il demanda à Eugene Chihuahua de lui fournir du whisky. Comme il était interdit de vendre de l'alcool aux Indiens — comme aujourd'hui encore dans les réserves —, Eugene demanda à un soldat d'aller en acheter pour lui et donna la bouteille à Geronimo. Celui-ci repartit à la tombée du soir. Le froid était vif. Il avait bu beaucoup de whisky. Alors qu'il arrivait non loin de sa maison, il perdit l'équilibre et tomba de son cheval. N'arrivant pas à se relever, le vieil homme passa la nuit à terre, le visage dans l'eau glacée d'une flaque, le corps contre le sol gelé. On finit par le retrouver le matin, gisant à moitié dans l'eau.

Durant trois jours, ses proches prirent soin de lui. Geronimo souffrait d'une pneumonie aiguë. On le fit entrer à l'hôpital que les Indiens appelaient « la Maison de la Mort ». Le 15 février son état empira. Geronimo avait demandé que l'on fasse venir ses enfants Robert et Eva. Il voulait tenir jusqu'à leur arrivée. Mais le médecin du poste, Purington, au lieu de télégraphier, envoya une lettre. Ce furent deux autres enfants qui demeurèrent à son chevet pour les dernières heures. Il s'agissait des garçons de ses deux anciens compagnons d'armes : Eugene Chihuahua, qui s'en voulait d'avoir procuré du whisky au vieux guerrier, et surtout Asa Daklugie qui lui tiendra la main jusqu'à la fin en lui parlant encore de ses combats contre les Mexicains, les assassins de son peuple, les meurtriers d'Alope et de ses trois enfants en 1851. Geronimo, celui qui ne fut jamais chef mais qui devint plus célèbre que tous les grands chefs réunis, s'éteignit le 17 février 1909 à six heures et quart du matin. Toute la journée, les lamentations et les pleurs furent omniprésents dans tout l'hôpital et dans toute la « réserve ». Les obsèques eurent lieu le lendemain après-midi à quinze heures. Le corps de Geronimo fut placé dans un corbillard et conduit au cimetière militaire de Fort Sill. L'enterrement par lui-même fut retardé afin de permettre à Robert et à Eva d'arriver juste à temps. La tombe du vieux guerrier se trouvait à côté de celle de Ziyeh, entourée des sépultures des autres disparus de la famille. Presque toute la tribu était là, ainsi que de nombreux habitants de Lawton. Naiche, le chef héréditaire qui dominait tout le monde de sa haute taille, fit une allocution brève mais forte. Un prêtre célébra ensuite un office religieux. Ses proches placèrent dans la tombe sa couverture et plusieurs autres objets personnels auxquels tenait le défunt. Geronimo avait demandé qu'on attache son cheval à un arbre précis et qu'on y suspende ses objets personnels en disant qu'il reviendrait les chercher dans trois jours. Mais sa veuve, qui avait voulu égorger son cheval et qui en fut empêchée, décida de tout faire enterrer avec lui. On rapporte à ce sujet que Geronimo avait sur son compte en banque à Lawton un pécule qui s'élevait à plus de dix mille dollars. Le grand guerrier avait bien appris l'économie du pays qu'il avait combattu...

Tout le monde était très éprouvé et chacun savait que ce qui venait d'arriver symbolisait quelque chose d'important. Une ère nouvelle allait s'ouvrir pour les Apaches et tous comprirent que les actions positives engagées durant sa vie par Geronimo seraient maintenant bénéfiques et utiles à la cause du peuple apache. Dans peu d'années, en 1913, ils pourraient tous retourner, non pas en Arizona encore trop réticent, mais au Nouveau-Mexique chez leurs amis les Mescaleros où leurs descendants vivent toujours aujourd'hui.

En 1931, un monument majestueux et imposant, surmonté d'un aigle sculpté, fut érigé près de sa tombe par l'école d'artillerie de Fort Sill. À l'entrée de cette partie du cimetière un écriteau indique les noms qu'a retenus l'histoire apache, les noms de tous ceux qui ont combattu aux côtés de Geronimo et qui l'ont suivi jusqu'au bout.

Mourir comme il faut pour être admiré, ou l'image de Geronimo aujourd'hui

C'est à se demander si ce ne sont pas des hommes de paix comme Cochise qui furent considérés comme plus dangereux par le gouvernement américain, les militaires et dans une moindre mesure les populations civiles, que des rebelles comme Geronimo. En effet, en dehors d'Ulysses S. Grant qui envoya les négociateurs raisonnables Coyler et Howard à la face de Crook, les autres présidents comme Cleveland ne se sont pas fait prier pour quasiment fermer les yeux sur une pendaison — avortée — de Geronimo, mais surtout ont prêté le flanc bien volontiers à des demandes secrètes et feutrées, presque honteuses, d'extermination des Apaches et dans une moindre mesure d'autres nations indiennes. On pourrait alors se demander si la thèse incroyable de l'assassinat de Cochise qui depuis quelques années circule à l'intérieur de la réserve de Mescalero, où vivent les descendants chokonens de Naiche et ceux des autres bandes chiricahuas, n'est pas fondée. En effet, nous pouvons nous souvenir des soupçons légitimes qu'eurent les Apaches lorsqu'ils apprirent que Taza, lors de sa visite « forcée » à Washington avec l'agent indien John P. Clum, avait succombé à une pneumonie : dangereux, le « pacifiste » Taza qui suivait la parole de paix de son père, le chef Cochise ? Valait-il mieux qu'il « meure absolument », comme Mangas Coloradas allant faire la paix dans les ruines de Fort McLane où l'attendait le malfaisant Joseph Rodman West qui le fera décapiter ? Cochise assassiné alors qu'il vivait en paix sur *sa* réserve dans *son* pays ? Pourtant, tout concorde depuis le début de l'affaire. Le médecin de Fort Bowie était venu au chevet du chef chokonen à plusieurs reprises. Taza était là en permanence avec son frère Naiche, Jeffords, *Tagliato*, se démenait auprès de son ami et ne ménageait pas sa peine pour défendre les Chiricahuas, les encourager, les soutenir, empêcher les dérapages pouvant provenir des factions bellicistes comme celles de Juh et Geronimo, prévoir le pire comme le rationnement, voire la suppression des approvisionnements prévus dans le traité, préservant la bonne entente avec l'administration pour éviter les catastrophes qui auraient mis fin à la réserve choisie par le chef. Tous étaient là, et Cochise agonisait. Et puis il y a ce célèbre et magnifique échange de mots entre le chef chokonen et Jeffords. Un échange rapporté, avec de faibles variantes selon les traducteurs, les interprètes et les dispositions depuis le 8 juin 1874 jusqu'à nos jours par toutes les obédiences d'historiens, d'auteurs divers et de chercheurs :

— Crois-tu que tu me reverras jamais vivant ?

— Non, je ne le crois pas. Demain tu seras mort.

— Je le crois moi aussi. Les bons amis se reverront là-haut, quelque part, plus loin que les montagnes[1].

Alors, d'où vient cette rumeur, ce bruit assourdissant qui fait qu'aujourd'hui les descendants directs du grand chef assurent sans aucune hésitation que leur illustre aïeul a été purement et simplement « supprimé » au cours d'une rixe qui serait survenue certes « par hasard », mais au bon moment. S'il est vrai que Cochise et son fils aîné représentaient aux yeux des Américains une force aussi redoutable qu'une troupe de guerre apache déchaînée au cœur du Sonora dans les années 1850 ou à Apache Pass en 1864, force est de reconnaître que le doute est permis. Le père et le fils, fins politiques doués d'une indéniable force de caractère et exerçant sur la tribu un attrait et une influence exceptionnels, s'avéraient être bien plus gênants qu'un Geronimo faisant des allers-retours incessants entre San Carlos et la Sierra Madre, et dont on pouvait suivre la piste grâce aux cadavres de voyageurs ou de soldats qui la jonchaient.

Le mystère reste entier. Apparemment, le meurtre et/ou la mort de Cochise au cours d'un combat, d'une rixe ou par préméditation, est une thèse hasardeuse. C'est pourtant un pas que beaucoup n'hésitent pas à franchir depuis quelques années, malgré des documents, des témoignages et des informations de première main accréditant le contraire. Mais qu'est-ce qui pousse donc depuis quelque temps certains Apaches à soutenir avec conviction la thèse de la mort violente ? On a entendu dire récemment que finalement il était mieux pour un grand chef comme Cochise de mourir au combat, en « brave » ou en « résistant », que de dépérir dans son lit et de mourir diminué par la maladie. À ce jour, aucun grand historien, et notamment son éminent biographe Edwin R. Sweeney, n'accrédite cette thèse et cela lui serait difficile, comme à d'autres, quand on a pu réaliser une synthèse de toutes les descriptions et de tous les rapports consignés dans les archives concernant les derniers jours du grand chef. Geronimo, lui, est mort d'une pneumonie, comme Taza, mais pas en visite à Washington, simplement en captivité à Fort Sill en Oklahoma le 17 février 1909. Sur cette mort, personne ne revient.

Le préfacier-présentateur des *Mémoires de Geronimo* recueillis par S.M. Barrett, Frederick W. Turner, laisse entendre que « le pire du point de vue des Blancs était Geronimo parce qu'il était le meilleur du point de vue de la culture chiricahua[2]... ». Cette distinction que Geronimo n'aurait certainement pas demandée, être désigné, pour ne pas dire qualifié comme étant, selon Turner, le plus représentatif de cette culture chiricahua est bien le signe que, entre les lignes, il en incarne la perfection. Ces propos sonnent comme un verdict absolu sur lequel personne ne peut ni ne doit revenir. Il est vrai que le livre préfacé fait autorité. Avec toute la force de conviction qui est la sienne, l'auteur de cet avis tranché rejoint le caractère sans concession de Geronimo. Ce à quoi fait allusion Turner c'est finalement, et certainement sans qu'il en ait véritablement conscience, le désir d'exprimer une forme d'intégrisme chiricahua, une évidence enfouie en lui comme peut-être en Geronimo lui-même. Ses propos laissent transparaître un « intégriste » de l'Histoire, aveuglé par une forme de pureté que d'aucuns retrouveraient consciemment ou non dans l'inflexibilité du chamane bedonkohe, une rigueur, un fanatisme guerrier. Avec Cochise en 1872, même si bien sûr il est déjà *trop tard*, la résistance et la « possible » reconquête des territoires avec plusieurs centaines de guerriers répartis dans une vingtaine de *rancherías* ne peuvent être considérées, compte tenu des forces en présence et de la dynamique chiricahua, comme un raisonnement stupide doublé d'un comportement aveugle. Avec Geronimo dès 1880, et notamment dès l'année 1883, la résistance, à cinquante puis à trente puis à dix-sept en septembre 1886, ce n'est plus de la résistance. Ce mot et les actes qui lui sont liés sont dénués et vidés de leur sens premier. La guerre qui a rendu célèbre Geronimo, si elle fut spectaculaire et héroïque, fut rapidement à l'origine de retombées négatives et extrêmement brutales sur les Apaches. Elle n'engendra que morts violentes, ce qui est le lot de toute guerre, mais aussi les affres de la faim, et fut le ferment d'une répression comblant d'avance les pires adversaires des Apaches et plus généralement des Indiens. En 1872, année du traité de paix Cochise-Howard, les représentants du monde qui avaient envahi et conquis l'*Apachería* n'avaient pas encore donné aux Chiricahuas une véritable idée de leur puissance, ni de leurs moyens illimités, ni de la nature réelle de l'entité géopolitique dont ils étaient issus et qui allait les broyer. En juin 1874 à la mort de Cochise, la guerre est devenue terriblement désuète. Les rangs chiricahuas s'éclaircissaient à grande vitesse tandis que la population américaine augmentait de jour en jour. Tout Apache lucide, même le plus déterminé, ne pouvait que constater des flots ininterrompus de nouveaux arrivants. Comme disait Cochise, les Blancs, c'est comme les brins d'herbe de la prairie : il y en a trop pour les compter, quand on en tue dix il en arrive cent aussitôt. Geronimo devait bien sûr être conscient de cet envahissement par le nombre, ce qui rendait caduque sa position de rebelle. Pourtant, au moment où il aurait fallu donner un réel coup d'arrêt aux hostilités en dépit de la vie difficile à San Carlos, de toutes les humiliations et privations endurées, Geronimo continua à défier l'autorité et l'armée. Avant la fin des années 1870, il n'était pas aveuglé par le jusqu'au-boutisme du désespoir. Pour le chamane de guerre des Bedonkohes, les combats, les courses éperdues dans les montagnes, le danger de chaque instant et les embuscades et autres raids sont plus qu'un mode de vie, c'est une philosophie qui trouve ses racines profondes dans la cosmogonie chiricahua. Geronimo imite, mime, incarne les scènes mythologiques initiées et vécues par l'« Enfant-de-l'Eau », *Too ba ghees chin en.* Geronimo est « Enfant-de-l'Eau », fils de l'Orage. Geronimo doit tuer comme la foudre, aussi rapidement, aussi terriblement. Il y parvint souvent. Son fanatisme de la guerre à tout prix est lié à cette sorte de « perfection chiricahua » qu'il incarne et qui est en adéquation mentale et chamanico-religieuse avec le mythe. Les antagonismes qui perdurent dans le monde tourmenté de cette mythologie verront les entités, que déifient les Apaches, intervenir sous leur propre identité spirituelle. Geronimo doit peut-être son incroyable renommée à son expression étrange de démence guerrière qui confine à cette fameuse « perfection chiricahua ». Aux yeux de beaucoup et pour les inconditionnels de Geronimo c'est une qualité qui le place au panthéon des chefs indiens (qu'il n'était pas). Cette « perfection » sans doute perçue comme une forme de fanatisme-intégrisme a clairement compté pour une bonne part dans la fascination qu'exerce le nom de Geronimo sur les foules.

Dans le monde occidental, il n'est guère surprenant que ce soit Geronimo qui depuis toujours a fait l'unanimité chez les « défenseurs » et admirateurs des Indiens. Le chamane de guerre des Bedonkohes était un loup, un loup sauvage ; depuis environ une trentaine d'années cette image est un peu celle que le Sioux oglala Crazy Horse, un chef celui-là, commence à acquérir. Leur réputation d'irréductibles séduit et fait rêver parce qu'ils ont montré à quel point leur cas était quasi désespéré. Geronimo, pour sa part, demeure à la fois pathétique tant il est seul, et héroïque tant il incarne ce dernier guerrier résistant à l'asservissement. Pour les foules, tout cela est bien entendu attrayant. Elles s'en remettent à Geronimo comme elles le font à Che Guevara. L'Apache est plébiscité, porté en bannière. Son héroïsme guerrier pour défendre la « cause indienne » — c'est ainsi qu'on le perçoit — est sa principale caractéristique. Sa renommée et l'attrait qu'il suscite viennent du fait qu'il est le garant de la défense et donc de la sauvegarde de ces valeurs des *natives* d'outre-Atlantique. Il demeure pour beaucoup, consciemment ou non, l'espoir que les Indiens eux-mêmes ne vont pas se couper de leurs racines. À travers le personnage de Geronimo s'exprime le désir de la continuité du monde indien tel qu'il était et tel qu'il doit demeurer selon le regard désireux-désirant d'Occidentaux inconsciemment en quête d'identité. Mais, alors, pourquoi ces derniers rejettent-ils, pour la plupart, la leur ? Une nouvelle forme d'ethnocentrisme : le néocolonialisme militant-altruiste avec pour racine profonde l'inconscience de la haine de soi dont le stigmate prend la forme du rejet de son propre monde. C'est la question que sont en droit de se poser, et beaucoup se la posent, les Indiens d'aujourd'hui *visités* par leurs *défenseurs-admirateurs*.

Le chamane de guerre des Bedonkohes est fédérateur. Son image mobilise les rêves épiques, la volonté de vaincre une idée et d'en sauvegarder d'autres, et vivifie des espoirs. L'idée intellectuelle et historique de Geronimo procède d'une alchimie, d'une fusion entre lui et les autres identités indiennes tant linguistiques que sociales et religieuses. Il est le personnage historique *idéal* mais bien réel qui a vu son profil se transformer en fantasme auprès de beaucoup ; déjà parmi les siens tant son Pouvoir de guerre était grand, et bien sûr, dans toute l'Amérique du Nord et en Europe. Si Geronimo n'avait pas été rendu invincible par sa Puissance, il n'y aurait pas encore aujourd'hui ce mystérieux appel et cet attachement que suscite son nom. Le bon instinct de la multitude ressent à travers l'homme un goût de paradis perdu et édénique. S'y meut l'envie manifeste d'un arrière-pays rassurant, aux racines solides et garantes de l'équilibre des peuples. Cependant, chez nous, contrairement aux Indiens eux-mêmes et en l'occurrence aux Apaches, cet arrière-pays n'existe plus. En dehors de quelques poignées d'individus disons plus « éclairés », les « foules concernées » par la cause indienne et au-delà excluent et renient leur héritage. Il ne reste plus dans cet arrière-pays que leurs propres racines écorchées, arrachées encore humides, pleurant le sang de leur mémoire ancestrale fondatrice abandonnée aux friches d'un présent et d'un avenir sans identité. Pourtant, ils désirent profondément que les Indiens continuent à *résister* et symboliquement, à l'image de Geronimo, afin qu'ils conservent à tout prix le creuset de leur civilisation, qu'ils ne disparaissent point. Geronimo a déclenché beaucoup de vocations allant en ce sens. Pourtant, dans leur grande majorité, les Indiens *visités* s'opposent totalement à cette dichotomie qui procède — ils en sont conscients et redoutent cette prédisposition mentale — de la haine de soi. Ce faisant, il est « expressément demandé » aux Indiens, quand ça ne leur est pas supplié par de suffocantes et interminables litanies, souvent d'ailleurs à travers le symbole ou l'aide du seul Geronimo, de conserver à tout prix leurs us et coutumes. En face cependant, on ne fait pas toujours montre de la même abnégation pour soi-même et sa propre culture.

L'esprit de Geronimo vit dans le temps parce que beaucoup d'Apaches, entre tradition et *modernité*, comme on dit communément, s'attachent à conserver et à perpétuer leur culture tant matérielle que spirituelle ; cela passe toujours par les savoirs et les pratiques cérémoniels et cela est possible par la connaissance de sa langue, par la sauvegarde de son intégrité linguistique. La langue originelle détient réellement les concepts de la tribu. Sans cette connaissance, c'est-à-dire sans la possibilité d'accéder à la véritable pensée chiricahua qu'elle véhicule, de nommer les choses et donc de les connaître, ne serait-ce que par la façon de raconter des histoires anciennes et d'entonner les chants lors des fêtes ou des cérémonies, c'est la tribu et les liens originaux qui l'organisent, la structurent qui sont appelés à disparaître. En 2004, dans son numéro daté du 24 octobre, l'*Indian Country Today*, une des principales revues du pays qui s'adresse essentiellement aux Indiens de tous les États-Unis, dont la rédaction est en partie indienne et dont le siège est au Nouveau-Mexique où il demeure à la réserve mescalero, Harlyn Geronimo, l'arrière-petit-fils de Geronimo et de Kate, sa grand-mère étant Lana, déclarait : « Une fois que vous avez perdu votre langue, vous avez tout perdu. » Or, il se trouve que beaucoup d'Européens qui se rendent chez les Indiens aujourd'hui avec le fol espoir que ceux-ci ont conservé leur tradition et parlent encore leur langue (ce qui n'est pas toujours facile pour les Indiens) ont pour beaucoup la particularité de malmener la leur et de faire table rase, consciemment ou non, de leur propre culture. Il y a comme une dérision, une insolence, un irrespect d'arriver comme beaucoup, dépouillé de soi, chez les Indiens aujourd'hui en se démarquant de ses racines, en rejetant voire en reniant avec véhémence sa propre civilisation au beau prétexte que l'on viendrait d'un monde — l'Occident honni donc — qui a contribué à l'éradication partielle des nations indiennes d'Amérique. C'est une façon d'être originale, quand on se rend chez les Indiens aujourd'hui, eux qui attachent une importance vitale à leur *indianité*, c'est-à-dire à leurs racines, leurs spécificités culturelles et religieuses, leur langage.

Geronimo ne cachait pas sa curiosité et son intérêt pour des mondes différents lorsque, en 1904, il était à la foire de Saint Louis. Il s'est d'ailleurs montré fin économe et homme d'affaires en revendant les arcs qu'il fabriquait, ses boutons de veste et autres breloques. Il percevait l'intérêt, la vastitude naïve de la foule qui venait comme pour le contempler lui, le « tigre humain » en cage et, finalement, un peu s'en excuser. Comme les *visiteurs* d'aujourd'hui dans les réserves. Le fait est pour le moins curieux. Désirer des autres qu'ils gardent les spécificités de leur culture et de leurs traditions ancestrales pour qu'ils survivent dans leur plénitude originelle, mais en même temps se refuser à soi-même la même exigence salutaire. C'est pourtant la réalité. Jamais dans l'esprit d'un Geronimo n'auraient pu germer de tels raisonnements qui dans l'entendement des Indiens sont comme une coupure qui anémie l'âme, *décérèbre* les esprits. Geronimo s'est battu dans, avec et pour cette « perfection chiricahua », pour la terre mais aussi pour ce qu'elle représente et ce qui la lie aux Apaches. Symbole de toute indianité, c'est donc à Geronimo que l'on s'adresse dès qu'on pense aux Indiens. Son nom est si fascinant qu'il crée la confusion dans les esprits. En effet, le fait qu'il soit le dernier et l'ultime selon l'Histoire officielle — ce qui, nous l'avons déjà dit, est faux — à bander l'arc et charger la culasse a créé en partie sa notoriété. Une quasi-insulte pour ceux qui furent de grands chefs — ainsi de Mangas Coloradas, Cochise et Victorio pour ne citer que ceux-là. L'historien français Jean-Louis Rieupeyrout, dans une brillante analyse, ne disait pas le contraire en parlant de « mythe démesuré » :

> Hâbleur par essence et menteur par fonction, il est l'artisan et le vecteur d'une antinomie. S'appropriant l'histoire des Apaches, au siècle dernier, le mythe fait de Geronimo l'Apache type, la quintessence pérenne et définitive de l'esprit de ce peuple [...] à y regarder d'aussi près que possible, l'on constate que le personnage flotte dans son mythe comme un vêtement trop grand pour lui. Si on lui ôte celui-ci, tissé d'affabulations maladroitement ajustées, il ne reste pas grand-chose qui permette de découvrir la vérité de l'homme[3].

Turpitudes et autres finasseries de flagorneur étaient les classiques du répertoire de Geronimo. En période de paix avec les négociations d'usage où son mensonge aimable s'exerçait avec brio, sa parole ne servait que des intérêts personnels immédiats et à courte vue. Qu'il représente aujourd'hui la mémoire apache à lui tout seul, qu'il incarne ce qu'est l'Apache en tant qu'individu est une forfaiture que subissent l'ensemble des Chiricahuas et les grands chefs qui, dans leur combat ou leur volonté de trouver de véritables solutions pour la paix, se sacrifièrent réellement. Les foules occidentales des années trente à nos jours, sous la coupe de l'illusionniste apache, l'ont élu l'Indien le plus méritoire et donc le plus célèbre. Des contradictions et des paradoxes qui ont porté son nom à une postérité, à une renommée rarement égalée dans le monde.

Épilogue

ENTRETIEN AVEC HARLYN GERONIMO ET PIERRE ET MARIE CAYOL[1]

Ruidoso, Nouveau-Mexique, 4 septembre 2006.

L'année dernière, un historien de l'université de Yale a trouvé dans les archives une lettre écrite en 1918 qui confirmait le fait que des membres de la société secrète *Skull and Bones* — Crâne et Os —, dont Prescott Bush, le grand-père de W. Bush, avait confisqué le crâne de Geronimo, à Fort Sill, là où il a été enterré en 1909. On a beaucoup parlé de cette affaire dans la presse — *Washington Post* —, à la télévision — CNN — et à la radio. La BBC m'a appelé d'Angleterre et même les Japonais... ! À tous, j'ai dit que je souhaitais que le président Bush intervienne dans cette histoire pour restituer les os de mon arrière-grand-père. Des avocats m'ont proposé leur aide... Voilà, j'en suis là... Je voudrais surtout que les restes de Geronimo me reviennent pour qu'on puisse l'enterrer là où il est né, dans la Gila Wilderness.

J'avais à peine sept ans quand ma grand-mère est morte en 1954, mais je me souviens bien des histoires qu'elle me racontait sur Geronimo, et mes parents ont continué à me les raconter. Des histoires bien différentes de celles qu'on trouve dans toutes les biographies déjà publiées. Souvent dans ce qui a été écrit sur lui, on se heurte au problème de la traduction. Parfois, il y avait tant d'animosité de la part de l'interprète... Il est temps pour moi de compléter les parties manquantes et de rétablir certaines informations afin d'être au plus près de la vérité. Je fais tout ce que je peux pour garder vivante la mémoire de mon arrière-grand-père qui est aussi celle de tout mon peuple. Car, si je ne le fais pas, personne ne le fera...

C'est ainsi que j'ai joué le rôle de Geronimo dans un documentaire sur Lozen, la femme guerrière apache. Ce film est passé sur la chaîne Discovery. En ce moment, je travaille sur un autre documentaire avec un professeur de l'université du Texas. La semaine dernière, avec ma femme, Karen, ma petite-fille, Harlyn, et ce professeur, nous sommes allés à Gila, où se tient le mémorial qui indique le lieu de naissance de Geronimo. Vous savez, je me suis battu pendant des années pour obtenir ce mémorial qui a été inauguré le 9 octobre 2004. J'envisage d'y mettre une sculpture, mais le financement est long à venir. Vous savez, je suis comme mon arrière-grand-père... C'était un homme déterminé qui a toujours lutté pour son peuple. Je suis très occupé avec toutes ces activités, car c'est un long travail, et je n'ai pas le temps pour me consacrer au dessin et à la sculpture. Pourtant, j'ai besoin de le faire. Je travaille aussi avec des groupes de danseurs. Et encore, je me suis retiré du Conseil tribal, il y a deux ans, pour me consacrer davantage à tout ce que j'ai évoqué.

LE POUVOIR ET L'HÉRITAGE DE GERONIMO

Depuis 2002, près de la ville de Clifton, Nouveau-Mexique, un rassemblement a lieu tous les ans au mois de novembre sur un petit terre-plein. L'endroit, après bien des recherches et des déductions, serait celui de la naissance de Geronimo.

Mescalero, Nouveau-Mexique, octobre 2004.

Lors de l'inauguration de la plaque en octobre 2004 commémorant le lieu de naissance de son arrière-grand-père, Harlyn Geronimo, arrière-petit-fils de Geronimo, déclara que, « en tant que dernier guerrier chiricahua, Geronimo possédait des pouvoirs extraordinaires qui l'amenèrent à connaître la puissance de l'unité ». Geronimo, dit-il, est né en 1829 (selon Harlyn) sous une pluie d'étoiles (on retrouve là une allusion à la comète de Halley), au confluent des sources de la Gila. L'illustre aïeul de Harlyn représente aujourd'hui la mémoire vivante de Geronimo. Harlyn a déclaré à l'*Indian Country Today* en date du 24 octobre 2004 :

> Il a combattu pour sa liberté et celle de son peuple afin qu'ils puissent vivre dans les Gilas « aussi longtemps que le vent soufflera ». C'était là son principal souci.

Selon lui, Geronimo dirait aux tribus indiennes de se battre pour préserver leur mode de vie et leurs langues.

Geronimo aurait insisté pour que les tribus développent des classes préscolaires prodiguant toute la journée des cours en langue indienne, afin de la préserver.

En encourageant les jeunes Indiens à se focaliser sur leur éducation, Harlyn souligne l'importance des droits issus des traités et de la souveraineté tribale.

> Mettre l'accent sur l'éducation et l'élection de représentants, qui lutteront pour le respect des droits traditionnels,

permettra d'éviter que le gouvernement fédéral n'empiète sur le système des cours tribales.

Harlyn combat depuis longtemps pour le respect des droits des Apaches sur l'eau, la chasse et les bois. Sculpteur, il prépare une statue de bronze de douze pieds de haut pour le lieu de naissance de Geronimo dans la réserve sauvage de la Gila où une plaque commémorative a été posée. L'ancien conseiller tribal dit avoir commencé la sculpture en 1983 afin d'oublier la politique. Désormais, ce grand-père de cinquante-sept ans est le dépositaire de grandes histoires.

Les femmes apaches étaient aussi des guerrières. Récemment, dans un documentaire intitulé *Lozen*, diffusé sur Discovery Channel, il a dressé le portrait de son arrière-grand-père. Lozen, une femme apache, combattit farouchement avec Cochise avant que celui-ci et les siens ne soient massacrés par l'armée à Sierra Madre. Dès lors, elle combattit au côté de Geronimo.

Quand Cochise fut assassiné, Geronimo combattait avec Juh, à cent miles de là. Lozen le rejoignit et lutta avec lui pendant six ans. Après sa reddition à Skeleton Canyon, près de l'actuel Rodeo, Geronimo fut emmené à Holbrook, Arizona, près du pays navajo, puis embarqué dans un train pour la Floride, où il fut emprisonné. C'est là où, aujourd'hui, se dressent des magasins de curiosités et des monolithes bleus, que Geronimo leva une dernière fois les yeux vers le ciel constellé d'étoiles, sous lequel il était né, et toucha, pour la dernière fois, Mère Nature, la terre nourricière. Geronimo mourut à Fort Sill, Oklahoma, en 1909. Il n'est jamais retourné dans le Sud-Ouest. De toute manière, dit Harlyn, les Apaches n'ont jamais été vaincus et l'héritage de Geronimo est toujours vivant.

> Nous sommes toujours là, de plus en plus nombreux. [...] Il combattait pour sa terre natale et son peuple. Il incarnait la liberté.

Si Geronimo pouvait prévoir un bel avenir pour son peuple, il ne pouvait imaginer qu'à chaque parution de livre, il y aurait de nouvelles personnes prétendant descendre de lui ! Harlyn explique :

> À chaque fois qu'un nouveau livre paraît, il y a de nouveaux descendants. [...] Je n'aime pas ça.

Harlyn tient également à prévenir les Indiens. Personne ne sait ce que sera le futur et ils ne doivent pas baisser la garde. Avec son intuition particulière, Geronimo prédit une grande guerre dans le Sud-Ouest, quand les sables blancs et les lits de lave se mêleront au Nouveau-Mexique, là où vivaient les Apaches, il y a mille ans. Harlyn tient ces histoires de Kate, la femme de Geronimo, morte en 1964, à Mescalero, alors qu'il était âgé de sept ans. Kate avait transmis les histoires au père de Harlyn et sa mère, Manuelo Carillo, les lui raconta à la fin de sa vie. La mère du père de Harlyn était la fille de Geronimo, la seule qui survécut à ses couches. Lena Geronimo était née en 1887 à Saint Augustine, en Floride. À une époque où le nom de Geronimo n'était pas encore célébré par les autorités de l'État du Nouveau-Mexique, elle prénomma son fils Juanito Via.

Harlyn explique :

> À l'époque, il nous refusait le droit de porter ce patronyme.

Geronimo a laissé une méthode en héritage : pour atteindre un but, il faut planifier et prévoir une stratégie. Par exemple, tuer un daim d'une seule flèche peut prendre tout un après-midi, mais cette expérience sera utile sur le champ de bataille.

Pour Harlyn ce legs — pour atteindre un but, il faut planifier et prévoir une stratégie — est une tradition indienne permettant aux tribus de protéger leurs membres et leur futur.

Le 9 octobre 2004, le gouverneur Bill Richardson et toute un cénacle de leaders du Congrès ont été invités à l'inauguration de la plaque du mémorial de Geronimo, dans la réserve naturelle de la Gila, au nord de Silver City. Harlyn expliqua que son arrière-grand-père avait bel et bien envisagé une époque où les Apaches accompliraient d'immenses progrès.

> Il voulait que la nation apache évolue. Il l'avait prédit à cette époque.

On a gravé sur la plaque :

I WAS BORN BY THE HEADWATERS
OF THE GILA
GERONIMO
CHIRICAHUA APACHE CHIEF
1829-1909*.

* « Je suis né aux sources de la Gila. Geronimo chef des Apaches chiricahuas. » Apparemment, l'erreur de date de naissance, et de statut, perdure...

Son image, fusil en main, est gravée sur la plaque.

Harlyn sait que l'ultime héritage de Geronimo est la survie.

ANNEXES

REPÈRES CHRONOLOGIQUES

1823-1824. *Juin* : naissance au sein de la tribu des Apaches bedonkohes de Goyathley, futur Geronimo, à Nodoyon Canyon, Nouveau-Mexique, près des sources de la Gila River à proximité des villes actuelles de Clifton et de Silver City.

1825. Naissance du chef chihenne Victorio ou *Beduiat*.

1837. *22 avril* : massacre dit de Johnson. Le chef nedhni Juan José Compa et vingt-cinq Apaches nedhnis-janeros, quelques Chihennes et Chokonens sont assassinés.

1842. Naissance de Taza, fils aîné de Cochise ; sa mère est une Chihenne-mimbreno, Dos-teh-seh, fille de Mangas Coloradas (*Kan-da-zis-tlishishen*).

1846. *7 juillet* : massacre à Galeana par Kirker de quarante-huit Nedhnis et Chokonens. Les chefs chokonens Relles et Pisagon Cabezon sont tués. L'un de ces deux chefs était le père de Cochise.

1848. *2 février* : le traité de Guadeloupe Hidalgo met fin à la guerre entre le Mexique et les États-Unis.

1851. *20 janvier* : Mangas Coloradas et le futur Geronimo anéantissent à Pozo Hediondo les forces du futur gouverneur de Sonora, Ignacio Pesqueira.

5 mars : Janos, Chihuahua, Alope, la femme de Goyathley, la mère et ses trois enfants du futur Geronimo sont massacrés avec d'autres Apaches, par les troupes du colonel Carrasco.

5 septembre : la commission frontalière Bartlett passe par Apache Pass dans le pays de Cochise. C'est là que Geronimo voit et rencontre pour la première fois des Américains.

1856. Naissance de Naiche (*Bah-nas-kli*), fils cadet de Cochise.

1861. *27 janvier-février* : affaire Bascom. Début des guerres de Cochise.

1862. *15 et 16 juillet* : bataille d'Apache Pass dirigée par le triumvirat Mangas Coloradas, Cochise, Geronimo.

1863. *17 janvier* : capture de Mangas Coloradas à Pinos Altos.
18 janvier : assassinat et décapitation de Mangas Coloradas sur les ordres du général de brigade Joseph Rodman West.

1869-1870. *Hiver* : Geronimo se rend au sommet d'une montagne pour implorer sa Puissance afin de sauver Ishton lors de l'accouchement difficile de l'enfant qu'elle a conçu avec Juh, Asa Daklugie. Ce dernier sera à son chevet, jusqu'à sa mort.

1870. *Novembre* : première rencontre Cochise et Thomas J. Jeffords à Canada Alamosa, Nouveau-Mexique.

1871. *30 avril* : massacre de Camp Grant de cent cinquante Apaches arivaipas dans leur sommeil.
5 mai : Juh et ses Nedhnis anéantissent la troupe de Cushing dans le sud-est de l'Arizona.

1872. *Février* : le général George Crook décrète que le 16 février est la date limite au-delà de laquelle tout Apache qui ne se sera pas rendu dans une réserve sera considéré comme hostile et traité militairement en tant que tel.
Octobre : traité de paix entre Cochise et le général Oliver Otis Howard, envoyé du président Ulysses Simpson Grant, par l'intermédiaire de l'ami de Cochise, Thomas J. Jeffords. Geronimo est présent à la conférence de paix. Il demeure effacé mais se lie d'amitié avec Howard.
14 décembre : création par décret de la réserve chiricahua, 8 000 kilomètres carrés au cœur du pays de Cochise, issue du traité de paix du mois d'octobre précédent.

1874. *6 février* : naissance de *Ciyé*, dit Nino Cochise, fils de Taza et petit-fils de Cochise.
8 juin : le chef Cochise meurt des suites probables d'un cancer du foie ou de l'estomac.
8 août : John P. Clum, 22 ans, est nommé agent indien et arrive à la réserve chiricahua de Fort Bowie.

1876. *7-8 juin* : l'agent Clum rencontre tous les chefs et pour la première fois Geronimo.
12 juin : l'agent indien John P. Clum emmène Taza et Naiche, les fils de Cochise, et les Chiricahuas de leur réserve de Sul-

phur Springs, issue du traité Cochise-Howard, à celle de San Carlos. Geronimo et Juh s'évadent.

Juillet : Clum emmène une délégation d'Apaches, dont Taza, en visite à Washington rencontrer le président Grant.

30 octobre : le président Ulysses S. Grant met fin par décret à l'existence de la réserve chiricahua issue du traité de paix Cochise-Howard.

15 novembre : Taza succombe des suites d'une pneumonie à Washington.

1877. *21 mars* : John Clum, avec sa police apache, « capture » Geronimo à Hot Springs (Ojo Caliente), Nouveau-Mexique, au camp de Victorio.

20 mai : Geronimo est emprisonné à San Carlos pour vol à main armée et meurtre.

Juillet : Geronimo est libéré. John Clum donne sa démission.

1878. *4 avril* : Geronimo s'évade de San Carlos.

1880. *14 octobre* : Victorio est tué lors de l'attaque des troupes mexicaines de Joaquin Terrazas à Tres Castillos, au Chihuahua.

1881. *Juin* : célèbre raid de Nana chef warm springs successeur de Victorio. L'Apache cibicue Noch-ay-del-klinne devient « le Rêveur » qui promet le retour des temps anciens et heureux aux Apaches.

30 août : bataille de Cibicue Creek.

30 septembre : Geronimo et Juh s'évadent de San Carlos.

1883. *1er mai* : passage des troupes du général Crook au Mexique et visite des QG mexicains. Crook entre en Sonora, le Rubicon est franchi officiellement.

21 septembre : suite à une chute de cheval dans un cours d'eau en contrebas d'une piste, Juh, chef des Nedhnis janeros, trouve la mort.

1885. *17 mai* : Geronimo s'enfuit de Turkey Creek, réserve de Fort Apache. Nana, Chato et Loco choisissent de rester sur San Carlos.

Novembre-décembre : célèbre raid éclair du guerrier chokonen Ulzana (Josanny), le frère aîné du chef Chihuahua.

1886. *10 janvier* : attaque du campement de Geronimo, qui s'était déjà enfui avec ses partisans.

25 mars : célèbre entrevue et pourparlers au canyon de Los Embudos entre Geronimo et Crook.

28 mars : reddition de Naiche et de Geronimo.

28-29 mars : Geronimo et Naiche s'évadent suite à une nuit de beuverie.

3 septembre : Geronimo présente au général Nelson A. Miles sa « reddition » à Skeleton Canyon au sud-est de l'Arizona à la frontière du Mexique, partie Sonora. Les derniers prisonniers arrivent à Fort Bowie le 4.

7 septembre : les Chiricahuas « pacifiques » et les éclaireurs restés à Fort Apache sont déportés.

8 septembre : Geronimo et les autres captifs quittent Fort Bowie.

13 septembre : de Holbrook, le train emmène Geronimo et les siens en exil en Floride.

1888. Les Chiricahuas sont transférés au camp de Mount Vernon Barracks, Alabama.

1894. *6 août* : le transfert des Chiricahuas de Mount Vernon Barracks pour Fort Sill, Oklahoma, est décidé.

4 octobre : les deux cent quatre-vingt-seize survivants chiricahuas arrivent à Fort Sill, Oklahoma, leur nouveau lieu de captivité.

1896. Mort du chef warm springs Nana (*Kas-Tziden*) à Fort Sill, Oklahoma.

1901. Mort de Chihuahua, chef chokonen, et de Mangus, chef mimbreno, à Fort Sill, Oklahoma.

1904. Après avoir une première fois refusé, Geronimo est un des principaux invités à la foire de Saint Louis.

1905. *4 mars* : Geronimo participe au défilé d'investiture du président Theodore Roosevelt dans les rues de Washington DC. Dans le courant de l'été, Geronimo rencontre Stephen M. Barrett à qui il dictera ses *Mémoires*.

1909. *17 février, 6 h 15 du matin* : Geronimo meurt en captivité, dans son lit, à Fort Sill, Oklahoma, des suites d'une pneumonie contractée en revenant de Lawton.

1912. *24 août* : le Congrès vote une loi rendant aux Chiricahuas en captivité leur liberté.

1913. *4 avril* : les Chiricahuas rescapés de vingt-sept années de captivité arrivent à la réserve des Apaches mescaleros, Nouveau-Mexique. Naiche meurt en 1921.

RÉFÉRENCES BIBLIOGRAPHIQUES

LIVRES TRADUITS DE L'ANGLAIS ET/OU ÉCRITS EN FRANÇAIS SUR GERONIMO

S.M. Barrett, *Mémoires de Geronimo*, traduit par Martine Wiznitzer, introduction de Frederick W. Turner, Maspero, coll. « Voix », 1972 ; La Découverte, 1983 ; La Découverte/Syros, 1994, 2001.

André Benedetto, *Geronimo, Théâtre*, Éditions Jean Oswald, 1975.

Forrest Carter, *Pleure Geronimo*, Le Rocher, coll. « Nuage rouge », préface d'Olivier Delavault, 1991 ; Folio/Gallimard, 1997.

Angie Debo, *Geronimo l'Apache*, traduit par Philippe Gaillard, Le Rocher, coll. « Nuage rouge », 1994.

Georges Fronval et Jean Marcellin, *Geronimo l'Apache indomptable*, Fernand Nathan, 1974, rééd. Poche Nathan, 1984.

Samuel F. Kenoi, Morris E. Opler, *La chute de Geronimo*, traduit par Frédéric Cotton, Anarchasis, 2007.

Patrick Mosconi, *L'agonie de Geronimo*, Jean-Paul Rocher Éditeur, 2000.

Georges Moynet, « Geronimo dans le Journal des Voyages. Les fêtes du Nouveau Monde : la section indienne à l'exposition de Saint Louis », *Journal des Voyages* n° 399, 24 juillet 1904.

LIVRES TRADUITS DE L'ANGLAIS ET/OU ÉCRITS EN FRANÇAIS SUR LES APACHES

Romans

Elliott Arnold, *La flèche brisée*, préface d'Olivier Delavault, traduit par Jean Muray, Le Rocher, coll. « Nuage rouge », 1992.

Louis L'Amour, *Hondo l'homme du désert*, traduit par Joseph Majault, préface et filmographie d'Éric Leguèbe, Le Rocher, coll. « Nuage rouge », 1993.

Patrick Mosconi, *Douleur apache*, Le Rocher, coll. « Nuage rouge », 1993.

— *Le chant de la mort*, Folio/Gallimard, 1999.

Harry James Plumlee, *L'ombre du loup, une odyssée apache*, traduit par Aline Weill, Le Rocher, coll. « Nuage rouge », 1999.

Documents — Histoire

Pierre et Marie Cayol, *Apaches. Le-Peuple-de-la-Femme-Peinte-en-Blanc*, préface de N. Scott Momaday, avant-propos d'Olivier Delavault, Le Rocher, coll. « Nuage rouge », 2006.

Ciyé Nino Cochise et A. Kinney Griffith, *Les cent premières années de Nino Cochise*, traduit par Annick Baudoin, Le Seuil, 1973, Points Seuil, 1989.

Donald C. Cole, *Les Apaches chiricahuas. De la guerre à la réserve (1846-1876)*, traduit par Karin Bodson, préface d'Olivier Delavault, Le Rocher, coll. « Nuage rouge », 1993.

Samuel Woodworth Cozzens, *Voyage au pays des Apaches*, extraits du livre précité, postface d'Olivier Delavault, Mille et Une Nuits, 2001.

Lou Cuevas, *Légendes apaches, Jicarillas et White Mountains*, traduit par Sandrine Van Cleeve, Le Rocher, coll. « Nuage rouge », 1997.

Giovanni-Michel Del Franco, *Nanay le vieux lion des montagnes*, Le Chant des Hommes, 2004.

V. Morans, « Campement d'Indiens apaches, à Neuilly », *Journal des Voyages*, n° 632, 16 juin 1889.

Morris Edward Opler, *Mythes et contes des Apaches chiricahuas*, traduit par Philippe Sabathé, Le Rocher, coll. « Nuage rouge », 1998.

Jean-Louis Rieupeyrout, *Histoire des Apaches. La fantastique épopée du peuple de Geronimo, 1520-1981*, Albin Michel, 1987.

David Roberts, *Nous étions libres comme le vent. De Cochise à Geronimo, une histoire des guerres apaches*, traduit par Alain Deschamps, Albin Michel, coll. « Terre indienne », 1999.

Edwin Russell SWEENEY, *Cochise, chef des Chiricahuas*, traduit par Odile Ricklin, Le Rocher, coll. « Nuage rouge », 1994.

LIVRES EN ANGLAIS SUR GERONIMO

Alexander B. ADAMS, *Geronimo : A Biography*, Da Capo Press, 1990.

Peter ALESHIRE, *The Fox and the Whirlwind : General George Crook and Geronimo, A Paired Biography*, John Wiley and Sons, 2001.

Jason BETZINEZ et Wilbur STURTEVANT NYE, *I Fought with Geronimo*, Stackpole Company, 1959, University of Oklahoma Press, coll. « Bison Books », 1987.

John Gregory BOURKE, *An Apache Campaign in the Sierra Madre : An Account of the Expedition in Pursuit of the Hostile Chiricahua Apaches in the Spring 1883*, University of Nebraska Press, 1987.

Woodworth CLUM, *Apache Agent : The Story of John Clum*, Boston Houghton Mifflin Co, 1936, University of Nebraska Press, 1978.

Britton DAVIS, *Truth About Geronimo*, éd. par M.M. Quaife, Yale University Press, 1929, University of Nebraska Press, 1976, préface de Robert M. Utley.

Odie B. FAULK, *The Geronimo Campaign*, Oxford University Press, 1993.

Louis KRAFT, *Gatewood and Geronimo*, University of New Mexico Press, 2000.

Dan L. THRAPP, *Al Sieber, Chief of Scouts*, University of Oklahoma Press, 1964.

PRINCIPAUX LIVRES EN ANGLAIS SUR LES APACHES

Peter ALESHIRE, *Cochise : The Life and Times of the Great Apache Chief*, John Wiley and Sons, 2001.

— *Warrior Women : The Story of Lozen, Apache Warrior and Shaman*, St Martin's Press, 2001.

Eve BALL et James KAYWAYKLA, Narrator, *In the Days Of Victorio*, University of Arizona Press, 1970, 2003.

Eve BALL, Nora HENN, Lynda SANCHEZ, *Indeh : An Apache Odyssey*, University of Utah Press, 1980.

Sinclair BROWNING, *Enju*, Flagstaff, Northland Press, 1982.

Jack D. FORBES, *Apaches, Navahos and Spaniards 1540-1698*, Norman University of Oklahoma Press, 1960.

Greenville GOODWIN et Keith BASSO, *Apache Raiding and Warfare*, University of Arizona Press, 1994.

Greenville GOODWIN et Neil GOODWIN, *The Apache Diaries : A Father — Son Journey*, University of Nebraska Press, 2002.

William B. GRIFFEN, *Apache at War and Peace The Janos Presidio, 1750-1858*, Albuquerque, University of New Mexico Press, 1988.

Stephen LEKSON, *Nana's Raid : Apache Warfare in Southern New Mexico 1881*, Texas Western, 1987.

Frank C. LOCKWOOD, *The Apache Indians*, Macmillan, New York, 1938.

John Richard PERRY, *Apache Reservation : Indigenous Peoples and the American State*, University of Texas Press, 1993.

Sherry ROBINSON, *Apaches Voices : Their Stories of Survival as Told to Eve Ball*, University of New Mexico Press, 2003.

C.L. SONNICHSEN, *The Mescalero Apaches*, University of Oklahoma Press, 1958.

Henrietta STOCKEL, *Apache Women and Children : Safekeepers of the Heritage*, University of Texas, A&M Press, 2000.

— *Shame and Endurance. The Untold Story of the Chiricahua Apache Prisoners of War*, University of Brithish Columbia Press, 2004.

Joseph A. STOUT Jr., *Apache Lightning. The Last Great Battles of the Ojo Calientes*, New York, University of Oxford Press, 1974.

Edwin Russell SWEENEY, *Mangas Coloradas, Chief of the Chiricahua Apaches*, University of Oklahoma Press, 1998.

Dan L. THRAPP, *The Conquest of Apachería*, University of Oklahoma Press, 1967.

— *Juh, an Incredible Indian*, Texas Western Press, University of Texas, El Paso, 1973-1992.

— *Victorio and the Mimbres Apaches*, University Of Oklahoma Press, 1974.

John Anthony TURCHENES Jr., *The Chiricahua Apache Prisoners of War : Fort Sill 1894-1914*, University of Colorado Press, 1997.

Donald E. WORCESTER, *The Apaches : Eagles of the Southwest*, University of Oklahoma Press, 1992.

RÉFÉRENCES FILMOGRAPHIQUES

Tout d'abord, les deux grands groupes de réalisations ayant pour cadre les déserts de l'Arizona, du Mexique et du Nouveau-Mexique, théâtres des guerres apaches, et donc des exploits de Geronimo, de 1860 à 1886.

LA TRILOGIE FORDIENNE

La charge fantastique (*Stagecoach*), United Artists, 1939 ; de John Ford avec John Wayne, John Carradine, Tim Tyler, Andy Devine, Claire Trevor, Chief White Horse dans le rôle de Geronimo.

Le massacre de Fort Apache (*Fort Apache*), RKO, 1948 ; de John Ford avec John Wayne, Henry Fonda, Shirley Temple, Ward Bond, Victor McLaglen, Pedro Armendariz.

Río Grande (*Río Grande*), Republic, 1950 ; de John Ford avec John Wayne, Victor McLaglen, Maureen O'Hara, Harry Carey Jr, Ben Johnson.

LA TRILOGIE SUR COCHISE AVEC RÔLE IMPORTANT DE GERONIMO

La flèche brisée (*Broken Arrow*), 20th Century Fox, 1950 ; de Delmer Daves avec James Stewart, Jeff Chandler, Debra Paget.

Au mépris des lois (*Battle of the Apache Pass*), Universal, 1951 ; de George Sherman avec Jeff Chandler, Richard Egan, Jay Silverheels, Beverly Tyler.

Taza fils de Cochise (Taza Son of Cochise), Universal, 1954 ; de Douglas Sirk avec Rock Hudson, Barbara Rush, Jeff Chandler.

AUTRES WESTERNS IMPLIQUANT LES APACHES ;
TOUS GENRES ET OBÉDIENCES CONFONDUS

Geronimo's Last Raid, American (inédit), 1912 ; de John Emerson. Muet.

On the Warpath, Bison-101 (inédit), 1912. Entre Apaches et Yumas. Muet.

The Tribal Law, Bison, 1912 (inédit) ; d'Otis Turner. Entre Apaches et Hopis.

Tiger Man, S.W. Hart Productions (inédit), 1918 ; de S.W Hart. Les Apaches attaquent les diligences. Muet.

On Eighth Apache, Arrow (inédit), 1922 ; de Ben Wilson.

The Golden Strain, Fox (inédit), 1925 ; de Victor Schertzinger. Conflits entre les Apaches et leur agent de réserve.

Bad Lands, RKO (inédit), 1939 ; de Lew Landers.

Arizona (*Arizona*), Columbia, 1940 ; de Wesley Ruggles avec William Holden et Jean Arthur.

Geronimo le Peau-Rouge (*Geronimo*), Paramount, 1940 ; de Paul H. Sloane avec Chief Thundercloud, Preston Foster, Andy Devine, Ellen Drew.

La Vallée du Soleil (*Valley of the Sun*), RKO, 1942 ; de George Marshall, avec Antonio Moreno et Tom Tyler.

Apache Trail, MGM (inédit), 1943 ; de Richard Thorpe.

Apache Chief, Lippert (inédit), 1949 ; de Frank MacDonald avec Alan Curtis, Russell Hayden, Carol Thursthon, Trevor Bardette, Grey Cloud.

Embuscade (*Ambush*), MGM, 1950 ; de Sam Wood avec Robert Taylor, Charles Stevens, Chief Thundercloud.

I Killed Geronimo, Eagle Lion (inédit), 1950 ; de John Hoffman avec Chief Thundercloud dans le rôle de Geronimo.

Les écumeurs des monts Apaches (*Stage to Tucson*), 1951 ; de Ralph Murphy avec Wayne Morris, Rod Cameron, Sally Seilers.

Fort invincible (*Only the Valiant*), Warner, 1951 ; de Gordon Douglas avec Gregory Peck, Michael Ansara, Ward Bond, Barbara Peyton.

Quand les tambours s'arrêteront (*Apache Drums)*, Universal, 1951 ; de Hugo Fregonese avec Arthur Shields, Willard Parker, Stephen McNally.

Les derniers jours de la nation apache (*Indian Uprising*), Columbia, 1952 ; de Ray Nazarro avec George Montgomery, Carl Benton, Audrey Long.

Son of Geronimo, Columbia (inédit), 1952 ; de Spencer Bennet, avec Rodd Redwing dans le rôle de Perico et Chief Yowlachie dans celui de Geronimo.

Apache Country, Columbia (inédit), 1952 ; de George Archainbaud avec Gene Autry.

Le fils de Geronimo (*The Savage*), Paramount, 1952 ; George Marshall avec Charlton Heston, Susan Morrow, Peter Hanson.

Apache War Smoke, MGM (inédit), 1952 ; de Harold Kress avec Gilbert Roland, Glenda Farrell, Robert Horton.

Ambush at Tomahawk Gap, Columbia (inédit), 1953 ; de Fred Sears avec John Hodiak, John Derek.

Old Overland Trail, Republic (inédit), 1953 ; de William Witney avec Leonard Nimoy.

The Stand at Apache River, Universal (inédit), 1953 ; de Lee Sholem avec Edgar Barrier, Forrest Lewis.

Fort Bravo (*Escape from Fort Bravo*), MGM, 1953 ; de John Sturges avec William Holden, Eleanor Parker, John Lupton.

Hondo l'homme du désert (*Hondo)*, Warner, 1953 ; de John V. Farrow avec John Wayne, Michael Patte, Ward Bond, Geraldine Page, James Arness.

Le sorcier du Río Grande (*Arrowhead*), Paramount, 1953 ; de Charles Marquis Warren avec Charlton Heston, Jack Palance, Brian Keith, Katy Jurado.

Conquest of Cochise, Columbia, (inédit), 1953 ; de William Castle avec John Hodiak dans le rôle de Cochise, Carol Thurston, Rodd Redwing.

Bronco Apache (*Apache)*, United Artists, 1954 ; de Robert Aldrich avec Burt Lancaster, Charles Bronson, John McIntire, Jean Peters.

Massacre Canyon, Columbia (inédit), 1954 ; de Fred Sears avec Pat Hogan.

Le Jardin du Diable (*Garden of Evil*), 20th Century Fox, 1954 ; de Henry Hathaway avec Gary Cooper, Richard Widmark, Susan Hayward, Rita Moreno, Cameron Mitchell.

La femme apache (*Apache Woman*), American, 1955 ; de Roger Corman avec Lloyd Bridges, Lance Fuller, Joan Taylor.

Smoke Signal, Universal (inédit), 1955 ; de Jerry Hopper avec Pat Hogan. Met en scène la guerre des Apaches tontos du chef Delche.

Une étrangère dans la ville (Strange Lady in Town), Warner (inédit), 1955 ; de Mervyn Leroy avec Dana Andrews, Greer Garson.

Apache Ambush, Columbia (inédit), 1955 ; de Fred Sears avec Bill Williams, Tex Ritter, Don Harvey.

Fort Yuma, United Artists (inédit), 1955 ; de Lesley Selander avec Abel Fernandez, John Hudson, Joan Taylor.

La muraille d'or (*Fox Fire*), Universal, 1955 ; de Joseph Pevney avec Jeff Chandler, Celia Lovsky.

Secret of Treasure Mountain, Columbia (inédit), 1956 ; de Seymour Friedman avec Pat Hogan, Lance Fuller, Susan Cummings.

La dernière caravane (*The Last Wagon*), 20th Century Fox, 1956 ; de Delmer Daves avec Richard Widmark, Susan Kohner, Stephanie Griffith, Felicia Farr.

L'homme de San Carlos (*Walk the Proud Land*), Universal, 1956 ; de Jesse Hibbs avec Audie Murphy, Anne Bancroft, Pat Crowley, Charles Drake.

La poursuite fantastique (*Dragon Wells Massacre*), Allied Artist, 1957 ; de Harold Schuster avec Barry Sullivan.

Apache Warrior, 20th Century Fox (inédit), 1957 ; d'Elmo Williams avec Keith Larsen, Jim Davis, George Keymas, Rudolfo Acosta.

Tambours de guerre (*War Drums*), United Artists, 1957 ; de Reginald LeBorg avec Lex Barker, Joan Taylor, Jeanne Carmen, Ward Ellis.

Le dernier repaire (*Quantez*), Universal, 1957 ; de Harry Keller avec Michael Ansara dans le rôle du chef warm springs Delgadito.

The Tomahawk Trail, United Artists (inédit), 1957 ; de Lesley Selander avec Chuck Connors, John Smith, Lisa Montell.

Trooper Hook, United Artists (inédit), 1957 ; de Charles Marquis Warren avec Rudolfo Acosta dans le rôle du chef chokonen Naiche, fils cadet de Cochise.

Marche à la mort (*Ambush at Cimarron Pass*), 20th Century Fox, 1958 ; de Jodie Copelan avec Clint Eastwood.

Apache Territory, Columbia (inédit), 1958 ; de Ray Nazarro avec Rory Calhoun, Barbara Bates, Regis Parton, Tom Pittman.

Fort Massacre (*Fort Massacre*), United Artists, 1958 ; de Joseph Newman avec Joel McCrea, Susan Cabo, John Russell, Forrest Tucker. Une acceptable série B en pays apache.

Fort Bowie, United Artists (inédit), 1958 ; de Howard W. Koch avec Larry Chance dans le rôle du chef chihenne Victorio, Jana Davi.

L'aventurier du Río Grande (*The Wonderful Country*), United Artists, 1959 ; de Robert Parrish avec Robert Mitchum, Julie London.

Les sept chemins du couchant (*Seven Ways from Sundown*), Universal, 1960 ; de Harry Keller avec Audie Murphy, Barry Sullivan, John McIntire, Venetia Stevenson.

Geronimo's Revenge, Buena Vista (inédit), 1960 ; de James Neilson avec Tom Tryon, Betty Lynn.

Le sergent noir (*Sergent Rutledge*), Warner, 1960 ; de John Ford avec Jeffrey Hunter, Constance Towers, Woody Strode.

Tonnerre apache (*Thunder of Drums*), MGM, 1961 ; de Joseph M. Newman avec Richard Boone, Charles Bronson.

Geronimo (*Geronimo*), United Artists, 1962 ; d'Arnold Laven avec Chuck Connors, Pat Conway, Kamala Devi.

Le trésor du lac d'Argent (*Treasure of Silver Lake*), Columbia, 1962 ; de Harold Reinl. D'après Karl May, *Winnetou*, avec Lex Barker et Pierre Brice.

La révolte des Indiens apaches (*Winnetou I*), Columbia, 1963 ; de Harold Reinl, Stipe Delic avec Lex Barker dans le rôle d'Old Shatterhand et Pierre Brice dans celui de Winnetou. D'après Karl May, *Winnetou le Mescalero.*

Le trésor des montagnes bleues (Winnetou II), Columbia, 1964 ; de Harold Reinl avec Lex Barker, Pierre Brice.

Parmi les vautours (*Unter Geiern*), 1964 ; d'Alfred Vohrer avec Stewart Granger et Pierre Brice.

Blood on the Arrow, Allied Artists (inédit), 1964 ; de Sidney Salkow avec Dale Robertson, Robert Carricart.

La charge de la 8ᵉ brigade (*A Distant Trumpet*), Warner, 1964 ; de Raoul Walsh avec Troy Donahue, Claude Aksins, Suzanne Pleshette.

La fureur des Apaches (*Apache Rifles*), 20th Century Fox, 1964 ; de William Witney avec Audie Murphy, Linda Lawson, Michael Dante.

Cinq mille dollars mort ou vif (*Taggart*), Universal, 1964 ; de R.G. Springsteen avec Tony Young, Dan Duryea.

Río Conchos (*Río Conchos*), 20th Century Fox, 1964 ; de Gordon Douglas avec Richard Boone, Edmond O'Brien, Stuart Whitman.

Winnetou III (*Winnetou III*), Columbia, 1965 ; de Harold Reinl avec Lex Barker et Pierre Brice.

Major Dundee (*Major Dundee*), Columbia, 1965 ; de Sam Peckinpah avec Charlton Heston, James Coburn, Warren Oates, Richard Harris.

Sur la piste des Apaches (*Apache Uprising*), Paramount, 1965 ; de R.G. Springsteen avec Rory Calhoun, Corinne Calvet et John Russell.

Old Surehand I (inédit), 1965 ; d'Alfred Vohrer avec Pierre Brice et Stewart Granger.

Winnetou et les Apaches au sang mêlé (*Winnetou und der Halbblut Apanatschi*) (inédit), 1966 ; avec Pierre Brice et Lex Barker.

La bataille de la vallée de la Mort (*Duel at Diablo*), United Artists, 1966 ; de Ralph Nelson avec John Hoyt, Daw Little Sky et Eddie Little Sky dans le rôle du chef white mountains Alchesay.

40 Guns to Apache Pass, Columbia (inédit), 1966 ; de William Witney avec Michael Keep dans le rôle de Cochise.

L'appât de l'or noir (*Rampage at Apache Wells*), Columbia, 1966 ; de Harold Philipps. Quatrième volet de *Winnetou* d'après Karl May, avec Pierre Brice et Stewart Granger.

The Tall Women, Allied Artists (inédit), 1966 ; de Sidney Pink avec Luis Prendes, Fernando Hilbeck.

Chuka le redoutable (*Chuka*), Paramount, 1967 ; de Gordon Douglas avec Ernest Borgnine, Rod Taylor, Luciana Paluzzi, John Mills.

Hondo et les Apaches (*Hondo and the Apaches*), MGM, 1967 ; de Lee H. Katzin avec Ralph Teager, Michael Patte, Robert Taylor.

Hombre (*Hombre*), 20th Century Fox, 1967 ; de Martin Ritt avec Paul Newman.

Les Cavaliers rouges (*Old Shatterhand*), Goldstone, 1967 ; de Hugo Fregonese. Un autre volet de *Winnetou* avec Lex Barker et Pierre Brice.

Winnetou et Old Shatterhand dans la vallée de la Mort (*Im Tal Der Toten*), 1970 (inédit) ; de Harold Reinl avec Lex Barker et Pierre Brice.

Tonnerre sur la frontière (*Flaming Frontier*), Warner, 1968 ; d'Alfred Vohrer. Un autre *Winnetou* avec Pierre Brice et Rod Cameron.

Les rebelles de l'Arizona (*Arizona Bushwackers*), Paramount, 1968 ; de Lesley Selander avec Howard Keel, John Ireland, Yvonne de Carlo.

Le jour des Apaches (*Day of the Evil Gun*), MGM (inédit), 1968 ; de Jerry Thorpe avec Gleen Ford.

Shalako (*Shalako*), Cinerama, 1968 ; d'Edward Dmytryk avec Sean Connery, Brigitte Bardot, Peter Van Eyck, Stephen Boyd. D'après le roman de Louis L'Amour.

L'or de McKenna (*McKenna's Gold*), Columbia, 1969 ; de Jack Lee Thompson avec Gregory Peck, Telly Savalas, Omar Sharif, Lee J. Cobb, Keenan Wynn, Edward G. Robinson, Eli Wallach.

Cry Blood, Golden Eagle (inédit), 1970 ; de Jack Starrett avec Marie Gahva, Dom Kemp dans le rôle de Victorio.

El Condor (*El Condor*), National General, 1970 ; de John Guillermin avec Iron Eyes Cody, Lee Van Cleef, Jim Brown.

L'Ouest en feu (*Land Raiders*), Columbia, 1970 ; de Nathan Juren avec Telly Savalas, Paul Cardenas, Martha Carden.

The Animals, Livitt-Pickman (inédit), 1971 ; de Ron Joy avec Henry Silva dans le rôle de Chato.

Captain Apache (*Captain Apache*), Scotia Inter, 1971 ; d'Alexandre Singer avec Lee Van Cleef.

Deserter, Paramount (inédit), 1971 ; de Richard Sarafian avec Henry Wilcoxon.

Les collines de la terreur (*Chato's Land*), United Artists, 1972 ; de Michael Winner avec Charles Bronson, Jill Ireland, Richard Basehart, Jack Palance.

Fureur apache (*Ulzana's Raid*), Universal, 1972 ; de Robert Aldrich avec Burt Lancaster, Richard Jaeckel, Joaquim Martinez, Bruce Davidson, Jorge Luke.

La charge des diables (*Campa Carogna... La Taglia Cresce*), Horse Films-Plata Films, 1974 ; de Giuseppe Rosati avec Stephen Boyd, Gianni Garko. Entre bandits mexicains, l'armée américaine et Fort Apache, quand l'Italie s'en mêle...

L'Apache (*Cry for me Billy, Apache Massacre*), Warner Bros, 1976 ; de William A. Graham avec Harry Dean Stanton, Xochilt, Cliff Poots.

Geronimo (*Geronimo, an American Legend*), Columbia TriStar-Columbia Pictures, 1994 ; de Walter Hill avec West Studie, Jason Patric, Gene Hackman, Robert Duvall.

Les disparues (*The Missing*), Columbia TriStar-Sony Pictures, 2002 ; de Ron Howard avec Tommy Lee Jones, Val Kilmer, Cate Blanchett, Eric Schweig, Aaron Eckhart.

DOCUMENTAIRE-FICTION

Warrior Women : Lozen Ojo Caliente Apache. Un documentaire de 2003 chez Discovery Channel sur la sœur du chef chihenne Victorio qui combattit après la mort de son frère auprès de Geronimo. Harlyn Geronimo joue le rôle de son illustre aïeul.

TÉLÉFILMS

Mr Horn, Lorimar (inédit), 1979 ; de Jack Sarrett avec David Carradine, Richard Widmark, Karen Black, Enrique Lucero dans le rôle de Geronimo.

Gunsmoke : The Last Apache, 1990 ; réalisation de Charles Correll avec James Arness, Joe Lara, Joaquim Martinez, Richard Viley.

Geronimo, 1993 ; de Roger Young avec Joseph Running Fox. Inédit en France.

SÉRIES TV

Rintintin (*The Adventures of Rin Tin Tin*), 1954-1959, série TV en 5 saisons, 164 épisodes de 30 mn. Réalisateurs : Earl Bellamy, Charles S. Gould, Douglas Heyes, Fred Jackman, Lew Landers. Avec Lee Aaker (Rusty), James Brown (Lt Ripley « Rip » Master), Joe Sawyer (Sergent Aloysius « Biff » O'Hara), Rand Brooks (Caporal Randy Boone). Lieu : Fort Apache, Arizona.

La flèche brisée, de 1956 à 1960, avec Michael Ansara (Cochise) et John Lupton (Tom Jeffords), Tom Fadden (Duffield). Chez ABC, épisodes de 30 mn.

Winnetou le Mescalero, 6 épisodes pour l'ORTF de Marcel Camus et Jean-Claude Deret, avec Pierre Brice, Sigfried Gauch, Jean-Claude Deret, Anna Laura, Jacques François.

Hondo, série TV avec Ralph Teager, 1967. Michael Pate joue le rôle du chef des Apaches chihennes-warm springs Victorio, 17 épisodes.

Chaparral (*The High Chaparral*), de 1967 à 1971, 98 épisodes de 60 mn chez NBC. Avec Leif Erickson (Big John Cannon), Cameron Mitchell (Buck Cannon), Mark Slade (Billy Blue Cannon), Henry Darrow (Manolito Montoya), Linda Cristal (Victoria Cannon), Don Collier (Sam Butler), Bob Hoy (Joe Butler), Roberto Contreras (Pedro), Jerry Summers (Ira), Ted Markland (Reno), Rodolfo Acosta (Wind), Frank Silvera (Don Sebastian Montoya).

NOTES

LES APACHES À CHARONNE

1. Donald C. Cole, *Les Apaches chiricahuas, de la guerre à la réserve, (1846-1876)*, traduit par Karin Bodson, Le Rocher, coll. « Nuage rouge », 1993, extrait de l'*Arizona Citizen*, 1876.

2. Ciyé Nino Cochise et A. Kinney Griffith, *Les cent premières années de Nino Cochise*, traduit par Annick Baudoin, Le Seuil, 1973.

3. *Ibid.*

LE « VIEUX COYOTE »

1. S.M. Barrett, *Mémoires de Geronimo*, extraits dans Angie Debo, *Geronimo l'Apache*, traduit par Philippe Gaillard, Le Rocher, coll. « Nuage rouge », 1994.

2. *Ibid.*

3. Edwin R. Sweeney, *Cochise, chef des Chiricahuas*, traduit par Odile Ricklin, Le Rocher, coll. « Nuage rouge », 1994.

ENFANCE

1. S.M. Barrett, *Mémoires de Geronimo, op. cit.*

2. Morris Edward Opler, *Mythes et contes des Apaches chirica-*

huas, traduit par Philippe Sabathé, Le Rocher, coll. « Nuage rouge », 1993.

3. *Ibid.*

MYTHOLOGIES

1. Donald C. Cole, *An Ethnohistory of the Chiricahua Apache Indians Reservation, 1872-1876*, thèse de doctorat, University of New Mexico, 1981.

2. Eve Ball, Nora Henn, Lynda Sanchez, *Indeh : An Apache Odyssey*, University of Utah Press, 1980.

3. Edwin R. Sweeney, *Mangas Coloradas, Chief of the Chiricahua Apaches*, University of Oklahoma Press, 1998.

4. S.M.Barrett, *Mémoires de Geronimo*, traduit par Martine Wiznitzer, introduction de Frederick W. Turner, Maspero, coll. « Voix », 1972 ; La Découverte, 1983 ; La Découverte et Syros, 1994, 2001.

LES « TIGRES HUMAINS »

1. *La flèche brisée* (*Broken Arrow*), 20th Century Fox, 1950, de Delmer Daves.

2. Donald C. Cole, *Les Apaches chiricahuas. De la guerre à la réserve (1846-1876)*, traduit par Karin Bodson, Le Rocher, coll. « Nuage rouge », 1993.

3. Greenville et Neil Goodwin, *The Apache Diaries : A Father — Son Journey*, University of Nebraska Press, 2002.

4. Edwin R. Sweeney, *Mangas Coloradas, Chief of the Chiricahua Apaches, op. cit.*

5. William B. Griffen, *Apache at War and Peace. The Janos Presidio, 1750-1858*, Albuquerque, University of New Mexico Press, 1988.

6. Jack D. Forbes, *Apaches, Navahos and Spaniards, 1540-1698*, Norman University of Oklahoma Press, 1960.

7. Edwin R. Sweeney, *Mangas Coloradas, Chief of the Chiricahua Apaches, op. cit.*

8. Morris Edward Opler, *Mythes et contes des Apaches chiricahuas, op. cit.*

GUERRES

1. N. Scott Momaday, *L'homme fait de mots*, traduit par Danièle Laruelle, Le Rocher, coll. « Nuage rouge », 1998.

2. Donald C. Cole, *Les Apaches chiricahuas. De la guerre à la réserve (1846-1876), op. cit.*

L'ENNEMI DÉCLARÉ

1. Edwin R. Sweeney, *Mangas Coloradas, Chief of the Chiricahua Apaches, op. cit.*

2. *Ibid.*

3. *Ibid.*

ALOPE ET LE GUERRIER

1. S.M. Barrett, *Mémoires de Geronimo*, cité dans Angie Debo, *Geronimo l'Apache, op. cit.*

DES COMBATS À COUTEAUX TIRÉS

1. Edwin R. Sweeney, *Mangas Coloradas, Chief of the Chiricahua Apaches, op.cit.*

2. S.M. Barrett, *Mémoires de Geronimo*, extraits dans Angie Debo, *Geronimo l'Apache, op. cit.*

3. *Ibid.*

4. *Ibid.*

LE GRAND RASSEMBLEMENT ET LA RUPTURE

1. Dan L. Thrapp, *The Conquest of Apachería*, University of Oklahoma Press, 1967, extraits dans Angie Debo, *Geronimo l'Apache, op. cit.*

LE MEURTRE DU PÈRE

1. S.M. Barrett, *Mémoires de Geronimo*, extraits dans Angie Debo, *Geronimo l'Apache, op. cit.*

LA STRATÉGIE JUSQU'À LA RÉSERVE

1. Angie Debo, *Geronimo l'Apache, op. cit.*
2. Dan L. Thrapp, *Victorio and the Mimbre Apaches*, Norman, University of Oklahoma Press, 1974, cité dans Angie Debo, *ibid.*, et Oliver Otis Howard, *Famous Indian Chiefs I have known*, New York Century Company, 1908.
3. S.M. Barrett, *Mémoires de Geronimo*, cité dans Angie Debo, *Geronimo l'Apache, op. cit.*.
4. Edwin R. Sweeney, *Cochise, chef des Chiricahuas, op. cit.*
5. *Ibid.*

L'AGENT INDIEN

1. Dan L. Thrapp, *Al Sieber, Chief of Scouts*, University of Oklahoma Press, 1964, extrait dans Angie Debo, *Geronimo l'Apache, op. cit.*

DE HOT SPRINGS À SAN CARLOS

1. Morris E. Opler, *A Chiricahua Apache's Account of the Geronimo's Campaign of 1886*, New Mexico Historical Review, vol. XIII, n° 4, octobre 1938, cité dans Angie Debo, *Geronimo l'Apache, op. cit.*
2. Britton Davis, *Truth about Geronimo*, cité dans Angie Debo, *ibid.*
3. Angie Debo, *ibid.*
4. Entretien avec Sam Haouzous et Jason Betzinez du 23 janvier 1955, cité dans Angie Debo, *ibid.*

LES DERNIERS TEMPS

1. Morris E. Opler, *A Chiricahua Apache's Account*, cité dans Angie Debo, *Geronimo l'Apache, op. cit.*

2. Angie Debo, *ibid.*

3. *Ibid.*

4. *Ibid.*

5. Nelson A. Miles, *Serving the Republic*, cité dans Angie Debo, *Geronimo l'Apache, op. cit.*

MOURIR COMME IL FAUT POUR ÊTRE ADMIRÉ, OU L'IMAGE DE GERONIMO AUJOURD'HUI

1. Dialogue authentique reproduit notamment dans *La flèche brisée* d'Elliott Arnold, Le Rocher, coll. « Nuage rouge », 1992.

2. S.M. Barrett, *Mémoires de Geronimo, op. cit.*

3. Jean-Louis Rieupeyrout, *Histoire des Apaches. La fantastique épopée du peuple de Geronimo, 1520-1981*, Albin Michel, 1987.

ÉPILOGUE

1. Pierre et Marie Cayol, *Apaches, le peuple de la Femme-Peinte-en-Blanc*, Le Rocher, coll. « Nuage rouge », 2005. Cet entretien avec Harlyn Geronimo a eu lieu plus d'un an après la parution de leur livre.

Remerciements

J'adresse mes remerciements à
Pierre et Marie Cayol,
Thierry Chevrier,
Gérard de Cortanze,
Élodie Duparay,
Philippe Ferrari,
Yvon Girard,
Danièle Laruelle,
René Marchand,
Marie Palewska.

ANNEXES

FOLIO BIOGRAPHIES

Alexandre le Grand, par JOËL SCHMIDT

Lou Andreas-Salomé, par DORIAN ASTOR

Attila, par ÉRIC DESCHODT. Prix « Coup de cœur en poche 2006 » décerné par *Le Point*.

Joséphine Baker, par JACQUES PESSIS

Balzac, par FRANÇOIS TAILLANDIER

Baudelaire, par JEAN-BAPTISTE BARONIAN

Beethoven, par BERNARD FAUCONNIER

Sarah Bernhardt, par SOPHIE AUDE PICON

Bouddha, par SOPHIE ROYER

James Brown, par STÉPHANE KOECHLIN

Maria Callas, par RENÉ DE CECCATTY

Calvin, par JEAN-LUC MOUTON

Camus, par VIRGIL TANASE

Le Caravage, par GÉRARD-JULIEN SALVY

Casanova, par MAXIME ROVERE

Céline, par YVES BUIN

Jules César, par JOËL SCHMIDT

Cézanne, par BERNARD FAUCONNIER. Prix de biographie de la ville de Hossegor 2007.

Chopin, par PASCALE FAUTRIER

Cléopâtre, par JOËL SCHMIDT

Albert Cohen, par FRANCK MÉDIONI

Colette, par MADELEINE LAZARD

Christophe Colomb, par MARIE-FRANCE SCHMIDT

Marie Curie, par JANINE TROTEREAU

James Dean, par JEAN-PHILIPPE GUERAND

Debussy, par ARIANE CHARTON

Dickens, par JEAN-PIERRE OHL

Diderot, par RAYMOND TROUSSON

Marlene Dietrich, par JEAN PAVANS

Albert Einstein, par LAURENT SEKSIK

Fellini, par BENITO MERLINO

Freud, par RENÉ MAJOR et CHANTAL TALAGRAND

Gandhi, par CHRISTINE JORDIS. Prix du livre d'histoire de la ville de Courbevoie 2008.

Federico García Lorca, par ALBERT BENSOUSSAN

De Gaulle, par ÉRIC ROUSSEL

Geronimo, par OLIVIER DELAVAULT

Goya, par MARIE-FRANCE SCHMIDT

Jimi Hendrix, par FRANCK MÉDIONI

Billie Holiday, par SYLVIA FOL

Victor Hugo, par SANDRINE FILLIPETTI

Ibsen, par JACQUES DE DECKER

Jésus, par CHRISTIANE RANCÉ

Janis Joplin, par JEAN-YVES REUZEAU

Kafka, par GÉRARD-GEORGES LEMAIRE

Gene Kelly, par ALAIN MASSON

Kerouac, par YVES BUIN

Lapérouse, par ANNE PONS

Franz Liszt, par FRÉDÉRIC MARTINEZ

Louis XIV, par ÉRIC DESCHODT

Louis XVI, par BERNARD VINCENT

Auguste et Louis Lumière, par MICHEL FAUCHEUX

Machiavel, par HUBERT PROLONGEAU

Maupassant, par FRÉDÉRIC MARTINEZ

Bob Marley, par JEAN-PHILIPPE DE TONNAC

Michel-Ange, par NADINE SAUTEL

Mishima, par JENNIFER LESIEUR

Modigliani, par CHRISTIAN PARISOT

Molière, par CHRISTOPHE MORY

Marilyn Monroe, par ANNE PLANTAGENET

Moïse, par CHARLES SZLAKMANN

Mozart, par JEAN BLOT

Musset, par ARIANE CHARTON

Napoléon, par PASCALE FAUTRIER

Nerval, par GÉRARD COGEZ

Nietzsche, par DORIAN ASTOR

Pasolini, par RENÉ DE CECCATTY

Pasteur, par JANINE TROTEREAU

Picasso, par GILLES PLAZY

Marco Polo, par OLIVIER GERMAIN-THOMAS

Louis Renault, par JEAN-NOËL MOURET

Rimbaud, par JEAN-BAPTISTE BARONIAN. Prix littéraire 2011 du Parlement de la Fédération Wallonie Bruxelles.

Robespierre, par JOËL SCHMIDT

Rousseau, par RAYMOND TROUSSON

Shakespeare, par CLAUDE MOURTHÉ

Stendhal, par SANDRINE FILLIPETTI

Jacques Tati, par JEAN-PHILIPPE GUERAND

Tchekhov, par VIRGIL TANASE

Toussaint Louverture, par ALAIN FOIX

Van Gogh, par DAVID HAZIOT. Prix d'Académie 2008 décerné par l'Académie Française (fondation Le Métais-Larivière).

Verlaine, par JEAN-BAPTISTE BARONIAN

Boris Vian, par CLAIRE JULLIARD

Léonard de Vinci, par SOPHIE CHAUVEAU

Wagner, par JACQUES DE DECKER

Andy Warhol, par MERIAM KORICHI

Oscar Wilde, par DANIEL SALVATORE SCHIFFER

Tennessee Williams, par LILIANE KERJAN. Prix du Grand Ouest des Écrivains de l'Ouest 2011.

Virginia Woolf, par ALEXANDRA LEMASSON

Stefan Zweig, par CATHERINE SAUVAT

COLLECTION FOLIO

Dernières parutions

4990. George Eliot	*Daniel Deronda, 1*
4991. George Eliot	*Daniel Deronda, 2*
4992. Jean Giono	*J'ai ce que j'ai donné*
4993. Édouard Levé	*Suicide*
4994. Pascale Roze	*Itsik*
4995. Philippe Sollers	*Guerres secrètes*
4996. Vladimir Nabokov	*L'exploit*
4997. Salim Bachi	*Le silence de Mahomet*
4998. Albert Camus	*La mort heureuse*
4999. John Cheever	*Déjeuner de famille*
5000. Annie Ernaux	*Les années*
5001. David Foenkinos	*Nos séparations*
5002. Tristan Garcia	*La meilleure part des hommes*
5003. Valentine Goby	*Qui touche à mon corps je le tue*
5004. Rawi Hage	*De Niro's Game*
5005. Pierre Jourde	*Le Tibet sans peine*
5006. Javier Marías	*Demain dans la bataille pense à moi*
5007. Ian McEwan	*Sur la plage de Chesil*
5008. Gisèle Pineau	*Morne Câpresse*
5009. Charles Dickens	*David Copperfield*
5010. Anonyme	*Le Petit-Fils d'Hercule*
5011. Marcel Aymé	*La bonne peinture*
5012. Mikhaïl Boulgakov	*J'ai tué*
5013. Arthur Conan Doyle	*L'interprète grec et autres aventures de Sherlock Holmes*
5014. Frank Conroy	*Le cas mystérieux de R.*
5015. Arthur Conan Doyle	*Une affaire d'identité et autres aventures de Sherlock Holmes*
5016. Cesare Pavese	*Histoire secrète*

5017. Graham Swift	*Le sérail*
5018. Rabindranath Tagore	*Aux bords du Gange*
5019. Émile Zola	*Pour une nuit d'amour*
5020. Pierric Bailly	*Polichinelle*
5022. Alma Brami	*Sans elle*
5023. Catherine Cusset	*Un brillant avenir*
5024. Didier Daeninckx	*Les figurants. Cités perdues*
5025. Alicia Drake	*Beautiful People. Saint Laurent, Lagerfeld : splendeurs et misères de la mode*
5026. Sylvie Germain	*Les Personnages*
5027. Denis Podalydès	*Voix off*
5028. Manuel Rivas	*L'Éclat dans l'Abîme*
5029. Salman Rushdie	*Les enfants de minuit*
5030. Salman Rushdie	*L'Enchanteresse de Florence*
5031. Bernhard Schlink	*Le week-end*
5032. Collectif	*Écrivains fin-de-siècle*
5033. Dermot Bolger	*Toute la famille sur la jetée du Paradis*
5034. Nina Bouraoui	*Appelez-moi par mon prénom*
5035. Yasmine Char	*La main de Dieu*
5036. Jean-Baptiste Del Amo	*Une éducation libertine*
5037. Benoît Duteurtre	*Les pieds dans l'eau*
5038. Paula Fox	*Parure d'emprunt*
5039. Kazuo Ishiguro	*L'inconsolé*
5040. Kazuo Ishiguro	*Les vestiges du jour*
5041. Alain Jaubert	*Une nuit à Pompéi*
5042. Marie Nimier	*Les inséparables*
5043. Atiq Rahimi	*Syngué sabour. Pierre de patience*
5044. Atiq Rahimi	*Terre et cendres*
5045. Lewis Carroll	*La chasse au Snark*
5046. Joseph Conrad	*La Ligne d'ombre*
5047. Martin Amis	*La flèche du temps*
5048. Stéphane Audeguy	*Nous autres*
5049. Roberto Bolaño	*Les détectives sauvages*
5050. Jonathan Coe	*La pluie, avant qu'elle tombe*
5051. Gérard de Cortanze	*Les vice-rois*

5052. Maylis de Kerangal	*Corniche Kennedy*
5053. J.M.G. Le Clézio	*Ritournelle de la faim*
5054. Dominique Mainard	*Pour Vous*
5055. Morten Ramsland	*Tête de chien*
5056. Jean Rouaud	*La femme promise*
5057. Philippe Le Guillou	*Stèles à de Gaulle* suivi de *Je regarde passer les chimères*
5058. Sempé-Goscinny	*Les bêtises du Petit Nicolas. Histoires inédites - 1*
5059. Érasme	*Éloge de la Folie*
5060. Anonyme	*L'œil du serpent. Contes folkloriques japonais*
5061. Federico García Lorca	*Romancero gitan*
5062. Ray Bradbury	*Le meilleur des mondes possibles* et autres nouvelles
5063. Honoré de Balzac	*La Fausse Maîtresse*
5064. Madame Roland	*Enfance*
5065. Jean-Jacques Rousseau	*« En méditant sur les dispositions de mon âme... »*
5066. Comtesse de Ségur	*Ourson*
5067. Marguerite de Valois	*Mémoires*
5068. Madame de Villeneuve	*La Belle et la Bête*
5069. Louise de Vilmorin	*Sainte-Unefois*
5070. Julian Barnes	*Rien à craindre*
5071. Rick Bass	*Winter*
5072. Alan Bennett	*La Reine des lectrices*
5073. Blaise Cendrars	*Le Brésil. Des hommes sont venus*
5074. Laurence Cossé	*Au Bon Roman*
5075. Philippe Djian	*Impardonnables*
5076. Tarquin Hall	*Salaam London*
5077. Katherine Mosby	*Sous le charme de Lillian Dawes Rauno Rämekorpi*
5078. Arto Paasilinna	*Les dix femmes de l'industriel*
5079. Charles Baudelaire	*Le Spleen de Paris*
5080. Jean Rolin	*Un chien mort après lui*
5081. Colin Thubron	*L'ombre de la route de la Soie*
5082. Stendhal	*Journal*
5083. Victor Hugo	*Les Contemplations*

5084. Paul Verlaine	*Poèmes saturniens*
5085. Pierre Assouline	*Les invités*
5086. Tahar Ben Jelloun	*Lettre à Delacroix*
5087. Olivier Bleys	*Le colonel désaccordé*
5088. John Cheever	*Le ver dans la pomme*
5089. Frédéric Ciriez	*Des néons sous la mer*
5090. Pietro Citati	*La mort du papillon. Zelda et Francis Scott Fitzgerald*
5091. Bob Dylan	*Chroniques*
5092. Philippe Labro	*Les gens*
5093. Chimamanda Ngozi Adichie	*L'autre moitié du soleil*
5094. Salman Rushdie	*Haroun et la mer des histoires*
5095. Julie Wolkenstein	*L'Excuse*
5096. Antonio Tabucchi	*Pereira prétend*
5097. Nadine Gordimer	*Beethoven avait un seizième de sang noir*
5098. Alfred Döblin	*Berlin Alexanderplatz*
5099. Jules Verne	*L'Île mystérieuse*
5100. Jean Daniel	*Les miens*
5101. Shakespeare	*Macbeth*
5102. Anne Bragance	*Passe un ange noir*
5103. Raphaël Confiant	*L'Allée des Soupirs*
5104. Abdellatif Laâbi	*Le fond de la jarre*
5105. Lucien Suel	*Mort d'un jardinier*
5106. Antoine Bello	*Les éclaireurs*
5107. Didier Daeninckx	*Histoire et faux-semblants*
5108. Marc Dugain	*En bas, les nuages*
5109. Tristan Egolf	*Kornwolf. Le Démon de Blue Ball*
5110. Mathias Énard	*Bréviaire des artificiers*
5111. Carlos Fuentes	*Le bonheur des familles*
5112. Denis Grozdanovitch	*L'art difficile de ne presque rien faire*
5113. Claude Lanzmann	*Le lièvre de Patagonie*
5114. Michèle Lesbre	*Sur le sable*
5115. Sempé	*Multiples intentions*
5116. R. Goscinny/Sempé	*Le Petit Nicolas voyage*
5117. Hunter S. Thompson	*Las Vegas parano*

5118. Hunter S. Thompson	*Rhum express*
5119. Chantal Thomas	*La vie réelle des petites filles*
5120. Hans Christian Andersen	*La Vierge des glaces*
5121. Paul Bowles	*L'éducation de Malika*
5122. Collectif	*Au pied du sapin*
5123. Vincent Delecroix	*Petit éloge de l'ironie*
5124. Philip K. Dick	*Petit déjeuner au crépuscule*
5125. Jean-Baptiste Gendarme	*Petit éloge des voisins*
5126. Bertrand Leclair	*Petit éloge de la paternité*
5127. Musset-Sand	*« Ô mon George, ma belle maîtresse... »*
5128. Grégoire Polet	*Petit éloge de la gourmandise*
5129. Paul Verlaine	*Histoires comme ça*
5130. Collectif	*Nouvelles du Moyen Âge*
5131. Emmanuel Carrère	*D'autres vies que la mienne*
5132. Raphaël Confiant	*L'Hôtel du Bon Plaisir*
5133. Éric Fottorino	*L'homme qui m'aimait tout bas*
5134. Jérôme Garcin	*Les livres ont un visage*
5135. Jean Genet	*L'ennemi déclaré*
5136. Curzio Malaparte	*Le compagnon de voyage*
5137. Mona Ozouf	*Composition française*
5138. Orhan Pamuk	*La maison du silence*
5139. J.-B. Pontalis	*Le songe de Monomotapa*
5140. Shûsaku Endô	*Silence*
5141. Alexandra Strauss	*Les démons de Jérôme Bosch*
5142. Sylvain Tesson	*Une vie à coucher dehors*
5143. Zoé Valdés	*Danse avec la vie*
5144. François Begaudeau	*Vers la douceur*
5145. Tahar Ben Jelloun	*Au pays*
5146. Dario Franceschini	*Dans les veines ce fleuve d'argent*
5147. Diego Gary	*S. ou L'espérance de vie*
5148. Régis Jauffret	*Lacrimosa*
5149. Jean-Marie Laclavetine	*Nous voilà*
5150. Richard Millet	*La confession négative*
5151. Vladimir Nabokov	*Brisure à senestre*
5152. Irène Némirovsky	*Les vierges et autres nouvelles*
5153. Michel Quint	*Les joyeuses*

5154. Antonio Tabucchi — *Le temps vieillit vite*
5155. John Cheever — *On dirait vraiment le paradis*
5156. Alain Finkielkraut — *Un cœur intelligent*
5157. Cervantès — *Don Quichotte I*
5158. Cervantès — *Don Quichotte II*
5159. Baltasar Gracian — *L'Homme de cour*
5160. Patrick Chamoiseau — *Les neuf consciences du Malfini*
5161. François Nourissier — *Eau de feu*
5162. Salman Rushdie — *Furie*
5163. Ryûnosuke Akutagawa — *La vie d'un idiot*
5164. Anonyme — *Saga d'Eiríkr le Rouge*
5165. Antoine Bello — *Go Ganymède!*
5166. Adelbert von Chamisso — *L'étrange histoire de Peter Schlemihl*
5167. Collectif — *L'art du baiser*
5168. Guy Goffette — *Les derniers planteurs de fumée*
5169. H.P. Lovecraft — *L'horreur de Dunwich*
5170. Tolstoï — *Le Diable*
5171. J.G. Ballard — *La vie et rien d'autre*
5172. Sebastian Barry — *Le testament caché*
5173. Blaise Cendrars — *Dan Yack*
5174. Philippe Delerm — *Quelque chose en lui de Bartleby*
5175. Dave Eggers — *Le grand Quoi*
5176. Jean-Louis Ezine — *Les taiseux*
5177. David Foenkinos — *La délicatesse*
5178. Yannick Haenel — *Jan Karski*
5179. Carol Ann Lee — *La rafale des tambours*
5180. Grégoire Polet — *Chucho*
5181. J.-H. Rosny Aîné — *La guerre du feu*
5182. Philippe Sollers — *Les Voyageurs du Temps*
5183. Stendhal — *Aux âmes sensibles* (À paraître)
5184. Dumas — *La main droite du sire de Giac* et autres nouvelles
5185. Wharton — *Le Miroir* suivi de *Miss Mary Parks*

5186. Antoine Audouard — *L'Arabe*
5187. Gerbrand Bakker — *Là-haut, tout est calme*
5188. David Boratav — *Murmures à Beyoğlu*
5189. Bernard Chapuis — *Le rêve entouré d'eau*
5190. Robert Cohen — *Ici et maintenant*
5191. Ananda Devi — *Le sari vert*
5192. Pierre Dubois — *Comptines assassines*
5193. Pierre Michon — *Les Onze*
5194. Orhan Pamuk — *D'autres couleurs*
5195. Noëlle Revaz — *Efina*
5196. Salman Rushdie — *La terre sous ses pieds*
5197. Anne Wiazemsky — *Mon enfant de Berlin*
5198. Martin Winckler — *Le Chœur des femmes*
5199. Marie NDiaye — *Trois femmes puissantes*
5200. Gwenaëlle Aubry — *Personne*
5201. Gwenaëlle Aubry — *L'isolée* suivi de *L'isolement*
5202. Karen Blixen — *Les fils de rois* et autres contes
5203. Alain Blottière — *Le tombeau de Tommy*
5204. Christian Bobin — *Les ruines du ciel*
5205. Roberto Bolaño — *2666*
5206. Daniel Cordier — *Alias Caracalla*
5207. Erri De Luca — *Tu, mio*
5208. Jens Christian Grøndahl — *Les mains rouges*
5209. Hédi Kaddour — *Savoir-vivre*
5210. Laurence Plazenet — *La blessure et la soif*
5211. Charles Ferdinand Ramuz — *La beauté sur la terre*
5212. Jón Kalman Stefánsson — *Entre ciel et terre*
5213. Mikhaïl Boulgakov — *Le Maître et Marguerite*
5214. Jane Austen — *Persuasion*
5215. François Beaune — *Un homme louche*
5216. Sophie Chauveau — *Diderot, le génie débraillé*
5217. Marie Darrieussecq — *Rapport de police*
5218. Michel Déon — *Lettres de château*
5219. Michel Déon — *Nouvelles complètes*
5220. Paula Fox — *Les enfants de la veuve*
5221. Franz-Olivier Giesbert — *Un très grand amour*
5222. Marie-Hélène Lafon — *L'Annonce*

5223.	Philippe Le Guillou	*Le bateau Brume*
5224.	Patrick Rambaud	*Comment se tuer sans en avoir l'air*
5225.	Meir Shalev	*Ma Bible est une autre Bible*
5226.	Meir Shalev	*Le pigeon voyageur*
5227.	Antonio Tabucchi	*La tête perdue de Damasceno Monteiro*
5228.	Sempé-Goscinny	*Le Petit Nicolas et ses voisins*
5229.	Alphonse de Lamartine	*Raphaël*
5230.	Alphonse de Lamartine	*Voyage en Orient*
5231.	Théophile Gautier	*La cafetière* et autres contes fantastiques
5232.	Claire Messud	*Les Chasseurs*
5233.	Dave Eggers	*Du haut de la montagne, une longue descente*
5234.	Gustave Flaubert	*Un parfum à sentir ou les Baladins* suivi de *Passion et vertu*
5235.	Carlos Fuentes	*En bonne compagnie* suivi de *La chatte de ma mère*
5236.	Ernest Hemingway	*Une drôle de traversée*
5237.	Alona Kimhi	*Journal de Berlin*
5238.	Lucrèce	*«L'esprit et l'âme se tiennent étroitement unis»*
5239.	Kenzaburô Ôé	*Seventeen*
5240.	P.G. Wodehouse	*Une partie mixte à trois* et autres nouvelles du green
5241.	Melvin Burgess	*Lady*
5242.	Anne Cherian	*Une bonne épouse indienne*
5244.	Nicolas Fargues	*Le roman de l'été*
5245.	Olivier Germain-Thomas	*La tentation des Indes*
5246.	Joseph Kessel	*Hong-Kong et Macao*
5247.	Albert Memmi	*La libération du Juif*
5248.	Dan O'Brien	*Rites d'automne*
5249.	Redmond O'Hanlon	*Atlantique Nord*
5250.	Arto Paasilinna	*Sang chaud, nerfs d'acier*

5251. Pierre Péju	*La Diagonale du vide*
5252. Philip Roth	*Exit le fantôme*
5253. Hunter S. Thompson	*Hell's Angels*
5254. Raymond Queneau	*Connaissez-vous Paris ?*
5255. Antoni Casas Ros	*Enigma*
5256. Louis-Ferdinand Céline	*Lettres à la N. R. F.*
5257. Marlena de Blasi	*Mille jours à Venise*
5258. Éric Fottorino	*Je pars demain*
5259. Ernest Hemingway	*Îles à la dérive*
5260. Gilles Leroy	*Zola Jackson*
5261. Amos Oz	*La boîte noire*
5262. Pascal Quignard	*La barque silencieuse (Dernier royaume, VI)*
5263. Salman Rushdie	*Est, Ouest*
5264. Alix de Saint-André	*En avant, route !*
5265. Gilbert Sinoué	*Le dernier pharaon*
5266. Tom Wolfe	*Sam et Charlie vont en bateau*
5267. Tracy Chevalier	*Prodigieuses créatures*
5268. Yasushi Inoué	*Kôsaku*
5269. Théophile Gautier	*Histoire du Romantisme*
5270. Pierre Charras	*Le requiem de Franz*
5271. Serge Mestre	*La Lumière et l'Oubli*
5272. Emmanuelle Pagano	*L'absence d'oiseaux d'eau*
5273. Lucien Suel	*La patience de Mauricette*
5274. Jean-Noël Pancrazi	*Montecristi*
5275. Mohammed Aïssaoui	*L'affaire de l'esclave Furcy*
5276. Thomas Bernhard	*Mes prix littéraires*
5277. Arnaud Cathrine	*Le journal intime de Benjamin Lorca*
5278. Herman Melville	*Mardi*
5279. Catherine Cusset	*New York, journal d'un cycle*
5280. Didier Daeninckx	*Galadio*
5281. Valentine Goby	*Des corps en silence*
5282. Sempé-Goscinny	*La rentrée du Petit Nicolas*
5283. Jens Christian Grøndahl	*Silence en octobre*
5284. Alain Jaubert	*D'Alice à Frankenstein (Lumière de l'image, 2)*
5285. Jean Molla	*Sobibor*
5286. Irène Némirovsky	*Le malentendu*

Composition Nord Compo
Impression Maury-Imprimeur
45330 Malesherbes
le 15 février 2012.
Dépôt légal : février 2012.
1er dépôt légal dans la collection : septembre 2007.
Numéro d'imprimeur : 171398.

ISBN 978-2-07-030752-4. / Imprimé en France.

243596